Titre original : *Goodnight Mister Tom*
Édition originale publiée par Kestrel Books, The Penguin Group, Londres, 1981

Loi n° 49-956 du 16 juillet 1949
sur les publications destinées à la jeunesse
ISBN 978-2-07-052297-2
Dépôt légal : juin 2009
1er dépôt légal dans la même collection : novembre 1998
N° d'édition : 167630 – N° d'impression : 95510
Imprimé en France par CPI Firmin Didot

Michelle Magorian

Bonne nuit, monsieur Tom !

Illustrations de Johanna Kang

Traduit de l'anglais
par Janine Hérisson

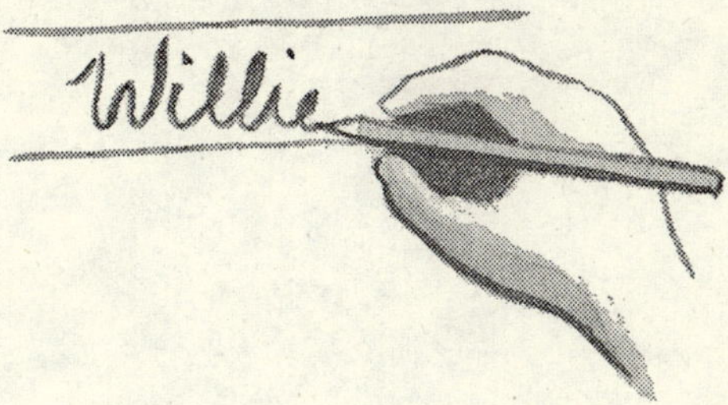

Gallimard Jeunesse

A mon père

LA RENCONTRE

– Oui, fit Tom d'un ton brusque en ouvrant la porte d'entrée. Qu'est-ce que vous voulez ?

Une femme entre deux âges, revêtue d'un manteau vert et coiffée d'un chapeau de feutre, se tenait sur le pas de la porte, l'air exténué. Il jeta un regard au brassard qu'elle portait sur sa manche. Elle le gratifia d'un sourire embarrassé.

– Je suis l'assistante à l'hébergement du secteur... commença-t-elle.

– Ah oui ? Et quel rapport avec moi ?

Elle rougit légèrement.

– Eh bien, monsieur, monsieur...

– Oakley. Thomas Oakley.

– Oh ! merci, monsieur Oakley...

Il y eut un moment de silence. Puis, après avoir pris une profonde inspiration, elle poursuivit :

– Monsieur Oakley, la déclaration de guerre étant imminente...

Tom agita la main.

– Je sais tout ça. Venez-en au fait. Qu'est-ce que vous voulez ?

Il remarqua alors le petit garçon qui était à côté d'elle.

– C'est pour lui que je suis venue. J'emmène les autres à la mairie du village.

– Quels autres ?

Elle s'écarta d'un pas. Devant la grande grille en fer qui fermait le cimetière se tenait un petit groupe d'enfants. Nombre d'entre eux étaient sales et pauvrement vêtus. Quelques-uns seulement portaient un blazer ou un manteau. Ils avaient tous l'air hébété et épuisé. Une petite fille, à l'avant du groupe, tenait fermement un ours en peluche tout neuf contre son cœur.

La femme posa la main sur l'épaule du petit garçon et le poussa en avant.

– Inutile de m'expliquer, dit Tom. C'est obligatoire et c'est pour l'effort de guerre.

– Vous avez le droit de choisir votre enfant, je sais, commença la femme sur un ton d'excuse.

Tom émit un grognement.

– Mais, poursuivit-elle, sa mère a demandé qu'il loge chez quelqu'un de croyant ou bien près d'une église. Elle n'en démordait pas. Elle a dit que c'était la seule condition pour qu'elle autorise son évacuation.

– Quoi donc ? demanda Tom avec impatience.

– Qu'il soit près d'une église.

Tom examina de nouveau l'enfant. Maigre, l'air maladif, ses cheveux de couleur blond-roux étaient ternes, ses yeux gris inexpressifs, son visage pâle.

– Il s'appelle Willie, dit la femme.

Willie, qui regardait le sol fixement, leva les yeux. Autour de son cou, accrochée par une ficelle, une pancarte en carton portait l'inscription suivante : « William Beech. »

Tom avait largement dépassé la soixantaine. C'était un homme robuste et trapu débordant de santé, à l'épaisse chevelure blanche. Bien qu'il fût de taille moyenne, il apparaissait aux yeux de Willie comme un géant, avec une peau qui ressemblait à du papier épais et plissé et une voix qui résonnait comme le tonnerre. Il considéra Willie d'un air furieux.

– Allez, entre donc, fit-il d'un ton rogue.

La femme eut un sourire soulagé.

– Merci beaucoup, dit-elle.

Et se tournant précipitamment, elle s'éloigna d'un pas vif dans la minuscule allée pour rejoindre les enfants. Willie la regarda partir.

– Entre, répéta Tom. Je n'ai pas que ça à faire.

Nerveux, Willie le suivit dans l'entrée sombre. Après le soleil éclatant de l'extérieur, il lui fallut quelques secondes pour s'habituer à la pénombre du cottage. Il distingua vaguement les formes de quelques vestes accrochées à des patères en bois et deux paires de bottes posées en dessous.

– C'est ici que tu mettras tes affaires, marmonna Tom en levant les yeux vers le portemanteau pour les reporter ensuite sur Willie. C'est un peu haut pour toi. Je te mettrai une patère plus bas.

Il ouvrit une porte sur la gauche et entra dans la salle de séjour, laissant Willie dans le hall, la main toujours crispée sur son sac de voyage marron. Par la porte entrouverte, Willie aperçut une grande cuisinière noire allumée et, à proximité, un vieux fauteuil élimé. Il frissonna. Tom revint presque aussitôt, un crayon à la main.

– Tu peux poser ton sac, dit-il d'un ton bourru. Tu es arrivé, tu sais.

Willie obtempéra et Tom lui tendit le crayon. Le garçonnet leva sur lui un regard vide d'expression.

– Allez, reprit Tom. Je te l'ai déjà dit, je n'ai pas que ça à faire. Alors trace un trait pour que je sache où mettre une patère, d'accord ?

Willie fit un point presque invisible sur le mur à la hauteur du bas de l'une des vestes.

– Fais-en un plus gros, que je puisse au moins le voir.

Willie dessina un petit cercle et le noircit. Tom se pencha pour l'examiner.

– Un petit gars méticuleux, pas vrai ? Donne-moi ton imperméable, je vais l'accrocher par-dessus le mien pour le moment.

Les doigts tremblants, Willie défit sa ceinture et ses boutons, enleva son imperméable et le garda serré contre lui. Tom le lui prit et l'accrocha sur son pardessus, puis il regagna la salle de séjour.

– Viens, dit-il.

Willie le suivit.

C'était une petite pièce confortable, avec deux fenêtres. L'une donnait sur le cimetière, l'autre sur un petit jardin. La grosse cuisinière noire trônait dans un renfoncement du mur du fond, son épais tuyau noir montant à partir d'un coude jusqu'au plafond. Sous la première fenêtre étaient disposées quelques étagères chargées de livres, de vieux journaux et d'objets divers. Devant la seconde il y avait une épaisse table en bois et deux chaises. Le sol dallé était recouvert d'un tapis fané de couleur rouge, verte et marron. Willie jeta un coup d'œil au fauteuil, près de la cuisinière, et aux objets posés sur une petite table qui se trouvait à côté : une pipe, un livre et un pot à tabac.

– Approche un tabouret du feu ; je vais te donner quelque chose à manger.

Willie ne fit pas un geste.

– Allez, assieds-toi, petit, répéta Tom. Tu as de la cire dans les oreilles ?

Willie alla chercher un petit tabouret en bois dans un coin et s'assit devant le feu. Il se sentait terrifié, abandonné.

Tom fit revenir deux tranches de bacon et les posa, ruisselantes de graisse sur une assiette à côté d'une tranche de pain. Il mit l'assiette sur la table, avec une tasse de thé brûlant. Willie l'observait en silence. Ses coudes et ses genoux anguleux pointaient sous son mince tricot gris et son short. Il tira nerveusement sur ses chaussettes de laine ; une faible odeur de caoutchouc chaud monta de ses baskets blanches.

– Viens manger, dit Tom.

Willie s'arracha à regret à la chaleur du fourneau et s'assit à table.

– Sers-toi du sucre, grommela Tom.

Poliment, Willie prit une cuillerée de sucre, la versa dans la grande tasse blanche et remua le thé. Il mordit dans le pain, mais la boule qu'il avait dans la gorge l'empêchait d'avaler. Il n'avait pas faim du tout, et se rappelait avec appréhension ce que sa mère lui avait recommandé : « Fais ce qu'on te dit. » Il tourna les yeux vers le cimetière. Le soleil brillait, éclatant, et pourtant il avait froid. Il regarda les quelques arbres qui se dressaient entre les tombes. Les feuilles étaient de toutes les couleurs, vert pâle, ambre, jaunes…

– Tu n'as pas faim ? demanda Tom depuis son fauteuil.

Willie sursauta, surpris.

– Si, monsieur, chuchota-t-il.

– Tu mâches lentement, c'est ça ?

Il acquiesça d'un signe de tête timide et misérable, et fixa son assiette. Le bacon était un luxe. Seuls les locataires ou les visiteurs y avaient droit, et voilà qu'il n'arrivait pas à manger le sien.

– Ça passera peut-être mieux plus tard, dit Tom. Remets une cuillerée de sucre, petit, et apporte ton thé par ici.

Willie obéit puis il revint s'asseoir sur le tabouret. La tasse était brûlante entre ses mains glacées, et pourtant il frissonnait.

Tom se pencha vers lui et lui demanda :

– Qu'est-ce que tu as dans ce sac ?

– J'sais pas, marmonna Willie. C'est maman qui l'a préparé. Elle a dit que je devais pas regarder.

Une de ses chaussettes glissa à mi-mollet, révélant une large meurtrissure sur le devant de sa jambe, à côté d'une écorchure gonflée et enflammée.

– Tu as un vilain bobo, remarqua Tom en tendant le doigt. Comment as-tu récolté ça ?

Willie pâlit et remonta vivement sa chaussette.

– Tu ferais bien de boire avant que ça refroidisse, reprit Tom, sentant qu'il fallait changer de sujet.

Willie fixait d'un regard intense les formes fluctuantes des flammes dans le feu ; il but le thé lentement. Le liquide descendait avec bruit dans sa gorge bien qu'il s'efforçât de l'avaler en silence. Tom sortit un instant de la pièce et revint au bout de quelques minutes.

– Il faut que je sorte un moment. Après j'arrangerai ta chambre, d'accord ? Là-haut.

Il fit un geste vers le plafond.

– Tu n'as pas le vertige, hein ?

Willie secoua la tête.

– Tant mieux. Sans ça, il faudrait que tu dormes sous la table.

Il se pencha au-dessus de la cuisinière et remit une pelletée de charbon dans le feu.

– Tiens, voilà une vieille écharpe à moi, marmonna-t-il en jetant un objet kaki sur les genoux de Willie.

Il remarqua alors une autre meurtrissure sur la cuisse du petit garçon, mais ne fit aucun commentaire.

– Fais un tour dans le cimetière. N'aie pas peur des morts. Eux, au moins, ne peuvent pas te laisser tomber une bombe sur la tête.

– Non, monsieur, acquiesça poliment Willie.

– Et ferme la porte d'entrée derrière toi, sinon Sammy va manger ton bacon.

– Oui, monsieur.

Willie l'entendit claquer la porte d'entrée et écouta le bruit de ses pas décroître peu à peu. Serrant étroitement les bras, il se mit à se balancer d'avant en arrière sur son tabouret.

– Il faut que je sois sage, murmura-t-il d'un ton pressant. Il faut que je sois sage, et il frotta un point douloureux de son bras.

Il était un très vilain garçon et il le savait. Maman disait qu'elle était plus gentille avec lui que la plupart des mères. Elle ne le battait que doucement. Il frissonna. Il redoutait le moment où M. Oakley découvrirait à quel point il était méchant. Il avait l'air beaucoup plus fort que maman.

Les flammes dans le fourneau vacillaient et dansaient devant ses yeux, crépitant soudain en brusques explosions qui n'avaient rien d'agressif. C'était un crépitement amical à ses oreilles. Il se retourna, comme à la recherche d'un objet qu'il aurait perdu, se leva et se dirigea vers les étagères. Et voilà, il se conduisait mal de nouveau, il allait fourrer son nez là où il n'avait rien à voir. Il leva vivement les yeux pour s'assurer que M. Oakley ne l'espionnait pas par la fenêtre.

Maman disait que la guerre était envoyée par Dieu pour punir les hommes de leurs péchés. Alors il fallait qu'il fasse attention. Mais elle ne lui avait pas dit à quoi il devait faire attention. « Peut-être à quelque chose dans cette pièce, pensa-t-il, ou peut-être au cimetière. » Il s'agenouilla sur une des chaises, devant la fenêtre, et jeta un coup d'œil au-dehors. Les tombes n'étaient pas aussi terrifiantes qu'elle l'avait prétendu, même s'il se savait entouré de cadavres. N'empêche qu'il manquait quelque chose, mais quoi ? Un oiseau gazouilla dans un arbre. Voilà, bien sûr ! Il n'entendait pas le grondement de la circulation, les bruits, les cris. De nouveau, il jeta sur la pièce un regard circulaire. Ses yeux se posèrent sur le tabouret où se trouvait l'écharpe en laine. Il décida d'aller faire un tour. Il prit l'écharpe, l'entortilla autour de son cou, traversa le hall et sortit en refermant avec soin la porte derrière lui.

Un petit jardin le séparait du cimetière. En bordure de ce jardin poussaient de petites touffes de fleurs. Willie s'avança jusqu'au cimetière. Plongeant les mains au fond de ses poches il s'immobilisa un moment. Le cimetière et le cottage, avec son jardinet, étaient entourés d'un petit mur de pierres inégales, sauf à l'endroit où se dressait le chevet. De la mousse verte et des fleurs sauvages jaillissaient çà et là des interstices du muret. Entre les tombes, une petite allée dallée et rectiligne menait au centre du cimetière. De là, elle se divisait en deux, une allée conduisant à la grande grille derrière laquelle avaient attendu les enfants, et l'autre menant à l'entrée de derrière de l'église.

Un peuplier se dressait au fond du cimetière, dans un angle du mur, non loin de la grille, et un autre près du cottage de M. Oakley, en bordure du jardin de devant. Un troisième poussait devant l'église. Mais l'arbre qui retint l'attention de Willie était un grand chêne qui s'élevait au milieu du cimetière, près de l'allée qu'il ombrageait en partie de ses branches robustes et bien feuillues.

Willie baissa les yeux vers un petit ange de pierre qui se trouvait à ses pieds, puis il s'aventura entre les tombes. Certaines étaient si anciennes qu'il pouvait à peine distinguer les contours des lettres à demi effacées. Chacune avait son caractère propre. Quelques-unes étaient bien entretenues, avec un petit vase de fleurs posé dessus comme sur une nappe ; d'autres étaient couvertes de grandes dalles en pierre, entourées d'une bordure de gazon nette et bien tondue ; d'autres encore étaient envahies d'herbes folles. Celles que Willie préférait étaient les petits monticules couverts de gazon. Parfois une petite fleur ayant survécu à l'été pointait parmi les feuilles colorées de l'automne. Tout en déambulant, il remarqua que certaines des très vieilles tombes étaient minuscules. Des tombes d'enfants, sans doute.

Il s'était assis sur celle d'une certaine Elisabeth Thatcher lorsqu'il entendit des voix. Un jeune homme et une jeune femme s'approchaient en bavardant et en riant. Ils s'immobilisèrent à sa hauteur, et la jeune femme se pencha par-dessus le mur. Ses longs cheveux blonds, noués en une seule tresse, entouraient un visage rond aux joues roses. « Jolie », pensa-t-il.

– Tu es de Londres, pas vrai ? lui demanda-t-elle.

Il se leva et sortit les mains de ses poches.

– Oui, mademoiselle.

– Vous êtes une vraie bande de sauvages, il paraît, ajouta-t-elle en souriant.

Le jeune homme qui l'accompagnait était en uniforme. Il avait posé son bras sur les épaules de la jeune femme.

– Quel âge as-tu ? demanda-t-elle.

– Huit ans, mademoiselle.

– Quel petit garçon bien poli ! Comment t'appelles-tu ?

– William Beech, mademoiselle.

– Si tu cessais de m'appeler mademoiselle ? Je suis une madame. Madame Hartridge.

A ces mots, le visage du jeune homme s'épanouit.

– Je te verrai lundi à l'école, reprit-elle. Tu seras sans doute dans ma classe. Au revoir, William.

– Au revoir, made… madame, chuchota-t-il.

Il les regarda s'éloigner. Lorsqu'ils furent hors de vue, il se rassit sur Elisabeth Thatcher, et tira sur une poignée d'herbe qu'il arracha du sol. Il avait complètement oublié le problème de l'école. Il pensa à M. Barret, son ancien maître à Londres, qui passait sa journée à vociférer, à crier après tout le monde et à taper sur les doigts des élèves. Willie redoutait l'école habituellement, mais Mme Hartridge semblait bien différente de M. Barret. Il poussa un soupir de soulagement et se frotta la poitrine. Voilà une épreuve qui ne semblait pas trop terrifiante à affronter. Il tourna les yeux vers le chêne et songea que sous sa frondaison il se sentirait protégé, à l'abri. Il se leva pour aller s'y asseoir.

En chemin, il buta contre un obstacle dur. C'était une tombe minuscule dissimulée par des herbes folles. Il s'agenouilla et écarta les herbes pour la regarder, puis il se mit à arracher l'herbe par poignées. Il voulait que les gens puissent voir la pierre tombale de nouveau. Elle semblait si perdue, si abandonnée. C'était injuste qu'elle soit cachée. Absorbé par sa tâche, il entendit soudain un petit grattement et se retourna. Un écureuil était en train de fourrager et de gratter parmi les feuilles au pied de l'arbre. Il avait reconnu l'animal d'après des dessins qu'il avait vus, mais il était surpris d'en voir un vrai qui bougeait. Terrifié, il demeura figé sur place, accroupi. L'écureuil ne semblait pas effrayé le moins du monde et continuait à se démener dans les feuilles, à ramasser les glands et de menus débris avec ses pattes minuscules. Willie, pétrifié, osait à peine respirer. Il avait l'impression d'être un ange de pierre. Les yeux noirs et mobiles de l'écureuil étaient à l'affût de tout. Tout petit, gris pâle, il avait une queue touffue dont le panache se dressait, tandis que de ses pattes et de son museau, il farfouillait dans les feuilles rousses et dorées.

Au bout d'un moment, les épaules de Willie se relâchèrent, et l'étau qui lui nouait l'estomac se desserra un peu. Il remua les doigts de pied avec précaution dans ses baskets. Il avait l'impression d'être accroupi depuis des heures, et non pas depuis quelques minutes à peine.

A présent, comme la petite créature grise lui faisait moins peur, il commençait à prendre plaisir à l'observer. Un aboiement aigu rompit soudain le silence. L'écureuil détala et disparut. Willie se releva d'un bond et se mit à sautiller sur un pied, le souffle coupé par les picotements aigus qui élançaient son autre pied engourdi. Un petit colley noir et blanc contourna l'arbre en courant et, dérapant dans les feuilles, il s'arrêta net devant Willie en sautant en l'air. Willie fut plus effrayé encore par le chien qu'il ne l'avait été par l'écureuil.

Il entendit la voix de sa mère résonner dans sa tête. « Ces chiens enragés… Une morsure de ces sales cabots et tu es mort. Ils transmettent des maladies horribles. » Se rappelant les minuscules tombes des enfants, il se pencha vivement et ramassa une grosse branche sur le sol.

– Va-t'en, dit-il d'une voix faible, les doigts crispés sur la branche. Va-t'en…

Le chien bondit de nouveau et se mit à aboyer, faisant voleter des feuilles sous ses pattes. Willie poussa un cri aigu et recula. Le chien se rapprocha de lui.

– Je vais te tuer !

– Je ne ferais pas ça, dit une voix profonde derrière lui.

Se retournant, il aperçut Tom qui se tenait sous les branches.

– Il ne va pas te faire de mal ; alors, à ta place, je lâcherais ça.

Willie s'immobilisa, la branche toujours brandie au-dessus de sa tête. Il sentit la sueur perler sous ses aisselles et sur son front. Maintenant, il allait y avoir droit, et recevoir une bonne raclée. Tom s'approcha de lui, lui prit la branche des mains et la leva. Willie replia instinctivement un coude devant son visage et laissa échapper un cri, mais le coup qu'il attendait ne vint pas. Tom avait simplement jeté la branche vers l'autre bout du cimetière, et le chien était parti au galop la chercher.

– Tu peux baisser le bras, petit, dit tranquillement Tom. Je crois que toi et moi, on ferait bien de rentrer et de mettre une ou deux choses au point. Viens.

Et il s'écarta pour laisser passer Willie devant lui dans l'allée. Willie, les jambes tremblantes, la tête basse, avança en direction du cottage. Le regard brouillé, il distinguait à peine les touffes d'herbe qui poussaient entre les petites dalles plates. La sueur coulait de chaque côté de son visage et sur sa poitrine. Ses aisselles le brûlaient de façon horrible et une douleur aiguë lui poignardait l'estomac. Il franchit la porte d'entrée et s'immobilisa dans le vestibule, sentant la sueur se glacer sur sa peau moite. Tom avança dans le salon puis s'arrêta, attendant Willie.

– Traînaille pas comme ça, dit-il. Entre donc.

Willie obéit. Mais il avait la sensation que son corps ne lui appartenait plus et se mouvait de lui-même. La voix de Tom lui parvenait de très loin et résonnait comme si les murs d'une grotte lui en avaient renvoyé l'écho. Il s'assit sur le tabouret, comme paralysé.

Tom ramassa un tisonnier et se dirigea vers la cuisinière.

« Maintenant, ça y est », pensa Willie. Et il se cramponna aux bords de son tabouret. Tom baissa les yeux sur lui.

– Tu sais, pour Sammy… l'entendit-il dire.

Il le regarda tisonner le feu, et puis n'entendit plus rien. Il savait que Tom parlait, mais il ne pouvait détacher ses yeux du tisonnier qui éparpillait les charbons incandescents dans toutes les directions. Il vit la main brune et ridée de Tom le retirer du feu. L'cxtrémité était rouge, presque blanche par endroits. Nul doute qu'il allait être marqué avec ça. La pièce sembla vaciller, et il entendit à la fois sa propre voix et celle de Tom. Il regarda le bout du tisonnier tournoyer et se rapprocher de lui. Le sol monta alors à sa rencontre et tout devint noir.

Il sentit deux mains robustes l'empoigner par-derrière et lui pousser la tête entre les jambes jusqu'à ce que le tapis réapparût dans son champ de vision. Il s'entendit suffoquer.

Tom ouvrit une fenêtre et, le soulevant, lui passa la tête au-dehors.

– Respire à fond. Prends une bonne goulée, dit Tom.

Il aspira une bouffée d'air.

– Je vais être malade, murmura-t-il.

– Ça ne fait rien. Vas-y, je te tiens ; prends une bonne goulée. Laisse ta gorge s'ouvrir…

Willie inspira de nouveau. Une nausée le submergea et il vomit. Il entendit Tom répéter :

– Vas-y, respire encore…

Et il vomit de nouveau, encore et encore, jusqu'à n'avoir plus rien dans l'estomac. Puis, inerte, il s'affaissa entre les bras de Tom.

Tom essuya le visage et la bouche avec l'écharpe. La douleur qui nouait les entrailles de Willie avait disparu, mais il se sentait vide, flasque comme une poupée de chiffon. Tom le souleva pour le faire rentrer dans la pièce, puis il le déposa dans son fauteuil. Le corps menu s'enfonça confortablement dans le vieux siège moelleux. Ses pieds arrivaient à peine au bord du siège. Tom borda une couverture autour de lui, approcha une chaise du fourneau, s'assit et regarda Willie s'endormir.

Rien de ce qu'il avait entendu raconter sur les petits réfugiés ne semblait correspondre à Willie. « Ingrats », « insupportables » étaient les adjectifs le plus souvent employés, quand on ne disait pas simplement « ils s'ennuient de chez eux ». Cette créature timide et maladive le déconcertait complètement. Il tourna les yeux vers le tisonnier rangé près de la cuisinière.

– Il a quand même pas cru… Non ! ce n'est pas possible ! marmonna-t-il. Oh ! Thomas Oakley, où as-tu donc mis les pieds !

Il entendit alors gratter à la porte d'entrée.

– Encore un problème, grommela-t-il.

Et il gagna le vestibule sur la pointe des pieds pour ouvrir la porte.

Sammy entra d'un bond et se mit à sautiller autour de ses jambes en jappant et en haletant.

– Tu vas la boucler un peu, oui ? chuchota Tom d'un ton ferme. Il y a quelqu'un qui dort.

Il s'agenouilla, et Sammy sauta dans ses bras et se mit à lui lécher le visage.

– J'ai pas besoin de me laver quand tu es dans les parages, hein ?

Sammy continua à le débarbouiller jusqu'au moment où, satisfait, il se contenta de haleter et de remuer la queue. Tom le souleva et le porta dans la pièce. Dès que le chien vit Willie endormi dans le fauteuil, il se remit à aboyer. Tom posa un doigt sur ses lèvres et regarda Sammy droit dans les yeux.

– Arrête un peu ; repose-toi !

Il alla prendre sa pipe et son pot à tabac sur la petite table, puis alla se rasseoir près de la cuisinière. Sammy se laissa choir à côté de lui et posa la tête sur un des pieds de Tom.

– Tu sais, Sam, chuchota Tom, j'y connais rien, aux enfants, mais j'en sais assez pour pas leur cogner dessus et leur flanquer des trouilles pareilles.

Sammy leva la tête un moment, puis la laissa retomber sur le pied de Tom.

– Je ne sais pas trop, reprit Tom d'un ton anxieux. Comme nounou je n'ai jamais eu beaucoup d'expérience.

Il grogna et se mit à tirer sur sa pipe. Sammy se leva, se faufila entre les genoux de Tom et lui posa les pattes sur le ventre.

– Tu comprends tout ce que je dis, pas vrai ? Au moins, celui-là ne va pas enterrer ses os dans mes pois de senteur, ajouta-t-il en ébouriffant les poils de Sammy. C'est déjà un avantage.

Il soupira.

– Bon, il faut que j'aille voir comment ça se passe.

Il se leva et gagna le hall d'entrée, Sammy trottinant sur ses talons.

– Toi, tu vas rester là, dit-il d'un ton sévère.

Sammy, docile, s'assit sur son séant. Mais Tom savait que ce ne serait pas pour longtemps.

Tom prit un petit escabeau appuyé contre le mur, à côté du portemanteau, et le plaça sous une petite trappe carrée au-dessus de lui. Il monta sur l'escabeau, ouvrit la trappe et tira, pour la faire descendre, sur une longue échelle en bois qu'il accrocha à deux solides crochets le long de l'ouverture.

L'échelle était en épais bois de pin ; elle datait d'un peu plus de quarante ans, mais comme Rachel, la jeune épouse de Tom, était morte peu après que l'échelle eut été fabriquée elle n'avait guère servi. Il écarta l'escabeau pour que la base de l'échelle puisse reposer sur le sol de l'entrée. Un épais nuage de poussière lui enveloppa la tête lorsqu'il souffla sur un des larges barreaux en bois. Il se mit à tousser et à éternuer.

– C'est comme si je prisais, marmonna-t-il. Vaut mieux laisser cette vieille échelle en place pendant un moment, hein, Sammy ?

Il alla ouvrir la porte en face du salon. Elle donnait sur sa chambre à coucher. A l'intérieur, une petite commode surmontée d'un miroir était placée dans un coin, à côté de la fenêtre. Contre le mur du fond se trouvait un lit à quatre colonnes recouvert d'une épaisse courtepointe. Au pied du lit était posé un panier rond dont le fond était recouvert d'une vieille couverture. C'était le lit de Sammy, quand il l'utilisait, ce qui lui arrivait rarement. Un tapis bleu élimé recouvrait le sol en plus de deux carpettes, l'une le long du lit et l'autre devant la fenêtre.

A côté du lit se trouvait une armoire. Tom l'ouvrit. Sur les deux rayons du haut étaient soigneusement empilés des draps et des couvertures, et sur le troisième diverses affaires de Rachel qu'il avait décidé de garder. Il les effleura du regard. Il y avait une boîte de peinture en bois noire, des pinceaux, une robe de baptême qu'elle avait brodée, quelques vieilles photographies, des lettres, des recettes de cuisine. La robe de baptême n'avait jamais été portée par son fils, car le bébé était mort peu après sa mère.

Il prit des draps et des couvertures et revint dans l'entrée.

– J'en ai pour une minute, Sammy, dit-il en escaladant l'échelle. Attends-moi.

Et Sammy regarda son maître disparaître lentement dans cet étrange trou qui s'ouvrait dans le plafond.

Little Weirwold

Willie eut un léger sursaut et ouvrit les yeux. En face de lui, assis dans un fauteuil, Tom lisait un livre en buvant du thé. Sammy, qui avait observé les mouvements ténus que faisait Willie dans son sommeil, se tenait maintenant à ses pieds. Tom leva la tête.

– Ça va mieux ? demanda-t-il. Tu as meilleure mine, en tout cas.

Il emplit une tasse de thé chaud et sucré et la lui tendit.

– Tiens, avale-moi ça.

Willie regardait avec appréhension ses pieds que Sammy était en train de renifler.

– Il ne te fera pas de mal, dit Tom. Il est vif, mais doux comme un agneau, pas vrai, mon vieux ?

Et il s'agenouilla à côté du chien pour lui ébouriffer les poils. Sammy se pelotonna entre ses genoux et lui lécha le visage.

– Tu vois, reprit Tom, il est vraiment gentil.

Willie s'efforça de sourire.

– Tu sais ce qu'il faut faire pour le rendre heureux ? Tu lui tends une de tes mains, la paume en l'air, de cette façon…

Et il montra le creux de sa main brune et rugueuse. Willie l'imita.

– Comme ça il sait que tu vas pas lui faire de mal, tu comprends ? Maintenant, tends la main vers lui et chatouille-lui le poitrail.

Willie, nerveux, se pencha en avant et effleura la fourrure de Sammy.

– Voilà, tu continues à faire ça.

Willie caressait le chien dont le pelage était doux et soyeux. Sammy lui octroya un bon coup de langue sur les doigts.

– Tu vois, il t'aime bien. Quand il te lèche comme ça, c'est sa façon de dire : « Je t'aime bien et tu me rends heureux. »

Willie tendit sa main, toute raide, et Sammy la lui lécha avec effusion.

– Pourquoi il renifle ? demanda-t-il alors que Sammy rampait sous la couverture en direction de ses jambes.

– Il aime bien connaître toutes les odeurs, répondit Tom. Ainsi, il sait s'il doit dire bonjour ou pas.

– Arrête ! dit Willie lorsque Sammy fourra son nez entre ses jambes. Vilain chien !

Aussitôt Tom extirpa l'animal de sous la couverture et Sammy se mit à courir après sa queue en aboyant.

– Tu t'excites un peu trop, Sam... Il a besoin d'aller courir dans les champs.

Et, regardant Willie, il pensa : « Toi aussi d'ailleurs. »

Willie repoussa de côté la couverture, se tortilla pour arriver au bord du fauteuil et se laissa glisser à terre.

– Ça sent la pluie, dit Tom en se penchant à la fenêtre. Tu as des bottes en caoutchouc ?

Willie secoua la tête.

– Non, monsieur.

– En tout cas, mets ton imperméable.

Tous trois gagnèrent l'entrée. Willie leva les yeux vers l'échelle.

– C'est ta chambre, là-haut. Comme un grenier, quoi.

– La mienne ?

Il ne comprenait pas. M. Oakley voulait-il dire qu'il allait avoir une chambre pour lui tout seul ?

Tom lui tendit son imperméable en opinant du bonnet. Sammy, surexcité, bondissait sur place.

– Minute, Sam. On y va !

Tom examina l'imperméable de Willie au passage et remarqua que le tissu en était bien mince.

Ils descendirent l'allée et franchirent le portail, Sammy en tête. Tom avançait à grandes enjambées derrière lui, suivi de Willie qui courait pour ne pas se laisser distancer.

L'après-midi touchait à sa fin. Le soleil était comme une boule de feu au-dessus des arbres dont une brise légère agitait les feuilles, et quelques nuages noirs fuyaient à travers le ciel. Sammy courait d'avant en arrière en aboyant, au comble de l'excitation.

– Ce chien est à moitié fou, déclara Tom à Willie.

Mais il s'aperçut qu'il parlait dans le vide, car Willie, s'efforçant toujours de les rattraper, était à plusieurs mètres en arrière, les joues congestionnées par l'effort.

– Tu n'es vraiment pas bavard, hein ? Pourquoi ne m'as-tu pas dit que j'allais trop vite ?

Mais Willie, hors d'haleine, était incapable de répondre. Il se contenta d'émettre quelques sons incompréhensibles.

Tom ralentit l'allure, permettant ainsi à Willie de se maintenir à sa hauteur. Le petit garçon leva les yeux vers ce vieil homme bourru qui était si gentil avec lui. Tout cela était tellement déconcertant. Il regarda les lourdes bottes basses et marron de Tom, son épais caban bleu, la casquette en velours vert d'où s'échappaient, de chaque côté, des touffes de cheveux blancs. Un petit sac à dos vide était accroché à son épaule.

– Monsieur ! haleta-t-il. Monsieur !

Tom baissa les yeux.

– Je peux porter votre sac, monsieur ?

Tom marmonna quelque chose et tendit son sac à Willie qui le prit et le tint fermement à deux mains. La route étroite montait en pente douce. Willie, à l'allure à laquelle ils marchaient, avait à peine le temps de voir les haies sauvages qui défilaient de part et d'autre à sa hauteur en lignes vertes. Tout paraissait si irréel que Willie avait l'impression de se mouvoir dans un rêve confus. Lorsqu'ils arrivèrent en haut de la côte, Willie aperçut des petits cottages au toit de chaume alignés de chaque côté de la route, devant lui. Il tira Tom par la manche.

– Monsieur, fit-il, sidéré, ils ont des toits en paille.

– C'est du chaume, répliqua Tom.

– Qu'est-ce que…

Il se mordit la lèvre et garda le silence.

Tom baissa les yeux sur lui.

– J'ai des dessins de toits comme ceux-là à la maison. On les regardera ce soir.

Willie serra le sac encore plus étroitement entre ses mains.

De l'autre côté de la route, une femme corpulente, entre deux âges, jeta un coup d'œil à travers la fenêtre. Elle disparut un instant pour aller ouvrir la porte d'entrée.

– Bien le bonjour, Tom, dit-elle en examinant Willie avec curiosité.

– Bonsoir, madame Fletcher. Comment vont les garçons ?

– Ça va bien, merci.

– William, dit Tom, va surveiller un peu Sam. Je suis à toi dans une minute.

Willie acquiesça timidement d'un signe de tête et se dirigea vers Sammy qui était en train d'examiner les fleurs dans une jardinière à la fenêtre d'un autre cottage.

– Il est bien maigrichon, celui-là, hein ? remarqua la

femme tout en glissant une mèche égarée dans son chignon.

Tom répondit par un grognement.

– J'en ai pas cru mes oreilles quand j'ai appris ça, poursuivit-elle. Moi ça va, j'ai pas de place, mais Mme Butcher, elle, en a deux sur les bras. Des filles, remarquez bien ; mais des vraies chipies. Et Mme Henley, elle, elle en avait trois la semaine dernière qu'arrêtaient pas de ficher le camp. Ils s'ennuyaient de chez eux, quoi, conclut-elle avec un soupir.

– Ça marche, le tricot ? demanda Tom, changeant de sujet.

– Qu'est-ce qui vous prend ? demanda-t-elle en se penchant en arrière pour le dévisager. Depuis quand mon tricot vous intéresse-t-il ?

– Depuis maintenant, répondit-il brièvement.

Il fourra les mains au fond de ses poches et frotta le bout d'une de ses bottes contre un caillou.

– Beaucoup de travail, hein ?

– Pas plus que d'habitude.

– J'aurais besoin d'un chandail bien chaud... Pas pour moi, remarquez, ajouta-t-il en regardant Willie qui s'éloignait.

– On n'est pas obligés de les habiller, vous savez. Ils doivent apporter leurs vêtements avec eux.

– Eh bien, lui, il n'en a pas, répliqua Tom d'un ton bourru. Vous pouvez me tricoter un pull-over ou vous pouvez pas ? C'est tout ce que je vous demande.

– Si c'est tout ce que vous voulez...

– Et vous ne sauriez pas, enchaîna-t-il, où je pourrais trouver des bottines solides, de petite taille ?... et pas de commentaires s'il vous plaît ; je veux savoir simplement.

– Je vais demander à droite et à gauche.

Il marmonna des remerciements et repartit à grands pas le long de la route.

Mme Fletcher demeura immobile à le regarder s'éloigner, attendant qu'il ne puisse plus l'entendre.

– Madge, cria-t-elle alors en se précipitant vers le cottage voisin. Madge, tu vas t'évanouir quand je vais te raconter…

Après avoir dépassé les cottages, la route s'enfonçait dans la campagne. Des chemins en partaient de part et d'autre. La dernière maison était une petite boutique.

– Je n'en ai pas pour longtemps, dit Tom.

Et prenant le sac à dos des mains de Willie, il le laissa en compagnie de Sammy devant les marches. Willie, émerveillé, contemplait les champs. Ses minces chaussettes de laine tire-bouchonnaient autour de ses chevilles. Lorsque Tom ressortit, il en prit conscience et tira vivement dessus pour les remonter. Sammy renifla la nourriture à travers le sac que Tom remit sur son épaule après avoir tapoté affectueusement sa truffe.

– Si je recommence à marcher trop vite, lança-t-il à Willie, dis-le-moi.

C'était une longue route paisible, et seul le ronronnement d'un tracteur au loin troublait le silence. Au bout d'un moment, ils tournèrent à droite pour s'engager dans un petit chemin.

L'attention de Willie fut attirée par un petit oiseau brun, affairé dans une haie. Tom s'arrêta, posa un doigt sur ses lèvres, et ils s'attardèrent à le regarder sautiller, apparaître et disparaître parmi les feuilles multicolores.

– C'est un moineau, chuchota Tom. Tu vois son bec ? Tellement mignon…

L'oiseau leva la tête et s'envola à tire-d'aile.

– Et timide avec ça.

Ils continuèrent le long du chemin en direction d'une ferme. Sammy, déjà arrivé, les attendait assis sur son séant, et sa queue battait le sol de droite à gauche. Ils poussèrent un large portail en bois, qui se rabattit derrière eux en grinçant et en craquant sur ses gonds. Tom, suivi de Willie, contourna une vaste bâtisse en pierres blondes pour se diriger vers un hangar en bois. Un homme d'âge moyen, aux cheveux couleur de paille et aux yeux les plus bleus que Willie eût jamais vu, était assis sur un tabouret en train de traire une des vaches qui étaient abritées là. Willie remarqua avec quelle douceur il tirait sur les pis et regarda le lait tiède et blanc jaillir dans le seau placé en dessous.

– Monsieur, dit-il en tirant Tom par la manche. Monsieur, c'est quoi, ça ?

Tom était stupéfait.

– Tu n'as jamais vu de vache ?

Mais Willie ne répondit pas. Il était trop fasciné par la façon dont le pis gonflé diminuait de volume.

– Il me faudra un peu plus de lait, maintenant, Ivor, déclara Tom.

Ivor opina du bonnet et se tourna vers Willie.

– Un des gosses de Londres ? demanda-t-il.

Tom répondit par un grognement affirmatif.

– Tu ferais bien de prendre un bidon. Roe est dans la maison.

Tom traversa la cour en direction de l'arrière de la maison et monta les marches. Il portait dans ses bras Sammy qui avait la manie de japper après les vaches. Willie s'attarda à observer la traite.

Une jeune femme brune, d'une trentaine d'années, au visage souriant, ouvrit la porte.

– Entrez, dit-elle. Il va vous falloir plus de lait !

– Comment le savez-vous ? demanda Tom.

– Lucy vous a vu arriver dans la cour avec lui.

Une petite fille potelée de six ans, aux boucles brunes, ses grosses joues roses maculées de terre, se tenait à son côté, accrochée à sa jupe.

– Sois pas aussi bêtasse, petite, lui dit sa mère. Allez, va lui dire bonjour. J'ai à faire.

En bottines et robe de lainage bleue, la fillette descendit les marches et, timide, alla s'immobiliser près de Willie. Elle tortillait l'ourlet de sa jupe qui se retroussa, laissant apparaître sa culotte.

– Ils sont presque de la même taille ces deux-là, remarqua Tom qui les observait. Je me demande ce qu'ils leur font, à leurs gosses, dans la grand'ville, ajouta-t-il.

Et il disparut dans la cuisine chaude et accueillante.

Il réapparut quelques instants plus tard et, après s'être adressé à Willie plusieurs fois sans obtenir de réponse, il finit par lui taper sur l'épaule.

– Tiens, l'étourneau, porte-moi donc ça, dit-il en lui tendant un bidon. Tu peux regarder dedans si tu en as envie.

Willie souleva le couvercle et jeta un coup d'œil à l'intérieur du bidon. Il était plein de lait frais. Lucy le regardait fixement. Jamais elle n'avait vu un petit garçon aussi maigre et aussi pâle. Elle n'avait toujours pas dit un mot mais elle venait, du moins le crut-elle, d'apprendre son nom.

– ... Voir, l'étourneau, dit-elle brusquement.

Tournant les talons, elle s'enfuit vers la maison.

– Où elle est passée, cette bestiole ? fit Tom, cherchant Sammy des yeux.

Il aperçut alors son pelage noir et blanc près du portail. Assis, un os dans la gueule, le chien les attendait.

Willie examinait la façade de la maison. La femme, qui répondait au nom de Roe, accrochait un tissu noir à la fenêtre de devant.

– Qu'est-ce qu'elle fait ? demanda-t-il.

– C'est à cause du couvre-feu, petit. A partir de ce soir, on doit tous faire ça.

Willie songea à demander pourquoi, mais il savait que c'était mal élevé, alors il garda le silence.

– C'est pour que les avions ne sachent pas où lâcher

leurs bombes, poursuivit Tom, comme s'il lisait dans ses pensées. Une perte de temps, si tu veux mon avis. Tout ça sera fini pour Noël, je le parierais bien. Et puis, qui aurait l'idée de bombarder Weirwold ? C'est le nom de ce village, ajouta-t-il. Little Weirwold.

Il leva les yeux vers le ciel qui s'était soudain assombri.

– On ferait bien de rentrer, dit-il.

Et après avoir ouvert le portail, ils s'engagèrent d'un bon pas dans le chemin pour regagner la route principale.

Ils avaient dépassé les cottages et étaient arrivés au milieu de la côte lorsque les premières gouttes de pluie tombèrent. Comme ils arrivaient au bas de la côte, le ciel s'ouvrit et des trombes d'eau s'abattirent sur eux. La pluie aveuglait Willie et se glissait sous le col de son imperméable. Tom boutonna son pardessus jusqu'au cou et remonta son col. Il baissa les yeux vers les silhouettes trempées du petit garçon et du chien. Willie était obligé de courir pour rester à sa hauteur. Ses baskets étaient maintenant couvertes de boue, et son tricot s'était déjà imbibé d'eau à travers l'imperméable transpercé par la pluie.

Le ciel grondait au-dessus d'eux et la pluie tombait toujours à verse, rebondissant par terre et formant de petits ruisseaux. Tom poussa le portail et Sammy le franchit comme une flèche en aboyant et en dérapant dans les flaques. Tom referma le portail derrière Willie et se précipita vers la maison.

Willie se dépêcha de rentrer dans le cottage, se glissant parmi les tombes et sous le chêne dans le flic-flac de ses baskets. Ils entrèrent précipitamment ; les bottes de Tom résonnèrent sur le carrelage. Il secoua la pluie de son caban et de sa casquette et entreprit d'enlever ses bottes. Sammy, sur le paillasson, s'ébrouait sur le pas de la porte ouverte et regardait les vagues de pluie qui fouettaient maintenant le cimetière. Willie se débattait avec son imperméable. Il avait les doigts tout violacés à cause du froid.

– Tu es trempé comme une soupe, dit Tom en jetant un regard sur les baskets boueuses. Enlève-moi ces trucs en toile. Reste ici pendant que j'étale des journaux.

Willie ôta ses chaussures alourdies par la pluie et resta debout dans l'entrée, secoué de frissons incontrôlables, claquant des dents malgré ses mâchoires serrées. Après quelques allées et venues dans le salon, Tom ouvrit la porte. Il avait disposé des journaux devant la cuisinière et accroché les rideaux noirs aux fenêtres. L'éclat des braises mis à part, l'obscurité était presque totale. Il alluma une lampe à gaz suspendue au plafond, et une lampe à pétrole posée sur la table.

– Reste sur les journaux. Toi aussi, dit-il à Sammy qui, haletant, ne cessait de projeter des éventails de gouttes autour de lui avec sa queue.

Il remit du charbon dans le feu et quitta la pièce. Willie sautillait d'une jambe sur l'autre devant le fourneau. Un nuage de vapeur commençait à s'élever de son tricot et de sa culotte. Il entendit la porte d'entrée se refermer et Tom revint avec un sac en papier marron. Il le posa sur la table et en sortit le contenu. Il y avait une petite serviette, un bout de savon, une brosse à dents, une vieille bible et une enveloppe sur laquelle était écrit : « A qui de droit. » Il chercha sous la serviette des vêtements de nuit, mais il n'y en avait pas. Il ouvrit l'enveloppe. Willie entendit le crissement du papier déchiré et se retourna pour observer Tom. Il savait que la lettre était de sa mère. Il vérifia de nouveau que ses chaussettes trempées étaient bien remontées et resta pétrifié.

« Cher monsieur ou madame, disait la lettre, J'ai demandé si Willie pouvait loger chez des gens craignant Dieu, et j'espère que c'est le cas. Comme la plupart des garçons, c'est un pécheur dans l'âme mais il a promis d'être sage. Je ne peux pas aller le voir. Je suis veuve et je n'ai pas d'argent. A cause de la guerre et tout le reste. J'ai mis la ceinture pour le corriger quand il est mauvais, et je l'ai cousu pour l'hiver. En général, je le garde à la maison quand je lave ses vêtements, et je les ai prévus spécialement pour le froid, alors ça devrait aller. Dites-lui de la part de sa maman qu'il ferait bien d'être sage. Mme Beech. »

Tom plia la lettre et la mit dans sa poche. Il trouva la ceinture au fond du sac ; elle était en cuir marron avec une boucle en métal. Il la remit dans le sac d'où il sortit la serviette, le savon et la brosse à dents. Willie, le dos tourné au feu, le regardait d'un air incertain.

Tom était en colère.

– Tant que tu seras dans ma maison, dit-il d'une voix étranglée, tu vivras selon mes règles. J'ai encore jamais frappé un enfant et si jamais ça devait m'arriver, ça sera avec ma main nue ! T'as bien compris ?

Willie inclina la tête.

– Alors, la ceinture, on n'en a pas besoin.

Et prenant le sac sur la table, il sortit de la pièce.

Willie se tourna de nouveau vers le feu, la tête penchée au-dessus de la cuisinière, les épaules contractées. Une larme s'échappa de ses yeux et tomba sur le fourneau brûlant. Il entendit la porte se fermer derrière lui et s'essuya vivement les joues.

Tom posa un paquet sur la chaise.

– Ôte-moi tous ces trucs mouillés, dit-il en s'agenouillant à côté de lui, que je puisse les sécher pour demain.

Willie renifla. Tom lui enleva son chandail et sa culotte trempés.

– Les chaussettes aussi, ajouta-t-il.

Willie qui les tenait à deux mains lui obéit. Tom ne fit aucun commentaire car cela aurait été inutile. Les bras et les jambes de Willie étaient couverts d'ecchymoses, de boursouflures, de plaies. Tom essaya de lui enlever son tricot de corps. Willie eut une grimace et toucha le haut de son bras.

– C'est récent ça, hein ? demanda Tom d'une voix contenue.

Willie rougit et acquiesça d'un signe de tête.

– On va y aller tout doucement, dit-il.

Il tira avec précaution sur le tricot de corps.

– Il viendra pas, m'sieur, murmura Willie.

Tom comprit alors ce que sa mère avait écrit dans la lettre : le tricot de corps avait été cousu à la ceinture de son caleçon.

– On va arranger ça, dit Tom en prenant une paire de ciseaux sur la bibliothèque.

Willie recula dans un coin.

– Je les recoudrai ensemble quand tu rentreras chez toi. Je te promets.

Willie ne bougeait toujours pas.

– Je te le promets, répéta-t-il.

Willie avança alors d'un pas et laissa Tom s'activer avec ses ciseaux.

Tom sécha le maigre corps meurtri de Willie, l'enveloppa dans une serviette et assit l'enfant dans le fauteuil. Prenant une vieille chemise de nuit en flanelle dans le paquet, il en coupa le corps et les bras à moitié. Puis il mit Willie debout sur le fauteuil, enleva la serviette et lui fit passer la chemise par-dessus la tête, recoupant le bas et les manches jusqu'à ce que les pieds et les mains de Willie apparaissent. Il lui tendit ensuite une paire d'épaisses chaussettes en laine. Les talons atteignaient presque l'arrière des genoux de Willie qui eut un petit sourire crispé. Il regarda Tom accrocher ses vêtements à un séchoir près du feu.

– Tu peux essuyer Sammy avec ça, dit Tom en montrant la serviette posée sur le fauteuil.

Willie s'agenouilla sur les journaux et commença à frictionner le chien. Sammy, ravi, pointait le museau vers le plafond.

Tom ouvrit le sac à dos et commença à circuler dans la pièce pour ranger les provisions sur les étagères et dans les placards. Il cassa des œufs dans une poêle, y ajouta du lait et du beurre. Coupant quelques tranches de pain, il en piqua une au bout d'une longue fourchette.

– Tu as déjà fait griller du pain ? demanda-t-il.

Willie secoua la tête.

– Tiens, essaye, dit Tom en lui donnant la fourchette.

Willie s'assit sur le tabouret et tendit la tranche de pain vers le feu. Ses longues chaussettes traînaient par terre. Tom plaça à ses pieds un bol plein de déchets de viande et de biscuits pour chien à l'intention de Sammy qui avait déjà commencé à mordiller le bout d'une des chaussettes.

Willie déposait les tranches grillées sur une assiette, et Tom les recouvrait d'une généreuse couche d'œufs brouillés fumants. Un plat plein de pommes de terre à l'eau, bouillantes et ruisselantes de beurre, était disposé au milieu de la table.

– Tu peux venir t'asseoir maintenant, dit Tom.

Willie prit une pomme de terre dans les mains et la laissa tomber dans son assiette en retenant un cri. Puis il s'attaqua fébrilement au repas. Ses maigres coudes pointaient de chaque côté de son corps tandis qu'il coupait et mangeait sa nourriture avec une sorte de frénésie. Une fois le repas terminé, Tom ouvrit un petit paquet marron qui contenait quatre morceaux de gâteau au gingembre fait à la maison.

– Un pour ce soir, un pour demain, dit Tom en lui tendant un morceau.

Willie n'avait encore jamais mangé de gâteau. Lorsqu'il eut fini sa part, il se pencha en arrière sur sa chaise et regarda Sammy qui émettait une série de bruits étranges en avalant sa pâtée tout en remuant la queue avec énergie. Tom fit chauffer de l'eau sur la cuisinière pour la vaisselle.

– Tu peux regarder les livres si tu veux, dit-il en montrant les étagères sous la fenêtre.

Willie, tout excité, se leva et se dirigea vers les rayons. Soudain, il s'arrêta et fronça les sourcils.

– Faut que je lise la Bible, dit-il, l'air misérable.

Tom émit un grognement.

– Je te raconterai une histoire de la Bible. A ma façon. Ça te va ?

– Oui, merci monsieur.

- Prends donc ce pouf et assieds-toi.

– Pouf ?

Tom lui indiqua un siège bas et rond qui ressemblait à un gros coussin, à côté du fauteuil.

Willie s'accroupit devant les étagères et choisit trois livres. Il tira le pouf à lui et s'assit, les livres sur les genoux.

– Tu les ouvres pas ? demanda Tom.

– Après la Bible.

Tom s'installa dans son fauteuil et alluma sa pipe. Il se pencha en arrière et tira quelques bouffées, se demandant quelle histoire raconter. Willie l'observait. Il tira sur ses pieds son étrange vêtement qui l'enveloppait comme un sac.

– L'arche de Noé ! s'exclama Tom. Ça, c'est une belle histoire.

Il regarda les livres choisis par Willie et en prit d'autres, illustrés d'animaux, sur l'étagère.

– Autrefois, il y a très longtemps… commença-t-il.

Willie s'inclina en avant pour écouter puis finit par se lever et se pencher sur l'accoudoir du fauteuil pour mieux voir les images. Tom continuait à marmonner, flatté de l'attention émerveillée dont il était l'objet. La lampe à gaz sifflait doucement au-dessus de leurs têtes et le charbon se consumait lentement dans le fourneau. Au-dehors, la pluie semblait tomber avec moins de violence.

Lorsque Tom eut terminé, il s'aperçut que Willie le contemplait avec adoration. Un peu gêné, il se racla vivement la gorge et leva les yeux vers la pendule.

Il prépara un chocolat pour Willie et le laissa en compagnie de Sammy regarder les « toits de paille », pendant qu'il montait accrocher des stores pour le couvre-feu. Willie se rassit sur son pouf et suivit du bout du doigt le tracé des images. Il souffla sur son chocolat et donna un peu de la peau du lait à Sammy, ce qui fit naître en lui un sentiment d'importance. Tom apparut à la porte avec une lampe et Sammy commença à ramper entre ses jambes.

– Je me disais bien que tu étais trop sage pour que ça dure, dit Tom quand Sammy se mit à tirailler la jambe de son pantalon. Donne-moi le chocolat, William, et toi, prends donc le livre.

Willie s'engagea sur l'échelle, mais ses chaussettes, trop grandes pour lui, le faisaient trébucher. Après une escalade périlleuse et instable avec le chocolat, le livre et le chien, ils finirent tous les trois par atteindre le grenier.

C'était une pièce minuscule, en forme de tente. Le plafond descendait en pente de chaque côté. Deux tapis recouvraient le plancher. Un petit lit était disposé sous l'avant-toit, et des stores opaques étaient fixés à la lucarne au-dessus. Tom avait balayé la pièce et installé une lampe à un crochet en plâtre blanc fixé au plafond. Elle était allumée. A côté du lit se trouvait une table basse en bois.

– Pour tes livres et tes affaires, dit Tom.

Il montra un pot de chambre en faïence au pied du lit.

– Ça, c'est pour que tu ne sois pas obligé de descendre si jamais t'as envie, expliqua-t-il.

La chaleur de la grande pièce montait à travers le plafond et il faisait bon dans le grenier. William rampa sous le lit et se roula en boule.

– Qu'est-ce que tu fabriques ? demanda Tom. Tu te mets dedans, pas dessous.

– Quoi, dans le lit ? s'exclama Willie.

Tom rabattit le drap et Willie se glissa dessous. Puis il se mit à caresser les couvertures de ses deux mains. Sammy, pendant ce temps-là, attendait avec impatience à côté de Tom, remuant la queue comme un fou.

– Vas-y, espèce de cinglé, lui dit Tom.

Le chien bondit sur le lit, se blottit entre les bras de Willie et commença à lui lécher la figure. Lentement, Willie referma les bras sur lui. Il poussa un petit cri et éclata en sanglots.

– ... Scusez, monsieur, bafouilla-t-il, en enfouissant son visage dans la fourrure de l'animal.

Tom s'assit au bord du lit et attendit que Willie se fût un peu calmé.

– Tiens, dit-il en lui tendant un grand mouchoir blanc. Mouche-toi.

Willie, l'air honteux, leva la tête.

– J'suis pas un ingrat, monsieur, j'vous jure. J'suis heureux...

Et là-dessus, il se remit à pleurer.

Tom hocha la tête, et Sammy se mit à lécher les larmes de Willie.

– Tu peux garder la lampe allumée pendant dix minutes, dit Tom en caressant le chien ; et toi, Sammy, tâche de te tenir tranquille.

Il redescendit au salon et retourna les vêtements humides de Willie sur le séchoir. Sa pipe était posée sur la table. Il la prit et la tapota au-dessus du feu pour la vider.

– Va pas t'attacher à ce petit, Thomas, murmura-t-il pour lui-même.

Il se rassit dans son fauteuil et regarda la fumée monter

de sa pipe vers la lampe à gaz. Il jeta un coup d'œil aux minces vêtements gris de Willie. « Une autre paire de chaussettes et un passe-montagne seraient pas du luxe », pensa-t-il ; et il s'absorba dans une rêverie tranquille où défilaient pull-overs et bottes confortables. Des grattements à l'étage supérieur l'interrompirent.

Il grimpa à l'échelle, sa pipe entre les dents, grommela quelques mots en entrant dans le grenier et souffla sur la lampe pour l'éteindre, plongeant la pièce dans une totale obscurité.

– Je vais enlever ça maintenant, dit-il en décrochant les stores. T'as assez chaud ?

Willie leva la tête.

– Oui, répondit-il.

Au comble du bonheur, il se laissa retomber sur l'oreiller blanc et moelleux.

Tom regardait par la fenêtre tout en mâchonnant le tuyau de sa pipe. Il tapa légèrement le sol du bout du pied, puis se dirigea vers le lit et ébouriffa avec douceur les cheveux de Willie.

Il avait déjà commencé à descendre, Sammy dans les bras, quand il se rappela quelque chose.

– Oublie pas tes prières.

– Non, monsieur, dit Willie.

Tom s'immobilisa un instant.

– Et tu ferais mieux de m'appeler Tom. Bonne nuit et que Dieu te bénisse.

Là-dessus il disparut, fermant la trappe derrière lui.

– Bonne nuit, monsieur Tom, chuchota Willie.

Il entendit la porte se refermer en bas et se glissa hors du lit pour aller regarder par la fenêtre. Un nuage noir dérivait devant la lune. Un éclair illumina tout le ciel, suivi aussitôt d'un roulement de tonnerre. « Servent pas à grand-chose, ces stores », avait déclaré Tom plus tôt dans la soirée. Mais c'était quand même très bien, pensa

Willie, debout dans le clair de lune. Il distinguait les deux rangées de cottages et les champs au-delà. Dans le lointain, un chien hurla.

En dessous du grenier, Tom était assis dans son fauteuil, Sammy couché à ses pieds. Il tenait sur ses genoux une grande boîte de peinture en bois noire. Il l'ouvrit, en contempla un instant le contenu, puis souffla sur les pots de couleurs vives pour en chasser la poussière.

SAMEDI MATIN

Lorsque Willie se réveilla il faisait encore nuit. En plissant les yeux, il arrivait à distinguer deux boîtes empilées au fond de la pièce et un cadre de tableau appuyé contre elles. Il leva un bras et toucha le plafond en pente au-dessus de sa tête. La douleur qui l'avait brutalement arraché à son sommeil lui taraudait le ventre. Retenant son souffle, il baissa le bras pour toucher sa chemise de nuit. Elle était trempée. Il se rendit alors compte qu'il était couché entre deux draps. C'est ce qu'on faisait aux gens quand ils étaient morts : on les étendait sur un lit. Se redressant brusquement, il se cogna la tête contre le plafond. Il sortit alors du lit, plié en deux de douleur, et boitilla jusqu'à la fenêtre. Il poussa alors un cri de terreur. Il se trouvait dans un cimetière. Il allait être enterré vivant ! La douleur se fit plus forte. Il poussa un gémissement et, pris soudain d'un haut-le-cœur, vomit sur le plancher.

Au matin, Tom le trouva pelotonné sous le lit. Les draps étaient trempés d'urine. Il les enleva et porta Willie dans le salon. Il faisait une chaleur moite ce jour-là, les fenêtres étaient grandes ouvertes, mais pas un souffle d'air n'entrait dans la maison. Willie se tenait devant la cuisinière. Par la fenêtre latérale, il apercevait ses vêtements gris et ses sous-vêtements qui séchaient sur un fil, dehors. Tom lui ôta sa volumineuse chemise de nuit et la jeta dans un baquet de cuivre avec les draps. Il lava tendrement le corps de Willie avec de l'eau froide et du savon. Les traces de coups ressortaient, violacées, sur son torse squelettique et son ventre gonflé. L'enfant tenait à peine debout.

– …'scusez, monsieur, ne cessait-il de répéter, terrifié, 'scusez, monsieur Tom.

Tom se contentait de grogner selon son habitude.

Il alla chercher les vêtements de Willie sur la corde à linge et les lui tendit.

– Trop chaud pour mettre des chaussettes, marmonna-t-il. Laisse-les.

– Je peux pas sortir sans chaussettes ! s'exclama Willie, affolé. Je vous en prie, monsieur Tom, je peux pas !

– Pourquoi ?

– Mes jambes, chuchota-t-il.

Il ne voulait pas que tout le monde voie les traces de ses péchés. Tom soupira et jeta les chaussettes sur la table.

Ils prirent leur petit déjeuner devant la fenêtre ouverte. Tom avait retroussé les manches de sa chemise, et des gouttes de sueur coulaient le long de ses joues rubicondes alors que Willie continuait à frissonner ne réussissant à avaler qu'une demi-tasse de thé et un petit morceau de pain.

– Bon sang de bon sang, marmonna Tom pour lui-même en observant le visage de Willie.

Il débarrassa la table et laissa Willie devant la petite carte postale qu'on lui avait remise pour qu'il puisse écrire à sa mère. Willie, l'air misérable, regarda Tom qui sortait son petit matelas devant la fenêtre. Il avait tellement honte. Tous ceux qui s'approcheraient de l'église verraient le matelas et sauraient combien il avait été vilain. Ils sauraient qu'il n'était qu'un bébé. Il n'avait pas fait exprès de mouiller son lit. Il ne se souvenait même pas l'avoir jamais fait.

Maintenant il regardait fixement la petite carte postale posée devant lui. Un crayon serré entre les doigts, il crispa sa main libre et appuya de toutes ses forces ses jointures contre la table pour s'empêcher de pleurer.

– Alors, ça marche ? demanda Tom en se penchant par la fenêtre.

Willie sursauta et devint cramoisi.

– Tu sais pas trop quoi dire, c'est ça ?

Tom prit le crayon de la main de Willie et tourna la carte vers lui.

– Pas beaucoup de place, hein ?

Willie, embarrassé, tira sur ses cheveux.

– Tu as perdu ta voix ?

– Non, monsieur Tom, répondit-il vivement.

– Qu'est-ce que tu veux dire alors ?

Willie haussa les épaules et fixa la table de bois d'un regard morne.

– Tu es heureux ici ?

Il leva aussitôt les yeux et acquiesça d'un signe de tête.

– Oh ! oui.

– Bien arrivé, je suis heureux et…

– Monsieur… monsieur Tom, l'interrompit Willie, vous allez lui dire que j'ai été vilain ?

– Non, répondit Tom qui continua à écrire. Tiens, écoute : Chère madame Beech, William…

– Elle m'appelle pas comme ça. Elle m'appelle Willie.

Il corrigea le mot.

– …Willie, poursuivit-il, est bien arrivé. Il est heureux et très sage. Bien à vous, M. Thomas Oakley. Tiens.

Il lui tendit le crayon et la carte postale.

– Maintenant, écris ton nom.

Willie pâlit.

– J'peux pas.

– Ils ont pas d'école à Londres ?

– Oui, mais… hésita-t-il.

– Et la lecture ? demanda Tom. Tu sais lire, quand même ?

– Non.

– Mais tu lisais les livres hier soir.

– Je regardais les images.

Tom se gratta la tête. Les enfants du village, à six ans, savaient déjà lire quelques mots. Ce garçon avait huit ans, disait-il. Il jeta un coup d'œil pour vérifier sur le petit carton fourni avec la carte postale : William Beech. Né le 7 septembre 1930.

– Neuf ans mardi… fit-il remarquer. Tu as ton anniversaire dans cinq jours.

Willie ne comprenait pas ce que cette date avait de tellement spécial.

– Tu auras neuf ans mardi, répéta Tom.

Mais Willie ne trouvait toujours rien à répondre.

– De toute façon, reprit Tom, pour en revenir à l'école, ton maître, il n'essayait pas de t'aider ?

– Si, mais…

Il hésita.

– Y m'aimait pas. Les autres m'appelaient tous la poule mouillée.

– Quels autres ?

– A l'école.

– Et tes copains, alors ?

Willie chuchota quelque chose.

– Je t'entends pas, petit.

Willie se racla la gorge.

– J'ai pas de copains.

Tom eut un petit grognement et signa la carte postale. Il remarqua que Willie regardait la boîte noire posée sur le tabouret.

– Quelle chaleur, bon sang, grommela-t-il en s'essuyant

le front avec un mouchoir. Prends cette boîte, Willie, et apporte-la ici.

Willie obtempéra et posa la boîte avec précaution sur la table.

– Ouvre-la.

Willie se contentait de fixer la boîte.

– Allez, petit, soulève le couvercle.

Willie ouvrit la boîte et regarda les petits pots de couleur.

– De la peinture ? demanda-t-il.

Tom répondit par un grognement affirmatif.

– Un peu vieux, ces pots, mais ça devrait aller. Tu sais peindre ?

Le visage de Willie se ferma. Il rêvait de peindre.

– Non, parce que je sais pas lire…

– Seuls ceux qui savent lire et écrire ont le droit de peindre, c'est bien ça ?

– Oui.

Il effleura un des pots, puis retira vivement sa main.

– J'ai fait des dessins avec des bouts de craie et un crayon, pour moi tout seul.

Tom se redressa.

– On ferait mieux d'aller poster ta carte. Il ne faut pas que ta maman s'inquiète. Allez, grimpe ! dit-il en aidant Willie à passer par la fenêtre. Où il est passé encore, celui-là ? Sammy ! cria-t-il. Sammy !

Willie s'abrita les yeux de la main et chercha le chien du regard. Il repéra une masse soyeuse noir et blanc affalée sous le chêne.

– Monsieur Tom, dit-il, tendant le doigt en direction de Sammy. Regardez.

Le chien leva la tête. Se remettant sur pied à contrecœur, il abandonna la fraîcheur de son abri et se dirigea vers eux sans se presser.

Ils firent le tour par le jardin, derrière le cottage, et passèrent devant la petite cabane en bois des toilettes. Sur le toit était posé le matelas de Willie.

– T'inquiète pas, petit, déclara Tom, il sera sec ce soir.

Ils gagnèrent le fond du jardin et arrivèrent devant un petit portail en bois, avec une haie vive de chaque côté. Après l'avoir franchi, ils tournèrent à gauche dans une ruelle et, au bout de quelques pas, Tom ouvrit une barrière donnant sur un champ, le long du cimetière. Un cheval de trait massif était en train de paître paisiblement. Willie ralentit le pas.

– Viens donc, fit Tom avec impatience.

Sammy bondit en avant et salua la jument d'un aboiement sonore. L'animal leva les yeux un instant, secoua la tête et se remit à brouter.

– Elle ne te fera pas de mal, dit Tom, marche à côté de moi.

Et il poussa doucement Willie dans le champ, laissant la barrière se refermer derrière eux.

Willie, cramponné à la jambe de pantalon de Tom, jeta un coup d'œil anxieux à la jument quand ils passèrent à sa hauteur.

– Elle ne te fera pas de mal, répéta Tom.

Mais, sentant Willie trembler contre sa jambe, il n'insista pas.

Pour le plus grand soulagement de Willie, ils finirent par atteindre la barrière, à l'autre bout du champ. Tom l'ouvrit et Willie la franchit rapidement. Ils se trouvaient à présent dans un petit chemin.

– Sam, appela Tom, viens mon petit père.

Sammy s'était laissé choir à côté d'un des sabots de Dobbs – la jument –, savourant l'ombre de sa tête volumineuse. Il se releva docilement et les rejoignit à grands bonds.

– Allez, montre-moi comment tu vas refermer, William. Il faut jamais oublier de fermer une barrière.

Willie se précipita et la rabattit bruyamment.

– Pousse le loquet maintenant.

Il obtempéra.

– Très bien.

Willie demeura un instant stupéfait, car personne ne l'avait jamais, au grand jamais, félicité.

Le chemin était bordé de chaque côté par des arbres. Les branches au-dessus de leurs têtes formaient une voûte, et les feuilles commençaient déjà à tomber. Mais il en restait suffisamment pour ménager un havre de fraîcheur. Willie n'avait jamais foulé autant de feuilles. Elles s'accumulaient autour de ses chevilles, dissimulant complètement ses baskets.

Ils passèrent devant un large portail et un grand jardin bien entretenu. Un homme d'un certain âge, penché sur une des plates-bandes, arrachait d'un air mélancolique des dahlias or et jaune. Sammy, qui les avait précédés à grands bonds, les attendait, paresseusement assis devant un vieux portail en bois.

– Bon sang, il comprend tout d'avance ! s'exclama Tom pour lui-même.

Il poussa le portail qui, après avoir résisté un instant, s'ouvrit en grinçant sur son unique gond rouillé. Les haies enchevêtrées de part et d'autre en avaient presque condamné l'accès. Willie referma avec soin le portail derrière eux, et ils avancèrent dans un jardin revenu à l'état sauvage. L'herbe montait jusqu'aux genoux de Willie.

Ils arrivèrent à un cottage. Tom frappa à la porte d'entrée mais n'obtint aucune réponse. Il entendait le son d'une radio et savait donc qu'il y avait quelqu'un. Après plusieurs tentatives pour attirer l'attention, il contourna la maison pour gagner le jardin de derrière.

Allongé dans un fauteuil en osier, le Dr Oswald Little, un homme corpulent au visage rougeaud, essayait vainement de nettoyer ses lunettes embuées. Son épouse,

Nancy, une grande femme maigre au visage couvert de taches de rousseur et aux cheveux gris fer coupés en brosse, était en train de creuser une large tranchée dans le sol. Une cigarette pendait au coin de ses lèvres. La radio diffusait des flots de musique d'orgue par la fenêtre ouverte de la cuisine.

– Docteur Little ! répéta Tom d'une voix forte pour la troisième fois.

Le docteur leva la tête et mit ses lunettes qui glissèrent aussitôt le long de son nez humide de sueur.

– Bonjour, Tom. Quelle surprise ! Vous n'êtes pas malade, au moins ?

– Non.

Il jeta un bref coup d'œil à Willie qui battait en retraite après avoir entendu appeler « docteur » cet homme replet. Nancy, remarquant à quel point il était terrifié, s'assit au bord de la tranchée et ôta la cigarette de ses lèvres.

– Je suis madame Little, dit-elle d'une voix rauque et je parie que tu aimerais bien boire un jus d'orange pendant que M. Oakley et le docteur bavardent. D'accord ?

Il acquiesça d'un signe de tête et la suivit dans la cuisine.

Tom s'assit.

– Quel est le problème ? demanda le docteur. Il s'agit de ce garçon, pas vrai ?

– Il a déjà été malade deux fois. Il avait bien cassé la croûte hier soir, mais il a tout rendu.

– Malnutrition, commenta le docteur. Il est sans doute habitué à manger des chips. Son estomac n'a pas supporté toute cette bonne nourriture. Du bouillon léger, du repos, de l'exercice et du lait pour commencer, et peut-être un fortifiant. Essayez donc l'huile de foie de morue. Je suppose qu'il mouille son lit également, ajouta-t-il.

Tom eut l'air surpris.

– C'est tout à fait classique, poursuivit le docteur. Surtout quand ils sont tout petits. Donnez-lui un mois ou deux pour s'habituer. Quel âge a-t-il ? Cinq, six ans ?

– Huit ans, bientôt neuf.

Ce fut au tour du docteur d'être surpris.

– Il a l'air d'un petit lapin terrorisé, pas vrai ? dit Tom.

– Oui, acquiesça le docteur Little, l'air songeur. On lui a visiblement appris à considérer le docteur comme un croque-mitaine.

– Il y a autre chose. Il est couvert de bleus et d'écorchures. Ce gosse a été battu, à coups de boucle de ceinturon. Il a tellement honte qu'il ne veut pas qu'on le voie. Si vous pouviez vous arranger pour y jeter un coup d'œil...

– Voici, fit une voix distinguée derrière lui, et de l'eau salée chaude.

C'était Mme Little. Elle apportait des rafraîchissements sur un plateau. Elle posa une bouteille d'hamamélis* près des pieds de Tom.

– Nous avons comparé nos blessures de guerre, expliqua-t-elle. J'avais remarqué les siennes avant qu'on entre dans la maison. Je lui ai donné deux élastiques pour ses chaussettes. On aurait juré que je lui offrais la lune !

– Les enfants de Little Weirwold ont été vraiment gâtés, on dirait, commenta le docteur. Je suis passé à La Grange hier soir pour soigner des ongles incarnés. Il y a deux familles nombreuses qui vivent là-bas, dix-neuf gosses en tout. Nancy et la bonne ont dû en épouiller la moitié. Des vrais sacs d'os, en plus. Pas vrai, ma chérie ?

Nancy acquiesça d'un signe de tête.

– Merci de vos bons conseils, déclara Tom en se levant.

---

*Arbrisseau d'Amérique du Nord, dont la feuille s'apparente à celle du noisetier et dont l'écorce et les feuilles ont des vertus curatives.

Je ne veux pas vous empêcher de travailler plus longtemps.

Mme Little éclata d'un grand rire qui se termina en quinte de toux. Elle tira une bouffée de sa cigarette.

– Il n'y a que moi qui travaille ici ! s'exclama-t-elle.

– Écoute, je suis en semi-retraite, après tout ! protesta le docteur avec bonne humeur. De toute façon, il fait bien trop chaud pour creuser.

Nancy, désarmée, regarda Tom et eut un petit haussement d'épaules.

– C'est pour un abri antiaérien ? demanda Tom.

– Oui. Et quand les bombes commenceront à tomber, il sera le premier à se précipiter dedans.

– Si jamais ça arrive, je resterai dans mon lit, répliqua le docteur, essuyant son crâne chauve entre les deux touffes de cheveux blancs qui lui restaient au-dessus des oreilles. Autant mourir confortablement. Vous n'êtes pas d'accord, Tom ?

Tom, jusqu'alors, avait trouvé ridicule la seule idée de construire un abri. Ils habitaient la campagne, après tout. Mais maintenant qu'il était responsable de Willie…

– Faut que je pense au gosse, dit-il. Il prit le flacon d'hamamélis. Combien je vous dois ?

– La maison vous l'offre, répondit Nancy.

Tom appela Willie et Sam. Après avoir de nouveau bataillé avec le portail pour l'ouvrir, ils s'engagèrent dans le chemin puis gagnèrent la route où ils retrouvèrent la lumière du soleil.

Willie avait beaucoup transpiré. Tom lui toucha la joue et la trouva fraîche. Ils passèrent devant une petite maison en briques rouges avec un toit de tuiles. Devant se trouvait une cour de récréation et, derrière, un grand champ.

– C'est ton école, William.

Willie jeta un coup d'œil aux pots de fleurs posés sur

l'appui des fenêtres. L'école ne ressemblait en rien à la bâtisse grise et sinistre où il allait à Londres.

La route les amena entre les deux rangées de cottages aux toits de chaume. Mme Fletcher et une voisine se tenaient près de l'un d'eux devant lequel poussait un gigantesque tournesol. C'était un des rares cottages à posséder une radio. Un petit groupe s'était rassemblé dans le jardin ou à proximité pour l'écouter.

– Va mettre ta carte dans la boîte, dit Tom. La poste est près de la boutique. Je vais t'y rejoindre.

Il se dirigea vers le groupe, Sammy sur les talons.

Willie passa lentement devant les maisons. Toutes les fenêtres étaient grandes ouvertes.

– Bonjour, William, dirent en chœur deux voix derrière lui.

C'était un couple de vieilles gens accoudés au portail de leur cottage.

– C'est Mme Fletcher qui nous a dit comment tu t'appelles, expliqua le vieux monsieur.

Il portait une chemise blanche amidonnée, sans col, dont il avait roulé les manches, et son pantalon gris informe était tenu à la taille par une ficelle. Sa femme était vêtue d'une robe à fleurs en coton, protégée par un tablier lilas. Leur peau ridée et tannée était de la couleur d'un vieux ballon de football, et ils avaient perché sur leurs têtes des casques de l'armée. L'un et l'autre portaient, accrochée à l'épaule, la boîte de leur masque à gaz.

– Tu cherches la poste, mon chou ? demanda la vieille dame. Tu es juste devant.

– Entre, petit. Aie pas peur, ajouta le vieil homme.

– On espère que tu seras très heureux ici, reprit la vieille dame. Pas vrai, Walter.

– Oui, acquiesça-t-il. Absolument.

– Nous nous appelons Bird, dit-elle.

– Entre, dit-il. Allez, viens.

Willie frappa à la porte.

– Entre directement, mon petit ! lancèrent-ils en chœur.

Willie ouvrit la porte et avança. Il se trouvait dans une pièce dont le fond était occupé par un comptoir surmonté d'un grillage. A sa droite il vit du papier à lettres et des plumes, des puzzles, de la laine, des aiguilles, des ciseaux et autre bric-à-brac et, à sa gauche, des bonbons et des bouteilles de limonade. Un jeune garçon se tenait devant le guichet. Appuyé sur le comptoir en bois, il écrivait avec frénésie. Un jeune homme d'une vingtaine d'années, les cheveux en brosse, des lunettes sur le nez, était assis derrière le grillage.

– Ils ne pourront jamais lire ça, dit-il au jeune garçon.

– Si, bien sûr, répondit le garçon.

Willie avança à pas comptés pour aller voir ce qui se passait. Le garçon tenait une loupe au-dessus d'une carte postale qu'il couvrait d'une écriture minuscule.

– Elle en a une aussi ma mère, dit-il en agitant sa loupe dans la direction du postier.

Ce qui attirait surtout l'attention de Willie, c'était l'aspect du garçon. Il était plus grand que lui mais devait avoir dans les neuf ans. Musclé et bronzé, il arborait une épaisse chevelure noire bouclée qui avait grand besoin d'être coupée. Il ne portait qu'une culotte en velours rouge informe tenue par des bretelles et une paire de sandales en cuir éculées. Plusieurs pièces de couleurs différentes renforçaient le fond de son pantalon. Son dos et ses jambes étaient nus. Willie ne pouvait en détacher son regard.

– Je peux t'aider, petit ? lui demanda le postier.

Willie rougit et glissa sa carte en travers du comptoir.

L'homme y jeta un coup d'œil.

– Ah ! tu habites chez M. Oakley, hein ? Il va falloir que tu te tiennes à carreau.

Savaient-ils tous qu'il était un vilain garçon ? Il jeta de nouveau un coup d'œil à cet enfant étrange, tellement penché sur sa carte que son nez la touchait presque. Le garçon fit claquer ses lèvres et, d'un grand geste, traça un trait au bas de la carte, avant de revisser le capuchon de son stylo qu'il accrocha à une boucle de ses bretelles.

– Vous avez un buvard, monsieur ?

Le postier lui en glissa un.

– Rien d'autre ? demanda-t-il, sarcastique.

Le garçon eut un léger froncement de sourcils.

– Non, je ne crois pas, je vous remercie.

Il sécha la carte et la poussa, avec le buvard, en travers du comptoir.

– Elle va arriver quand, à votre avis ?

– Mardi, peut-être.

– Si tard ? gémit-il.

– Ben, il fallait l'envoyer plus tôt, répliqua le postier.

Le garçon jeta un regard de côté à Willie. Ses dents blanches et ses yeux bruns en amande ressortaient sur son visage bronzé. Il sourit, ses yeux s'attardant un instant sur la culotte grise froissée et le tricot de Willie. Celui-ci se détourna vivement et franchit la porte, les oreilles brûlantes. Tom, debout sur les marches en pierre de la boutique à l'angle de la rue, l'attendait.

– Ah, te voilà, marmonna-t-il. Tu viens, oui ?

Il acquiesça et se dirigea vers la boutique, passant devant trois femmes qui bavardaient au-dehors.

Il s'attarda sur le seuil pour jeter un coup d'œil à l'intérieur puis entra. Des boîtes, des sacs, des paquets de différentes couleurs étaient empilés le long du mur de droite de la boutique. Sur la gauche se trouvait un long comptoir en bois, une balance à un bout et une grande panière en osier remplie de miches de pain. Des cageots de fruits et de légumes étaient empilés à l'autre extrémité. Au-dessus des boîtes et des sacs rangés à droite, couraient des étagères couvertes de tasses, d'assiettes, de casseroles, de bols, de clous et de toute une série de boîtes de conserve colorées. Willie jeta un coup d'œil précautionneux à l'extérieur dans l'espoir d'apercevoir l'étrange garçon rencontré à la poste.

– Merci, madame Miller, déclara Tom à la dame qui se trouvait derrière le comptoir. Je vous apporterai le tabac ce soir, monsieur Miller. Du thé, du sucre, des piles électriques et des élastiques, d'accord ?

– Aussi sûr que deux et deux font quatre, répondit M. Miller.

Il remarqua alors Willie près d'un sac de farine.

– Qu'est-ce que tu veux, toi ? lança-t-il d'un ton irrité. Hein ?

– Sois pas si brusque, lui dit sa femme.

– Soyez gentil avec ces gosses de Londres et ils vous marchent sur la tête ! La dernière fois que j'en ai eu une bande ici, on m'a volé des cigarettes, du chocolat, des fruits et je ne sais quoi !

Willie rougit et recula, butant contre le sac.

– Ce garçon est avec moi, dit Tom.

– Oh ! fit M. Miller, pris au dépourvu. Oh ! excusez-moi, monsieur Oakley. C'est différent, alors.

– William, viens ici que je te présente M. et Mme Miller.

– Contente de faire ta connaissance, mon petit chou, dit Mme Miller.

Elle était enrobée d'une telle couche de graisse que son ventre l'empêchait presque d'atteindre le comptoir. Elle se pencha par-dessus, saisit la main de Willie dans la sienne, molle et potelée, et la serra.

M. Miller, un petit homme trapu aux cheveux grisonnants et clairsemés se pencha à son tour et en fit autant. Comme Tom et Willie s'apprêtaient à s'en aller, Mme Miller les rejoignit de sa démarche lourde faisant briller une grosse pomme en la frottant contre son tablier.

– C'est pour toi, dit-elle.

Willie, stupéfait, regardait la pomme.

– Allons, prends-la, petit, et dis merci à Mme Miller.

– Merci, chuchota-t-il.

Ils sortirent de la boutique et remontèrent le long de la route. Sammy se traînait derrière eux, l'air misérable. Ils arrivaient devant le cottage de Mme Fletcher lorsque quelqu'un se mit à crier :

– Monsieur Oakley ! Monsieur Oakley !

Un vieux petit bonhomme à la moustache tombante accourait dans leur direction. Il portait un uniforme territorial.

– C'est Charlie Ruddles, marmonna Tom. Il s'imagine qu'il va gagner la guerre.

Le vieil homme arriva, à bout de souffle, à leur hauteur.

– Où sont vos masques à gaz, hein ? Vous risquez gros, si vous en portez pas ! Vous savez donc pas que la guerre va être déclarée d'un instant à l'autre ?

Il tendit le menton vers Willie.

– Lui aussi devrait en avoir un.

– D'accord, d'accord, dit Tom en continuant son chemin poursuivi par les vociférations de Charlie.

– Vous allez vous réveiller un de ces quatre matins, et vous vous retrouverez mort. Gazé !

– D'accord ! hurla Tom par-dessus son épaule. Je vous dis que je vais m'en procurer un !

Ils passèrent devant le cottage au tournesol. Les gens étaient toujours rassemblés au-dehors et parlaient avec animation. Willie les observa, déconcerté. Pourquoi semblaient-ils si inquiets ?

– Viens donc, William, lança Tom d'un ton sec. Ne traînaille pas comme ça ! Faut qu'on aille en ville.

Bien équipé !

Dobbs trottait lentement, passant devant les rangées de cottages et entre les champs de blé où voletaient des abeilles et des papillons blancs. Tom et Willie étaient assis à l'avant de la carriole. Ils avaient laissé Sammy à la maison, affalé dans la fraîche obscurité de l'entrée carrelée. Willie se cramponnait à la banquette en bois, secoué par les cahots de cette route inégale. Ses paupières s'alourdissaient et il s'engourdissait. Soudain, il sursauta terrifié, car il s'était presque endormi et le sol, sous lui, semblait défiler à une grande vitesse. Tom tira sur les rênes et ils s'arrêtèrent.

– Tiens, dit-il, va donc derrière et fais un petit somme.

Il aida Willie à passer au fond de la voiture et lui jeta une vieille couverture pour se protéger, car il était toujours terriblement pâle. Ses coudes pointus et ses omoplates saillantes heurtaient les flancs de la carriole à intervalles réguliers. Il se réveillait en sursaut pour retomber ensuite, épuisé, dans un sommeil hanté de rêves chaotiques. Il était sur le point d'être attaqué par une horde de personnages aux visages grimaçants lorsqu'il sentit qu'on le secouait doucement.

– On arrive, petit. Lève-toi.

Willie se remit tant bien que mal sur pied en s'accrochant au montant de la carriole. Ils longeaient une rivière bordée d'arbres aux branches pendantes qui tourna bientôt pour disparaître de leur vue derrière de vieilles bâtisses.

– Tu te rappelles cet endroit ?

– Non, répondit Willie en secouant la tête.

Ils s'arrêtèrent chez un forgeron. Tom descendit, prit Willie dans ses bras et le posa à terre. Il détacha Dobbs et la conduisit sous un vaste appentis obscur. Willie l'entendit parler à quelqu'un à l'intérieur. Il réapparut bientôt et, en quelques gestes rapides, prit son sac à dos, des sacs à provision et des boîtes à l'arrière de la carriole. Il posa une main sur l'épaule de Willie.

– On a beaucoup à faire, petit. Tu tiendras le coup ?

Willie hocha la tête.

Tom lui tendit une des deux petites boîtes de couleur chamois – son masque à gaz –, et tous deux, les balançant par-dessus leurs épaules, se mirent en route. Ils passèrent devant un marchand de bicyclettes et un cordonnier, et tournèrent le coin pour arriver dans la grand-rue qui contournait une vaste place.

– Les jours de marché, la place est pleine de monde, déclara Tom.

Au milieu de la place se dressait une arche en pierre avec une pendule encastrée dans la façade. Quatre bancs en bois en encadrait la base.

Ils s'arrêtèrent devant la boutique d'un marchand de journaux. Deux panneaux étaient appuyés contre le mur. « La Pologne envahie ! » proclamait l'un d'eux. « Baissez votre radio. Rappelez-vous, quelqu'un peut-être à l'écoute », disait l'autre. La porte de la boutique était déjà grande ouverte.

– Quelle chaleur, hein ? fit une toute petite vieille derrière le comptoir. Comme d'habitude, monsieur Oakley ? ajouta-t-elle.

Tom acquiesça d'un signe de tête.

Elle tendit la main vers une boîte de tabac jaune sur une des étagères. Une pile de bandes dessinées attira l'œil de Willie. Tom l'effleura du regard.

– Un bonbon et une bande dessinée, dit-il d'un ton décidé. Choisis.

Willie était stupéfait.

– Prends ton temps, fiston, dit gentiment la vieille dame. Te presse pas.

Et, indiquant un des nombreux bocaux elle ajouta :

– Il y a des boules de gomme, des pastilles à la menthe, des berlingots, des caramels, et puis des sucettes, bien sûr. Elles sont très demandées. Il y en a à la fraise, au citron et à l'orange.

Tom, irrité par le silence qui se prolongeait, s'apprêtait à intervenir lorsqu'il remarqua l'expression de Willie.

Willie déglutit péniblement. Jamais on ne lui avait demandé de choisir quelque chose.

– Une sucette, s'il vous plaît, madame, dit-il enfin.

– Quel parfum ?

Il fronça les sourcils, un instant paniqué.

– A la fraise, répondit-il d'une voix enrouée.

La vieille dame ouvrit le bocal et lui en tendit une. Elle était enveloppée dans du papier rayé noir et blanc qui était entortillé au bout comme la corne d'une licorne.

– Et maintenant, quelle bande dessinée tu voudrais, mon chou ?

Willie était au désespoir. A quoi pourrait bien lui servir une bande dessinée puisqu'il n'en comprendrait pas les mots ? Pourtant les couleurs le ravissaient et les dessins lui semblaient si drôles, si excitants. Il leva les yeux vers Tom.

– Je sais pas lire, monsieur Tom.

– Peut-être, répliqua Tom d'un ton brusque ; mais moi oui. On regardera ça, après la Bible.

Willie se tourna de nouveau vers les bandes dessinées sans remarquer l'expression de surprise qui s'était peinte sur le visage de Tom : les mots avaient jailli de sa bouche avant même qu'il ne s'en aperçoive. Il éprouvait un mélange d'étonnement envers lui-même et d'irritation à l'idée que ses habitudes, si bien réglées, allaient être bouleversées après quarante années de routine.

Willie finit par choisir une bande dessinée en plus de sa sucette, et Tom paya la commerçante. Pour Willie, c'était sa première bande dessinée et il la tenait entre des mains tremblantes.

– Allez, avance, tu es sourd ou quoi ? aboya la voix de Tom derrière lui, faisant sursauter Willie. Mais viens donc !

Willie le suivit chez le pharmacien, à côté, puis à l'épicerie. Ils s'arrêtèrent devant la vitrine du salon de thé où était exposé tout un assortiment de gâteaux. Un homme en uniforme était assis à une table, à l'intérieur, en compagnie d'une jeune fille en larmes.

– Plus tard, peut-être, déclara Tom qui pensait que Willie regardait les brioches.

Comme ils traversaient la place, Willie tira Tom par la manche.

– Monsieur Tom, dit-il d'un ton pressant. Monsieur Tom, je le connais, cet endroit. Je me rappelle, c'est là que j'étais hier.

Il tournait la tête vers la gare de chemin de fer. Un groupe de jeunes soldats en train de parler avec animation se tenaient devant, leurs volumineux paquetages appuyés contre leurs jambes. Une bande d'enfants accompagnés par une jeune femme et l'assistante à l'hébergement qui avait amené Willie passèrent devant eux, se dirigeant vers la mairie. Ils formaient un groupe disparate, traînant les pieds, l'air hébété et se tenant par la main, leurs étiquettes accrochées au cou. Certains, les joues roses et rebondies, portaient des manteaux tout neufs et des sandales ;

d'autres, maigres et blafards, avaient des vêtements trop grands ou trop petits pour eux.

– Allez, viens, William, dit Tom. J'ai une liste longue comme le bras de choses à prendre chez le drapier.

La boutique du drapier donnait sur le trottoir d'en face, à côté d'un marchand de jouets.

– Tu veux regarder les jouets pendant que j'entre là ?

Willie secoua la tête. Il n'avait pas envie de se retrouver tout seul.

– Comme tu voudras, fit Tom.

Ils entrèrent ensemble dans la sombre boutique du drapier.

La pièce était encombrée de rouleaux de tissus entassés les uns sur les autres. Tom et Willie se faufilèrent entre les piles et, s'extrayant de ce tunnel sans toit, ils se retrouvèrent devant un long comptoir en bois. Un homme entre deux âges, élégamment vêtu, dont les fausses dents toutes neuves étincelaient sous sa moustache aux pointes recourbées, était en train de couper un morceau de tissu.

– Bonjour, monsieur Oakley, déclara-t-il aimablement. Ça va, les rideaux noirs ?

Tom répondit par un grognement affirmatif.

Posé au bout du comptoir, un gros poste de radio tout neuf diffusait en sourdine de la musique d'orgue.

– J'attends les nouvelles, expliqua le drapier. Je dois dire que toute cette attente me porte sur les nerfs. Il est d'une lenteur, ce Chamberlain*. On est parés pour Hitler. Moi, ce que je dis, c'est qu'il n'y a qu'à foncer et arrêter de lanterner !

– J'entends cette fichue musique d'orgue toute la sainte journée, commenta Tom d'un ton rogue. Ils pourraient pas jouer d'un autre instrument ?

---

* Chamberlain fut Premier ministre britannique de 1937 à 1940.

– C'est Sandy Macpherson, déclara le drapier. Merveilleux, cet homme-là. Il tient toute la BBC* à bout de bras dans ce climat de tension générale.

– Vous êtes sûr que ce n'est pas lui qui le provoque ? répliqua Tom.

– Oh ! monsieur Oakley, fit le drapier. Vous plaisantez. Je suis sûr…

Il s'arrêta net en remarquant la tignasse blonde et terne de Willie de l'autre côté du comptoir.

– Il est avec moi, intervint rapidement Tom. Je vous ai apporté une liste de tissus que demande Mme Fletcher, ajouta-t-il en poussant un papier en travers du comptoir. Le gosse ne possède que ce qu'il a sur le dos.

Le drapier s'épanouit.

– Ce sera un plaisir, monsieur Oakley. Il va falloir que je prenne moi-même les mesures. Je suis un peu à court de personnel en ce moment.

D'un geste sec, il fit glisser de son cou le long mètre souple qui y était accroché et examina Willie.

– Il n'est pas épais hein ? fit-il désappointé.

Willie tendit le cou par-dessus le comptoir et le regarda mesurer et couper deux métrages de flanelle grise et bleu marine. Un rouleau de velours côtelé était posé à l'extrémité du comptoir. Il tendit la main pour le toucher et trouva le tissu doux et ferme.

Il laissa ses doigts dériver doucement sur les cannelures. Tom remarqua son manège.

– Montrez-moi d'autres couleurs de ce velours côtelé, dit-il.

Le drapier eut l'air surpris.

– Vraiment ? Eh bien, si vous le dites, monsieur Oakley.

– Tu peux avoir deux couleurs, William. Choisis.

---

* Station radiophonique anglaise.

Le drapier posa sur le comptoir des rouleaux de velours vert, marron, rouille, bleu marine, gris et rouge. Willie jeta un coup d'œil au pantalon vert de Tom. Il montra du doigt le rouleau vert puis, après un moment d'hésitation, le bleu marine.

– Bien, marmonna Tom.

« Le petit commence à penser par lui-même », songeait-il.

Willie eut un sourire crispé, puis s'adossa au comptoir pour examiner les autres tissus. Il y en avait de couleur cramoisie et ambrée, turquoise et verte, des tissus de toutes les nuances et de toutes les textures. Tom se pencha vers Willie, mesurant sur lui des bretelles. Celles qu'il avait choisies.

Willie continuait à admirer les tissus. Il adorait tous les rouges, mais maman disait que le rouge était la couleur du péché. Il entendit Tom dire :

– Faut que je passe à la banque, je vais vous laisser une avance…

– Rien ne presse, monsieur Oakley. Je suis là toute la journée.

Le drapier enchaîna sur les prix qui ne cessaient de monter, sur Hitler, sur le prix du beurre. Tom grognait de temps à autre, histoire de participer à la conversation.

– … téléphoné ce matin, alors si vous connaissez quelqu'un qui cherche du travail, prévenez-moi. Je prendrai même une jeune fille, si elle est débrouillarde…

Il emballa les tissus dans des feuilles de papier brun. Willie mourait d'envie de les toucher, mais le paquet fut glissé sous le comptoir et il se hâta de suivre Tom dans le tunnel obscur formé par les piles de tissus, puis dans la rue inondée de soleil.

A côté du magasin du drapier se trouvait un marchand de chaussures. Il était bourré de clients en train d'acheter de robustes souliers. Après une longue attente, Tom réussit enfin à se faire servir.

– Des bottines, dit-il en montrant les pieds de Willie.

Willie s'assit sur une chaise et on mesura sa pointure à l'aide d'un appareil.

– Le cuir, c'est un peu raide au début, dit Tom quand Willie se leva, chaussé d'une solide paire de bottines marron. On va acheter de l'huile de lin pour les assouplir.

Willie avait l'impression que l'énorme boule qui lui brûlait à présent la poitrine, montait lentement vers sa gorge.

– Elles sont pour moi ? demanda-t-il.

– En tout cas, elles ne sont pas pour moi, répliqua Tom d'un ton brusque.

Le commis les emballa dans un sac en papier que Tom tendit à Willie.

Au-dehors, ils descendirent du trottoir pour traverser la rue en direction d'un autre groupe de magasins disposés en demi-cercle autour de la place. Deux hommes étaient en train de construire un abri de vigile avec des sacs de sable près d'une boutique qui vendait des corsets et des combinaisons. Une grande affiche accrochée au-dessus proposait des tenues d'auxiliaire de la Défense passive*. Tom s'arrêta au coin de la rue où se dressait la boutique et regarda, en face, la caserne des pompiers contiguë à la mairie. Des hommes, venus se présenter à l'appel, formaient une file d'attente à l'extérieur.

Un filet de sueur coula le long de la joue de Tom. Il l'épongea avec son mouchoir. La chaleur était suffocante et il n'y avait pas le moindre souffle d'air. Il sentit qu'on tirait sur la jambe de son pantalon.

– Qu'est-ce qu'il y a ? grogna-t-il.

Willie tendit le doigt vers une minuscule boutique, au

---

* Moyens de protection contre les bombardements aériens.

bout de la petite rue qu'ils venaient de traverser. Elle était à l'angle d'une ruelle pavée. La façade était en bois vernis, et son enseigne portait des lettres dorées et pâles. Dans la vitrine étaient disposés en éventail des pinceaux, des tubes et des pots de couleurs, ainsi que quelques boîtes.

Tom sentit son cœur se serrer. Il n'était pas retourné dans cette boutique depuis la mort de Rachel dont c'était l'endroit favori. Depuis quarante ans, il n'avait pu se résoudre à s'y aventurer de nouveau. De toute façon, il n'avait eu aucune raison d'y aller. Il ne peignait pas. Il se rappelait combien elle se réjouissait à la seule idée de se rendre à cette boutique.« La peinture, c'est merveilleux à sentir et à toucher », disait-elle, et il riait de sa façon de parler, si douce, si enfantine.

– Et alors, William ? demanda Tom d'un ton contenu. Tu veux jeter un coup d'œil ?

Willie acquiesça d'un signe de tête fébrile.

– Seulement la vitrine, d'accord ? Je n'ai pas le temps d'aller traîner à l'intérieur.

Willie contemplait rêveusement la boutique en traversant la rue. Une voiture klaxonna à sa hauteur.

– Tu ne peux pas regarder où tu vas ? cria le conducteur, furieux.

– Il est dans les nuages, ce gosse, murmura Tom.

Willie s'approcha de la vitrine et essuya la buée que son haleine y déposait.

Il y avait des boîtes de crayons de couleur et de cire, des crayons à mine de plomb et des tubes de peinture dans des tons dont il ignorait même l'existence. Il posa un regard ravi sur les pinceaux : les plus fins et les plus élégants pour les lignes délicates, d'autres plus épais, que l'on pouvait avoir bien en main pour tracer hardiment des traits larges et colorés.

Tom, debout derrière lui, regardait à l'intérieur de la

boutique par-dessus sa tête. Il se rappelait la façon dont Rachel, dans sa joie, tournoyait sur elle-même quand elle venait là. Ses longs cheveux noirs, qu'elle portait toujours noués en chignon sur la nuque, s'échappaient en boucles rebelles lorsqu'elle s'animait brusquement. Elle pouvait regarder les rangées de pots de peinture pendant des heures sans jamais se lasser.

« Si je peignais le ciel, avait-elle dit un jour, je pourrais passer toute ma vie sans jamais peindre rien d'autre, car il change sans arrêt. Il n'est jamais le même. »

Il baissa les yeux vers Willie, qui traçait des formes avec son doigt sur la vitre embuée.

– Qu'est-ce que tu fais ?

– Je dessine, répondit Willie. Ça, c'est un pinceau.

Tom regarda la vitre de plus près.

– Ah bon ? fit-il.

Il se détourna brusquement et Willie le suivit dans la ruelle pour regagner la place. Ils passèrent devant la boutique de corsets, la boucherie, la quincaillerie et s'arrêtèrent devant une bibliothèque.

– Vaut mieux que je t'inscrive, dit Tom. Enfin, si tu dois rester…

Ils ouvrirent la porte et pénétrèrent dans une vaste pièce où régnait un profond silence. Quelqu'un toussa. Willie tira sur la jambe du pantalon de Tom.

– Qu'est-ce qu'il y a ? chuchota Tom, irrité.

– Monsieur Tom, murmura Willie, pourquoi y a pas de bruit ?

Tom poussa un soupir exaspéré.

– Pour que les gens puissent s'entendre lire.

Ils se dirigèrent vers une grande table en bois sur laquelle s'entassaient des piles de livres.

Une grande femme maigre et anguleuse d'une trentaine d'années était assise derrière, ses longues jambes tendues en dessous. Elle portait des lunettes, et ses fins cheveux auburn étaient lissés en arrière et noués à la diable en un petit chignon. Elle leva les yeux vers eux et laissa glisser ses lunettes de son nez au bout du cordon qu'elle portait au cou.

– Je suis venu l'inscrire, dit Tom en montrant Willie. Il est avec moi.

Miss Emilia Thorne examina Willie, regarda Tom, puis tourna de nouveau les yeux vers Willie.

– Avec vous ? demanda-t-elle, au comble de la surprise.

Elle articulait chaque syllabe avec soin.

– Avec vous ? répéta-t-elle. Mais vous êtes…

Elle s'apprêtait à dire « un vieil égoïste mal embouché » mais se retint.

– Je suis quoi ? demanda Tom.

– Vous êtes… si occupé.

« Trop occupé », songea-t-elle. Jamais il ne participait aux activités du village et il n'avait prêté aucune attention aux signes avant-coureurs de la guerre.

Elle se pencha par-dessus la table et étouffa une exclamation. Tous deux portaient leur masque à gaz. Elle cligna des yeux et vérifia de nouveau. Pas d'erreur. Les boîtes de couleurs chamois étaient accrochées à leurs épaules. M. Oakley, et c'était vraiment un comble, portait un masque à gaz !

– On n'a pas toute la journée à perdre, déclara Tom d'un ton rogue. Je vais laisser le gosse ici. J'ai des courses à faire.

Willie pâlit. Tom s'en aperçut et poussa intérieurement un gémissement. Comment avait-il pu se laisser mettre sur les bras un gosse aussi sensible, aussi peu indépendant ?

En fait, Willie était malade d'excitation et non pas de peur. Bien qu'il ne sût pas lire, la vue des livres l'emplissait de joie.

– Il a droit à combien ?

– Trois, répondit miss Thorne.

– Laissez-le en choisir deux avec des dessins et…

Il s'interrompit un instant. Il avait toujours détesté demander un service à quelqu'un.

– Oui ? fit miss Thorne.

– Choisissez-en un que vous trouvez bien pour que je lui lise. Il sait pas encore. Et moi j'ai oublié ce qui plaît aux jeunes, ajouta-t-il, gêné, en se raclant la gorge. Faut bien faire son devoir, pas vrai ?

– Oui, absolument, monsieur Oakley, répliqua-t-elle avec précipitation.

Elle le regarda quitter la bibliothèque et sortit une carte bleue.

– Voyons, comment t'appelles-tu ? Ton adresse, je connais, conclut-elle en gratifiant Willie d'un sourire malicieux.

Tom sortit un peu plus tard de la fraîcheur de la banque. Au-dehors, la chaleur était étouffante. Sur la place, des gens étaient toujours rassemblés par petits groupes discutant avec anxiété. Du coin de l'œil il aperçut un poste radio dans la vitrine d'un magasin ; il s'arrêta pour le regarder.

– Echo, lut-il. Bakélite.

C'était une petite radio de trente centimètres sur douze qui fonctionnait avec des piles. L'idéal pour lui qui n'avait pas l'électricité. Elle était faite d'un bois léger avec deux grandes ouvertures circulaires, l'une ornée de découpes, l'autre équipée d'un cadran. Une bonne idée, peut-être, au cas où il devrait laisser le gosse tout seul. Mais cet objet représentait une grosse dépense.

– Il ne faut pas que j'oublie d'acheter des piles, marmonna-t-il pour lui-même. Les piles électriques disparaissent à un rythme alarmant. Et du linge de corps pour le gosse.

Il consulta la liste toute froissée de Mme Fletcher.

– De la laine, lut-il.

Tom s'arrêta au coin de la petite rue près de la boutique de corsets, et jeta un coup d'œil à la minuscule ruelle où se trouvait le magasin de peintures. « Pas le temps », songea-t-il. Et il partit d'un pas vif en direction de la forge, son sac à dos et d'autres sacs bourrés de toutes ses emplettes. Il lui fallait également aller chercher sa commande d'épicerie et des boîtes ou des caisses en bois qui pourraient se révéler utiles dans la chambre de Willie.

Une demi-heure plus tard, il était de retour à la bibliothèque. Il jeta un coup d'œil à travers la porte vitrée. Willie, agenouillé sur une chaise, les coudes appuyés sur une longue table en bois, semblait plongé dans la contemplation d'un livre. Miss Thorne, debout à côté de lui, lui indiquait quelque chose sur une des pages. Tom hésita un instant puis repartit à grands pas vers le magasin de peintures.

– Quarante et quelques années, marmonna-t-il en regardant à travers la vitrine. Ça fait tant que ça ?

Il poussa la porte dont l'ouverture déclencha un tintement bruyant. « C'est la même clochette », pensa-t-il. Il s'immobilisa un instant, puis entra dans le magasin.

Willie sentit une main se poser sur son épaule. C'était Tom. Il portait un petit paquet.

– Tu es prêt ? On y va ? demanda-t-il à mi-voix.

Willie avait un doigt posé sur une grosse lettre.

– C'est un A, pas vrai, m'sieur ?

Tom se pencha pour regarder. Le livre était illustré de nombreux dessins de chats orange.

– C'est bien ça, dit Tom. Tu connais ton alphabet, alors ?

– Je le connais presque, dit Willie en levant vivement les yeux. M'sieur Tom, ajouta-t-il timidement, vous m'aiderez ?

Il baissa les yeux sur le livre, serra les poings, retint son souffle. Maintenant, il allait y avoir droit. « Ne demande jamais de l'aide à personne », avait dit maman. Il s'attendait à une taloche sur l'oreille.

– Oui, dit Tom. Je peux demander à Mme Hartridge ou au maître que tu auras ce qu'il te faut pour t'exercer.

Miss Thorne intervint.

– Ne le faites pas travailler trop dur. Il a bien besoin de respirer un peu l'air de la campagne.

– C'est pas ça qui va lui manquer, répliqua sèchement Tom. Faut semer les légumes, s'occuper de Dobbs, désherber…

Miss Thorne n'insista pas. « Pauvre petit, pensa-t-elle, arraché à un foyer chaleureux pour tomber chez un vieux grincheux. »

Tom prit les trois livres de Willie et les lui donna à porter. Celui qu'avait choisi miss Thorne était *Histoires comme ça*, de Rudyard Kipling.

– Pas très éducatif, je crains bien, monsieur Oakley.

– Est-ce que j'ai dit que je voulais quelque chose d'éducatif ?

– Non, monsieur Oakley, répondit-elle en se retenant de sourire.

Après leur départ, elle s'attarda sur le pas de la porte et les regarda s'engager dans la rue principale au-delà de la place.

– Quelle drôle d'association, murmura-t-elle pour elle-même. Quand je vais raconter ça à May…

– Cours, vociféra Tom.

Et il dévala l'allée jusqu'au cottage, Willie sur ses talons. Ils y arrivèrent juste à temps. Le ciel parut se convulser et s'ouvrir en deux. Une pluie mêlée de grêlons crépitait sur les tuiles du toit avec une telle fureur que Tom et Willie en étaient assourdis. Il leur fallait crier pour se faire entendre. Sam grondait et aboyait devant la fenêtre.

Tom accrocha les rideaux noirs, alluma les lampes et commença à déballer les paquets.

– Ça, c'est des pyjamas, William, dit-il en lui montrant les vêtements à rayures bleues et blanches. Tu les mets pour dormir.

– Des pyjamas, répéta Willie sur le même ton.

– Eh oui ! Alors, tu vas dormir dans le lit cette nuit ?

Willie le regarda, surpris.

– Les lits, c'est pour les gens qui sont morts, pas vrai ?

Tom se leva.

– Viens avec moi.

Willie le suivit jusqu'à la chambre à coucher de Tom, de l'autre côté du couloir. Il s'attarda sur le pas de la porte.

– Entre, dit Tom. Traîne pas comme ça.

Willie avança d'un pas.

– Tu vois ce lit ? Je dors dedans depuis quarante ans et plus et je suis pas encore mort. Et ce panier, à côté, c'est le lit de Sammy, quand il veut bien.

Ils regagnèrent la pièce principale et après un repas léger d'œufs et de toasts, Willie se changea pour la nuit et s'installa près du fauteuil, à côté de Tom. La pluie tombait toujours à verse, faisant vibrer les fenêtres.

– Il va falloir que je la hurle cette histoire, cria Tom pour couvrir le bruit.

Willie était assis, vêtu de son pyjama neuf tout raide. Il avait trouvé bizarre la veille au soir de se coucher sans porter son linge de corps, mais cet étrange vêtement lui faisait un effet plus bizarre encore.

– Monsieur Tom, dit-il. Vous allez pas me lire la Bible ?

– Ce que je t'ai raconté, de tête, hier soir, ça t'a pas plu ?

– Si, dit Willie, si, j'ai bien aimé.

– De toute façon, tous ces longs mots compliqués, je suis pas bien sûr que tu les comprennes vraiment.

– Non, monsieur Tom, avoua Willie, profondément soulagé de ne plus avoir à jouer la comédie. Vous pouvez me dire encore l'arche de Noé ?

Tom lui raconta l'histoire pour la deuxième fois et la fit suivre des exploits de l'intrépide Pecos Bill qu'il lut dans la bande dessinée qu'avait choisie Willie.

Après avoir bu une tasse de chocolat, Willie se brossa les dents devant une bassine en aluminium, puis se précipita dans le jardin jusqu'au petit appentis en bois, vêtu de son ciré, chaussé de ses bottes en caoutchouc toutes neuves, et abrité sous le parapluie que tenait Tom.

A eux deux, ils portèrent le matelas en haut. Tom le protégea d'une alèze en caoutchouc et fit le lit par-dessus. Willie l'aidait de son mieux.

– Voilà, dit-il lorsqu'ils eurent terminé. Tu peux mouiller ton lit jusqu'à la fin des temps.

– Monsieur Tom, chuchota Willie, vous êtes pas fâché contre moi ?

– Non, grogna Tom. Quand j'ai eu Sammy, au début, il faisait pipi partout, bon sang ! Il faut du temps pour s'habituer à un nouvel endroit et savoir s'en servir.

Il rabattit les couvertures et Willie se glissa dans le lit. Sammy s'assit sur ses pieds qui formaient une bosse, tout au bout.

– J'ai mis tes bandes dessinées et les livres de la bibliothèque sur ta table.

– Merci, monsieur Tom, dit Willie.

Il se pencha pour prendre le livre illustré de chats orange, et Tom le regarda suivre les mots du bout du doigt.

– Dix minutes.

Mais Willie ne l'entendit même pas, absorbé qu'il était par les dessins en couleurs.

Soudain, on frappa vigoureusement à la porte. Sammy sauta au bas du lit et se mit à aboyer. Tom vérifia rapidement que les rideaux noirs étaient bien en place sur la fenêtre de Willie et disparut par la trappe, tenant dans ses bras Sammy qui gigotait. Willie leva la tête un instant pour écouter et il entendit Tom dire d'un ton surpris :

– Bonsoir, madame Fletcher. Entrez donc.

Il se replongea dans son livre. Tom réapparut bientôt pour éteindre la lampe. La pièce fut plongée dans l'obscurité jusqu'à ce qu'il eût enlevé les rideaux noirs.

– Bonne nuit, William, dit-il en ébouriffant les cheveux de l'enfant. Le pot est au bout du lit si tu en as besoin.

Willie était épuisé. Le nom et les visages de tous les gens qu'il avait rencontrés ce jour-là tourbillonnaient dans sa tête. Il pensa fugitivement au jeune garçon entrevu à la poste et sombra aussitôt dans un profond sommeil.

LE DISCOURS DE CHAMBERLAIN

– Bonjour, dit Tom, en apparaissant à travers la trappe.

Willie ouvrit les yeux et regarda autour de lui. Le soleil dessinait de longs rais frémissants sur le parquet en bois.

– Bonjour, répondit-il.

– Alors, tu as dormi dans le lit cette nuit ? Bien !

Willie eut un sourire crispé qui s'évanouit rapidement lorsqu'il se rendit compte que le pantalon de son pyjama neuf à rayures était trempé.

Tom traversa la pièce.

– Viens donc respirer une bonne bouffée d'air frais, dit-il en ouvrant grand la fenêtre.

Mais Willie, rougissant, se cramponnait au bord de sa couverture.

– T'inquiète pas pour les draps et le pyjama. J'ai une bassine d'eau chaude qui les attend en bas.

Willie sortit du lit et alla rejoindre Tom à la fenêtre.

– Cet orage a dû nettoyer pas mal de toiles d'araignée je parie, ajouta Tom.

Les coudes sur l'appui de la fenêtre, ils se penchèrent au-dehors, serrés l'un contre l'autre.

Au-delà de la petite route, au bout du cimetière, les

champs jaunes et verts s'étendaient jusqu'à l'horizon, sur lequel se détachait un petit bois. Tom tendit le doigt vers un bouquet d'arbres qui poussait sur la droite du bois.

– Là-bas, c'est La Grange. Non, tu peux pas la voir. Après la chute des feuilles on la distingue vaguement. Et par là, ajouta-t-il en montrant sur la gauche des champs une petite route en lacets qui montait vers le haut d'une colline, c'est là qu'habite ta maîtresse. Mme Hartridge, elle s'appelle.

– Monsieur Tom, il y a combien de maîtres d'école ? demanda Willie.

– Deux. Mme Hartridge fait la classe aux petits et M. Bush aux grands.

– Les grands, c'est quel âge ?

– Onze, douze ans… jusqu'à quatorze. Quelquefois, les plus intelligents vont au collège en ville. Tu vois ces bois ? demanda-t-il. Il y a une petite rivière qui coule à travers jusqu'à La Grange. Les enfants par ici aiment beaucoup cet endroit.

Ils contemplèrent en silence le paysage plein de douceur, mais leur rêverie fut interrompue par de bruyants aboiements venant du cimetière. Sammy courait d'un bout à l'autre de l'allée, jappant dans leur direction.

– Il veut qu'on s'occupe de lui, celui-là, murmura Tom en s'écartant de la fenêtre. On va encore avoir une grosse journée, William. Il faut qu'on commence à creuser une tranchée pour les Anderson cet après-midi. Ça va te faire du muscle.

Ils défirent le lit, portèrent les draps en bas. Tom de nouveau lava avec douceur le corps de Willie et tamponna avec de l'hamamélis les endroits enflammés.

Un assortiment de vêtements était posé sur la table. Mme Fletcher les avait apportés la veille au soir. David, son petit dernier, ne rentrait plus dedans et bien qu'il fût plus jeune que Willie, il avait une tête de plus que lui. Tom tendit à Willie une chemise blanche prise dans le tas et noua autour de son cou une de ses propres cravates, en tweed marron. La culotte grise de Willie semblait plus froissée que jamais mais, tenue par les bretelles, elle était au moins plus confortable à porter. Willie glissa le bout de la longue cravate dans sa ceinture. Tom lui donna ensuite une paire de chaussettes neuves en laine et Willie les maintint en place avec les élastiques.

– Je les ai huilées hier soir, dit Tom à Willie qui se levait, chaussé de ses bottines. Tu t'en occuperas toi-même ce soir.

Tom devait se rendre tôt à l'église pour voir M. Peters, le pasteur. Il marchait en avant, suivi de Willie que ses nouvelles chaussures faisaient trébucher. Elles lui coupaient les chevilles qu'il n'arrivait pas à plier pour avancer. Mais à part ce léger inconvénient, il se sentait protégé et soutenu. Les semelles claquaient sur l'allée dallée et il prenait plaisir à entendre l'écho de ses propres pas. Ses jambes maigrichonnes, qui en général semblaient prêtes à se dérober sous lui, étaient plus fermes, plus robustes.

Il trouva la porte arrière de l'église déjà ouverte et Tom en train de parler avec un grand homme maigre aux cheveux poivre et sel.

– Ah ! William ! s'exclama-t-il en se tournant vers lui. M. Oakley me dit que tu es venu nous donner un coup de main. Tu vois les livres rouges posés sur la table, près de la porte ? Mets-en quatre sur chaque banc. Et s'il en reste, tu les répartiras sur les chaises à l'avant et à l'arrière. Tu peux faire ça ?

Willie acquiesça d'un signe de tête.

– Très bien, dit le pasteur en se retournant vers Tom. Alors voyons, quel est le meilleur endroit du point de vue acoustique pour ma radio ?

Willie complètement désorienté se dirigea vers la table

et prit quelques livres. Maman avait dit que le rouge était une couleur maudite, mais si le pasteur lui avait demandé de distribuer des livres, ça ne pouvait pas être un péché. Il lui avait également dit que c'était « très bien ». Maman lui avait également dit que quand il était sage elle l'aimait bien, mais que quand il était méchant, elle ne l'aimait pas. Dieu non plus, d'ailleurs, ou n'importe qui d'autre. On était très seul quand on était mauvais. Il toucha le bois usé et poli de l'un des bancs.

Une odeur plaisante régnait dans l'église. Il tourna les yeux vers la grande porte. Comme celle du fond, elle était ouverte et donnait sur un petit porche voûté. Le soleil entrait à flots par cette porte et par les vitraux ; et un parfum d'herbe coupée et de fleurs embaumait l'atmosphère. Un oiseau gazouillait par intermittence au-dehors. « Le paradis, c'est peut-être comme ça », songea Willie.

Il entreprit de disposer avec soin les livres sur les bancs ; l'écho de ses pas dans ses bottines neuves se répercutait autour de lui, mais le pasteur ne fit aucun commentaire et continua à parler, d'une voix bien forte pour quelqu'un qui se trouvait dans une église.

Willie était en train de garnir de livres la rangée du fond, veillant à les placer parallèles les uns aux autres, lorsque deux jeunes garçons entrèrent. Tous deux avaient trois ou quatre ans de plus que lui. Ils s'installèrent à la deuxième rangée des bancs du chœur, à gauche de l'autel.

Willie comprit soudain que l'église allait bientôt être pleine de monde. Il détestait la foule et redoutait le service du dimanche qui se concluait en général par une bonne raclée. Une main se posa sur son épaule. C'était Tom.

– Reste avec moi, petit, dit-il à voix basse.

Willie, soulagé, le suivit jusqu'à un banc.

En quelques minutes, la minuscule église s'était remplie d'hommes, de femmes et d'enfants. Quatre autres garçons s'étaient assis près de l'autel à droite duquel se trouvaient trois hommes. Willie reconnut M. Miller, de la boutique du coin, et le jeune homme du guichet de la poste.

Sur le banc qui lui faisait face étaient assises deux petites rouquines qui s'efforçaient de ne pas glousser. Leurs longs cheveux carotte avaient été tressés tant bien que mal, mais des bouclettes folles s'échappaient çà et là. Elles portaient des robes d'été vert pâle avec de courtes manches bouffantes dont le plastron était orné de broderies au point de croix. Elles avaient le visage et les bras couverts des plus grosses taches de rousseur que Willie ait jamais vues. Comme lui-même, elles portaient leur masque à gaz accroché à l'épaule. Une dame assise à côté d'elles les foudroyait du regard. « Ce doit être leur mère », pensa Willie. Elle était en compagnie d'un homme de haute taille aux cheveux roux flamboyants, et d'une jeune fille brune.

M. Peters et son épouse, à l'entrée principale, accueillaient les fidèles à leur arrivée. Leurs trois filles, la cuisinière et un groupe de réfugiés occupaient deux des bancs à l'avant.

Une toux rauque résonna sous le porche, annonçant l'arrivée de Nancy Little et du docteur. Willie étouffa une exclamation. Elle était venue à l'église en pantalon ! Il épia le visage du pasteur, s'attendant à un regard courroucé, signifiant « Tu brûleras dans les flammes éternelles ! », mais le pasteur se contenta de sourire et de serrer la main de Mme Little. Avec surprise il aperçut miss Thorne derrière eux.

– M'sieur Tom, chuchota-t-il d'une voix pressante en le tirant par la manche, c'est pas la dame des livres ?

Tom acquiesça d'un signe de tête. Une femme ronde et de petite taille l'accompagnait.

– C'est sa sœur, miss May, dit-il à voix basse. Elles habitent dans un des cottages à toit de paille. Enfin, de chaume… Elles ont une radio.

Willie se retourna et vit les Fletcher, en compagnie de deux de leurs fils qui s'installaient sur leur banc. Mme Fletcher se pencha vers eux.

– Monsieur Oakley, chuchota-t-elle, j'ai commencé le passe-montagne…

D'un froncement de sourcils, Tom la fit taire. Il voulait faire la surprise à Willie dont c'était l'anniversaire le mardi suivant.

La radio était posée sur une petite table sous la chaire. Le pasteur tourna un des boutons et une voix assourdissante proclama « comment utiliser au mieux les conserves » avant que le son ne fût précipitamment baissé. Les jumelles échangeaient des regards avec un des enfants de chœur assis au premier rang. C'était un garçon robuste d'environ onze ans qui avait d'épais cheveux raides et châtains. Tous trois courbaient la tête, et leurs épaules tressautaient, tandis qu'ils s'efforçaient de dissimuler leur fou rire au creux de leurs mains.

Mme Hartridge entra, en compagnie de son mari en uniforme. Willie la regarda, absolument fasciné. Elle était tellement belle, pensa-t-il, si ronde et si blonde, debout dans le soleil, les yeux plissés par un large sourire.

– Ça, c'est la famille Barnes, chuchota Tom, en désignant discrètement le groupe d'hommes et de femmes qui arrivait derrière eux. Ils sont propriétaires de Hillbrook Farm la plus grosse propriété par ici qui s'étend sur des kilomètres.

M. Fred Barnes était un homme entre deux âges au visage cuivré, dont le col blanc amidonné semblait l'empêcher de respirer. Trois jeunes hommes débordants de santé et deux jeunes femmes aux joues rouges l'accompagnaient. Son épouse, petite et trapue, était encadrée de deux réfugiés, un garçon et une fille.

– Je fais confiance à ce vieux Barnes pour avoir choisi les plus costauds, marmonna Tom à part lui.

Lucy et ses parents étaient assis devant Tom et Willie. Elle se tourna vers eux pour leur sourire, mais Willie, qui admirait les couleurs des vitraux, ne la remarqua pas.

Lorsque tout le monde fut installé, M. Peters s'avança, face à ses fidèles, et joignit les mains.

– Bonjour, commença-t-il. Je sais que nous avons plusieurs confessions réunies ici, en particulier parmi nos jeunes visiteurs qui, je l'espère, seront heureux et protégés dans nos foyers. Si l'un d'entre vous se sent tourmenté ou a besoin d'aide, qu'il n'hésite pas, je vous en prie, à nous contacter ma femme ou moi. Et maintenant, si vous voulez bien ouvrir votre livre de cantiques au numéro quatre-vingt-cinq, nous allons chanter *Conduis-moi, Seigneur.*

M. Bush, le jeune maître d'école du village, était assis à l'harmonium derrière la chaire. Il frappa un accord préliminaire. Willie ne connaissait pas l'air et comme il ne savait pas lire, il ne pouvait même pas suivre les mots. Il jeta un regard en biais aux deux rouquines. Elles partageaient un livre de cantiques et chantaient. Il les envia. Il entendit alors Tom chuchoter :

– Essaye… Allez, vas-y.

Willie obtempéra et, ayant vite saisi la mélodie, commença à prendre un véritable plaisir à chanter. Au cantique succédèrent un passage du *Nouveau Testament*, un autre cantique chanté par le chœur, puis de simples prières. Le pasteur consulta alors sa montre et se dirigea vers le poste de radio. Tous les yeux étaient fixés sur lui et les fidèles qui disposaient d'un siège s'assirent en silence.

La radio crachota un instant puis après qu'on eut tourné et retourné les boutons, la voix de M. Chamberlain* se précisa.

« Je m'adresse à vous, disait-il, depuis la salle du Conseil de cabinet au 10, Downing Street**. Ce matin, l'ambassadeur britannique à Berlin a remis au gouvernement allemand un ultime communiqué déclarant que si à onze heures, nous n'avions pas reçu l'assurance qu'il était prêt à retirer immédiatement ses troupes de Pologne, un état de guerre serait instauré entre nos deux pays. Je dois vous dire maintenant que nous n'avons rien reçu de tel et que, par conséquent, notre pays est en guerre contre l'Allemagne. »

Quelques personnes poussèrent une exclamation. D'autres observèrent un silence figé. D'autres encore sortirent leur mouchoir.

On entendit l'enfant de chœur aux cheveux châtains chuchoter bruyamment :

– Ça veut dire qu'on n'ira plus à l'école ?

Un froncement de sourcils de M. Bush le fit taire rapidement et M. Chamberlain put poursuivre sans être interrompu :

« Je sais que vous jouerez tous votre rôle avec calme et courage, disait-il. Répondez à l'appel en suivant les instructions que vous avez reçues… Il est d'une importance vitale que vous continuiez à exercer vos métiers. Maintenant que Dieu vous bénisse. Puisse-t-Il défendre le droit… C'est contre les forces du mal que nous allons lutter, la brutalité, la mauvaise foi, l'injustice, l'oppression, la persécution, et contre elles, je suis persuadé que le droit prévaudra. »

---

* Le 3 novembre 1939, Hitler ignorant l'ultimatum anglais demandant le retrait de ses troupes de Pologne, Chamberlain déclara son pays en guerre contre l'Allemagne.

** Résidence du Premier ministre britannique.

M. Peters éteignit la radio. Après un silence qui parut interminable, il déclara :

– Prions.

Tout le monde s'agenouilla. Willie jeta un coup d'œil par-dessus ses mains jointes en direction du chœur. Le garçon châtain lorgnait de nouveau les jumelles et essayait désespérément de leur transmettre un message.

Après les prières, plusieurs annonces furent faites depuis la chaire. On demandait aux volontaires et à ceux qui travaillaient déjà pour la Défense passive ou la Défense civile* de se retrouver à la salle des fêtes du village. Les femmes et les enfants devaient se présenter à l'école le lendemain matin afin de discuter des mesures nécessaires pour s'occuper des réfugiés et de leur éducation.

Après le service, lorsque tout le monde fut sorti, Willie chercha des yeux l'étrange garçon bouclé qu'il avait vu à la poste. L'enfant de chœur châtain était déjà plongé dans une grande discussion avec les jumelles. Plusieurs autres enfants vinrent se joindre à eux, mais il ne vit nulle part le garçon de la poste ! Il sentit qu'on le tirait par la manche. C'était Lucy. Elle le regardait timidement, ses grosses joues rouges et ses lèvres charnues éclatantes de santé sous ses yeux bleus et ronds.

– Bonjour, dit-elle.

Willie se dandina d'un pied sur l'autre et enfonça le bout d'une de ses bottines dans l'herbe.

– Bonjour, répondit-il.

Un silence embarrassé s'établit entre eux et Willie fut plus que soulagé lorsque Tom lui cria :

– Va mettre la bouilloire sur le feu. Il faut que j'aille voir le pasteur.

Willie se détourna vivement et courut en trébuchant

---

* Protection de la population.

dans l'allée, laissant Lucy le suivre des yeux sans mot dire jusqu'à ce qu'il eût disparu dans le cottage.

Le couvercle de la bouilloire tressautait bruyamment, et des nuages de vapeur envahissaient la pièce. Willie avait essayé en vain de soulever la bouilloire du fourneau et n'avait réussi qu'à se brûler la main. Il attendait anxieusement le retour de Tom. En voyant le brouillard de vapeur chaude, Tom ne cilla même pas. Il entra à grandes enjambées, saisit la bouilloire, la main protégée d'un vieux torchon, et entreprit de préparer un pot de thé. Ce fut seulement après qu'il eut posé trois tasses sur la table que Willie s'aperçut de la présence d'une troisième personne. Un petit homme trapu, entre deux âges, avec des cheveux bruns clairsemés, un visage rougeaud et des yeux pétillants se tenait sur le seuil et le regardait. Willie rougit.

– Entrez, monsieur Fletcher, lança Tom.

Et il s'assit à la table en compagnie de M. Fletcher. Willie prit une des tasses et alla se percher sur le tabouret devant le fourneau. Il se sentait très mal à l'aise et gardait les yeux fixés sur le feu pendant que les deux hommes discutaient de la largeur de la tranchée à creuser. A un moment il tendit l'oreille, se rendant compte que l'on parlait de lui.

– Mais oui, déclara Tom, il se débrouillera très bien. Il va falloir qu'il s'y mette, comme nous tous. William, ajouta-t-il en regardant dans sa direction, il va falloir que tu te salisses les mains aujourd'hui. Un peu de boue et de terre, ça te gêne pas, je suppose ?

– Non, monsieur Tom, répondit Willie.

Ce monde était complètement différent ! Pour commencer, sa mère lui avait toujours appris que c'était un péché de travailler ou de jouer le jour du Seigneur. Le dimanche, on devait rester assis sans mot dire, la Bible devant soi. De plus, si jamais il salissait ses vêtements, il était battu. Ses camarades de classe le traitaient de poule mouillée parce qu'il n'avait jamais osé se salir en escaladant un mur, ou en se joignant à leurs jeux mouvementés. Et, outre qu'il devait garder ses vêtements propres, son corps était souvent trop contusionné et endolori pour qu'il pût jouer, en admettant qu'il sût comment s'y prendre.

– Monsieur Tom, demanda-t-il après le départ de M. Fletcher. Et si je salis mes vêtements ?

– Tu peux enlever ta chemise. Il fait chaud aujourd'hui.

Willie, nerveux, s'agita sur son tabouret.

– Quoi encore ? fit Tom d'un ton brusque. Tes bleus, c'est ça ?

Willie inclina la tête.

– Tu n'as qu'à mettre ton tricot gris, alors. Mais tu vas transpirer comme un bœuf... Mets aussi tes vieilles chaussettes... tiens.

Ils avaient fini leur ragoût de viande et de pommes de terre, dont Willie n'avait pu avaler que quelques bouchées, lorsque M. Fletcher revint, accompagné de ses deux fils. Ils portaient des bêches et des perches pour mesurer.

Tom indiqua tristement un carré d'herbe dans le jardin.

– On va commencer là, dit-il. C'est à une distance raisonnable des W.-C.

Ils découpèrent le gazon en petits carrés réguliers qu'ils mirent de côté puis, après avoir pris des mesures, ils se mirent à creuser sans hâte, laborieusement. On donna à Willie une petite bêche et, après une heure passée à enlever de minuscules cubes de terre, il commença à oublier qu'il était entouré d'étrangers et se laissa peu à peu absorber par sa tâche. Tom lui avait dit de ne pas avoir peur de la terre mais elle était encore humide après la pluie de la nuit précédente et, de temps à autre, Willie laissait échapper un petit cri quand sa bêche déterrait un ver. Cela faisait rire les autres qui le traitaient de « gars de la ville », mais ils continuaient à creuser et Willie se rendit vite compte qu'ils riaient sans méchanceté.

Leur travail accompli, tous s'assirent pour boire du thé. Willie passa les tasses à la ronde. Les deux jeunes garçons, avait-il appris, s'appelaient Michael et Edward. Michael était l'aîné, brun avec déjà quelques poils à la lèvre supérieure. Edward, le cadet, était plus trapu. Ses cheveux étaient châtains, et sa voix rauque était en train de muer.

Willie s'assit au bord de la tranchée peu profonde, les mains étroitement refermées sur sa tasse dont la chaleur lui brûlait les paumes. Soudain, il sursauta. Des pas et une voix derrière la haie annonçaient une arrivée. Peut-être était-ce le garçon de la poste. Vivement, il se détourna. Deux gosses étaient penchés par-dessus le petit portail. C'étaient les plus jeunes frères de Michael et d'Edward. L'un d'eux était l'enfant de chœur châtain et l'autre lui ressemblait en plus petit et en brun. Tom, bien entendu, fronça les sourcils à l'apparition de ces intrus.

– Je peux avoir vos vers, monsieur Oakley ? demanda l'enfant de chœur.

Tom poussa un grognement et le plus petit battit aussitôt en retraite.

– Bien sûr, George. Entre donc.

– Merci, monsieur Oakley, répliqua George avec enthousiasme en poussant le portail.

Il tenait à la main une boîte de conserve. Se dirigeant vers la tranchée il commença à examiner avec soin les tas de terre. Willie, horrifié, le vit ramasser les vers qui se tortillaient pour les glisser dans sa boîte. Au bout de quelques minutes, il se mit à creuser. En se retournant, il constata que Willie le regardait.

– T'es un gars de la ville, hein ? dit-il. T'as pas trop chaud avec ton tricot ?

Lui-même avait ôté sa chemise dès qu'il s'était mis à

aider les autres. Willie secoua la tête, mais la sueur qui coulait sur son visage empourpré démentait cette dénégation. Son tricot lui collait à la poitrine en larges plaques humides.

– Tu crèves de chaud, pourquoi t'enlèves pas ton tricot ?

Willie, de plus en plus réticent, marmonna une réponse que George ne put entendre.

– Quoi ? fit-il Qu'est-ce que t'as dit ?

– Il a de la fièvre, intervint sèchement Tom. Ça lui fait du bien de transpirer.

Willie cessa alors de regarder George mais continua à creuser avec une ardeur renouvelée.

Plus tard dans l'après-midi, Mme Fletcher apparut avec de la limonade et des gâteaux pour tout le monde et George partit peu après, sa boîte de conserve pleine de vers de terre. Dans un coin du jardin, Sammy les regardait creuser, malheureux d'être ainsi tenu à l'écart. Il avait essayé de les aider, au début, mais n'avait réussi qu'à se faire rabrouer vertement parce qu'il emplissait le trou de terre.

Une fois la tranchée terminée, Willie s'assit dans l'herbe pour regarder les autres installer l'abri antiaérien. Sammy vint se coucher à ses pieds. Six plaques d'acier furent insérées sur les deux parties les plus larges de la tranchée et boulonnées ensemble au sommet, formant ainsi un tunnel incurvé. Michael et Edward placèrent une des plaques d'acier plates à une extrémité, et Tom et M. Fletcher la boulonnèrent également pour la maintenir en place. C'était là le fond de l'abri.

Willie était si absorbé par ce spectacle qu'il ne s'aperçut pas que Sammy lui léchait les genoux. D'un geste instinctif, il posa la main sur le cou du chien.

Tom et M. Fletcher mirent ensuite en place l'autre plaque plate à l'avant de l'abri. Un trou y était découpé au niveau du sol.

– William, dit Tom en se retournant, surpris de le voir assis à côté de Sammy l'air détendu, tu veux essayer cette porte ?

Willie se leva et se dirigea vers l'entrée du tunnel. Il passa la tête avec précaution, puis avança prudemment de quelques pas. Il faisait sombre sous la voûte où régnait une odeur de terre humide. Tom vint le rejoindre. L'abri s'incurvait au-dessus de leurs têtes et tous deux pouvaient confortablement tenir debout à l'intérieur. Tom ressortit dans le soleil et tira Willie à sa suite. Il remercia M. Fletcher et ses fils de leur aide et leur serra la main.

– De rien, répondit M. Fletcher. Il faut bien s'entraider.

– William, déclara Tom après le départ des Fletcher, on n'a pas vraiment terminé, j'en ai peur. Faut qu'on recouvre tout ça avec de la terre. Il te reste un peu de force ?

Willie se sentait épuisé, mais il était bien décidé à continuer. Il acquiesça d'un signe de tête.

A eux deux ils commencèrent à recouvrir l'abri, jusqu'à ce que le moment fût venu pour Tom de se rendre à une réunion à la salle des fêtes du village.

– Arrête-toi bientôt, dit-il en refermant le portail derrière lui.

Mais Willie continua à pelleter la terre, la tassant ensuite avec les mains. C'était excitant de voir l'acier brillant disparaître lentement sous son camouflage humide. Il était si absorbé par sa tâche qu'il ne remarqua pas que la nuit tombait. Il avait les mains et les ongles terreux, le visage et les jambes couverts de boue. Ses vêtements étaient trempés et l'état dans lequel il se trouvait lui procurait la plus vive satisfaction. Il était en train de lisser une motte de terre, lorsqu'il vit soudain une ombre se projeter en travers de ses mains. Levant vivement les yeux il aperçut, silhouette dressée contre le ciel crépusculaire, le jeune garçon bouclé qu'il avait vu à la poste.

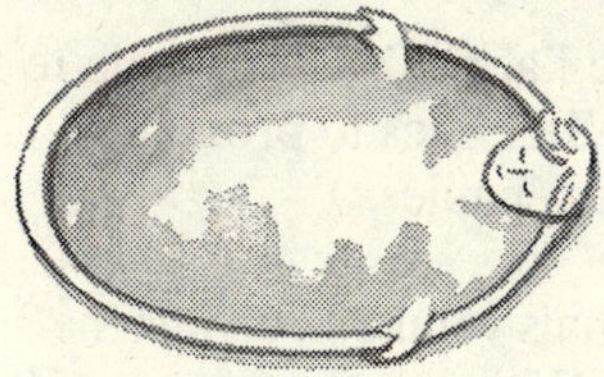

ZACH

– Salut ! lança-t-il joyeusement en empoignant la main de Willie, couverte de boue, d'où s'échappait une sorte de chuintement.

– Excuse… souffla Willie, gêné.

L'étrange garçon sourit et s'essuya les doigts sur le fond de sa culotte.

– Tu es William Beech, c'est bien ça ? Content de faire ta connaissance. Moi, je suis Zacharias Wrench.

– Oh, fit Willie.

– Oui, je sais. Pas facile à prononcer. Mes parents ont un sens de l'humour assez particulier. On m'appelle Zach, c'est plus court.

Le regard de Zach était si pénétrant que Willie était sûr qu'il pouvait lire dans ses pensées. Il détourna les yeux et se remit à combler la tranchée.

– Dis donc, je peux t'aider ? J'aimerais bien.

Le fait qu'on lui demande son avis dérouta Willie.

– D'autant que je fais ça très bien, poursuivit fièrement Zach. J'ai déjà donné un coup de main pour en préparer plusieurs. Je m'y connais.

– Si tu veux, fit Willie d'une petite voix.

– Merci, dit Zach en jetant une poignée de terre

contre le flanc de l'abri. Dis donc, si je te faisais découvrir les environs. Tu aimes te promener ?

Willie haussa les épaules.

– Je sais pas.

– Tu n'étais jamais venu à la campagne ?

Mais avant que Willie ait pu répondre, Zach s'était déjà remis à bavarder.

– Moi, c'est le contraire. J'ai déjà passé des vacances à la campagne avec des amis et mes parents, mais à vrai dire c'est la première fois que j'y vis vraiment. J'ai lu des bouquins qui se passent à la campagne et, bien sûr, des poèmes. J'ai aussi vécu dans des villes proches de la campagne et j'y allais le dimanche ou bien quand il n'y avait pas école.

Il s'interrompit et tous deux travaillèrent un moment en silence.

– Il n'y a pas longtemps que tu es ici ? demanda Zach quelques instants plus tard. Sinon je suis sûr que je t'aurais remarqué. Tu n'es pas comme les autres.

Willie, inquiet, releva la tête.

– Ah bon ?

– Oui, je l'ai senti dès que je t'ai vu. Voilà un garçon plutôt sauvage, je me suis dit, le genre indépendant, comme moi, peut-être.

Willie leva les yeux vers lui, incapable d'articuler un mot.

– Tu habites chez M. Oakley, hein ?

Willie acquiesça.

– Plutôt un reclus, n'est-ce pas ?

– Un quoi ? fit Willie.

– Un reclus. Tu sais bien, quelqu'un qui aime pas trop la compagnie.

– Oh !

– Dis donc, reprit brusquement Zach, on va être ensemble à l'école, pas vrai ?

Willie haussa de nouveau les épaules.

– Je sais pas.

Abasourdi il ne pouvait pas comprendre l'exubérance amicale d'un garçon qu'il n'avait entr'aperçu que deux fois. Tout cela était trop rapide pour lui.

– Tu dois trouver que j'ai du toupet, je parie ? poursuivit Zach.

– Quoi ?

– Du toupet. Tu sais bien… Mais mes parents travaillent dans le théâtre et j'ai tellement l'habitude de circuler de ville en ville que je ne peux pas me permettre de perdre du temps. Dès que je rencontre quelqu'un qui a l'air sympathique, je lui adresse la parole.

Willie faillit laisser tomber la motte de terre qu'il tenait entre ses mains. Personne ne lui avait jamais dit qu'il était sympathique. Il s'était résigné à l'idée qu'il ne plaisait à personne. Sa mère même ne lui avait-elle pas dit qu'elle ne l'aimait que lorsqu'il se tenait tranquille dans son coin. Il devait se faire oublier pour chercher à gagner son affection. Willie se hâta de plaquer la terre contre l'abri.

– Dis donc, reprit Zach au bout d'un moment, je n'arrive pas à atteindre le haut. Il n'y a pas une échelle dans la maison ?

Willie hocha la tête.

– Où est-elle ?

– Dans l'entrée. Elle appartient à monsieur Tom.

– Ça va pas l'embêter, tu crois ?

– Je sais pas, répondit Willie, soudain inquiet.

– Si cela fait des histoires, je dirai que c'est de ma faute. Et puis on peut peut-être finir et remettre l'échelle en place avant qu'il revienne. Ça serait une sacrée surprise, tu ne penses pas ?

Willie acquiesça sans mot dire.

– Alors, en route ! s'écria Zach.

Et ils se dirigèrent aussitôt vers la porte de derrière.

Pendant ce temps-là, après avoir marché dans une obscurité presque totale, sans autre lumière pour le guider que les dernières lueurs du soleil couchant, Tom arriva à la salle des fêtes du village. Lorsqu'il entra, les lumières vives l'éblouirent, et il cligna des yeux pendant quelques secondes pour s'habituer au changement. Il y avait beaucoup plus de gens qu'il ne l'avait imaginé et le bourdonnement intense des conversations était assourdissant. Il essaya de se glisser discrètement dans la salle mais déjà, Mme Miller l'avait repéré.

– Eh bien, monsieur Oakley ! s'exclama-t-elle. Quelle surprise !

Il se retourna, fronçant les sourcils pour la faire taire. Elle avait revêtu ses plus beaux habits du dimanche. Un chapeau rose était posé en équilibre précaire sur sa tête et semblait prolonger son visage. Une énorme fleur artificielle piquée sur l'un des bords couvrait à moitié ses grosses joues congestionnées.

Tom se racla la gorge.

– Le pasteur m'a convoqué à cette réunion, alors me voilà.

– Mais, bien sûr, déclara Mme Miller.

Il jeta un rapide coup d'œil autour de lui. Quelques-uns des hommes présents, parmi les plus âgés, étaient déjà en uniforme, leur masque à gaz accroché à l'épaule. M. Peters, Charlie Ruddles et M. Bush étaient assis au premier rang, avec M. Thatcher et M. Butcher. Il se glissa vers le fond de la salle, aperçut au passage Nancy et le Dr Little qu'il salua d'un petit geste de la main.

Il s'efforçait de se dissimuler dans un coin, mais c'était inutile car la plupart des villageois échangeaient des coups de coude en se tournant dans sa direction. Comme l'avait dit Zach, Tom n'aimait pas beaucoup la compagnie. Il n'avait guère de penchant pour les réunions ou les tâches collectives. Depuis la mort de sa femme

Rachel, il n'avait participé à aucune des activités sociales de Little Weirwold. Il s'était retranché dans son chagrin, et lorsque sa douleur s'était un peu apaisée, il avait alors presque complètement perdu l'habitude de voir du monde.

– Bonsoir, monsieur Oakley, dit Mme Fletcher qui tricotait, au dernier rang. Vous avez laissé le petit à la maison ?

– Avec Sam, répliqua-t-il vivement.

Il avait été surpris de voir Sam si disposé à rester et avait même ressenti une pointe de jalousie en le voyant se coucher dans l'herbe, tout à son aise, aux pieds du petit garçon.

Bien que la plupart de ceux qui possédaient une radio aient ouvert leurs portes pour que les voisins puissent entendre le message du roi*, M. Peters en répéta la teneur pour ceux à qui il aurait échappé. Il mentionna les règlements concernant le couvre-feu et le port du masque à gaz, et M. Thatcher, un grand rouquin, le père des jumelles et de la jeune fille brune, expliqua les consignes à suivre lors d'une alerte aérienne.

On distribua des bottes en caoutchouc et des cirés aux volontaires et des équipements supplémentaires furent commandés.

Il fut décidé que le poste de secours de première urgence serait installé dans le petit cottage de Nancy Little, et que la salle des fêtes du village serait transformée en centre de repos. Mme Miller leva un bras replet et se porta volontaire pour ouvrir une cantine destinée à tous les soldats qui passeraient éventuellement dans le village. Cette suggestion déclencha l'hilarité générale. Qui, en effet, pourrait bien songer à traverser Little Weirwold ? Cependant, Lilian Peters voyant à quel point

---

* Georges VI, roi de Grande-Bretagne de 1938 à 1952.

Mme Miller semblait affectée, déclara que c'était, à son avis, une excellente idée, et suggéra à son tour une réunion hebdomadaire pour les mères évacuées et leurs bébés. Mme Miller se rassit alors, le visage épanoui, persuadée d'être à l'origine de cette initiative.

M. Bush annonça que Mme Black acceptait d'apporter son concours à l'école qui compterait désormais soixante-dix enfants supplémentaires. Mme Black était une vieille dame d'aspect réservé, à la retraite depuis sept ans.

« Elle va avoir du pain sur la planche, avec ces gosses de la ville », pensa Tom.

Plusieurs hommes se proposèrent comme agents de police. Tom demeurait silencieux. Il songeait que sa vie avait été jusqu'alors bien réglée et relativement tranquille parce qu'il ne s'était jamais mêlé des affaires des autres et il n'avait pas la moindre envie de se transformer en bon samaritain. Mais il se rendit bientôt compte que la plupart des volontaires étaient vraiment disposés à rendre service et à se montrer charitables.

M. Thatcher se leva pour parler de l'organisation du service d'alerte au feu.

– Personne n'est autorisé à faire plus de quarante-huit heures de service par mois, déclara-t-il. Deux heures par jour suffiront. Tom leva le bras. M. Peters, surpris, regarda vers le fond de la salle.

– Oui, Tom ? Vous voulez dire quelque chose ?

– Ben… je me porte volontaire, dit Tom.

– Je vous demande pardon ? fit M. Thatcher, stupéfait.

– Je ferai les deux heures par jour. Plutôt le matin de très bonne heure, ou le soir au moment du dîner. Je ne peux pas laisser le gosse seul la nuit.

– Non, non, bien sûr.

Et son nom fut aussitôt inscrit. Un murmure de surprise mêlé d'enthousiasme se fit entendre dans la salle.

Une grande femme maigre se leva à son tour. C'était Emilia Thorne.

– Inscrivez-moi aussi, dit-elle, et j'en profite pour inviter tous ceux qui voudraient se joindre à notre groupe de théâtre amateur. Nous nous réunissons désormais le jeudi, ce qui vous permettra donc de suivre les cours au poste de secours de première urgence le mercredi.

Bientôt, plus de douze mains se levèrent et une fois notés les noms des volontaires et la tâche qui leur incomberait, la séance fut levée.

Il faisait nuit lorsque Tom sortit de la salle. Il s'éloigna à grands pas sur le chemin du retour, tandis que le brouhaha des conversations et des rires s'estompait peu à peu derrière lui. Il se rappela, avec une légère surprise, que Mme Fletcher et Emilia Thorne lui avaient parlé, que le docteur lui avait demandé des nouvelles de William et avait ajouté que leur pensionnaire était chez lui. Sous la voûte des arbres régnait l'obscurité la plus complète. Ce ne fut que lorsqu'il atteignit la barrière du champ de Dobbs que Tom put enfin distinguer la silhouette des arbres, ainsi que Dobbs et le mur qui longeait le cimetière. Il poussa la barrière et la referma derrière lui.

– Je parie que Rachel doit rire tout son saoul, marmonna-t-il, avec une ironie désabusée, car non seulement il s'était porté volontaire pour le service d'alerte au feu mais il avait également proposé les services de Dobbs et de la carriole étant donné qu'on annonçait un rationnement de l'essence.

Il s'approcha de la jument et lui flatta doucement l'encolure.

– Il va falloir que je te procure un masque à gaz à toi aussi ma vieille, dit-il. On est dans le bain jusqu'au cou maintenant.

Le ciel était constellé. Tom contempla un instant les

étoiles. Il semblait impossible qu'il y eût une guerre. Cette nuit silencieuse était si paisible. Il se souvint soudain de Willie.

– J'espère qu'il aura eu l'idée de rentrer, maugréa-t-il en se dirigeant vers la maison.

Il ouvrit le petit portail de derrière et essaya dans le noir de repérer l'abri. Il aurait buté dessus s'il n'avait entendu des voix.

– William ! Où es-tu ?

– Ici, monsieur Tom, répondit une voix à côté de lui.

Tom baissa les yeux vers Willie.

– Tu aurais dû rentrer, voyons. Tu vas attraper froid avec ce tricot trempé.

Un grattement frénétique se fit entendre dans l'abri. Sam jaillit soudain de l'entrée et se mit à tirailler la jambe de son pantalon, au comble de l'excitation. Tom le prit dans ses bras, secrètement ravi que le chien se montre tout heureux de le retrouver. Sam se mit à lui lécher le visage, en poussant de brefs jappements.

– L'idée était de moi, déclara une voix posée. Celle de continuer.

– Qui est là ? demanda Tom sèchement.

– Moi, monsieur Oakley, et Tom sentit une main toucher la manche de sa chemise.

Il plissa les yeux pour dévisager Zach et, dans l'obscurité, le prit pour une fille.

– Je trouvais que c'était dommage de rentrer par une nuit pareille, poursuivit Zach, alors j'ai persuadé Will d'accepter ma compagnie pendant quelque temps.

– Qui est Will ? demanda Tom d'un ton brusque.

– C'est comme ça que j'appelle William. Il m'a dit qu'on l'appelait Willie, mais moi, je trouve ça ridicule. Pas vous ? Enfin… c'est presque aussi affreux que de s'appeler Zacharias Wrench, reprit-il.

– Quoi ? fit Tom.

– C'est moi, Zacharias Wrench. Mais on me surnomme Zach, c'est plus court.

– Oh !

Willie les observa qui se regardaient sans mot dire, et cet instant lui parut durer une éternité. Seuls les coups de langue que Sam passait sur le visage de Tom et le bruissement des branches qu'agitait une brise légère troublaient le silence.

– Vaudrait mieux rentrer, déclara enfin Tom.

Ils pénétrèrent dans le vestibule. Tom accrocha les rideaux dans la grande pièce et, se cognant aux meubles dans le noir, alluma les lampes à gaz et à pétrole. Puis il alla préparer un pot de thé et tous trois s'assirent près du fourneau et se regardèrent en silence.

Le visage, les cheveux et les vêtements de Willie étaient couverts de terre. La blancheur de la chope qu'il tenait tranchait sur ses mains crasseuses. Zach était un garçon volubile, de quelques mois plus âgé que Willie, mais plus grand et dont l'abondante chevelure, pensait Tom, aurait mérité une visite chez le coiffeur.

Il portait un tricot rouge noué sur ses épaules nues et des bretelles élimées de couleur vive retenaient une culotte verte qui avait été maintes fois reprisée. Il était pieds nus dans ses sandales.

– Vous avez fini l'abri, alors ? demanda Tom.

Willie acquiesça puis jeta un coup d'œil rapide en direction de Zach.

– J'ai l'impression que vous avez fait du bon travail. Comment avez-vous atteint le dessus ?

Un silence s'ensuivit.

– Avec l'échelle, répondit enfin Willie d'une voix enrouée.

– Oui, intervint Zach, c'est moi qui en ai eu l'idée.

– Ah bon ?

– Oui.

– Vous l'avez remise en place alors ?

– Oh, oui. Mais il y a peut-être un peu de terre dessus.

Tom bourra sa pipe de tabac et la ralluma.

– Où est-ce que tu habites ? T'es pas d'ici, toi.

– Chez le docteur et Mme Little. Je suis arrivé il y a environ une semaine.

– Tiens, fit Tom. Je ne t'ai pas encore vu dans les parages.

– Moi non plus, je ne vous ai pas vu, répliqua Zach.

Willie s'étrangla en avalant son thé et Zach lui donna une tape dans le dos, ce qui le fit grimacer de douleur car ses blessures étaient encore sensibles.

– Dis donc, s'exclama Zach, inquiet, tu ne serais pas du genre un peu délicat ?

– Non, pas du tout, s'interposa sèchement Tom. En tout cas, plus pour longtemps.

Zach jeta un coup d'œil à la pendule sur l'étagère.

– Oh là ! s'exclama-t-il il est neuf heures. Je vous remercie beaucoup pour le thé, monsieur Oakley. Est-ce que je peux venir voir Will demain ?

– C'est à William de décider. Demande-lui.

Willie était tellement épuisé par sa journée de rude labeur qu'il ne savait pas s'il avait ou non entendu cette dernière remarque.

– Je peux ? s'enquit Zach d'un ton pressant. J'ai une idée de jeu extraordinaire.

– Oui…

– Youpi !

Zach dénoua son tricot, glissa la tête dans l'encolure et, à force de s'escrimer réussit à passer le nez et les oreilles.

– Ouf ! fit-il tout essoufflé, les cheveux ébouriffés. Ma mère dit que je dois m'arrêter de grandir jusqu'à ce qu'elle ait trouvé assez de laine pour m'en tricoter un plus grand…

Il tira sur ses manches, mais elles remontèrent obstinément à ses coudes.

– Bonne nuit, Sam, dit-il en tapotant le chien.

– William, reconduis ton ami jusqu'à la porte, déclara Tom.

Willie, à moitié endormi, se leva et suivit Zach, refermant la porte derrière eux.

– Aïe ! cria Zach qui s'était cogné le genou contre l'échelle posée dans l'entrée.

Willie ouvrit la porte. Le ciel scintillait d'étoiles et un vent frais faisait onduler l'herbe entre les tombes. Il eut un frisson.

– Tu es trempé, remarqua Zach, touchant le revers de son tricot. Ne va pas attraper une pneumonie.

Il parcourut le cimetière d'un regard circonspect.

– Je me méfie des espions, chuchota-t-il. Écoute, je vais t'expliquer mon plan. Tu connais le capitaine Mc Blaid ?

– Tu veux dire Charlie Ruddles ?

– Non, s'écria Zach tout excité, le capitaine Mc Blaid de la police de l'air.

– C'est le Premier ministre ou quoi ?

– Non ! fit-il et, de nouveau, il regarda autour de lui. Je t'en dirai davantage demain. Roger, affirmatif, reçu cinq sur cinq !

Willie le regarda descendre l'allée en direction de l'église, se hisser en haut du mur et disparaître.

Qui était Roger Affirmatif et qu'est-ce qu'il avait bien pu recevoir cinq sur cinq ?

Il rentra dans le vestibule et regagna le salon en titubant de fatigue.

Une grande bassine en cuivre était posée devant la cuisinière. Tom était en train de la remplir d'eau chaude, sous le regard méfiant de Sam qui s'était réfugié sous la table.

– T'inquiète pas, Sam. C'est pas pour toi.

Et il se tourna vers Willie.

– Tu vas être tout courbaturé demain. Il vaut mieux prendre un bon bain chaud.

Willie regarda d'un air horrifié l'eau fumante dans la bassine et il recula vers la table. Il vit Tom prendre deux casseroles sur le fourneau et les verser dans la bassine, ajoutant ensuite une poignée de sel.

– Allez, viens, dit Tom.

– C'est pour mes vêtements, monsieur Tom ?

– C'est pour toi.

Sa gorge se serra.

– Je vous en prie, monsieur, je sais pas nager. Je vais me noyer.

– T'as donc jamais… commença Tom, mais il s'interrompit, réalisant combien sa question était stupide. Tu ne mets pas la tête sous l'eau, reprit-il, tu t'assois simplement au fond, tu te laves et puis tu te penches un peu en arrière.

Willie mit un bon moment à se décontracter dans l'eau.

Tom lui tendit un gros savon carré et lui montra comment s'en servir. Il entreprit ensuite de lui laver plusieurs fois de suite les cheveux, avec une telle vigueur que Willie crut qu'il allait lui dévisser la tête. Du savon lui coula dans les yeux et il les frotta, ne faisant qu'accentuer les picotements.

Après cette épreuve, Tom le laissa tremper dans son bain et Willie commença peu à peu à se détendre. Les mains posées sur les rebords de la bassine, il laissa ses jambes remonter lentement à la surface. La lampe à gaz vacillait et crachotait au-dessus de lui, projetant des ombres qui dansaient sur les murs. Soudain, Willie eut un sursaut car il s'était si bien laissé aller qu'il avait failli s'endormir. Tom lui tendit une serviette et, après s'être essuyé, avoir frictionné et peigné ses cheveux, il enfila son pyjama et s'assit sur le pouf près du fauteuil où l'attendait Tom, prêt à lui raconter une histoire. Sam se coucha entre eux sur le tapis.

– Je vais d'abord lire l'histoire et après, je te la raconte à ma façon, comme j'ai fait pour Noé. Ça te va ?

Willie acquiesça et entoura ses genoux de ses bras.

– C'est le récit de la création du monde, dit Tom, et il commença à lui raconter comment Dieu fit jaillir la lumière des ténèbres, sépara le ciel des eaux de la terre, créa les poissons et tous les animaux et, enfin, Adam et Eve.

Il prépara ensuite deux tasses de chocolat et se lança dans la première des *Histoires comme ça.*

– Ça fait des années que je n'ai pas lu ce livre, dit-il en se penchant vers Willie. Viens donc regarder les images.

Willie s'appuya à l'accoudoir du fauteuil et il lui lut l'histoire de *La Baleine et son gosier.* Ils n'avançaient qu'avec lenteur dans le récit car Tom devait sans cesse s'interrompre pour expliquer le sens d'un mot et, parfois, le chercher dans le dictionnaire.

Ce soir-là, Willie se mit au lit, épuisé et tout endolori, mais ces douleurs-là, du moins, ne le faisaient pas souffrir de la même façon. Une fois endormi, il fit un rêve étrange où Adam et Eve étaient pourchassés par une énorme baleine et où il se tenait au beau milieu du paradis se demandant si Dieu était grumeleux et goûtait à une sauce infinie remplie de sagesse.

La cueillette des mûres

Ils accrochèrent l'alèse en caoutchouc et le pyjama sur la corde à linge et allèrent jeter un coup d'œil dans l'abri.

– C'est plein d'eau, murmura Tom. J'aurais dû m'en douter. Il va falloir qu'on garde une pompe à main à proximité.

Il tapota l'étrange monticule.

– Je vais rajouter de la terre aujourd'hui et comme ça, on pourra planter quelques navets ou d'autres légumes par-dessus. Tu as déjà fait du jardinage ? demanda-t-il, se tournant vers Willie.

Willie secoua la tête.

– Il y a un début à tout. Viens avec moi. Je vais te montrer quelque chose.

Willie lui emboîta le pas, franchit le portail du fond et traversa la route étroite, suivi de Sam qui gambadait à leurs côtés. Au lieu de tourner à gauche en direction du village, ils prirent à droite et bifurquèrent bientôt sur un petit sentier.

Les douleurs qu'avait ressenties Willie à son réveil commençaient à se dissiper, sauf autour des chevilles, encore irritées par les bottines neuves. Une vague d'énergie le submergeait et cette sensation nouvelle l'excita et l'effraya en même temps. Il avait jusqu'alors toujours su se tenir tranquille. S'agiter était un péché, lui avait-on souvent répété, mais il ressentait maintenant une envie folle de sauter et de courir. Les lèvres serrées, il crispa les poings, fronça les sourcils, cherchant à contenir les sentiments étranges et nouveaux qui l'envahissaient.

Tom remarqua ses joues empourprées.

– Fais donc la course avec Sam jusque là-bas, suggéra-t-il, indiquant à Willie une barrière à une centaine de mètres. Je vais le retenir pour te laisser prendre un peu d'avance.

– Vous voulez que je coure ?

– Pas que tu voles, en tout cas ! Alors, quand je dis « Partez » tu y vas !

Il siffla Sam et saisit dans ses bras le chien qui se débattait.

Willie, les yeux fixés sur la barrière, retint son souffle.

– Très bien, dit Tom. A vos marques, prêts, partez !

Willie s'élança, mais il sentait ses jambes tremblantes. Il serra les poings plus fort encore, mais soudain... Bang ! Il tomba brutalement sur les genoux. Il se releva, et repartit en chancelant, à la fois furieux et désespéré. Il souhaitait du fond du cœur courir le plus vite possible, mais ses jambes trop faibles trahissaient son élan. Il entendit Sam aboyer derrière lui.

– Vas-y ! hurla Tom. Vas-y, William !

Et Tom, sans même s'en rendre compte, se mit à courir lui aussi.

William s'appuya contre la barrière, haletant, tandis que Sam, qui l'avait emporté haut la main, se couchait nonchalamment à ses pieds.

– Console-toi, petit, lui dit Tom. C'est pas la fin du monde !

Mais pour Willie, ça l'était. Ses camarades de classe avaient bien raison de le traiter de poule mouillée. Il sentit qu'une boule énorme montait dans sa gorge et il chercha à retenir ses larmes craignant de se rendre encore plus ridicule.

– Alors, qu'est-ce qu'il y a ? lui demanda Tom. Tu es malheureux parce que Sam t'a battu ?

Willie acquiesça, gardant la tête baissée.

– Faut pas s'attendre à gagner du premier coup. Faut s'entraîner. Sam a eu plus d'occasions que toi. De toute façon, tu m'as battu, pas vrai ?

Willie releva la tête et esquissa un sourire.

– Oui, oui, c'est vrai !

– Pas besoin de prendre cet air supérieur, grogna Tom. Alors, qu'est-ce que tu en penses ? demanda-t-il en ouvrant la barrière.

Willie se trouvait devant un champ immense. D'un côté s'alignaient des sillons parallèles d'où pointaient des touffes de feuilles vertes et, à l'autre bout, se dressait un grand bosquet de pommiers et de poiriers chargés de fruits.

– Il y a des patates, des choux, des haricots, des pois, des choux de Bruxelles, des navets, toutes sortes de légumes. Faudra faire vite pour les cueillir. Tu pourras m'aider quand ce sera la saison.

Il ferma la barrière et tous deux repartirent le long du chemin en direction du cottage.

Penchés sur l'abri, ils étaient en train de remettre de la terre sur les bas-côtés lorsque Zach fit son apparition.

– Tu as traversé le champ de Dobbs ? demanda Tom d'un ton sec.

– Oui, et j'ai refermé les deux barrières.

Tom émit un grognement.

– Est-ce que Will peut sortir pour venir jouer ?

– Il est déjà dehors, non ?

– Oui, en effet, répondit Zach, l'air songeur. Je n'avais encore jamais remarqué cette redondance.

– Où tu vas pêcher tous ces mots bizarres ?

– Ils sont bizarres ?

– Ils sont pas courants, en tout cas.

– Eh bien, on me l'a souvent reproché, soupira Zach. Dis donc, Will, qu'est-ce que tu as bien pu faire à tes cheveux ?

Willie le regarda interloqué et se passa la main dans les cheveux. Il ne ressentait presque plus de démangeaisons tout au plus un léger picotement.

– Qu'est-ce qu'ils ont ?

– Rien. Mais ils ont changé de couleur, c'est tout. Je ne m'étais pas rendu compte que tu étais aussi blond.

C'était vrai. Les cheveux de Willie avaient perdu leur aspect terne et semblaient plus clairs et volumineux.

– Va jouer, William, dit Tom.

– Jouer ?

– Oui, jouer.

– Excusez-moi, monsieur Oakley, intervint Zach. Avant que nous partions est-ce que je peux jeter un coup d'œil à l'intérieur de l'abri ? Je voudrais voir comment il est de jour.

– Si tu veux, répondit Tom.

Mais avant qu'il ait pu le prévenir que le sol était gorgé d'eau Zach avait déjà sauté à l'intérieur. On entendit un éclaboussement, et Zach sentit ses pieds qui s'enfonçaient comme dans du sable mouvant.

– Tu ne regardes jamais avant de sauter ?

– A l'occasion. Mais pas cette fois, on dirait.

Tom se retourna en entendant grincer le portail du fond. George, l'air plutôt maussade, se dirigea vers eux, les mains enfouies dans ses poches.

– Monsieur Oakley, dit-il, avec les jumelles on va aller cueillir des mûres et on emporte un pique-nique.

Il jeta un bref coup d'œil à Willie.

– Est-ce qu'il peut venir avec nous ? Maman dit qu'elle a préparé suffisamment à manger pour nous tous.

– Dis donc, intervint Zach en passant la tête par l'ouverture, je peux venir aussi ? J'apporterai quelque chose.

George le regarda consterné et retint un soupir. Ces gens de la ville étaient vraiment bizarres, ils ne parlaient pas de la même façon qu'eux et ils avaient de drôles de manières. Il était déjà assez ennuyé d'être obligé d'inviter celui qui s'appelait William.

Mais sa mère avait insisté.

– S'il te plaît, fit Zach d'un ton pressant.

– D'accord, répondit-il, légèrement irrité.

Il ne voyait pas comment il aurait pu faire autrement. Il savait que les jumelles allaient être furieuses contre lui.

– Il y a tout de même un petit problème, reprit Zach. Pour le moment, j'ai l'impression de ressembler à Buster Keaton.

« Il n'y a pas de doute, se dit George, qui le regardait sans comprendre, ce type-là est vraiment bizarre. »

– Mais oui. Regardez-moi.

Les bras serrés le long du corps, Zach se pencha en avant, et se maintint presque à l'horizontale.

– Dites donc, reprit-il, voyant que les autres ne réagissaient pas, vous savez qui est Buster Keaton, non ?

– Tu vas rester dans ce trou toute la journée ? grommela Tom.

– C'est ce que j'essaye de vous faire comprendre, je suis coincé. Il faut me tirer de là.

Ils l'empoignèrent tous et après force vociférations, ils réussirent à le dégager et basculèrent à la renverse dans l'herbe, tombant sur Sam qui poussa un glapissement.

– Merci, dit Zach en se relevant.

Il regarda ses pieds. Ses sandales étaient prises dans une gangue de boue. Il leva un pied, le posa lourdement devant l'autre, progressant ainsi à pas lents vers le portail.

– Dites donc, lança-t-il en se retournant. Où est-ce que je vous retrouve ?

– Devant la boutique, répondit George, de mauvaise grâce. Dans une heure.

– D'accord !

Et pataugeant dans ses sandales couvertes de boue, il franchit le portail et s'éloigna.

Une heure plus tard, les jumelles et George attendaient au coin de la rue, avec leurs paniers, leurs sacs et leur masque à gaz. Willie les aperçut en tournant le coin et s'immobilisa un instant, cherchant Zach des yeux. Il vit alors un garçon brun, qui portait une chemise rouge vif et un short vert, sortir de la boutique. Willie poussa un soupir de soulagement. Zach l'avait repéré et agitait frénétiquement les bras pour lui faire signe. George et les jumelles se retournèrent et Willie se sentit gêné. Zach accourut dans sa direction. Ses sandales, dont il avait gratté la boue, restaient malgré tout assez sales.

Ils rejoignirent les autres devant la boutique. Les jumelles, de toute évidence, boudaient. George se tourna vers elles, chuchotant quelque chose que les autres n'entendirent pas.

– Je vous présente Will, déclara Zach aux deux filles. J'ai oublié laquelle de vous était Carrie et laquelle était Ginnie.

– Carrie c'est moi, dit la fille en robe bleue.

– Et moi, je suis Ginnie, ajouta l'autre qui portait une robe verte.

– Bonjour, dit Willie d'une voix enrouée.

Un silence tendu s'ensuivit. George, entre les deux clans, se sentait mal à l'aise. Il ne s'était pas trompé. Les jumelles étaient furieuses contre lui parce qu'il avait invité les deux réfugiés. D'après ce qu'elles avaient entendu dire, l'un était trop exubérant et l'autre taciturne Quelle idée vraiment avait eue George de les inviter.

George se racla la gorge.

– Bon. Alors si on y allait ? proposa-t-il.

Ils se dirigèrent vers le chemin qui menait à la ferme d'Ivor.

Willie tenait un seau vide et un petit sac, et Zach portait un panier et une sacoche. Ils marchaient derrière les trois autres.

– Dis donc, dit-il à Willie tout excité, tu aurais dû voir la tête de Mme Little quand je suis arrivé. Elle m'a menacé de me planter des patates dans les pieds.

Il lui donna un coup de coude.

– Ce qu'ils peuvent être poseurs, tu ne trouves pas ? chuchota-t-il, désignant George et les jumelles qui marchaient devant eux.

– Poseurs ? Comment ça ? demanda Willie.

– Pas vraiment chaleureux.

– Mais ils nous ont demandé de venir pique-niquer avec eux !

– Mmmm. Oui, tu as peut-être raison. De toute façon, on va bien s'amuser, pas vrai ? ajouta Zach en lui donnant un nouveau coup de coude qui toucha cette fois un point sensible.

Willie n'avait pas l'air vraiment convaincu. Il se sentait la bouche complètement desséchée et la nuque toute raide.

Ils arrivèrent à la ferme d'Ivor. Lucy et son amie Grace Bush jouaient devant la maison. Elles se précipitèrent vers la barrière sur laquelle elles se hissèrent. Mme Padfield était en train d'étendre sa lessive.

– Bonjour ! cria-t-elle. Où allez-vous comme ça ?

– Cueillir des mûres, répondit George.

Lucy aperçut Willie. Ses grands yeux s'arrondirent.

– Bonjour, lui dit-elle d'un ton timide.

Willie, embarrassé, se dandinait d'un pied sur l'autre, évitant de croiser son regard.

« Quelles idiotes, ces filles, pensa-t-il, furieux. Elles sont vraiment idiotes ! »

– Fred et Harry sont occupés cet après-midi. Comme il n'y a pas école, ils en profitent pour donner un coup de main à leur père. Ce ne sera pas la peine d'aller à la cueillette après votre passage, il ne restera plus rien, conclut Mme Padfield avec un sourire et elle se remit à sa tâche.

– On vous en donnera un peu, dit Carrie, pas vrai, Ginnie ?

Ginnie approuva.

– Amusez-vous bien, mes enfants.

Lucy les regarda poursuivre leur route. Elle aurait bien aimé les accompagner, mais ils étaient tous plus grands qu'elle et ne voudraient sûrement pas s'encombrer d'une gamine. Elle sentit qu'on la tirait par sa jupe.

– Viens, dit Grace, impatiente. Je veux jouer.

Après un tournant, les enfants se retrouvèrent dans un vaste champ. Les filles, abandonnant George avec Willie et Zach se dirigèrent vers des buissons situés à l'autre bout.

– A qui font-elles la tête ? demanda Zach. A toi ou à nous ?

George esquissa un sourire.

– Venez avec moi, dit-il. Je vais vous trouver un bon coin. Vous voyez ces baies rouges ? ajouta-t-il, leur indiquant un buisson.

– Absolument, dit Zach. Elles ont l'air délexquises.

– Dé… quoi ?

– Délexquises. C'est un mélange de délicieux et d'exquis.

– Eh ben, en tout cas, enchaîna George, ignorant cette dernière remarque, si on en mange, on meurt. C'est du poison. Ne mangez surtout aucune baie sans me la montrer d'abord. Tenez, en voilà des bonnes, dit-il en désignant une haie couverte de mûres. Restez là. Je vais aller me chercher un autre buisson.

Une heure plus tard, les jambes et les bras écorchés, les mains et la bouche noircies par le jus des fruits, ils s'assirent dans l'herbe et une bouteille de limonade passa de main en main. Les filles avaient l'air un peu moins renfrogné et dévisageaient les deux garçons. Willie se sentait mal à l'aise. Zach, en revanche, prenait plaisir à être l'objet de leur attention.

– Comment tu t'es fait ça ? demanda Carrie en pointant le doigt vers la jambe de Willie.

Il pâlit, pensant que ses chaussettes avaient glissé, mais ça n'était pas le cas. Elle parlait de son écorchure au genou.

– Je suis tombé, chuchota-t-il.

– C'est pas beau à voir.

Willie lui jeta un bref coup d'œil et détourna aussitôt les yeux. Lorsqu'ils eurent un peu étanché leur soif, ils se remirent à la cueillette, restant un peu plus près les uns des autres. Et petit à petit, ils engagèrent la conversation. Seul Willie restait à l'écart. Sa mère lui avait bien dit que s'il se faisait tout petit, les gens l'en apprécieraient davantage. Et Willie avait tellement besoin d'affection.

Il apprit que Carrie aimait lire, grimper aux arbres, partir à l'aventure, tandis que Ginnie préférait chercher le nom des fleurs sauvages, qu'elle cueillait et faisait ensuite sécher. Elle faisait de la couture et du tricot, et toutes deux aimaient nager. George était passionné de pêche et sa mère, à trois reprises, avait déjà fait cuire les poissons qu'il avait attrapés. Si ceux-ci étaient trop petits, il les rejetait aussitôt à l'eau. Lui aussi aimait nager. Cet été il avait construit un radeau et avait emmené les deux jumelles mais celui-ci s'était disloqué au beau milieu de la rivière. Il jouait également au cricket et avait déjà acquis une mauvaise réputation en cassant deux carreaux dans le village.

Zach déclara qu'il aimait jouer la comédie, lire des livres d'aventure et des poèmes. Il aimait par ailleurs nager et faire des balades à vélo. Il ajouta qu'il écrivait des histoires, mais dut admettre qu'il n'avait jamais dépassé la deuxième page.

Quant à Willie, non seulement il demeurait silencieux, mais il ramassait ses mûres dans l'espoir qu'ils oublieraient sa présence, mais c'était compter sans Zach.

– Will ! s'exclama-t-il soudain. Qu'est-ce que tu aimes, toi ?

Willie s'apprêtait à répondre par un haussement d'épaules et un « je sais pas » quand il remarqua que George et les jumelles le regardaient et attendaient. Il suça un de ses doigts dégoulinant de mûre et chercha une réponse. Il ne savait ni lire ni écrire. Ni nager ni monter à bicyclette. Il n'avait jamais rien fait de ses mains et était incapable de faire la différence entre une fleur et une autre. Un sentiment de panique se mit à l'envahir. Les autres allaient se lasser d'attendre et recommenceraient à discuter entre eux. Willie avala sa salive et les dévisagea, mais ils n'avaient pas l'air de s'ennuyer. Il se détendit un peu et se souvint alors de quelque chose.

– J'aime bien dessiner.

– Moi, je suis vraiment pas doué pour le dessin, dit George. Tous mes personnages ont des têtes minuscules et des bras et des jambes énormes.

– Comme toi, dit Carrie.

Ginnie se mit à rire.

– Tu charries, protesta George. C'est pas vrai du tout !

– Tu pourrais faire mon portrait ? demanda Zach.

– Je sais pas. Je peux essayer.

– Je meurs de faim, déclara George, interrompant la conversation. Si on mangeait ?

Ils s'installèrent au pied d'un arbre et déballèrent le pique-nique. Il y avait des petits pains beurrés à la confiture, des sandwiches au pâté, des tartines de marmelade d'orange et des sandwiches aux œufs. Après cela, chacun eut droit à une part de tarte aux pommes et au cassis, et à un morceau de gâteau au chocolat. Le tout fut suivi de nouvelles rasades de limonade.

C'était la première fois que Willie goûtait du gâteau au chocolat, des petits pains et de la tarte aux fruits. Il entamait à peine ce qu'il avait pris, mais les autres, George, en particulier, qui avait un solide appétit, l'aidèrent à terminer sa part.

Après avoir mangé et s'être étendus un moment au soleil, ils rangèrent les restes du pique-nique et se dirigèrent vers d'autres haies pour continuer la cueillette. Leurs paniers furent bientôt pleins et, fatigués, ils prirent le chemin du retour.

Le seau et le panier de Willie débordaient de mûres et il les sentait peser lourdement sur ses épaules. Il suivait les autres, soufflant et haletant, et serrait les dents, tendu par l'effort, pour ne pas se laisser distancer.

Après avoir déposé son panier à la maison, George retourna décharger Willie, qui eut honte de trahir sa faiblesse, mais George ne se moqua pas de lui. Il semblait même ravi de l'aider. Ils avancèrent sous la voûte des arbres jusqu'au cottage des Little, s'attardèrent un moment devant le portail pour bavarder avec Zach, puis ils continuèrent leur chemin. Comme ils arrivaient au presbytère, George s'arrêta soudain.

– Regarde ! dit-il, levant les yeux vers une branche d'arbre. Un pinson !

Willie plissa les yeux et suivit son regard. Mais il ne vit qu'un oiseau. « Un pinçon, se dit-il, c'est un pincement comme quand on se coince un doigt dans une porte. » Il ne comprenait pas qu'un pinçon puisse être perché sur une branche.

Ils ouvrirent la barrière pour entrer dans le champ de Dobbs. George posa le seau et s'approcha de la jument pour la caresser. Willie le suivit à distance respectueuse. Il avança de quelques pas pour toucher l'encolure de Dobbs, mais elle secoua la tête à ce moment-là, et il recula précipitamment. Il attendrait d'être avec M. Tom.

George grimpa par-dessus la barrière que Willie ouvrit et referma soigneusement derrière lui. Ils traversaient le jardin en direction de la porte du fond lorsqu'une voix s'éleva derrière eux. C'était Tom, dont le buste apparut à l'entrée de l'abri.

– Bonsoir, monsieur Oakley, dit George.

– Bonsoir, George.

Ils s'approchèrent pour jeter un coup d'œil à l'intérieur de l'abri. Le sol boueux avait été recouvert de planches et deux bat-flanc rudimentaires étaient installés de chaque côté. Une boîte de conserve sans couvercle avait été suspendue à un crochet avec une bougie fixée à l'intérieur. En dessous se trouvait un cageot à oranges sur lequel étaient posés deux pots de fleur, l'un coiffant l'autre avec un trou à la base. A l'intérieur, il y avait une autre bougie. Au-dessus de leur tête, à l'entrée, était accroché un rouleau de toile noire. Une plante verte était disposée dans un angle.

– Ça alors ! s'exclama Willie, suffoqué. Ce que c'est beau !

– Mieux vaut un peu de confort, déclara Tom qui toussota pour dissimuler sa satisfaction.

– Du beau travail, approuva George.

A tour de rôle, ils visitèrent l'abri et s'assirent sur un bat-flanc, puis George rentra chez lui pour le dîner.

Willie passa la soirée avec Tom à laver et à mettre en bocaux les mûres dont ils mangèrent une partie au dessert. Cette nuit-là, il sombra dans un sommeil encore plus profond que celui de la veille, sachant que lui, Willie Beech, avait survécu à toute une journée passée en compagnie de quatre autres enfants de son âge et qu'il avait appris à faire des conserves.

L'ÉCOLE

Willie, en chemise grise propre et tricot assorti, en culottes grises bien repassées et bottines, s'assit pour prendre son petit déjeuner.

Il laissa errer son regard sur le cimetière. Le temps était maussade.

– Mange, petit. C'est bientôt l'heure de partir à l'école, dit Tom en posant sur la table un sac en papier contenant deux pommes et un épais sandwich aux œufs.

– Tu peux revenir ici pour déjeuner, si tu veux, ou manger avec les autres. Vaut mieux prendre ta casquette et ton ciré. On dirait bien qu'il va pleuvoir.

Il attrapa l'étiquette de Willie au-dessus de la bibliothèque et la lui tendit.

Ils traversèrent ensemble le champ de Dobbs, et Tom s'arrêta à la barrière, le laissant continuer seul le chemin. Zach l'attendait, assis sur la grille délabrée des Little. Willie se retourna alors vers Tom. Ils se saluèrent de la main et aussitôt Sammy bondit en avant.

– Samuel ! cria Tom d'un ton ferme. Ici !

Le chien s'immobilisa, jeta un coup d'œil à son maître et retourna auprès de lui en quelques bonds. Tom le prit dans ses bras et regarda les deux garçons disparaître au tournant.

George et les jumelles attendaient au milieu d'un groupe devant la salle des fêtes du village. Deux vieilles voitures s'arrêtèrent. Il y avait là huit enfants qu'accompagnaient deux mères anxieuses.

– Dites donc, s'exclama Zach, il y en a du monde !

– C'est pas comme ça d'habitude, répliqua Carrie.

– Ils ont dû engager un maître supplémentaire, ajouta sa sœur.

– Et il faut qu'on partage l'école avec des catholiques, intervint George. On aura classe à tour de rôle. Regardez ! ajouta-t-il en désignant deux religieuses entourées par un groupe d'enfants. Si ça continue comme ça, on n'ira pas beaucoup à l'école, conclut-il avec un large sourire.

Ils pénétrèrent tous les cinq dans la salle. L'austérité des rideaux servant au couvre-feu, soigneusement roulés au-dessus des fenêtres, contrastait avec les murs vert pâle et les plinthes en bois. M. Bush faisait asseoir les plus petits en tailleur sur le plancher bien ciré. Les grands devaient s'installer vers le fond de la salle où étaient disposées des rangées de chaises. A l'avant se trouvait une petite estrade surélevée, avec des rideaux de chaque côté.

– Dites donc ! s'écria Zach tout excité. C'est une scène de théâtre !

– Vite, fit George en tirant sur une des manches rapiécées de Zach, prenons les chaises avant que les grands ne s'y mettent.

Ils s'élancèrent et Willie les suivit aussi vite que possible, enjambant au passage quelques petits.

Les autres enfants avaient pris place sur les chaises du fond et George comprit trop tard pourquoi celles qu'ils avaient choisies étaient libres. Elles étaient situées au premier rang juste aux pieds des petits assis par terre, de telle sorte qu'ils se retrouvaient maintenant tous les cinq bien en vue.

– Zut, grogna George, moi qui voulais sucer des bonbons à la menthe.

M. Bush et Mme Hartridge discutaient avec une vieille dame.

– C'est Mme Black, chuchota Ginnie. Ça doit être la maîtresse supplémentaire.

M. Bush s'occupa d'abord des plus grands et plaça parmi eux quelques-uns des réfugiés. Le bruit était assourdissant. Il y avait beaucoup de cris et d'agitation parmi les nouveaux venus dont la plupart s'ennuyaient et ne tenaient plus en place, jugeant que leur séjour à la campagne n'avait déjà que trop duré.

M. Bush précisa leurs horaires aux plus grands, puis les congédia.

George, Carrie et Ginnie allaient de nouveau se trouver dans la classe de Mme Hartridge. Elle prenait les élèves de huit à onze ans. Les jumelles avaient fêté leur dixième anniversaire pendant les vacances, et George avait onze ans.

Mme Black s'occuperait des enfants du village et des réfugiés non catholiques de cinq à huit ans.

Willie regarda Mme Hartridge s'approcher de lui et de Zach. Zach lui dit son âge, neuf ans, et épela son nom, s'excusant ensuite de porter un nom pareil. Elle sourit. Willie lui tendit son étiquette sans dire un mot. Les longs cheveux blonds de la maîtresse étaient relevés en un épais chignon tressé placé haut sur la tête. Willie observa avec plaisir son visage rosé empreint de douceur, mais il sentit soudain son cœur défaillir.

– Alors voyons, Zacharias, dit Mme Hartridge en se penchant vers Zach.

– Vous pouvez m'appeler Zach si c'est trop difficile à prononcer.

– Je crois que je vais y arriver, merci. Maintenant, dis-moi, que faisais-tu à ta dernière école ? Tu sais lire et écrire, n'est-ce pas ?

C'est alors que Willie sentit ses oreilles bourdonner. La voix de Zach ne lui parvenait plus que comme un vague écho au loin. La main de la maîtresse se posa sur son épaule.

– Alors William ? dit-elle. Et toi ? Tu sais lire et écrire ?

Willie garda le silence, n'osant regarder les autres. Qu'allaient-ils penser de lui ?

– Qu'est-ce que tu as dit, William ?

– Non, répondit-il en tirant sur une petite peau au bord de son ongle, et les yeux fixés sur les lattes du plancher. En cet instant, il aurait tellement souhaité disparaître sous terre !

– Comme c'est dommage, William. J'aurais aimé t'avoir dans ma classe. Il faut que tu ailles avec Mme Black, dit-elle en désignant les plus petits qui étaient assis par terre.

William leva vers elle des yeux angoissés et les baissa aussitôt.

Ses oreilles étaient brûlantes et il sentait son visage en feu. Il se leva, hébété, trouva une place par terre et s'assit. Il gardait les mains crispées l'une contre l'autre et la tête baissée. Il se sentait terriblement humilié.

La classe de Mme Hartridge fut renvoyée. Les cours auraient lieu l'après-midi et ne commenceraient pas avant le vendredi suivant.

Willie resta avec Mme Black et toute la classe se dirigea vers l'école. Il y avait deux filles encore plus âgées que lui qui ne savaient pas lire non plus mais cela ne le rassura pas pour autant. L'une d'elles ignorait tout le monde, y compris Mme Black, et se contentait de se limer les ongles et de regarder par la fenêtre.

Tom était en train de désherber le cimetière lorsque Willie rentra. Il le regarda passer devant lui, l'air malheureux, puis entrer dans le cottage. Il patienta quelques minutes puis rentra à son tour et le trouva assis devant la table, son sac contenant les pommes et le sandwich auxquels il n'avait pas touché posé à côté de lui.

– Je boirais bien une tasse de thé, déclara Tom d'un ton jovial. T'en veux aussi, William ?

Willie hocha la tête.

Tom poussa une chope dans sa direction.

– Alors, comment ça s'est passé ?

Willie frotta l'un contre l'autre le bout de ses bottines.

– Plutôt mal, hein ?

Willie acquiesça.

– Allez, raconte-moi.

Willie leva les yeux vers Tom, incapable de maîtriser le tremblement de ses lèvres.

– Je suis avec les bébés.

– Ah bon ? Et dans quelle classe est Zacharias ?

– Celle de Mme Hartridge.

– Et pourquoi pas toi ? T'es à peu près de son âge, non ?

– Oui, mais il sait lire. Et écrire.

– Et ceux qui savent pas sont avec Mme Black, c'est bien ça ?

– Oui.

– Je vois.

Tom se leva et laissa errer son regard sur le cimetière fraîchement désherbé.

– Mme Black t'apprendra à lire. Qu'est-ce que tu as fait là-bas aujourd'hui ?

– Des exercices avec le masque, marmonna-t-il.

– C'est quoi ça ?

– Des exercices avec le masque, répéta Willie un peu plus fort. On a appris à mettre le masque à gaz.

Il souffla sur son thé avant d'en boire une gorgée.

– Y a même pas assez de crayons, dit-il.

Tom avait vu certains des garnements dont devrait s'occuper cette gentille Mme Black et supputa que la majeure partie de son temps serait consacrée au maintien de la discipline.

– On va commencer ce soir, dit-il soudain. D'accord ?

– Quoi ?

– A apprendre à lire et à écrire. D'abord il faut que tu saches écrire ton nom.

Les yeux de Willie se mirent à le picoter et le sol sembla se voiler d'une brume légère. Son visage s'épanouit.

– Ah, monsieur… parvint-il seulement à articuler.

Tom sentit non sans étonnement sa gorge se nouer.

– Va courir un peu avec Sammy, grommela-t-il d'une voix enrouée. Je vais préparer à manger.

Sammy, qui avait flairé la peine de Willie et qui s'était jusqu'alors tenu tranquille, se mit à aboyer et à tourner en rond pour attraper sa queue.

– Va, petit, insista Tom.

Willie se leva et gagna l'entrée. Il courut jusqu'au portail, s'élança dans l'allée pour rejoindre le chemin de terre, sautant et courant de plus en plus vite. Il avait envie de crier sa joie, mais aucun son ne franchit ses lèvres. D'abord mécontent, il réalisa ensuite qu'il courait beaucoup mieux que la veille.

Il faut du temps et de la pratique, voilà ce qu'avait dit M. Tom.

Après le dîner, une fois la table débarrassée, Tom posa devant Willie une feuille de papier et un crayon. Plusieurs lignes verticales étaient tracées sur la feuille dans l'intervalle desquelles une série de points avait été disposée.

– Voilà, William, déclara Tom. Tu vas simplement relier les points entre eux en partant du sommet et en descendant et quand ça sera fait, tu auras écrit ton nom. Vas-y, prends ton temps.

Willie tint nerveusement le crayon et le pressa fortement sur le papier. La mine cassa. Tom la tailla de nouveau.

– Doucement, maintenant, dit-il en rendant le crayon à Willie. Tu as tout ton temps.

Willie posa sur la feuille un regard affolé.

– Je peux pas, dit-il. Je peux pas !

Tom lui jeta un bref regard. Willie était effrayé. Son visage avait blêmi et des gouttes de sueur perlaient à son front.

– Je vais pas te battre, si c'est ça qui t'inquiète. Allez, essaye, ajouta-t-il d'un ton rassurant. Je vais m'asseoir à côté de toi et te dire si ça va.

Willie appuya de nouveau la mine sur le papier et suivit lentement les points, en bas, en haut, en bas, en haut, traçant la lettre W.

Il se redressa pour regarder ce qu'il venait de faire.

– C'est pas bien, hein ? Hein, monsieur Tom ?

Tom examina le W. Il fut surpris par le tracé.

– Mais si, dit-il sincèrement. C'est très bien.

Willie comprit à son ton assuré qu'il disait la vérité. Il continua à relier les points entre eux et, à part un ou deux écarts, écrivit « William » d'une main remarquablement sûre.

– Tu te débrouilles très bien, tu sais, dit Tom.

– C'est vrai ?

– Recommence.

Willie se remit à suivre les points entre les lignes, puis il s'interrompit.

– Monsieur Tom, dit-il, je peux regarder mon nom et le dessiner. Écrire, c'est comme dessiner ?

– Je ne crois pas. Qu'est-ce que tu veux dire ? Montre-moi.

Willie trouva un espace vierge, regarda ce qu'il avait fait puis traça deux traits rectilignes et écrivit William dans l'intervalle.

– Ces lignes sont presque droites ! s'exclama Tom. Où as-tu appris à faire ça ?

– Nulle part, répondit Willie. J'ai juste regardé et j'ai fait pareil.

Tom resta un instant sans voix. Une fois remis de sa surprise, il prit un crayon et une règle, traça deux lignes droites, écrivit « Beech » entre les deux et tendit le crayon à Willie.

Willie traça à son tour les deux lignes puis, étudiant avec soin le nouveau mot, le copia.

– C'est très bien, déclara Tom.

– C'est vrai ?

– Tu sais pas ?

Willie secoua la tête.

– Tu viens d'écrire ton nom, petit.

– Ah bon ? fit Willie qui examina les lettres.

Il n'arrivait pas à comprendre pourquoi ces signes représentaient son nom. Tom lui prit la main et lui fit désigner les lettres l'une après l'autre, de gauche à droite, et prononçant chacune d'elles. La seconde fois, Willie répéta avec lui.

– Bien, fit Tom.

Il s'apprêtait à faire une pause, lorsque Willie se mit à désigner les lettres et à les prononcer tout seul une à une. Il buta sur le double e.

– C'est quoi ça, déjà, monsieur Tom ?

– ee.

– Et ça ?

– ch.

Il recommença et réussit cette fois à prononcer toutes les lettres.

– Tu apprends très vite, dit Tom. Très vite.

– Mais c'est comme copier, n'est-ce pas ?

– Oui, je suppose.

– Monsieur Tom, reprit Willie après un instant de réflexion, c'est mal, non ?

– De copier ?

– Oui.

– Pas quand on apprend, dit Tom, seulement aux examens.

– Oh, fit Willie. Je croyais que c'était mal.

On frappa à la porte d'entrée. Sam se mit à aboyer.

– Qui ça peut bien être ? dit Tom.

– Monsieur Tom, insista Willie, est-ce que ça veut dire que si je copie, j'irai pas en enfer ?

– En enfer ? répéta Tom avec stupeur en se dirigeant vers la porte. Tu es fou, petit. Qui a pu te fourrer pareille idée en tête ?

Willie ressentit un énorme soulagement et se remit à ses exercices d'écriture.

Il fut interrompu par des voix dans l'entrée. Se retournant, il vit entrer George et les jumelles.

– Attends, commença Carrie tandis que Willie, cramoisi, se levait, on est simplement venus te dire qu'on était tristes que tu sois pas dans notre classe et qu'on veut quand même que tu viennes avec nous, voilà.

– C'est comme ça, approuva Ginnie.

– Et puis, enchaîna George, faut surtout pas t'en faire parce que tu sais pas lire ni écrire. De toute façon, c'est pas si terrible que ça quand on sait. Ça veut dire qu'on vous donne encore plus de leçons à apprendre.

Carrie lui décocha un coup de coude.

– Ce qu'on voulait te dire, poursuivit-elle, c'est qu'on allait se promener dans les bois samedi et on se demandait si tu aimerais venir avec nous.

Willie s'apprêtait à répondre quand on entendit de nouveau frapper violemment. Tom était à peine arrivé dans l'entrée lorsque Zach entra en coup de vent.

– Will, dit-il, à bout de souffle, puis il s'arrêta. Dites donc, qu'est-ce qui se passe ici ? Vous donnez une fête ou quoi ?

Tom ferma la porte et s'apprêtait à répliquer, lorsque

de nouveaux coups se firent entendre et Charlie Ruddles, le gardien, entra, l'air furieux.

– La porte d'entrée était ouverte, monsieur Oakley, et j'ai nettement vu un rai de lumière de là où j'étais.

– Oh, et où donc étiez-vous ? s'enquit Tom, quelque peu décontenancé par toutes ces visites impromptues. Vous étiez couché par terre devant l'entrée, le nez au ras de la porte ?

Les jumelles détournèrent vivement la tête en se mordant les lèvres pour se retenir de rire. Charlie, médusé, recula.

– Je n'entrerai pas dans les détails légaux, monsieur Oakley. Il y avait un filet de lumière, absolument. Vous ne savez donc pas que nous sommes en guerre ?

Là-dessus il sortit en claquant la porte et tous éclatèrent de rire, à l'exception de Willie, qui se sentait un peu dépassé par les événements.

Joyeux anniversaire

Willie sauta à bas de son lit. Sa sixième journée à Little Weirwold commençait. Il rabattit les couvertures, enleva les draps en coton et l'alèze en caoutchouc, les prit dans ses bras et descendit tant bien que mal l'échelle au pied de laquelle l'attendait Sammy qui jappait et bondissait.

– Bonjour, dit Tom, apparaissant à la porte de derrière. Joyeux anniversaire !

Il s'attendait à ce que Willie lui demande si le facteur était passé, mais il n'en fit rien.

Willie s'habilla et aida Tom à laver ses draps et le bas de son pyjama.

Ils avaient décidé, la veille au soir, après la lecture d'Abel et Caïn et du Chameau et sa bosse, que Willie se lèverait un peu plus tôt que d'habitude chaque matin pour s'exercer à lire et à écrire avant de partir pour l'école.

Lorsqu'il en eut terminé avec les tâches qui lui incombaient, il s'assit à la table et se mit à copier et recopier « je m'appelle William Beech » jusqu'à ce que Tom, non sans peine, réussisse à le persuader d'aller courir un peu et de promener Sammy. Willie venait juste de disparaître au bout de l'allée du cimetière lorsque le facteur arriva à la grille du fond.

– C'est pour l'anniversaire, déclara le jeune Matthew Parfitt.

– Rien de Londres ? s'enquit Tom.

Matthew secoua la tête.

– Je crains que non. Mais j'ai des colis, des cartes et ceci.

C'était un panier contenant des œufs frais, une miche de pain dorée, un morceau de beurre et de fines tranches de bacon.

– Un petit déjeuner d'anniversaire de la part des Padfield.

Tom prit les cartes, les colis et le panier et rentra. Dommage qu'il n'y eût rien venant de la mère du gosse, mais on n'était que jeudi et le courrier mettait peut-être plus longtemps maintenant que la guerre était déclarée. Il se hâta de gagner le salon.

Willie revint hors d'haleine et le visage en feu, Sammy sur les talons. Il ouvrit la porte à la volée et s'apprêtait à dire quelque chose lorsqu'il aperçut la table.

Deux des plus belles assiettes, des tasses et des soucoupes étaient mises sur la nappe à carreaux rouges et blancs.

Un pot de confiture débordant de fleurs trônait au milieu de la table et tout autour de l'assiette de Willie étaient disposés les paquets et les enveloppes.

– Joyeux anniversaire ! déclara Tom.

– C'est pour moi ? demanda Willie, stupéfait.

– C'est bien là que tu t'assois d'habitude, non ? Vas-y, ouvre-les. Je te dirai qui les envoie.

Willie, les doigts tremblants, prit un paquet enveloppé dans du papier brun soyeux et dénoua la ficelle. A l'intérieur se trouvaient un passe-montagne en laine et un débardeur vert ainsi qu'une culotte en velours côtelé bleu marine.

– Tu veux les essayer ? demanda Tom.

Willie s'extirpa de son étroite culotte grise et enfila la bleu marine. Elle était un peu trop large à la taille. Tom y ajusta les bretelles.

– Tu auras vite fait de la remplir, dit Tom, passant le pull-over par-dessus la chemise de Willie. Recule, que je te regarde un peu.

Le pull était lui aussi un peu trop long, mais pas au point d'en être ridicule et la culotte lui arrivait juste en dessous des genoux. Willie était aux anges.

– Confortable, hein ?

– Oh oui ! Et elle a des poches, en plus, répliqua Willie en y enfouissant les mains, puis il jeta un coup d'œil au passe-montagne. Et ça, c'est quoi ?

– Un passe-montagne. Ça te tiendra chaud à la tête et aux oreilles quand la bise soufflera.

– Je peux le mettre maintenant ?

– Si tu veux.

– Qui c'est qui me le donne ? demanda Willie en l'enfilant.

– C'est moi, mais c'est Mme Fletcher qui l'a tricoté.

– Merci, s'exclama Willie reconnaissant, et il effleura des doigts la laine moelleuse du pull-over.

– Tu vas pas ouvrir le reste ?

Le paquet suivant contenait des sous-vêtements d'hiver envoyés par May Thorne. Willie ne la connaissait même pas. Emilia, sa sœur, lui offrait un exemplaire illustré du *Vent dans les saules*. A l'intérieur, elle avait écrit : « A William, pour son neuvième anniversaire. M. Oakley te le lira jusqu'à ce que tu puisses le lire toi-même. »

Willie serra le livre contre sa poitrine.

– Il est à moi ? Je peux le garder ?

Tom acquiesça.

Un livre à lui ! Rien que pour lui. Le seul autre livre qu'il eût jamais possédé était une vieille Bible écornée qui avait déjà appartenu à quelqu'un. Ce livre-là était neuf, les pages blanches et craquantes montraient de merveilleux dessins d'animaux qui portaient des vêtements.

Il le mit soigneusement de côté et continua à ouvrir les autres paquets. Il y avait un coquetier en porcelaine blanche avec un liséré doré, présent de Connie et Walter Bird, un almanach rempli de dessins et de jeux envoyé par le docteur et Nancy Little, et un jeu de cartes offert par le pasteur et sa femme. En plus des paquets, il y avait sept cartes d'anniversaire.

Willie n'en revenait pas. Il s'assit, les yeux fixés sur ses cadeaux, incapable de prononcer un mot. Tom alla alors chercher un gros paquet dans le buffet et le posa devant lui.

– Et ça, c'est mon cadeau, dit-il.

– Mais vous m'avez donné tout ça, répliqua Willie en montrant le pull-over et la culotte.

– Oui, mais celui-là est différent.

Willie ouvrit le paquet et étouffa une exclamation en découvrant un grand et un petit bloc de papier à dessin. Des pages et des pages de papier vierge. Il y avait également deux pinceaux et trois pots de peinture. L'un des pinceaux était de taille moyenne, l'autre fin et délicat. Les pots contenaient de la peinture rouge, jaune et bleue.

– Si tu fais des mélanges, déclara Tom, tu peux aussi obtenir de l'orange, du vert et du marron.

Un crayon, une gomme et un taille-crayon étaient enveloppés dans du papier de soie. Une inscription était gravée à l'extrémité du crayon dont le tracé lui semblait familier. Il le suivit lentement du bout du doigt : « William Beech. »

Willie contempla avec extase les pots de peinture et les pinceaux.

– Ça te plaît, alors ? murmura Tom. Je les ai choisis moi-même.

Il regarda par la fenêtre le chêne sous lequel sa femme Rachel et son fils étaient enterrés. Elle le serrait toujours contre elle et l'embrassait quand il lui offrait un cadeau. Elle aimait la peinture, les fleurs des champs et les dentelles délicates, la confiture et la bière fraîchement brassée. Depuis qu'elle était morte, Tom avait toujours évité tout ce qui aurait pu la lui rappeler. Et voilà qu'un gamin inconnu venait de briser sa carapace. Le plus étrange était qu'une fois entré dans la boutique de peinture, Tom avait eu l'impression que la tristesse qui l'accablait s'était soudain atténuée. L'évocation de Rachel n'était pas aussi douloureuse qu'il l'avait imaginée.

– Merci, monsieur Tom, dit Willie d'une voix enrouée. J'en aurai bien soin, vous savez.

Après un petit déjeuner composé d'œufs au bacon, Willie partit pour l'école en courant. Tom alla l'attendre à la sortie de midi, comme il n'avait pas classe pour le reste de la journée. Ils allèrent rendre visite aux gens qui lui avaient envoyé des cadeaux afin qu'il pût les remercier personnellement. Cela préviendrait ainsi l'angoisse des lettres à écrire. Par ailleurs, Tom pensait que c'était là une bonne occasion pour Willie de faire leur connaissance. Quant à Tom, tout le monde s'étonna de le voir, car ses visites se faisaient rares.

Ils rentrèrent sans se presser, suivant l'allée sous la voûte des arbres et s'arrêtèrent en chemin chez les Little et le pasteur.

Willie chercha des yeux George et les jumelles, mais ils n'étaient pas là. De même, chez les Little, il ne put voir Zach. « Ils sont peut-être allés cueillir des mûres », songea-t-il et, l'espace d'un instant, il regretta de ne pas être avec eux.

– Et si on restait dehors cet après-midi ? suggéra soudain Tom. Il fait si beau.

Le ciel se voila tout à coup comme pour le contredire.

– Ces satanés nuages, marmonna-t-il.

Sam qui les précédait en gambadant s'arrêta pour les attendre à l'entrée du champ de Dobbs. Willie avait hâte de se mettre à dessiner. Il commencerait par le vieux chêne noueux dans le cimetière. Ce serait superbe. Mais avant qu'ils n'atteignent la porte de derrière, quelques gouttes de pluie tombèrent.

– Il va falloir que je dessine à l'intérieur, murmura Willie à part lui.

Tom bougonna, lorsqu'il eut tout à coup une idée.

– Et l'église ? s'exclama-t-il. Oui, bien sûr, tu pourrais t'y installer pour dessiner.

– C'est vrai, acquiesça Willie. Pourquoi pas.

Il emballa soigneusement son carnet à dessin dans son ciré et se précipita vers l'église, arrivant juste à temps car, au moment où il refermait la lourde porte voûtée, une pluie fine se mit à tomber sur le village et les champs environnants.

Willie se tint un moment sans bouger. C'était étrange de se trouver seul dans une église. Sans la pluie, il se serait senti nerveux, mais en écoutant le bruissement des gouttes d'eau dans les arbres, il avait l'impression d'être en sécurité, protégé. Il leva les yeux vers les vitraux puis aperçut la chaire. Il déposa son ciré sur le dossier d'un banc et s'assit, posant les pieds sur les barreaux. Il mit ensuite le bloc de papier sur ses genoux, l'ouvrit à la première page et prit son crayon.

Il n'entendit pas que la pluie s'était arrêtée. Il n'avait d'yeux que pour la chaire et son carnet à dessin. Il n'entendit pas non plus Zach au-dehors qui cria plusieurs fois son nom, ni le bruit de ses pas qui remontaient la petite allée jusqu'à la porte du fond.

Celle-ci s'ouvrit lentement et Zach passa la tête. Il n'était encore jamais entré dans une église. Il avança sans bruit, jeta un coup d'œil aux vitraux et aux murs, lorsqu'une tignasse blonde dépassant du dossier d'un banc, vers le fond, attira soudain son attention. Il s'apprêtait à interpeller Willie quand il réalisa que celui-ci semblait complètement absorbé. Il se rapprocha sans bruit et se pencha par-dessus ses frêles épaules. Son ombre se projeta sur la feuille.

Willie sursauta et se retourna brusquement, masquant d'un bras son dessin, mais c'était trop tard. Zach l'avait déjà vu.

– Dis donc, fit-il, plein d'admiration. C'est magnifique !

– Willie, timide, rabattit la couverture du carnet.

– Il faut que tu montres ça à… commença Zach, mais il se reprit. Dis donc, tu ne m'as pas entendu appeler ? Je me suis fait mal à la gorge à force de crier !

Willie secoua la tête.

– Euh… reprit Zach, d'un ton pensif, cherchant ses mots, euh, M. Oakley dit qu'il aimerait… euh… bavarder avec toi, euh… parler un petit peu du temps, enfin… de choses et d'autres. Il t'attend.

– Ah bon ? fit Willie, surpris, et il prit son ciré. Il pleut toujours ?

– Ça fait des siècles que ça s'est arrêté, gémit Zach. Dépêche-toi ou les… (il s'interrompit de nouveau) ou ça va recommencer.

Ils sortirent de l'église. Des nuages roses frangés de blanc dérivaient dans le ciel. Willie s'arrêta pour les admirer.

– Allez, viens ! fit Zach avec impatience.

Ils suivirent l'allée qui menait à la porte d'entrée. « Les rideaux noirs sont déjà mis », remarqua Willie en arrivant au cottage. Il entendit Sam aboyer d'excitation dans la grande pièce, puis son aboiement fut aussitôt étouffé. « Bizarre », songea Willie, mais sans y prêter davantage attention, il suspendit son ciré à la patère.

– Qu'est-ce que tu attends ? lui demanda Willie en se tournant vers lui.

– Tu entres le premier, répondit Zach qui ouvrit tout grand la porte et, comme si dans la pièce on n'attendait que ce signal, des voix entonnèrent :

Joyeux Anniversaire,
Joyeux Anniversaire,
Joyeux Anniversaire, cher William,
Joyeux Anniversaire !

Les jumelles, George et leur mère, Lucy et sa mère ainsi que Tom se tenaient debout dans le salon et chantaient en chœur, tandis que Sammy, assis au milieu, poussait des glapissements.

Une grande banderole, sur laquelle était écrit « Joyeux Anniversaire, William », était accrochée au-dessus de la cuisinière.

Sur la table étaient posées deux jattes pleines de gelée, l'une verte et l'autre rouge. Il y avait des gaufrettes au chocolat, une assiette avec des tranches de jambon, des sandwiches de terrine de poisson et une assiette de petits gâteaux secs. Au milieu de la table trônait un gâteau recouvert d'un glaçage sur lequel neuf bougies avaient été allumées. « Voilà pourquoi on avait accroché les rideaux noirs », comprit alors Willie.

Zach fut le premier à rompre le silence qui s'ensuivit.

– C'est une surprise ? lâcha-t-il. C'est vraiment une surprise ? Tu n'avais pas deviné ?

L'expression stupéfaite de Willie montrait assez clairement qu'il ne s'était douté de rien.

C'était donc ça une fête d'anniversaire. Il avait entendu des enfants en parler à l'école. D'un regard, il appela Tom à son secours.

– Il faut que tu souffles les bougies, petit.

– Et si tu arrives à les souffler toutes d'un coup, tu peux faire un vœu, ajouta Carrie.

Willie se pencha en avant, prit une profonde inspiration et souffla. Six bougies s'éteignirent du premier coup puis il souffla les trois autres. Tout le monde applaudit.

– Tu peux quand même faire un vœu en coupant le gâteau, dit Zach, seulement tu ne dois pas parler avant de l'avoir fait et le vœu doit rester secret, sinon il ne se réalisera pas et…

– On sera encore là au jugement dernier si tu continues à jacasser, intervint Tom.

Willie, tenant le couteau au-dessus du gâteau, fronça les sourcils, en quête d'un vœu, puis il plongea le couteau dans le glaçage.

Mme Fletcher, Roe Padfield et Mme Thatcher s'assirent sur le petit buffet à côté de la porte et Tom sortit les rallonges afin que tout le monde puisse trouver place autour de la table et s'asseoir sur les trois chaises, le tabouret et le bras d'un fauteuil.

– J'ai failli oublier. Vous n'avez pas vu le dessin de Willie ! s'écria Zach tout à coup, alors qu'ils venaient tout juste de s'installer.

Willie tenait toujours son carnet à dessin serré sous son bras. Il rougit.

– Tu as fait un dessin ? demanda Tom.

– Vous parlez !

– En tout cas, toi, tu n'arrêtes jamais de parler, dit Tom d'un ton brusque.

– On peut le voir ? demanda Carrie.

– S'il te plaît, ajouta Ginnie.

Willie souleva timidement la couverture. George s'approcha et émit un sifflement admiratif.

– Je vous l'avais bien dit, non ? s'écria Zach.

Tom se pencha à son tour pour regarder. Le dessin représentait l'aigle sculpté de la chaire. Ses ailes robustes se déployaient en une courbe magnifique.

Willie avait dessiné des gouttes de pluie tout autour si bien que l'aigle semblait voler en luttant contre un vent violent.

– Tu es vraiment doué, William, déclara Tom d'un ton posé. Vraiment très doué.

Willie devint cramoisi.

– Quand je serai un écrivain célèbre, tu illustreras mes livres ? demanda Zach.

– Ce matin, tu disais que tu allais devenir un pilote célèbre, déclara George.

– Eh bien, répliqua Zach, un peu décontenancé, je peux raconter mes acrobaties aériennes dans un livre, non ?

Ils se mirent à table, et Willie, au milieu des rires et des bavardages, se sentait l'objet de toute leur attention. Après le thé, il y eut une nouvelle distribution de cadeaux. Un petit puzzle offert par les jumelles, des crayons de couleur par Zach, des bonbons par George, et des petits gâteaux par Lucy.

– Elle les a fait cuire elle-même, déclara sa mère.

Lucy regardait Willie avec des yeux éperdus d'adoration. Willie ne savait pas comment se conduire avec elle. Mais les gâteaux étaient vraiment délicieux.

– Merci, dit-il, gêné, et elle le gratifia de l'un de ses éblouissants sourires.

Après avoir joué à divers petits jeux de société, chacun finit par rentrer chez soi. Tom et Willie, sur le pas de la porte, regardèrent partir leurs invités. Puis ils regagnèrent la grande pièce et fermèrent la porte.

– Monsieur Tom, dit Willie en effleurant sa manche, c'est le plus bel… le plus bel…

Mais il ne put achever sa phrase. Il se sentait l'estomac tout retourné après l'excitation de la fête et tout ce qu'il avait avalé ; il eut un bref hoquet et vomit sur le tapis.

La valise

Durant les sept semaines qui suivirent, les feuilles tombèrent des arbres en tourbillonnant au vent et, au petit matin, une mince couche de givre recouvrait les champs.

Matthew Parfitt, qui servait dans la réserve, avait été appelé et May Thorne, à la surprise générale, se porta volontaire pour distribuer le courrier. Elle dénicha une vieille bicyclette au fond d'un hangar et entreprit de pédaler de cottage en cottage, sa sacoche pleine de lettres coincée dans un panier accroché au guidon.

– Je croyais que c'était une espèce disparue, avait dit Zach en la voyant passer la première fois. On dirait un fossile monté sur roues. Je parle, évidemment, de la bicyclette et non de miss May, avait-il ajouté.

Michael Fletcher, qui s'était engagé en septembre, après avoir attendu avec impatience, avait enfin été appelé. Il se rendit avec John Barnes à Weirwold pour prendre le train. On avait dû emmener d'urgence à l'hôpital Mme Miller qui souffrait d'une commotion cérébrale après s'être cognée à un arbre dans la nuit noire. Quand la nouvelle était parvenue au cottage, Willie avait entendu Tom marmonner tout bas que c'était une chance qu'on n'eût pas été obligé d'hospitaliser aussi l'arbre.

Entre-temps, le gouverneur avait demandé aux parents

des réfugiés une participation financière. Comme la plupart étaient malheureux d'être séparés de leurs enfants et que, pour certains, cette contribution posait des problèmes, ils décidèrent de les faire revenir chez eux.

Les salles de classe étaient de ce fait moins chargées, mais il y avait quand même une pénurie de papier et de crayons. Willie avait terriblement envie d'être dans la classe de Mme Hartridge, bien que depuis, il se fût beaucoup attaché à Mme Black.

Chaque jour, avant et après l'école, il s'exerçait régulièrement à lire et à écrire et, de temps à autre, quand Emilia Thorne rentrait de la bibliothèque, elle passait à l'improviste, pendant que Tom était de garde à la Défense passive, et restait quelque temps avec lui. Elle découvrit bien vite qu'il était remarquablement doué pour retenir les mots, en particulier ceux qui lui plaisaient. Elle se mit à lui apprendre des poèmes, qu'elle écrivait ensuite sur des bouts de papier afin qu'il puisse déchiffrer les lettres quand il était seul.

Tom lui avait maintenant raconté toute la Genèse et lui avait lu deux fois les *Histoires comme ça.* Ils étaient arrivés au milieu de l'Exode et venaient juste de commencer les *Contes* de Grimm.

Willie et Zach s'arrangeaient pour se voir chaque jour, durant le week-end et parfois le soir également et avec les jumelles et George, ils se promenaient et jouaient dans les champs.

Par un après-midi sinistre, en cette dernière journée du mois d'octobre, Zach et Willie étaient agenouillés sur le rebord de la fenêtre dans le salon des Little.

Une pluie glacée éclaboussait les fenêtres et glissait lentement le long des vitres.

Zach essuyait la buée qui se formait pour regarder audehors.

– Mais où est-il ? gémit-il. Il en met un temps !

Il se détourna de la fenêtre, l'air accablé.

– Bientôt il fera nuit et on ne le verra même pas arriver.

A ce moment précis, on frappa bruyamment à la porte.

– Youpi ! hurla Zach, en se levant d'un bond et en sortant de la pièce en courant. Hourra ! Hourra ! Hourra !

Il éteignit la lumière dans l'entrée, trébucha jusqu'à la porte et l'ouvrit toute grande. Son visage se rembrunit. C'était George et les jumelles.

– Quel accueil ! dit Carrie.

– Il est pas encore arrivé ? demanda George en avançant dans l'entrée obscure.

Zach, de mauvaise humeur, claqua la porte et ralluma.

– On peut rester qu'une heure, dit Ginnie.

Mme Little apparut sur le pas de la porte de la cuisine, une cigarette allumée entre les doigts.

– Il faut que tu les emmènes là-haut, Zach. Le cours de soins d'urgence commence dans un quart d'heure.

Zach poussa un gémissement.

– A moins, bien entendu, que tu ne veuilles te porter volontaire comme victime.

– Non, merci bien, répliqua vivement Zach. Vite, on monte !

Tous les cinq se précipitèrent dans l'étroit escalier recouvert de moquette.

– Et n'oublie pas de mettre les rideaux noirs, cria Mme Little du bas de l'escalier. Je ne tiens pas à me faire gronder de nouveau par Charlie Ruddles.

– D'accord, répondit Zach.

La chambre de Zach ressemblait davantage à un bureau qu'à une chambre à coucher. Sur un mur couraient des étagères, débordantes de livres de médecine et, devant la fenêtre du fond qui donnait sur un jardin sauvage où devait malgré tout régner un ordre insoupçonné, se trouvaient un grand bureau à tambour et une chaise. Un lit était placé le long du mur, en face de la bibliothèque et sous la fenêtre qui donnait sur la ruelle bordée d'arbres et les champs se trouvait une petite table sur laquelle était posée la photo d'une jeune femme brune et d'un homme un peu plus âgé au regard pénétrant avec un large sourire. Tous deux se tenaient enlacés. Quelques livres étaient empilés par terre à côté du lit de Zach.

Les jumelles se perchèrent sur le lit.

Zach s'assit sur la chaise devant le bureau et George et Willie s'adossèrent aux étagères, les jambes croisées. Carrie prit quelques livres.

– Pour sauver son copain, lut-elle à haute voix. *Stalky & Co Florilège doré de la poésie, Les Grands Acteurs de ma vie*, quel drôle de mélange !

– Pas du tout ! s'exclama Zach.

– Eh bien, moi, je trouve ça bizarre.

De nouveau, on frappa à la porte en bas. Zach bondit de sa chaise.

– C'est M. Tom ! s'écria brusquement Willie rougissant aussitôt d'avoir manifesté si ouvertement son excitation.

Zach poussa un hurlement, ouvrit à toute volée la porte de la chambre et se précipita dans l'escalier. Les autres le suivirent bruyamment.

Tom se tenait dans l'entrée, sa casquette et son manteau humides de crachin.

– J'ai essayé de la protéger de la pluie, dit-il en montrant une grande valise cabossée à ses pieds. Vaut mieux l'essuyer, quand même.

Il se tourna vers Willie.

– Je suppose que tu veux rester un peu, hein ?

– Oui. Je peux ?

– Je viendrai te chercher dans une demi-heure. Mais il faudra venir tout de suite, d'accord ?

Zach et George hissèrent la valise jusqu'à la chambre et la posèrent à plat par terre. Elle était en cuir marron, munie de deux courroies qui se bouclaient de chaque côté de la poignée. Avec le temps, le cuir s'était tanné et décoloré. Les deux flancs étaient couverts d'étiquettes de toutes formes et de différentes couleurs, portant des noms de villes et de pays. Deux grosses ficelles étaient nouées autour dans les deux sens.

– T'es allé dans tous ces pays ? demanda George.

– Mes parents surtout. Ils s'en servaient lorsqu'ils donnaient une seule représentation et ils ont fini par m'en faire cadeau.

– Représentation ? répéta Willie.

– Oui. Il y a des compagnies en tournée qui jouent dans un endroit différent chaque soir.

– En tournée ?

– Oui, elles vont de ville en ville donner leur spectacle et, en général, les places sont retenues d'avance. De toute façon, poursuivit Zach, mes parents gardaient leurs vêtements ordinaires dans une valise et leurs costumes et leurs trousses de maquillage dans une autre.

– Ton père se maquille ? demanda George.

– Quelquefois, répondit Zach qui bataillait toujours avec les ficelles. Bon sang, ils ont vraiment fait des nœuds solides.

– Tu veux dire, comme une dame ? s'enquit Willie.

Carrie éclata de rire.

– Viens, dit Ginnie, je vais t'aider.

Elle s'agenouilla à côté de Zach, qui se sentit honteux de n'avoir pas réussi à l'ouvrir lui-même. Il s'assit sur ses talons et regarda Willie.

– Tu n'as jamais vu un spectacle ?

Willie secoua la tête.

– Ma maman dit que les théâtres et les cinémas sont des lieux de perdition.

– Foutaises ! s'exclama Zach. Je suis pratiquement né dans un théâtre. J'ai été nourri au sein dans des loges de théâtre.

Willie rougit.

– Mais tu jures, dit-il.

– J'ai appris à marcher et à parler dans des théâtres, reprit Zach. Et je ne suis pas damné pour autant, non ?

– Tu es un ange, voilà tout, dit Carrie en joignant les mains.

– Et toi, tu es cinglée, commenta Zach. Allez, on va ouvrir cette fichue valise.

Les deux courroies raides et humides furent enfin débouclées et les larges serrures métalliques ouvertes.

Zach, d'un geste triomphant, rabattit le couvercle et les jumelles et George se penchèrent pour regarder le contenu de la valise. Willie hésita.

– Viens, Will, dit Zach, le voyant se tenir en retrait. Je veux épater tout le monde !

– Comme toujours, non ? fit remarquer Carrie.

Zach la foudroya du regard, mais avec une mimique tellement exagérée que Carrie et les autres éclatèrent de rire.

Il n'insista pas et regarda à l'intérieur de la valise. Une enveloppe à son nom tracé d'une écriture large était collée à l'intérieur du couvercle. Il l'arracha puis déchira l'enveloppe pour l'ouvrir.

– C'est de maman et papa ! hurla-t-il.

– Surprise, surprise ! fit George. Écoute, il faut qu'on rentre bientôt. Tu la liras plus tard.

– Bon d'accord, acquiesça Zach en fourrant l'enveloppe dans sa poche.

La valise était pleine à ras bord. Il enleva une grande feuille de journal posée sur le dessus et déballa ensuite cinq petits paquets contenant plusieurs gâteaux faits à la maison.

– J'en ai jamais vu de comme ça, déclara George.

– Ma grand-mère a appris à ma mère à les faire quand elle était petite fille.

En dessous se trouvaient deux bocaux de harengs salés et trois barres de chocolat.

– Youppie ! s'écria Zach en sortant tout un assortiment d'objets usés à force d'avoir été palpés avec amour. Des livres !

– Qu'est-ce que tu veux en faire ? dit George. T'en as pas assez comme ça à l'école ?

Carrie commença à feuilleter les pages. Willie posa sa main sur l'épaule de Zach qui avait déjà compris ce qu'il ressentait et lui en tendit deux.

Les mots étaient disposés d'étrange façon.

– Ils font que parler, dit Carrie. Y a pas de descriptions.

– Il y en a quelques-unes dans les dialogues, expliqua Zach. Les mots doivent créer l'atmosphère, tu comprends. Ce sont des pièces que l'on joue.

– Comment on joue avec ? demanda Willie, piqué par la curiosité.

– Que tu es bête, Will. Ce sont des pièces de théâtre. On les joue, dit-il en montrant le texte.

– Regarde, là, c'est le texte d'un personnage, et là, un autre personnage répond. Les acteurs apprennent leur texte par cœur, ensuite ils répètent des tas et des tas de fois jusqu'au moment où, quand on les écoute, on dirait qu'ils viennent tout naturellement.

George ramassa un épais volume aux pages écornées.

– Les *Œuvres complètes* de William Shakespeare. Beuh ! fit-il en laissant tomber le livre d'un air dégoûté.

– Comment oses-tu ? s'écria Zach en ramassant vivement le livre. Puis il se tourna vers Willie pressentant qu'il n'avait sans doute jamais entendu parler de Shakespeare.

– William Shakespeare est un de nos plus grands dramaturges. Un dramaturge est un homme qui écrit des pièces de théâtre comme celle que tu tiens à la main, seulement il a écrit ces pièces il y a près de quatre cents ans et les gens continuent à aller les voir jouer.

– William Shakey, répéta Willie à voix basse.
– Shakespeare ! s'esclaffa Carrie.
– William Shakespeare, répéta-t-il. William.
– Ainsi, il portait le prénom d'un homme célèbre…
L'objet suivant que Zach sortit de la valise était une sorte de galette noire. Il la secoua et, en une seconde, elle se transforma en un haut-de-forme étincelant. Il le posa sur ses cheveux courts et bouclés, l'inclinant légèrement de côté. Tous les autres étaient médusés. Il sortit ensuite un costume noir de petite taille. La jaquette était cintrée et le dos était prolongé par deux pans surmontés de boutons. Il y avait aussi un objet blanc appelé plastron, composé d'un col, d'un nœud papillon et d'un devant de chemise d'où pendaient deux minces cordelettes que l'on nouait dans le dos. Zach mit le plastron et, une fois la jaquette boutonnée, on aurait juré qu'il portait une véritable chemise de cérémonie. De fausses manchettes blanches étaient cousues au bout des manches.
– Formidable, déclara George.
Ginnie examina le costume de près, retroussant le bout des manches pour voir exactement comment les manchettes y avaient été cousues.
Zach déballa deux objets enveloppés dans du papier journal.
– Mes souliers de claquettes !
Il brandit une paire de chaussures en vernis noir étincelantes. Sur chaque semelle étaient fixées deux plaques de métal, l'une à la pointe, l'autre au talon.
– C'est quoi, ces godasses ? demanda George, intrigué.
– Ce sont des chaussures pour faire des claquettes. Vous avez bien vu danser Fred Astaire, non ? Eh bien, c'est…
Il s'interrompit en voyant les autres secouer la tête.
– J'ai entendu parler de Fred Barnes, dit George. C'est le propriétaire de la grande ferme près de…

– Will. Tu es de Londres, toi. Tu l'as sûrement vu au cinéma.

– J'ai pas le droit d'y aller, répondit Willie. Je fais pas de choses comme ça.

Zach était stupéfait. Pour lui le monde entier avait entendu parler de Fred Astaire.

– Eh bien, les claquettes ne peuvent s'expliquer que d'une seule façon.

Il poussa la valise de côté, roula le tapis et demanda aux autres de s'asseoir contre la bibliothèque. Puis il mit les chaussures et les laça. Il offrait en vérité un étrange spectacle avec ses élégants souliers noirs, ses chaussettes de laine reprisées, sa culotte élimée, son haut-de-forme et sa queue-de-pie.

– Alors voilà ce qu'on appelle un tap spring*, dit-il.

Et du pied droit, il tapota le sol devant lui et enchaîna sur un bond élégant, laissant sa jambe gauche légèrement relevée derrière lui. Carrie étouffa un petit rire. Il la foudroya du regard.

– Si ça ne t'intéresse pas, ce n'est pas la peine que je perde mon temps.

Ginnie flanqua un coup de coude dans les côtes de sa sœur.

– Allez, dit George. Fais pas attention à elle.

Il se serait arrêté s'il n'avait vu l'expression attentive qui se peignait sur le visage de Willie.

– Très bien, dit-il. On y va. Et un, et deux, et trois, et quatre, et cinq, et six, et sept, et huit…

Et il se mit à virevolter autour de la pièce, ses chaussures marquant la cadence, bondissant et tournoyant, et tout en dansant et en martelant le sol, il criait : *Shuffle hop! Cramp roll! Buffalo*. Il conclut son numéro par une double pirouette, fit un saut de côté et

---

* Figures de danse

frappa ses pieds l'un contre l'autre, pour ensuite s'écrouler sur le lit.

George, les jumelles et Willie applaudirent à tout rompre. Zach s'affala sur le dos et les gratifia d'un petit sourire gêné.

Ils furent interrompus par l'arrivée de Mme Little.

Plantée sur le seuil, l'air courroucé, elle brandissait un bon morceau de plâtre tombé du plafond.

– Zach, dit-elle en le toisant d'un regard sévère, tu es, je suppose, responsable de ceci ?

Toujours allongé, il leva la tête, les joues encore empourprées de sa danse effrénée, les fers de ses chaussures exposés à la vue de Mme Little.

– Je suis vraiment désolé, tante Nance, dit-il.

– Je sais que c'est difficile, coupa Mme Little, mais nous ne sommes pas encore prêts à soigner de véritables blessés, alors tenez-vous tranquilles, d'accord ?

Zach acquiesça et elle sortit en refermant la porte derrière elle. Ils écoutèrent en silence le bruit de ses pas décroître dans l'escalier. Zach retira ses chaussures.

– Ça ne fait rien, déclara Ginnie à voix basse. Tu nous feras une démonstration une autre fois.

– Pas si ce sale crachin continue et qu'on est obligé de rester à l'intérieur, dit-il. C'est épouvantable de se traîner toute la journée sans faire de bruit.

– Tu étais formidable, intervint Willie. Vraiment formidable.

Zach s'épanouit.

– Grouille-toi, lambin ! dit George.

Zach ouvrit rapidement un paquet plat.

D'un grand geste, il en sortit un pull-over multicolore. Le corps et les manches étaient formés de carrés tricotés rouges, jaunes, verts, noirs et orange. Il retira son vieux tricot pour enfiler le nouveau dont il dut retrousser les manches.

– Superbe, non ? dit-il.

Mais les autres, bouche bée, se contentaient d'ouvrir de grands yeux.

– Tu vas pas mettre ça, quand même ? dit enfin George.

– Et pourquoi pas ?

– Eh ben, c'est un peu voyant, non ?

– Charlie Ruddles va t'obliger à porter des rideaux noirs, dit Carrie, ce qui fit glousser Ginnie.

Zach se tourna vers Willie. Le pull-over avait un col roulé rouge. Le bout des manches et les côtes du bas étaient de la même couleur. Willie trouvait que le rouge allait très bien avec le teint mat et les cheveux noirs de Zach.

– Je le trouve très beau, dit-il à mi-voix et Zach comprit qu'il parlait sincèrement.

Il y avait des chaussettes dans la valise, une écharpe, une cape, des collants de couleur, des bouts de tissu et une paire de vieilles bottes noires auxquelles était attachée une étiquette. On y lisait : « Trouvé ceci parmi les costumes au théâtre. Trop petites pour moi. Les ai faites ressemeler. J'espère qu'elles te vont bien. Si trop grandes, bourre-les de papier au bout. Gros bisous. Maman. »

Il referma la valise et tendit les gâteaux à la ronde.

– Où est-ce qu'on se retrouve demain soir ? demanda-t-il.

– Pourquoi pas ici ? proposa Carrie.

Zach, du pouce, indiqua le rez-de-chaussée.

– Il se passe toujours quelque chose ici, le soir. Si ce n'est pas le secours d'urgence, c'est le tricotage de chaussettes pour le club des marins islandais.

– Ben, chez nous, y a pas beaucoup de place, dit George. Je partage ma chambre avec David qui n'arrête pas d'entrer pour voir ce qu'on fait et Edward a même jamais eu une chambre pour lui tout seul. Maintenant que Mike est parti, il y monte la garde comme devant une fichue mine d'or.

Zach se tourna vers les jumelles.

– Et chez vous ?

Les jumelles échangèrent un regard.

– On a une chambre pour nous deux, dit Ginnie, mais il y a Sophie.

Sophie était leur petite sœur de huit ans.

– Elle fera que nous embêter.

Willie demeurait silencieux. Il avait une chambre. Mais pour lui, c'était un endroit terriblement personnel, précieux. Allait-il oser les inviter et demander la permission à M. Tom ? Après tout, il mouillait encore son lit. Il n'aurait pas supporté que les autres l'apprennent.

– Zach, commença-t-il d'une voix mal assurée et il se racla la gorge. Il y a ma chambre.

– Mais, oui, bien sûr ! s'écria Zach. J'avais oublié. On peut se retrouver chez toi ?

– Je demanderai à M. Tom, répondit-il en rougissant légèrement.

– Eh bien, voilà qui est réglé, conclut Zach d'un ton décidé.

Willie n'en était pas si sûr.

– Alors à quoi on joue maintenant ?

– Pas à Tarzan, dit George. J'en ai assez d'être un singe.

– J'ai une autre idée, reprit Zach. Si on jouait à Sherlock Holmes ? Tu pourrais être Moriarty, George.

– Son ennemi juré ?

– Oui, fit Zach, surpris. Comment tu le sais ?

George leva les yeux au ciel. Il jouait toujours le rôle de l'ennemi juré et Carrie, invariablement, était son diabolique assistant.

– Ça veut dire que je dois mourir ou être sauvée une fois de plus ? demanda Ginnie.

– Eh bien, pas exactement, répondit Zach, un,peu

déconcerté. De toute façon, comme je disais, Will, tu pourrais être...

– Le Dr Watson, déclarèrent en chœur George et les jumelles.

Willie était toujours le fidèle assistant de Zach, et il semblait évident, une fois le nom de Sherlock Holmes prononcé, que Zach serait le célèbre détective coiffé de sa fameuse casquette.

– Et si on s'installait dans un arbre pour guetter les blaireaux ? suggéra George. A moins qu'on aille voir si la maison des Fantômes est vraiment hantée ?

Les enfants appelaient ainsi un cottage abandonné, enfoui dans un fouillis de ronces et d'arbres.

Depuis plusieurs années, des personnes avaient affirmé avoir entendu des bruits étranges. George et les jumelles n'osaient s'aventurer à proximité qu'en plein jour et en général détalaient dès qu'ils l'apercevaient.

– Le soir ? demanda Ginnie en frissonnant.

– Oui, avec une lampe de poche.

– Et le couvre-feu, alors ?

– Ah, flûte !

– Et si on montait un spectacle ? suggéra Zach.

– On monte une Nativité à l'école, répliqua George, et miss Thorne prépare déjà un spectacle pour la Guilde des Femmes*.

Ils demeurèrent un moment silencieux, se creusant la tête pour trouver une idée.

Zach poussa soudain un grand cri.

– Dites donc, on pourrait créer un journal, une sorte de gazette !

– Oui, acquiesça Willie, à qui l'idée plaisait vraiment, mais les autres pensèrent qu'il approuvait Zach uniquement parce qu'il était son meilleur ami.

---

* Association féminine.

Carrie jeta un coup d'œil à Ginnie, et George regarda Carrie avant de se tourner vers Zach.

– Tout compte fait c'est pas une mauvaise idée. Je pourrais parler des animaux.

– Et moi je pourrais m'occuper des nouvelles de l'étranger et de la guerre, dit Carrie.

– Tu parles d'une guerre ! répliqua George. On n'a même pas l'impression qu'elle a commencé.

– Et je pourrais tenir une rubrique sur la cuisine et la maison, intervint Ginnie.

– Et toi, Zach, qu'est-ce que tu feras ? demanda Carrie.

– Je trouverai bien quelque chose, même si je dois monter un spectacle moi-même.

– Les nouvelles du village, s'exclama-t-elle. Les événements extraordinaires à Little Weirwold.

– Willie fera les illustrations et je pense que tu devrais être le rédacteur en chef, Carrie, suggéra Zach.

– Moi ? fit-elle. Pourquoi moi ?

– Parce que tu es la plus futée, dit George.

– Alors on vote le projet, dit Zach, et aussitôt, tout le monde leva la main.

– Seigneur ! s'exclama soudain Ginnie en regardant la pendule. Il faut qu'on file. On va finir par avoir des ennuis si on se dépêche pas.

Carrie, George et Ginnie saisirent leur manteau et sortirent de la chambre en courant pour s'engouffrer dans l'escalier.

– Quand est-ce qu'on se revoit ? chuchota Zach d'un ton pressant derrière eux.

– Demain, on peut pas, dit Carrie.

– On fait du baby-sitting. On garde Sophie, ajoutèrent-elles à l'unisson.

– Jeudi alors ?

– On répète avec le chœur, dit George.

– Vendredi.

Ils tombèrent d'accord pour vendredi.

Ils prirent congé les uns des autres en chuchotant et, une fois la porte d'entrée refermée, Willie retourna avec Zach dans la chambre.

– Maintenant, dit Zach en sautant sur le lit, je peux lire ma lettre et il sortit de sa poche l'enveloppe froissée.

– Tu permets, hein ? ajouta-t-il en jetant un coup d'œil à Willie qui s'était assis à côté de lui.

– Bien sûr, répondit Willie.

Zach s'aida des coudes pour se remonter dans le lit et s'adossa au mur. Willie n'en revenait pas qu'il soit son meilleur ami. Zach disait qu'il savait écouter et qu'il était un être sensible. Willie pensait que sensibilité rimait avec poule mouillée. Ce n'était pas l'avis de Zach. Il admirait au contraire cette qualité chez lui. Il l'admirait, lui !

Il effleura Zach du regard.

Étalé en travers de l'oreiller, appuyé sur un coude, la tête au creux de la main, Zach lisait sa lettre. Il y en avait des pages et des pages, semblait-il.

Sa propre mère n'avait écrit à Little Weirwold qu'une fois depuis son arrivée, deux mois plus tôt, et la lettre avait été adressée à M. Tom. Tom la lui avait lue, mais Willie savait qu'il avait sauté des passages.

Lui-même lui avait écrit. La première lettre qu'il lui ait jamais envoyée. Il avait inscrit l'adresse sur l'enveloppe, acheté le timbre et l'avait postée. « Je suppose qu'elle a trop de travail pour répondre, avait-il pensé, avec la guerre et tout le reste. » Pendant un court instant, il pensa à son foyer à Londres et chassa aussitôt ce souvenir de son esprit.

On frappa à la porte d'entrée et ils entendirent Mme Little aller ouvrir.

– C'est M. Tom, dit Willie en se levant du lit.

Mme Little l'appela depuis le bas de l'escalier.

– Il faut que j'y aille.

– Flûte, dit Zach.

Ils étaient en haut des marches lorsque Zach lui toucha l'épaule.

– Tu n'oublieras pas, pour la chambre, hein ? chuchota-t-il.

Willie secoua la tête et dévala l'escalier.

Tom l'attendait en bas. Willie mit sa gabardine et sa casquette et accrocha son masque à gaz en bandoulière.

Le ciel était presque noir lorsqu'ils se retrouvèrent dehors. Un vent violent fouettait les arbres faisant ployer les branches et la pluie leur giflait le visage. Tom ouvrit son parapluie.

– Tiens-toi bien à mon bras, petit ! cria-t-il et courbés sous le parapluie, ils marchèrent dans les hautes herbes trempées vers le portail des Little qu'ils eurent du mal à ouvrir.

Willie, cramponné à Tom, rabattit sa casquette sur ses yeux, mais le vent lui sifflait aux oreilles.

Ils passèrent devant le cottage des Bush et le presbytère en luttant contre les bourrasques. Les feuilles tourbillonnaient dans tous les sens, les effleuraient et se collaient à leurs joues humides.

Ils durent se bagarrer avec la longue barrière pour entrer dans le champ de Dobbs et Tom vérifia que la jument s'était mise à l'abri. Le vent faillit lui arracher le parapluie des mains. Il le maintint plus fermement et lutta jusqu'à ce qu'il pût le tenir penché devant eux. Moitié courant, moitié marchant, ils traversèrent le jardin de derrière, évitant de peu l'abri, et se précipitèrent dans l'entrée, suivis par un tourbillon de feuilles.

Ils claquèrent la porte derrière eux et, le souffle court, échangèrent un sourire. On aurait cru que le son avait été brusquement coupé.

Tom ouvrit la porte de la grande pièce et le silence fut aussitôt rompu par Sammy qui se rua vers eux et se mit à sauter sur place en aboyant avec frénésie. Willie accrocha sa gabardine et sa casquette à la patère, tandis que Sammy, dressé sur son arrière-train lui posait les pattes de devant sur le ventre. Willie lui ébouriffa les poils.

– Il a eu sa pâtée ? demanda-t-il.

– Non, mon garçon, je t'ai laissé le soin de la lui donner.

Willie eut un grand sourire. C'était une de ses tâches de nourrir Sammy le soir.

Une fois l'écuelle du chien garnie, il essuya ses bottines avec un vieux chiffon, mit la bouilloire sur la cuisinière et s'assit derrière la table, armé d'une feuille de papier et d'un crayon.

– Un peu tard pour ça, fit remarquer Tom.

– Juste dix minutes, demanda Willie, d'un ton de prière. Mme Black dit que si j'arrive à tracer mes lettres et mes capitales je pourrai bientôt écrire.

– Pas plus, hein ?

– Merci, dit Willie qui se mit aussitôt au travail.

Tom fit le thé et prit deux grandes chopes blanches suspendues à des crochets à côté de la fenêtre. L'une était ornée de la lettre T, l'autre de la lettre W.

Puisque Willie avait une telle envie d'être admis dans la classe de Mme Hartridge, Tom l'aidait de toutes les façons possibles. Il avait collé des étiquettes dans divers endroits afin que Willie puisse associer un objet avec un mot et après un certain temps, Willie en colla lui-même d'autres. Tom regarda les bouts de papier accrochés au petit bonheur sur les meubles et sur les murs. Il espérait bien que Willie pourrait entrer dans la classe de Mme Hartridge avant qu'elle ne s'en aille. On avait annoncé un mois plus tôt qu'elle attendait son premier enfant et partirait avant le deuxième trimestre.

Il regarda Willie qui avait fini d'écrire. Il buvait maintenant son thé sans mot dire.

Ce fut seulement après s'être mis au lit que Willie se

hasarda à parler de la chambre. Il était resté très silencieux toute la soirée, jetant de temps à autre un coup d'œil à Tom avant de détourner son regard. Ce fut Tom qui finalement aborda le problème.

Il était monté comme à l'accoutumée pour éteindre la lampe de Willie et l'avait trouvé assis dans son lit, un des livres de la bibliothèque ouvert sur les genoux. Au lieu de suivre les mots avec son doigt comme il le faisait d'habitude, il regardait dans le vide. Tom s'approcha de lui, referma le livre et le posa sur la table de chevet.

– Alors voyons, dit-il en se courbant sous la soupente et en s'asseyant confortablement au pied du lit, qu'est-ce qui se passe ?

Willie, saisi, le regarda.

– Qu'est-ce qui te tracasse ? Tu m'as l'air bien abattu, depuis le dîner.

Willie prit une profonde inspiration.

– Vous comprenez, dit-il, Edward laisse pas entrer George dans sa chambre à cause de la guerre et Zach dit qu'ils tricotent des bottes dans le salon et les jumelles disent qu'elles pourraient, seulement…

– Hé, doucement, l'interrompit Tom. Où veux-tu en venir ?

– Monsieur Tom, reprit Willie avec inquiétude, est-ce que je pourrais faire monter Zach et George, et Carrie et Ginnie ici dans cette chambre ?

– Pourquoi pas ? Ils ont été mis à la porte de chez eux ?

– Non. C'est juste qu'il y a pas beaucoup de place chez George et Zach dit…

– Inutile de t'expliquer. C'est ta chambre. Tu fais ce que tu veux… mais, ajouta-t-il en pointant sa pipe vers Willie, si vous faites du désordre, faudra ranger après. Compris ?

– Oui. Bien sûr, répondit Willie.

– Quand est-ce qu'ils veulent venir ?

– Vendredi.

– Alors, allons-y pour vendredi.

Il se leva et l'embrassa sur le front.

– Bonsoir, mon garçon, dit-il doucement.

– Monsieur Tom, dit Willie en le voyant se tourner pour éteindre la lampe.

– Oui ?

– Ils savent pas pour… vous voyez, dit-il en tapotant les couvertures de la main.

– Que tu mouilles ton lit ? Tu as pas honte de ça, si ?

Willie hocha la tête.

– Pas la peine d'en parler. Je ferai le lit avant qu'ils viennent, comme ça, ils verront pas l'alèze. D'accord ?

– Oui. Merci.

La pièce plongea dans l'obscurité jusqu'à ce que Tom enlève le rideau noir.

– Bonne nuit, dit-il de nouveau et il disparut dans l'escalier, rabattant la trappe derrière lui.

Willie mit ses mains derrière la nuque et tourna les yeux vers la lucarne. La pluie dévalait la vitre en ruisselets étincelants. Il se pelotonna sous les couvertures, bien au chaud. Il n'aurait jamais cru qu'il en viendrait à apprécier la pluie mais il l'aimait maintenant. La dernière chose dont il eut conscience avant de s'endormir fut le tambourinement léger et rythmé des gouttes sur les tuiles du toit, au-dessus de sa tête.

VENDREDI

Penchée sur la dernière plate-bande qu'elle désherbait, Mme Fletcher songeait qu'elle aurait bien aimé en avoir fini avant le retour de son mari qui était parti ramasser les pommes de terre lorsque le cours de ses pensées fut interrompu par un bruit de pas pesants et des aboiements sonores. Elle leva machinalement les yeux. C'était Tom Oakley. Elle se redressa lentement et se pencha avec précaution en arrière. Elle sentit alors craquer ses vertèbres.

– Déjà revenu ? fit-elle. Vous avez pas encore fini, si ? J'ai même pas préparé à dîner pour Ben.

– Il continue, répondit Tom. J'ai décidé de rentrer un peu plus tôt ce soir. Le petit attend ses amis. Votre George, entre autres.

– C'est ce qu'il m'a dit.

– Je préfère être là, au cas où il aurait besoin de quelque chose. Il a tendance à se mettre dans tous ses états, grogna Tom.

Une mèche de cheveux auburn glissa sur les yeux de Mme Fletcher. Elle l'écarta d'un geste de la main.

– Ça fait pas si longtemps qu'il a eu son anniversaire, pas vrai ?

– Deux mois, répondit Tom d'un air absent.

Il tourna les yeux vers la route, se rappelant le jour où

il avait regardé Willie, avec son corps frêle et ses épaules voûtées, qui courait maladroitement derrière Sammy.

– Vous avez des nouvelles de sa mère ?

– J'ai reçu une lettre la semaine dernière. Me disant surtout à quel point il était méchant et qu'il fallait que je le surveille. Si seulement il pouvait être mauvais parfois… Il répond « Oui » ou « J'sais pas » à tout ce que je lui demande.

Mme Fletcher se mit à rire.

– Je voudrais bien que George en fasse autant.

Elle ramassa un seau rempli de mauvaises herbes.

– Et la contribution de six shillings alors ?

– C'est pour ça qu'elle a écrit. Elle dit qu'elle peut pas payer tout de suite, mais que ça viendra. Et du coup, elle pourra pas venir voir le petit pour Noël.

– Quelle honte, répliqua Mme Fletcher.

– Oh, je ne sais pas. Il a beaucoup changé ces dernières semaines.

« Et vous aussi », pensa Mme Fletcher.

– Oui, enchaîna Tom. Je trouve même qu'il a un peu forci. Ça lui fera pas de mal de pas être dans les jupons de sa mère pendant quelque temps encore. Elle lui flanque une trouille de tous les diables, de toute façon.

Il se pencha par-dessus la barrière, et ajouta sur un ton de confidence :

– Savez-vous, madame Fletcher, que la semaine dernière je l'ai entendu rire. Un peu nerveusement, mais il a ri. C'était bien la première fois… Je pensais pas qu'il pouvait avoir le sens de l'humour.

Mme Fletcher observait Tom avec attention. Son perpétuel froncement de sourcils avait disparu et les rides profondes qui barraient son front s'étaient atténuées. Sous ses dehors bourrus se cachait un vieil homme plein de bonté, et sans l'arrivée de ce petit garçon craintif, sans doute Mme Fletcher ne l'aurait-elle jamais compris, ni personne d'autre d'ailleurs.

Une bourrasque secoua un arbre à moitié dénudé, faisant tomber une poignée de feuilles en cascade dans le jardin.

– Puisque vous êtes là, déclara Mme Fletcher, je vais vous chercher le tricot et les chaussettes. Je les ai finis hier soir.

Elle les lui donna et Tom rentra chez lui. Il se sentait incroyablement détendu. Il s'arrêta plusieurs fois en chemin pour ramasser des châtaignes, tandis que Sammy gambadait devant lui.

Willie avait épluché les pommes de terre, coupé en dés les carottes et les navets, tartiné de beurre quelques tranches de pain et rempli les écuelles de Sammy avec de l'eau fraîche et des restes de nourriture. Ses bottines, posées sur un journal, avaient été nettoyées et cirées. Assis par terre, les jambes croisées, il les faisait briller une dernière fois lorsque Tom entra. Willie leva la tête et se frotta le front, tout excité, laissant une traînée de cirage marron au-dessus de son nez.

– J'ai fini mon livre de lecture aujourd'hui et je commence le dernier lundi. Et Mme Black dit que je peux essayer de lier mes lettres, ajouta-t-il en se relevant. D'ici le milieu du trimestre, j'aurai peut-être fini le dernier. Alors, je lirai assez bien pour Mme Hartridge.

– Bravo. Tu as travaillé dur pour y arriver et tu es futé.

– Futé ?

– Tu en as, là-dedans, dit Tom en lui tapotant la tête.

La table du dîner avait été débarrassée et ils étaient assis près de la cuisinière en train de boire une tasse de thé lorsque le premier invité frappa à la porte. Willie, qui se sentait l'estomac de plus en plus noué, faillit renverser son thé sur sa culotte. Il portait le nouveau tricot que Tom avait pris au passage chez Mme Fletcher, un pull bleu marine avec un col roulé. Les manches avaient été plusieurs fois retournées et le tricot couvrait à moitié sa culotte.

– Tu vas donc pas répondre ? demanda Tom.

D'un geste précautionneux, Willie posa sa chope sur la table. Il sortit avec nervosité de la pièce et gagna la petite entrée plongée dans l'obscurité.

C'était Zach. Willie fut content de le voir arriver en premier. Il le fit entrer dans la grande pièce où Sammy l'accueillit en remuant la queue.

– Drôle de tricot, commenta Tom qui voyait pour la première fois le pull-over bariolé de Zach.

– Unique, je dirais, répliqua Zach.

– Je vais accrocher les rideaux noirs et allumer la lampe, dit Tom.

Willie et Zach attendirent au bas de l'échelle tandis que Sammy grattait de sa patte le premier barreau.

Soudain un carré de lumière ambrée glissa par la trappe ouverte et les enveloppa.

– Oh, c'est magnifique ! s'exclama Zach. On dirait des rayons venus du ciel !

Tom descendit de l'échelle.

– A vous, dit-il.

Sammy avait réussi à se hisser jusqu'au troisième barreau, mais il avait du mal à se tenir en équilibre et haletait, à bout de souffle.

– Vous voulez Sam avec vous ?

– Vous n'allez pas vous ennuyer sans lui, monsieur Oakley ? demanda Zach.

Cette question innocente déconcerta Tom.

– Non. Je pourrai m'occuper sans l'avoir dans les jambes. Mais s'il vous embête, William, ajouta-t-il, cogne sur le plancher et je viendrai le chercher.

– Merci, dit Willie reconnaissant et, avec l'aide de Zach, il réussit à porter Sammy en haut de l'échelle.

Willie s'était habitué à sa nouvelle chambre et il fut donc agréablement surpris par l'excitation que montrait Zach. Ses dessins et ses peintures couvraient deux des murs et sur un autre, Tom avait fixé des étagères qu'il avait lui-même fabriquées pour que Willie range ses vêtements et ses trésors.

Zach se tourna vers le petit lit en bois sous la pente du toit. La lumière vacillante de la lampe au-dessus de leurs têtes et les taches de couleurs sur les murs donnaient à la pièce un aspect intime, chaleureux.

Après avoir jeté un bref coup d'œil aux deux caisses de pommes entreposées dans un coin, il s'assit au bout du lit à côté de Willie pour parler du poème qu'il était en train d'écrire.

Il était de « la veine épique », ce qui signifiait pour lui un long poème en vers dont les héros étaient des chevaliers en armure. Sammy, qui s'était couché tranquillement à leurs pieds, se dressa tout à coup et se mit à aboyer.

On entendit frapper un coup sur la trappe relevée, et les têtes de Carrie et de Ginnie apparurent.

– Qu'est-ce que c'est beau ! s'exclama Ginnie.

– Comme un atelier rien que pour soi, soupira Carrie d'un air d'envie.

Elles furent interrompues par une voix impatiente derrière elles.

– Arrêtez de vous extasier. Je veux voir. Dépêchez-vous !

Elles se hissèrent dans la chambre, poussées par George qui, dans sa précipitation, manqua de leur tomber dessus. Tous trois examinèrent les murs sans mot dire.

– T'avais jamais fait ça avant, hein ? demanda enfin George, rompant le silence.

Il y avait un dessin du chêne, deux essais méritoires de

portrait de Sammy, un tableau qui représentait cinq enfants en train de cueillir des mûres, un autre d'une bibliothèque avec des gens assis ou en train d'aller et venir et plusieurs croquis de bottines et de fleurs.

– Le génie à l'état pur, pas vrai ? fit Zach en levant le nez. Je choisis remarquablement mes amis, vous ne trouvez pas ?

– Pourquoi t'as écrit tous ces mots ? demanda George.

Willie rougit.

– C'est pour apprendre à lire ? s'enquit Carrie.

Il acquiesça.

– Je commence le dernier livre de lecture lundi et je me mets à lier les lettres.

– Bravo, dis donc ! s'exclama Zach.

– Je vois pas pourquoi tu te donnes tout ce mal, grommela George. On peut chahuter plus facilement dans ta classe. De toute façon, si je pouvais dessiner comme toi, y'a rien qui m'intéresserait d'autre.

– Il n'y a rien d'autre qui m'intéresserait, le corrigea Carrie. Et de toute façon, tu ne t'intéresses à rien.

– Si. Mais ils apprennent rien d'intéressant à l'école. Qui a envie de lire des livres ? Les livres, ça sert à rien. Ça peut pas nourrir les animaux et labourer les champs, hein ?

– Tu n'es qu'un âne et un ignorant, gémit Carrie.

– Tant mieux, dit George. J'aime bien les ânes ; ils sont utiles.

– Vous allez encore passer la soirée à vous chamailler, tous les deux ? les interrompit Zach.

– Oui, c'est vrai ça, dit Ginnie. Parlons plutôt de la gazette.

Dès que tout le monde fut assis, ils devinèrent que Zach mourait d'envie de leur apprendre quelque chose.

– Allez, vas-y, nous attendons tes révélations, dit Carrie, imitant son langage théâtral.

– Devinez quoi ! dit-il d'une voix aiguë. Miss Thorne va monter pour Noël un spectacle d'enfants destiné à l'effort de guerre et elle a besoin de toute l'aide qu'on peut lui apporter.

Ginnie étouffa une exclamation.

– Je ne pourrais pas monter sur une scène. Je détesterais ça !

– Tu n'as pas besoin de jouer. Tu pourrais aider en coulisses.

– Tu pourrais coudre, suggéra George.

Le visage de Ginnie s'éclaira.

– Je pourrais faire les costumes.

– Bien dit, mon gars ! s'écria Zach. C'est une idée épatante !

George, aux anges, se racla la gorge.

– Moi, je suis imbattable quand je m'y mets, dit-il en plastronnant.

– Ravi de l'apprendre, fit Zach, parce que j'ai une autre bonne suggestion à te faire.

– Vas-y, dit George en se rengorgeant.

– Qu'est-ce que tu comptes faire, toi, dans le spectacle ?

Le visage de George s'allongea.

– Moi ? bafouilla-t-il. Moi ? Je vais pas aller faire le clown pour cette vieille bique ! Elle est complètement cinglée !

– Lâche ! lui cria Carrie.

– Je refuse, protesta-t-il. Ça, pas question !

– Je vote pour qu'on ramène l'ordre dans cette réunion, déclara sèchement Ginnie.

Zach se tourna vers George.

– Alors, dit-il. Vas-tu te montrer courageux oui ou non ?

– Lâche, répéta Carrie.

– Bon, d'accord, répondit George de mauvaise grâce. Je le ferai.

– Youpi ! Et de deux !

– Et toi, Zach ? demanda Carrie.

– Oh, je suppose que je me porterai volontaire pour un des rôles principaux, dit Zach.

Il se pencha en arrière, croisa avec nonchalance ses longues jambes bronzées et se tourna vers Willie.

– J'ai jamais approché un théâtre. Ma maman, elle dit…

– Ce n'est pas vraiment un théâtre, l'interrompit Zach d'un ton pressant. C'est la salle des fêtes. On va simplement la transformer en théâtre.

– Oui, mais…

– Tu n'es pas obligé de jouer. Tu pourrais donner un coup de main pour les décors.

– Peindre, par exemple, ajouta Carrie.

– Bon, d'accord, répondit Willie avec un sourire crispé.

– Je vais me porter volontaire moi aussi, reprit Carrie. Ça m'est égal ce que je fais, pourvu que je n'aie pas trop de texte à apprendre.

– Youpi ! s'exclama Zach. Tous les cinq, alors !

Il observa Sammy qui mordillait le bout d'une de ses bottes trop grandes pour lui.

– Ah non ! se récrièrent en chœur George et les jumelles.

Il consulta Willie du regard.

– Faudra que tu demandes à M. Tom, dit-il.

– Trois contre deux, dit Carrie.

– Bon d'accord, soupira Zach, résigné. Je renonce.

– A mon tour de vous annoncer une nouvelle, dit George. On va donner un grand concert à l'église le soir de Noël. M. Bush a commencé à nous faire répéter les cantiques hier soir et il aurait besoin de chanteurs supplémentaires.

Carrie ouvrit la bouche.

– Seulement des garçons, ajouta-t-il.

– C'est quand même une honte ! s'exclama-t-elle,

furieuse. Y en a que pour les garçons, c'est vrai ça. Le collège de Weirwold ne prend que les garçons, expliqua-t-elle à Zach, et ils inscrivent même pas les filles à l'école secondaire. Moi, je ferais n'importe quoi pour y aller et lui, ajouta-t-elle en désignant George, lui qui déteste les livres, il est admis.

– Maintenant qu'il y a la guerre, intervint Ginnie, en touchant doucement le bras de sa sœur, ça sera différent pour les filles.

Elle savait à quel point Carrie avait envie d'étudier.

– Je l'espère... Mais la guerre n'a pas apporté beaucoup de changements, non ? Sauf qu'il se passe plus de choses le soir, avec les cours de secourisme et les trucs du même genre.

Un bref silence s'ensuivit.

– Alors, dit George en jetant un coup d'œil à Zach et à Willie, ça vous intéresse tous les deux ?

– J'aimerais bien, répondit Zach, mais je ne vais jamais à l'église, alors ça serait un peu étrange que j'aille y chanter puisque je ne suis pas chrétien, vous ne pensez pas ?

– T'es pas chrétien ? demanda Willie alarmé.

Il secoua la tête.

– Non. Je pensais que tu le savais.

Willie s'attendait d'un instant à l'autre à lui voir pointer deux cornes rouges de sous sa chevelure, mais il n'en fut rien.

– Tu pourrais toujours demander au pasteur, suggéra George.

– Mais qu'est-ce qui va se passer si je dois réciter vos prières ? Je serai peut-être obligé de dire des choses auxquelles je ne crois pas. C'est quand même un dilemme pour moi, tu comprends.

– Un di-quoi ?

– Une situation embarrassante, répondit Zach qui poussa un soupir et eut un geste d'impuissance.

J'aimerais beaucoup, sincèrement, mais j'ai déjà été éliminé de la Nativité. C'est quand même triste, non. Et je connais très bien l'histoire, en plus. Ce Jésus que vous appelez Dieu était juif. Et Joseph, son père, était juif, et sa mère aussi. Et moi qui meurs d'envie de jouer, je ne peux pas participer à cette représentation parce que je suis juif !

– Maintenant, tu comprends ce que je ressens à propos de l'école secondaire, dit Carrie.

– Oh, sortez vos mouchoirs, on va tous pleurer, gémit George, faisant mine de jouer du violon.

– Je suis d'accord, intervint soudain Willie. Je... je chanterai.

George s'épanouit.

– On répète tous les jeudis. Je t'aiderai pour lire si tu y arrives pas.

– Ça fait déjà deux nouvelles à annoncer dans la gazette, dit Ginnie.

– Faudrait quand même qu'on fasse quelque chose d'un peu plus excitant, intervint George avec impatience. Allons à la chasse aux blaireaux ou de leurs terriers. Qu'est-ce que vous en dites ? Qui est pour ?

– Moi j'aimerais bien, hasarda Willie.

Ils le regardèrent tous avec surprise.

En général, il fallait le persuader pour qu'il accepte une proposition.

– Je vais venir aussi, déclara Zach. Je ne connais rien aux blaireaux, mais ça pourrait être utile. Qui sait, il faudra peut-être que je joue le rôle d'un blaireau un jour.

Carrie et Ginnie échangèrent un regard.

– On viendra aussi, dirent-elles avec un soupir résigné.

– Dites donc, reprit Zach, c'est quoi, cet endroit mystérieux dont vous parliez chez tante Nance ?

Ginnie pâlit.

– La maison des Fantômes, chuchota-t-elle.

– On ne pourrait pas aussi aller y jeter un coup d'œil ?

George et les jumelles restèrent muets et Willie sentit un frisson glacé le parcourir du bas du dos jusqu'à la racine des cheveux.

– Oh quand même ! protesta Zach, ça ne peut pas être aussi terrifiant que cela ?

Tous les trois hochèrent la tête en silence.

– Ça fait deux ans qu'on n'y est pas allé, dit George.

– Qu'est-ce qui s'est passé ?

– On peut pas vraiment l'expliquer, commença Carrie d'un ton solennel, mais il y a quelque chose d'étrange et de mystérieux dans l'air. Les arbres – elle avala sa salive –, les arbres, on jurerait qu'ils gémissent et qu'ils agitent leurs branches comme des bras.

– Allons-y. Si on y va tous ensemble, on peut se protéger les uns les autres.

– Tu voudrais y aller quand ? demanda George d'une voix blanche.

– Pourquoi pas ce soir ? chuchota Zach.

Ginnie frissonna.

– Ou le soir d'Halloween* ? enchaîna Zach.

Soudain, il se mit à caqueter d'une voix suraiguë, imitant une vieille sorcière.

George et les jumelles poussèrent un hurlement et Willie referma ses bras sur Sammy qui s'était mis à aboyer.

Zach laissa échapper une longue plainte lugubre et leva les mains en l'air comme un fantôme. Les yeux écar-

* Tradition anglo-saxonne. C'est, dit-on, la veille de la Toussaint, tout au long de la nuit, que les esprits et les sorcières se promènent librement. Il est de coutume de vider les citrouilles ou les potirons, de percer des yeux et une bouche et de glisser à l'intérieur une bougie allumée. Celles-ci sont ensuite posées sur le bord des fenêtres et les enfants font le tour des maisons où on leur distribue des friandises.

quillés, le regard vide de toute expression, il s'approcha des autres en traînant les pieds. Ceux-ci reculèrent précipitamment. Willie essayait de calmer Sammy qui, au comble de l'excitation, bondissait dans tous les sens.

– Ça suffit, lança sèchement Ginnie.

– Bon, d'accord, mais vous n'êtes pas drôles, fit Zach dépité.

Il voulut s'asseoir mais manqua son coussin et tomba lourdement par terre. Cette fois, ce furent les autres qui éclatèrent de rire. Zach se frotta vigoureusement le derrière, l'air ulcéré. Ils furent soudain interrompus par un coup frappé à la trappe.

– Bon sang, fit Carrie.

– Maintenant on va y avoir droit, chuchota sa sœur. Je vous avais bien dit qu'on faisait trop de bruit, dit-elle en regardant Zach avec réprobation.

– Ne me mets pas tout sur le dos, protesta-t-il.

Willie souleva la trappe, découvrant Tom en haut de l'échelle, qui tenait un large plateau sur lequel étaient posés un pichet de limonade, cinq tasses, une assiette de biscuits au gingembre et un bol de châtaignes, à côté d'une petite soucoupe remplie de sel.

– Des marrons chauds ! s'écria Willie. Ils en vendent dans les rues à Londres au moment de Noël. J'en ai vu souvent, mais j'y ai jamais goûté.

– J'ai pensé que ça vous ferait plaisir.

– Et comment ! s'exclama Zach. Monsieur Tom, vous êtes formidable !

– Ah, marmonna Tom. Bof…

Il regarda leurs visages épanouis et commença à se sentir gêné.

– Feriez bien de manger avant qu'ils refroidissent.

Sammy se faufila entre ses bras et lui poussa le menton avec son museau.

– T'en as assez, mon gars ? dit-il et, serrant le chien

contre lui, il salua les enfants d'un petit geste de la main avant de redescendre en rabattant la trappe derrière lui.

– Dis donc, Will, il est vraiment gentil, déclara Zach. Tu en as de la chance, d'être tombé chez un type comme lui.

Willie sourit. Il l'avait su dès cette première et étonnante journée.

– Moi aussi, j'ai de la chance, enchaîna Zach, avec le docteur et tante Nance.

– C'est parce qu'ils sont aussi fous que toi, déclara George, la bouche pleine de biscuit au gingembre.

– Je crois que Christine et Robert King sont pas très heureux, dit Ginnie. Ils habitent dans un des cottages de Hillbrook Farm et il faut qu'ils travaillent pour payer leur pension. Surtout maintenant que John est parti.

– Robert s'est endormi pendant le cours d'histoire, lundi, dit Carrie.

– Je comprends ça, commenta George.

– Et Christine m'a dit, enchaîna Ginnie, que M. Barnes les menaçait de faire piquer leur chien s'ils travaillaient pas assez dur.

– Tiens, prends un marron, dit Ginnie en lançant une châtaigne à sa sœur.

– Oui, mangeons, ajouta George.

Après s'être régalés de châtaignes et avoir bu la limonade, ils discutèrent de la gazette pour savoir qui écrirait quoi. Il fut décidé à l'unanimité que Willie se chargerait des dessins et de toutes les illustrations. Zach devait finir son poème épique et donner un compte rendu du spectacle de Noël. Carrie ferait un petit article sur la pénurie de bonbons engendrée par la guerre. Ginnie vanterait les mérites des cours de secourisme et George parlerait de ses blaireaux bien-aimés.

La réunion se termina dans l'euphorie générale.

Ils dégringolèrent l'échelle, en criant au revoir. Willie les regarda traverser le cimetière en courant et escalader le mur pour sauter dans la petite rue. Il referma la porte, regagna la grande pièce et s'écroula, ravi, dans le fauteuil.

Tom lui jeta un coup d'œil. La dernière fois que Willie avait eu autant d'enfants au cottage, il avait été malade. Ce soir, il ressentait simplement une bonne fatigue.

– Si on regardait un peu ton bras ? suggéra-t-il.

Willie, à moitié assoupi, enleva son pull-over et sa chemise et se glissa au bord du fauteuil. Tom s'accroupit devant lui. Avec une extrême douceur, il nettoya une plaie qu'il enduisit ensuite de pommade. C'était la dernière.

– Dans huit jours, elle aura disparu, marmonna-t-il, mais Willie, les yeux lourds de sommeil, ne l'entendit pas.

Tom l'aida à enfiler son pyjama puis le prit sur son dos pour grimper l'échelle et le mit au lit.

Lorsque Willie se réveilla le lendemain matin, il eut la sensation que quelque chose avait changé. Il resta étendu dans son lit un bon moment, les yeux fixés au plafond, essayant de se souvenir. Finalement, il y renonça et se leva. Ce ne fut que lorsqu'il défit machinalement son lit qu'il comprit. Il était inutile de laver les draps. Ceux-ci étaient secs.

Le spectacle continue

Novembre avait été un mois froid et pluvieux. Les jours raccourcissaient, le couvre-feu rendait la vie compliquée pour ceux qui devaient se déplacer le soir. Tom avait entre-temps récolté ses navets, taillé ses haies, creusé des tranchées, donné un coup de main dans les autres fermes quand on avait besoin de lui.

Willie rentrait de l'école pour trouver la grande pièce imprégnée de l'odeur musquée des branches fraîchement coupées qui brûlaient dans la cuisinière. Tous les réfugiés avaient quitté le village et les campagnes avoisinantes, à l'exception de Willie et de Zach, de Robert et Christine King à Hillbrook Farm, et des quatre enfants Browne au presbytère.

David Hartridge, devenu pilote breveté, était considéré comme un héros. Ses courtes et rares visites au village créaient la plus vive excitation.

Tandis que Little Weirwold reprenait une vie normale, les événements dans le monde se précipitaient. Hitler avait échappé à un attentat à la bombe dans une brasserie de Munich. L'aviation allemande avait parachuté des mines dans l'estuaire de la Tamise. Un navire marchand anglais avait été coulé par un croiseur de guerre allemand. La Finlande avait été envahie et Helsinki bombardé.

Mais ces épisodes de la guerre ne perturbaient pas vraiment Little Weirwold, sauf miss Emilia Thorne, que le départ des réfugiés obligea à redistribuer les rôles dans le spectacle de Noël.

C'était la première semaine de décembre. La dernière hirondelle était partie depuis longtemps et on voyait maintenant l'ombre noire des corbeaux freux planer au-dessus des champs labourés à la recherche de leur pitance. Des vents glacés s'engouffraient sous les portes des cottages, les secouant violemment. L'hiver s'annonçait rude.

Willie avait terminé la dernière de ses Méthodes de lecture. Il avait atteint un niveau qui lui permettait d'entrer dans la classe de Mme Hartridge et son écriture s'était également améliorée. Il lui fallait maintenant apprendre ses tables de multiplication et être aussi en mesure d'effectuer additions, soustractions, divisions, de reconnaître les dizaines et les unités, les shillings et les pence et d'acquérir les notions de base des mesures, de poids et de longueur. C'était, semblait-il, un travail sans fin.

Tom avait pensé qu'une fois terminée sa dernière méthode, Willie ne lui demanderait plus de lui faire la lecture, mais celui-ci adorait s'installer confortablement et écouter la voix de Tom qui continua donc à lui lire des histoires. Ils avaient maintenant presque fini l'Exode et étaient arrivés à la moitié du *Vent dans les saules*.

Entre-temps, la première gazette avait été rédigée, mais étant donné que seuls Carrie et Willie se montraient persévérants, les deux tiers du journal étaient presque uniquement occupés par les textes de Carrie et les dessins de Willie. Le reste consistait en quelques plaisanteries de Zach, quelques lignes de George sur les animaux et un essai patriotique de Ginnie expliquant comment la collecte des rebuts aiderait à gagner la guerre. Il n'existait qu'un seul exemplaire de la gazette qui circulait dans le village où on pouvait la lire moyennant un farthing*. L'argent récolté fut versé en majeure partie à l'effort de guerre et le reste dépensé en boules de gomme et bonbons à l'anis. Une fois la première gazette terminée, ils décidèrent de s'occuper d'autre chose.

Noël n'était plus qu'à trois semaines, et leurs journées se déroulaient fébrilement, entre la confection de cadeaux, l'accrochage de décorations et les répétitions.

Le spectacle monté par miss Thorne était une adaptation d'*Un chant de Noël*, de Charles Dickens.

Zach jouait le rôle de Bob Cratchit, de M. Fezziwig, de « l'Esprit du Noël présent » et de « l'Esprit des Noëls à venir ». Carrie devait incarner Mme Fezziwig et la jeune femme qui était tombée amoureuse du jeune Scrooge. Quant à Ginnie, elle restait dans l'ombre, avec un plaisir évident, à confectionner les costumes, aidée par la sœur aînée de miss Thorne.

George avait fait des essais pour différents rôles, mais chaque fois qu'il montait sur scène, il restait planté, jambes et bras écartés, et débitait son texte d'une voix monocorde.

Miss Thorne eut soudain l'idée de lui faire jouer le rôle du fantôme de Marley, l'ex-associé de Scrooge, ce qui n'exigeait de lui aucun talent d'acteur.

Par un après-midi d'hiver, au cours d'une répétition, un événement imprévu vint jeter la consternation parmi tous ceux qui montaient le spectacle.

Willie avait déjà aidé à peindre le décor et devait maintenant tenir le rôle du souffleur lorsque Matthew Browne fut envoyé en pension, de manière tout à fait imprévue.

Willie s'asseyait généralement à côté de miss Thorne,

---

* Pièce de monnaie qui n'a plus cours actuellement, équivalant à un quart de penny.

la brochure posée sur les genoux. La tête lui tournait encore légèrement tandis qu'il suivait le texte, levant de temps à autre la tête pour voir, à leur expression, si tel ou tel acteur n'avait pas oublié une réplique. Mais, au bout d'un certain temps, il en vint à savoir par cœur des passages entiers et il pouvait à l'occasion souffler sans avoir à consulter sa brochure. La tâche ne fut pas facile au début car il chuchotait la réplique. Il trouvait embarrassant de devoir sans cesse se répéter après toute une série de « quoi ? » et de « pardon ? » et il découvrit bien vite que s'il prononçait la phrase clairement et à voix haute, personne n'y prêtait vraiment attention.

Cet après-midi-là, Willie était assis comme d'habitude, le livre sur les genoux, le front plissé par la concentration. Les rideaux noirs au-dessus des fenêtres de la salle des fêtes avaient été baissés. Willie s'en réjouissait, trouvant que cela rendait les répétitions plus mystérieuses et plus excitantes.

Carrie était seule sur scène. Elle tenait les mains crispées devant elle et fixait le rideau d'un air affolé, le visage tordu de douleur.

– Carrie, ma chérie, dit miss Thorne, on dirait que tu as mal au ventre.

– C'est pas juste, répliqua-t-elle, l'air ulcéré.

– Ce n'est pas, corrigea miss Thorne.

– Ce n'est pas juste, reprit Carrie. Je me sens idiote à faire semblant de parler à quelqu'un qu'est pas… qui n'est pas là.

Miss Thorne poussa un soupir et d'un mouvement souple étendit devant elle ses longues jambes fines. Malgré son profond amour pour les enfants, travailler avec eux lui donnait parfois envie de se taper la tête contre un mur. Seul Zach faisait montre d'un véritable talent. C'était un acteur-né, toujours en représentation, tirant parti des personnages qu'il devait incarner pour mettre en valeur les multiples facettes de son don de comédien. Il essaya encore de la persuader d'inclure un numéro de claquettes dans le spectacle.

Elle dévisagea Carrie et se frappa le front de la main.

– Personne n'a vu Christine ou Robert King ? demanda-t-elle, en se tournant vers les autres, assis au fond de la salle.

– Non, miss, fit Lucy d'une petite voix.

Robert jouait le rôle de Scrooge.

– Alors nous allons reprendre la scène de la vieille femme.

– C'est Christine qui joue ce rôle, s'écrièrent trois voix à l'unisson.

– Je sais, dit miss Thorne. C'est vraiment bien dommage. Il ne nous reste plus que quinze jours et nous sommes loin d'être prêts.

Elle jeta un coup d'œil à Willie.

– William, prends la place de Christine.

– Mais c'est un rôle de fille, protesta George.

– Eh bien ce soir, nous aurons un vieil homme, c'est tout, répliqua miss Thorne d'une voix étrangement calme.

Willie, nerveux, monta sur la scène, la brochure à la main. Les autres le rejoignirent.

– Commençons !

Il lut le texte de Christine, imitant toutes les inflexions de sa voix, tout en soufflant à ceux qui avaient des trous de mémoire.

– Non, non, non ! s'écria miss Thorne en jetant un œil à la ronde. Il faut un autre souffleur.

– Mais alors il pourra pas dire son texte, dit Carrie. Euh… non ? ajouta-t-elle avec nervosité en voyant le regard menaçant de miss Thorne.

– C'est moi qui ferai le souffleur, intervint Zach.

Miss Thorne trouva l'idée discutable mais, pressée par le temps, elle accepta.

– Maintenant, William, dit-elle, crois-tu pouvoir te rappeler les jeux de scène ?

Il eut un haussement d'épaules incertain.

– Eh bien, on va essayer, d'accord. Et... dis-moi, William ?

– Oui, miss.

– Imagine qu'il fait très froid et très sombre, que tu es vieux et affamé, que tu aimes voler et ennuyer les gens.

Il la contempla d'un air rêveur.

– Tu as entendu ?

Il acquiesça.

– Très bien. A toi la première réplique. Commence dès que tu es prêt.

– Prêt ? demanda-t-il, légèrement déconcerté.

– Quand tu te sens dans la peau de ce vieil homme horrible...

Willie se concentra. Il se souvint d'un clochard qu'il avait observé autrefois devant la station de métro près de chez lui, un vieux bonhomme au dos voûté qui traînait les pieds en marchant. Il se rappela aussi certains jours où il avait eu faim, tellement faim que des crampes d'estomac l'empêchaient de se tenir droit.

Miss Thorne le regarda tandis qu'il se vieillissait.

Les épaules affaissées, la poitrine creusée, il avait l'air transi, malheureux et hargneux.

Zach, fasciné, posa son doigt sur la page afin de ne pas perdre sa ligne.

Et Willie commença à parler d'une voix dure et agressive. Les autres le regardaient fixement et quelqu'un gloussa.

– Continue, intervint miss Thorne d'une voix ferme.

Les trois autres sur la scène firent de leur mieux, mais on aurait dit qu'ils lisaient leur texte dans un livre de classe. Willie continuait à imaginer que ses pieds sales étaient enveloppés de chiffons et de vieux journaux et à la fin de la scène, il descendit lentement de l'estrade en traînant les pieds.

– Eh bien, je dois dire… chuchota Zach.

– Tu ne diras rien pour le moment, coupa miss Thorne. Nous allons reprendre cette scène. Tu commences à comprendre l'idée, William.

Ils la répétèrent à plusieurs reprises et Willie, au fur et à mesure, s'imprégnait de son personnage. Il se surprit soudain à tendre la main pour toucher quelqu'un ou à faire, sans même y penser, un moulinet avec le bras. Il ne comprit pas lorsque miss Thorne lui demanda de garder ce geste. Comment pouvait-il garder quelque chose qui venait de se passer ?

Lorsque miss Thorne eut fini de leur faire travailler cette scène, il entendit les autres pousser un soupir de soulagement.

– Je suis vidé, déclara l'un d'entre eux.

« Comme c'est bizarre, songea William, je ne me sens pas fatigué du tout. J'aurais pu facilement continuer. »

Il descendit les petites marches sur le côté de la scène et alla s'asseoir à côté de Zach.

– Tu es très bon, chuchota Zach.

– Bon ? Comment ça ?

– Tu es un bon acteur.

Willie ne comprenait pas. Pour lui, être acteur, c'était faire des claquettes et jouer les idiots. Il s'était quant à lui contenté d'imaginer un personnage et de s'identifier à lui.

Il reprit la brochure des mains de Zach et se remit à son rôle de souffleur. Pendant la demi-heure qui suivit, la répétition se fit plus animée et chacun commença à oser prendre des initiatives sans se sentir ridicule. Mais l'absence de Robert posait un problème car il intervenait dans presque toutes les scènes. Miss Thorne se décida à ne plus attendre davantage et leur accorda une courte pause pour aller téléphoner à Hillbrook Farm.

Willie se retrouva aussitôt entouré de ses camarades. Lucy glissa sa main dans la sienne. Il rougit et se dégagea.

– Je vois pas de quoi vous parlez, répliqua-t-il pour couper court à leurs louanges. J'ai juste fait semblant d'être quelqu'un d'autre, voilà tout.

– J'ai vraiment cru que t'étais ce vieux type horrible, dit Carrie, pleine d'admiration.

« Mais moi aussi », pensa Willie. Il était perplexe. Il ne comprenait pas pourquoi les autres en faisaient un tel cas.

– Tu as ça dans le sang, dit Zach. Quand tu parlais, c'était comme si tu venais de trouver les mots. Comment tu t'y prends ?

– J'écoute simplement ce que disent les autres et je leur réponds.

Cette admiration soudaine le décontenançait et marquait une différence qui l'isolait des autres. Pour dissiper le malaise qu'il ressentait, il demanda à Zach de dire une plaisanterie et d'exécuter aux claquettes son drôle de pas de Buffalo. Zach se fit un peu prier mais, heureusement, quelqu'un qui ne l'avait pas encore vu dans son numéro le poussa à leur faire une démonstration. Ils détournèrent leur attention de Willie qui se trouva de nouveau mêlé au groupe.

Zach s'arrêta soudain en entendant miss Thorne pousser la porte extérieure de la salle des fêtes. Elle ouvrit à la volée la porte intérieure et s'apprêtait à la claquer derrière elle puis elle se ravisa et la referma d'un geste calme et mesuré. Elle était très pâle et se tordait les mains d'agitation.

– Asseyez-vous, tout le monde.

Ils obéirent aussitôt. Elle se dirigea lentement vers sa chaise, s'assit, croisa les jambes et posa ses mains jointes sur son genou.

– J'ai d'assez mauvaises nouvelles à vous apprendre. La mère de Robert et de Christine est arrivée tôt ce matin et les a ramenés à Londres. Elle estimait, semblait-il, qu'on les utilisait comme main-d'œuvre gratuite. Ce qui signifie que nous n'avons plus de Scrooge.

– Oh non ! hurla Zach au milieu d'un concert de lamentations.

– Autrement dit, on peut pas jouer ? demanda Carrie.

Il ne restait plus que deux semaines avant la représentation. Ils avaient tous participé à la fabrication des décors et des costumes. Avaient-ils travaillé si durement en vain ?

Miss Thorne se tourna vers Willie.

– William, dit-elle calmement, j'aimerais que tu joues le rôle de Scrooge.

Willie sentit un picotement vif le parcourir, des orteils jusqu'à la racine des cheveux. Il regarda miss Thorne. Tous les visages étaient tournés vers lui, comme s'il représentait leur dernière chance.

– Tu veux bien ?

Il acquiesça d'un signe de tête.

– Bravo ! s'exclama Zach. Hip, hip, hip, hourra !

– Ça suffit, interrompit miss Thorne d'un ton ferme. Nous avons encore beaucoup de travail devant nous. Nous allons commencer par l'acte I, scène 1. Ceux qui ne jouent pas dans cette scène souffleront à tour de rôle. Nous devons tous nous serrer les coudes pour parvenir à un résultat.

Elle se tourna vers Willie. Celui-ci restait sans bouger, se sentant à la fois paralysé et débordant d'énergie.

– Ne te presse pas, surtout, dit-elle.

– Chaque chose en son temps, chuchota-t-il en rougissant. C'est ce que dit toujours M. Tom, ajouta-t-il.

– Il a bien raison, approuva miss Thorne et elle le gratifia d'un sourire chaleureux. Nous allons commencer par la mise en scène. Prends ma brochure et mon crayon pour le moment.

La mise en scène consistait à étudier le jeu et les déplacements d'acteurs qui formaient le canevas de chaque scène. Elle avait pour but de l'animer, de la rendre vivante afin de maintenir constamment l'attention du public.

Willie se mit à lire le texte à mi-voix tout en annotant de petits signes les répliques. Miss Thorne leur avait appris les noms des diverses parties de la scène : il y avait l'avant-scène, le côté cour et le côté jardin, le centre du plateau, les coulisses et les accessoires nommés praticables.

Aux yeux de ceux qui l'observaient, Willie semblait très mauvais. Il trébuchait, marmonnait, griffonnait sur son livre comme s'il avait été à moitié endormi, mais miss Thorne savait que dès qu'il serait débarrassé du livre et qu'il commencerait à travailler le personnage de Scrooge, il serait très différent. Elle s'étonna de ne pas avoir pensé à lui plus tôt et se rappelait maintenant avec quelle rapidité il avait mémorisé des poèmes pendant qu'elle l'aidait à apprendre à lire. Mais en fait, personne ne remarquait sa présence quand il était là. On ne notait que son absence.

Elle arrêta la répétition à la fin du premier acte.

– Très bien, William, l'encouragea-t-elle. Les autres aussi. Vous avez tous travaillé dur.

Willie, un peu effaré, leva la tête, puis baissa de nouveau les yeux sur son livre. Les mots commençaient à ne plus représenter simplement des formes et des images. Il sentait en eux autre chose. Un sentiment d'exaltation le gagnait.

– William, dit miss Thorne, interrompant ses réflexions. Garde mon exemplaire et étudie la scène que nous avons mise en place. La prochaine répétition aura lieu lundi soir après l'école. Nous mettrons au point le deuxième acte.

Willie, la démarche incertaine, franchit la porte intérieure et arriva sous l'auvent. Zach avait déjà mis son manteau et sa casquette et l'attendait lorsque Ginnie et la sœur aînée de miss Thorne firent irruption.

– Qu'est-ce qui se passe, May ? demanda miss Thorne.

– Tu n'as pas entendu la nouvelle ?

– A propos des King ?

– Non. A propos de M. Bush.

– Qu'est-ce qui lui est arrivé ? Il a eu un accident ?

– Pire encore. Il a été rappelé !

– Mais il est professeur. Ils ne sont pas encore mobilisés, quand même ?

– C'est bien sa faute. Il fait partie des réservistes et ils disent que notre quota par élève est déjà plus élevé que dans la plupart des autres écoles.

– Qui va assurer les cours des grands ?

– Je ne sais pas. Le pasteur, je suppose.

– Et les chants de Noël ? intervint George. Le concert est dans trois semaines.

– Qu'est-ce qui se passe, alors, avec les King ? demanda May Thorne en se tournant vers sa sœur.

– Le problème est réglé. Je t'expliquerai plus tard.

– Mais qu'est-ce qui arrive ? s'exclama Ginnie.

Zach et Willie se glissèrent au-dehors dans l'obscurité.

– Dis donc, Will, déclara Zach en prenant le bras de Willie, quelle soirée excitante ! Non ?

– Euh, oui, répondit Willie, encore éberlué.

– Je trouve que tu es, comment dire ? Bien. Oui, que tu es très bien.

Willie sourit.

– On est tous les deux drôlement bien ! cria Zach en entraînant Willie à sa suite.

Ils s'élancèrent en riant dans la petite allée jusqu'au cottage des Little où ils se séparèrent.

Willie gagna à grands pas le cottage de Tom, le script

serré sous le bras. Il trouvait merveilleux de le sentir tout contre lui, comme s'il faisait partie de lui-même. Il entra en courant, accrochant au passage son manteau et sa casquette.

Tom, assis derrière la table, était en train de coller ensemble des guirlandes de papier coloré. Il avait décoré les murs avec des branches de houx que Willie avait peintes en argent.

– Joli, hein ? remarqua Willie en examinant la décoration.

– Tu commences à parler comme moi, dit Tom.

Willie se tenait près de la table, la brochure entre les mains. Après avoir tiré doucement une chaise, il la posa sur la table et s'assit. Tom était étrangement silencieux. Il posa devant lui les guirlandes et se leva. Sammy le suivit, tiraillant la jambe de son pantalon, et Tom, l'air absent, le prit dans ses bras, s'assit dans le fauteuil et fixa son regard sur la cuisinière.

– Et si je faisais du thé ? suggéra Willie.

– Hum, grogna Tom, pris au dépourvu. Quoi ?

Willie saisit la cruche et emplit d'eau la bouilloire.

– Je vais en faire.

– Oui, c'est ça, mon garçon, prépare-nous du thé.

Willie prit soudain conscience de la pâleur de Tom et sentit l'inquiétude le gagner. Peut-être était-il malade. Sammy, assis sur les genoux de Tom, haletait. Il semblait aux abois et laissa échapper un bref gémissement.

– Ça va pas ? demanda Willie en s'asseyant sur le tabouret.

– J'ai appris une nouvelle qui m'a fichu un coup, pour ainsi dire. Tu es au courant, pour M. Bush ?

Willie inclina la tête.

– On m'a demandé de m'occuper du chœur, pour le concert, de tenir l'orgue…

– Vous savez ?

– J'en jouais du vivant de Rachel.

– Qui est Rachel ?

– Une jeune femme douce et sauvage que j'ai aimée dans le temps.

– Où est-elle maintenant ?

D'un geste de la main, Tom montra la fenêtre derrière lui.

– C'est elle qui est sous le chêne. Elle est morte après avoir donné le jour à un bébé. Elle avait la scarlatine, vois-tu…

– Et le bébé, qu'est-ce qu'il est devenu ?

– Il est mort peu après. Ils sont enterrés ensemble.

Il jeta un coup d'œil à Willie.

– Il s'appelait comme toi.

– William ?

Tom acquiesça et poussa un profond soupir.

– Ça fait bien longtemps que j'ai pas touché à cet orgue. Il va falloir que je m'y remette sérieusement.

– Vous allez accepter alors ?

Tom se pencha en arrière et demeura un instant silencieux.

– Oui, dit-il enfin en baissant les yeux vers la table. C'est quoi, ça ? Un nouveau livre ?

– C'est le texte de *Un chant de Noël*.

– Oh ! Et qu'est-ce que tu fais avec, alors ?

– On m'a demandé de jouer dans la pièce.

– C'est vrai ? fit Tom, en se penchant vers lui.

– Oui.

– Alors tu vas le faire, si je comprends bien ?

Willie sourit, le visage rouge d'excitation.

– Oui.

– Eh bien, ce soir, mon garçon, on va avoir besoin d'un thé bien sucré tous les deux !

Chants de Noël

– Bah ! Sornettes ! s'écria-t-il en marchant en long et en large.

C'était bien la cinquantième fois depuis une heure que Willie prononçait ces paroles. Il s'immobilisa, lut les répliques du neveu, posa la brochure et se remit à faire les cent pas.

– Si je pouvais agir à ma guise, tous les imbéciles qui parcourent la ville en criant « Joyeux Noël ! » seraient mis à bouillir avec leur pudding et enterrés avec une branche de houx plantée dans le cœur. Et voilà !

Willie s'assit au bord du lit et soupira.

– J'y suis presque, marmonna-t-il. Faut que je sois un peu plus hargneux.

Il se leva.

– Neveu ! s'écria-t-il d'un ton brusque. Célébrez Noël comme il vous plaira et laisse-moi le célébrer à ma manière.

Il s'arrêta et, du poing droit, se frappa la paume de la main gauche. « Non, c'est pas ça du tout. J'ai un sale caractère et j'aime pas être interrompu. » Il se remit à déclamer :

– Neveu ! Célébrez Noël comme il vous plaira et laissez-moi le célébrer à ma manière !

Un coup violent frappé à la porte d'entrée le fit sursauter.

– Flûte, s'exclama-t-il. J'y étais presque !

Les sourcils froncés, il se dirigea vers la trappe. Il comprit immédiatement ce que Scrooge avait dû ressentir quand il avait été interrompu.

– Neveu ! répéta-t-il d'un ton furieux, célébrez Noël comme il vous plaira et laissez-moi le célébrer à ma manière.

Il émit un bruyant grognement et consulta son livre de comptes imaginaire.

– Ça y est ! hurla-t-il. J'y suis ! J'y suis !

Les coups redoublèrent. Willie dégringola l'échelle et alla ouvrir la porte. C'était George qui jeta un coup d'œil par-dessus l'épaule de Willie.

– Avec qui tu es ? demanda-t-il.

– Personne.

– Alors après qui tu cries ?

Willie déconcerté le fixa un instant.

– Oh, fit-il enfin, je répétais simplement mon texte.

– Je t'entendais d'en bas.

Willie rougit.

– Enfin, seulement depuis la porte. Il n'y avait que moi. Alors, tu viens ?

– Où ?

– Tu te rappelles pas ? On est jeudi, idiot ! On répète les chants de Noël. Je pensais que tu serais déjà là-bas, vu que c'est la première répétition de M. Oakley.

– Ah oui ! s'exclama Willie en nouant précipitamment son écharpe. Je suis en retard ?

– Non. On est juste un peu en avance.

Willie claqua la porte d'entrée. Courant derrière George, il suivit l'allée jusqu'à la porte de l'église. Les bancs de chaque côté de l'autel étaient déjà occupés. Tom était assis à l'orgue, la mine renfrognée.

Willie croisa son regard et lui sourit. Il savait que Tom fronçait les sourcils parce qu'il se sentait mal à l'aise.

Edward Fletcher et Alec Barnes entrèrent par le porche principal et se joignirent aux autres hommes près de l'autel.

La voix d'Edward avait cessé de muer, se rapprochant du registre de ténor. Alec, un garçon robuste aux cheveux bruns, d'environ seize ans, avait l'air très gêné. Tout le monde voulait savoir si son père avait ou non exploité les enfants King.

Derrière Alec étaient assis M. Miller et Hubert Pullet, le gendre de Charlie Ruddles. C'était un homme d'une cinquantaine d'années au visage blafard et impassible. Venait ensuite le père des jumelles, un bel homme au visage couvert de taches de son avec une épaisse chevelure rousse et ondulée. Ted Blakesfield, un couvreur local spécialiste des toits de chaume, était assis à côté de lui. Le plus âgé de tous les choristes était Walter Bird, encore coiffé de son casque et qui était le seul à avoir apporté son masque à gaz.

George s'assit au deuxième rang, à gauche de l'autel, à côté de deux garçons plus âgés, tandis que Willie rejoignait les plus petits au premier rang.

Tom se leva et frappa deux coups brefs sur la caisse de l'orgue.

– Nous allons commencer par « Ecoutons le messager », dit-il en lissant les pages de sa partition musicale.

Il attendit que tout le monde fût installé avant de jouer la courte introduction.

Au bout de quelques notes, il s'arrêta ; personne ne chantait. Il se pencha par-dessus l'instrument.

– Qu'est-ce qu'il y a ? demanda-t-il.

– Ben quoi, on vous écoutait jouer, maugréa Walter. Vous avez pas perdu la main, hein ?

– Je suis pas ici pour qu'on m'écoute jouer. On reprend, grommela Tom.

Les hommes eurent un petit sourire en coin. Toujours aussi irascible, le père Oakley, songeaient-ils.

Tom joua de nouveau l'introduction et tous entonnèrent le psaume.

– Vous appelez ça chanter ? les interrompit Tom d'un ton bougon. On dirait un chant funèbre.

– Funèbre, monsieur Oakley ? répéta M. Miller, dont le crâne chauve luisait de sueur.

– Funèbre, parfaitement, insista Tom. Il s'agit d'une messe de Noël, pas d'un requiem. Que vos voix s'élèvent ! Ne les enterrez pas.

George eut un petit rire et mit aussitôt une main sur sa bouche pour l'étouffer. Tom le foudroya du regard.

– Pense plutôt à mettre un peu de cette gaieté dans ton chant, petit, dit-il.

« C'était ce que Rachel aurait suggéré », pensa-t-il et il se rassit pour attaquer de nouveau son chant de Noël.

– Encore une fois.

Ils levèrent leur livre et se mirent à chanter avec plus de ferveur.

– C'est déjà mieux. Un bon remède contre l'insomnie, en tout cas. Mais je suis sûr que les quatre premiers rangs vont s'endormir ! Voyons, ajouta-t-il en tournant plusieurs pages à la fois, on va les réveiller un peu avec « Gloire au roi qui vient de naître » et « Entendez la bonne nouvelle ! »

Willie prit une profonde inspiration et imagina un arc-en-ciel illuminant de ses couleurs un ciel nuageux.

– Dans le triomphe des cieux, chanta-t-il, gloire au roi qui vient de naître.

– Très bien, dit Tom lorsqu'ils eurent fini. William, c'était ça, l'idée, mais tu chantes pour le plafond. Tâche de regarder plutôt devant toi.

Il se tourna vers les autres.

– Vous tous, allez-y, et qu'on vous entende dans tout le village !

M. Miller s'épongea le visage avec son mouchoir.

– Je crois pas que je peux chanter mieux, monsieur Oakley.

– Espérons qu'Hitler ne vous entend pas dire ça, répliqua Tom. Allez, encore une fois.

Ils répétèrent le chant en entier à deux reprises puis enchaînèrent avec « Nuit silencieuse » qui, par sa douceur, offrait un contraste surprenant. La répétition se termina par une interprétation vibrante de « O fidèles, rassemblez-vous ! »

– Je crois que ça ira pour ce soir, déclara Tom en refermant son recueil de cantiques.

– Quelle heure est-il ? demanda Edward.

– Neuf heures ! s'exclama Alex, effaré. Il faut que je traie les vaches demain matin. Bonsoir, monsieur Oakley. Merci, cria-t-il et il sortit en courant de l'église.

Willie se leva de son banc et s'approcha de l'orgue. George vint le rejoindre.

– C'était une chouette répétition, monsieur Oakley. Vraiment chouette, dit-il. Pas vrai Will ?

Willie acquiesça.

George prit congé et sortit de l'église avec les autres. Willie écouta leurs voix mêlées de rires qui s'estompèrent peu à peu. Ils chantaient en chœur « Saluons le Messager ». Il s'accouda à l'orgue.

– Je vais te jouer quelque chose que j'ai pas joué depuis des années, dit Tom. Je sais pas si je m'en souviens. C'était un des morceaux favoris de Rachel.

Willie s'immobilisa, le menton niché au creux de ses mains. Contrairement au rythme allègre des chants de Noël, ces enchaînements de notes étaient lents et se prolongeaient en accords soutenus qui palpitaient, faisaient vibrer toute la structure de l'orgue, s'adoucissaient parfois, produisant des sons d'une tristesse poignante pour s'élever de nouveau en un crescendo avant de s'éteindre.

Willie n'avait jamais rien entendu d'aussi beau. Lorsque Tom leva les mains au-dessus du clavier, la musique parut se fondre dans les murs mêmes de l'église. Tom se pencha en arrière et plia les doigts à plusieurs reprises, faisant craquer ses phalanges.

– Un peu rouillé, quand même, fit-il.

– Monsieur Tom, dit Willie, les yeux embués par l'émotion, c'était vraiment beau.

– Hum, grogna Tom. Merci, petit. Je dois dire que j'y ai pris plaisir moi aussi.

NOUVEAU DÉPART

Lucy, debout près du taille-crayon fixé au mur, regardait par une fenêtre ménagée dans la longue cloison de bois qui séparait les deux salles de classe.

Elle s'était sentie très triste en apprenant que Willie allait les quitter.

On était un lundi matin de la troisième semaine de janvier. Sa première journée sans lui. La joue collée à la vitre, elle contemplait d'un air mélancolique la classe de Mme Hartridge.

– Lucy, dit Mme Black. C'est la troisième fois en un quart d'heure que tu tailles ton crayon. Il n'en restera plus si tu continues, et regarder par la fenêtre n'arrangera rien non plus.

Lucy rougit et se hâta de regagner sa place.

La classe de Mme Hartridge comprenait habituellement une quinzaine d'élèves dont l'âge s'échelonnait de neuf à quatorze ans. Ce lundi-là, ils n'étaient que dix. Trois enfants, qui devaient faire trois kilomètres pour venir à l'école, n'étaient pas encore arrivés à cause de la neige, et Harry Padfield et Polly Barnes devaient aider leurs parents aux travaux de la ferme.

Willie, assis au premier rang, partageait un pupitre avec Patsy Finch, une petite fille de neuf ans, brune et souriante, aux yeux noisette. En revanche, leurs bancs étaient séparés et n'étaient pas fixés au sol. Chaque pupitre était percé d'un trou pour l'encrier et creusé d'une gorge pour les plumes et les crayons. Certains élèves avaient des encriers en porcelaine blanche que l'on remplissait d'une encre bleu pâle avant de les loger dans le trou.

C'était le premier vrai pupitre de Willie. Il en éprouvait une telle joie qu'il se sentait parcouru de frémissements chaque fois que Mme Hartridge lui demandait de sortir un livre ou de le ranger.

A sa gauche étaient assis, à un autre double pupitre, Fred Padfield, âgé de onze ans, et Zach. Fred avait dû quitter le troisième rang pour venir au premier, parce qu'il s'était montré paresseux. Zach se trouvait à sa gauche, près de l'une des fenêtres. Carrie et Ruth Browne, une des réfugiées logées au presbytère, étaient assises derrière eux et derrière Willie et Patsy se tenaient Ginnie et Herbert Woods, l'un des enfants absents ce jour-là. George, âgé maintenant de douze ans, était derrière Ginnie au troisième rang et le plus âgé de la classe se trouvait au quatrième rang.

Entre les quatre rangées de pupitres, face au couloir, trônait un poêle avec un long tuyau. Une grande casserole pleine de lait frémissant était posée dessus et plusieurs paires de chaussettes fumantes séchaient, accrochées au pare-feu carré qui l'entourait à gauche du poêle.

Trois grandes fenêtres éclairaient la salle de classe. Deux au fond et une à gauche. La première neige s'était accumulée, formant des lisérés gracieux à l'angle des croisillons, derrière les vitres. A droite de la pièce, le long de la cloison en bois, se trouvait la grande table réservée aux leçons d'histoire naturelle.

Mme Hartridge était assise derrière un ancien bureau haut, en chêne, avec un siège fixe. Sous le bureau, face à la classe, une porte s'ouvrait sur des rayonnages chargés de livres. Derrière le bureau et le long des murs étaient disposées d'autres étagères garnies de livres. Devant Zach et Fred trônait un tableau noir posé sur un chevalet et derrière le tableau se dressait un grand placard où étaient rangés papier et ciseaux, pots de peinture et pinceaux, vieux magazines et manuels scolaires, craies et crayons.

Sur le mur de gauche et au fond de la classe étaient accrochés deux tableaux, une charte de la nature, le nom des délégués de la semaine et une image du Christ en aube blanche environné d'enfants de toutes les nationalités.

Willie était arrivé à neuf heures moins le quart, accompagné de Zach. Les jumelles avaient suivi peu après. A neuf heures moins cinq, George avait fait son entrée, le visage blême, les yeux gonflés, un brassard noir à la manche. Il adressa un faible sourire à Willie. Son frère Michael avait été porté disparu, présumé mort. Un service commémoratif avait été célébré pour lui la veille et le village avait donné de l'argent au pasteur pour qu'il fasse apposer une plaque à son nom dans l'église.

Willie avait attendu, mal à l'aise, pendant que les autres s'installaient à leurs places. Mme Hartridge lui avait souri et lui avait demandé de s'asseoir à côté de Patsy. Tout le monde s'était levé pour les prières puis s'était de nouveau assis.

– Je suis sûre que vous êtes tous heureux d'accueillir William Beech dans notre classe, avait dit Mme Hartridge en se tournant vers lui. Nous savons les remarquables progrès qu'il a accomplis et à quel point il a durement travaillé.

Willie avait essayé de masquer son embarras en fronçant les sourcils, mais Patsy lui avait souri si gentiment qu'il s'était vite déridé. Mme Hartridge lui donna un manuel d'histoire et de géographie, une méthode de lecture, un livre d'arithmétique, un livre d'histoire naturelle, un livre d'anglais, un calepin, un crayon et, ce qui le ravit plus que tout le reste, un porte-plume. Il était long et mince, en bois, avec une plume fixée au bout.

– Prends-en bien soin, avait-elle dit. Je verrai comment tu écris cette semaine et si tu t'en tires bien, tu pourras commencer à écrire à l'encre la semaine prochaine.

Willie avait rangé son porte-plume avec soin dans son pupitre et maintenant sa première leçon commençait. Tout d'abord, ils durent tous réciter leurs douze tables de multiplication. Willie réussit à aller jusqu'à la sixième. Il les avait longuement révisées. Lorsque la classe en arriva à la douzième, il n'y avait plus que Carrie et Ruth pour continuer à réciter.

– Toujours les deux mêmes, déclara Mme Hartridge, que ceux qui sont arrivés à onze lèvent la main.

Trois mains se levèrent.

– Jusqu'à dix ?

Encore deux mains.

– Neuf ? Huit ? Sept ? Six ?

Willie leva la main.

– Très bien, William. Je sais que tu a appris jusqu'à six seulement. Cinq ?

George leva la main à trois, mais elle évita de le gronder.

– Aujourd'hui, enchaîna-t-elle, nous allons faire des multiplications à plusieurs chiffres. George et Frederick, j'aimerais que vous révisiez vos tables. William, je voudrais que tu commences la table de sept et je te donnerai des additions à faire. Les autres, recopiez ceci.

Elle se dirigea vers le tableau où elle inscrivit à la craie quatre sommes.

Après la leçon d'arithmétique, ils eurent un cours d'anglais qui portait sur les substantifs. Willie sentait la tête lui tourner. Il se tourna vers Zach et vit Carrie qui lui passait un bout de papier. Zach, le tenant sur ses genoux, y jeta un coup d'œil furtif. Levant les yeux pour voir si Mme Hartridge le regardait, il se tourna vers Carrie et inclina la tête. Carrie avait l'air apeurée. Puis il vit la bouche de Zach articuler les mots « Bonne chance » ; là-dessus Zach se remit à mordiller le bout de son crayon et à griffonner sur son calepin.

– N'aie pas l'air aussi inquiet, William, dit Mme Hartridge en vérifiant les mots. Ce n'est que ton premier jour. Si tu as un problème ou besoin d'aide, n'hésite pas à demander. Je suis là pour ça.

Willie acquiesça.

Elle était si belle avec ses yeux violets et sa longue tresse blonde. Elle portait un corsage en laine couleur crème, un cardigan marron clair, une jupe en laine verte mouchetée de brun. Elle était plus ronde que d'habitude, potelée et épanouie.

– Rangez vos livres et vos crayons. C'est l'heure de la récréation. Patsy !

Patsy était la déléguée chargée du lait cette semaine. Mme Hartridge avait pris l'habitude de faire chauffer le lait depuis qu'il faisait aussi froid. Elle le versa dans des tasses que Patsy porta, deux par deux, à chaque pupitre.

– Ceux qui n'ont pas de bottes en caoutchouc ou de galoches doivent rester à l'intérieur, dit Mme Hartridge en distribuant les chaussettes sèches.

Mais tout le monde en portait. Willie vit Zach adresser un clin d'œil à Carrie. Celle-ci se leva de son pupitre et se dirigea vers le bureau de Mme Hartridge qui était en train de trier des livres.

– Excusez-moi, madame Hartridge.

– Oui, Carrie, demanda-t-elle, surprise. Tu as des ennuis ?

– Pas vraiment.

Carrie saisit une de ses tresses rousses et balaya son épaule avec nervosité.

– C'est seulement que…

– Oui ?

– Je peux vous parler en particulier ? C'est très important.

– Maintenant ?

Carrie acquiesça.

– Très bien. Allons dans un endroit tranquille.

– Merci, madame Hartridge.

– Lorsque vous aurez tous bu votre lait, sortez dans la cour.

Patsy ramassa les tasses vides et les posa sur un plateau pour les porter à la cuisine où Mme Bird se chargerait de les laver.

Zach, Ginnie, George et Willie filèrent vers la cour de récréation.

– Dis donc, s'écria Zach, c'est génial de t'avoir dans notre classe.

– Et t'inquiète pas si tout te paraît nouveau, dit Ginnie. On t'aidera.

– Merci, dit Willie.

Il s'apprêtait à se plaindre d'être le dernier de la classe lorsqu'il se souvint que George connaissait encore moins bien que lui ses tables de multiplication, et qu'en outre il venait de perdre son frère. Il se mordit la lèvre et garda le silence.

– Où est Carrie ? demanda Ginnie. J'ai vu qu'elle allait trouver Mme Hartridge.

– Elles ont peut-être un petit entretien, déclara Zach.

– Elle me l'aurait dit s'il y avait un problème, reprit Ginnie.

– Oh, il n'y a pas de problème, dit Zach. Pas encore, ajouta-t-il, mystérieux.

Ginnie était stupéfaite.

– Tu veux dire que tu es au courant ?

– Un peu, oui ! acquiesça Zach.

– Mais… mais je suis sa sœur !

– Elle avait peur que tu essayes de l'empêcher.

– L'empêcher ? L'empêcher de faire quoi ?

– Eh bien, hésita Zach, tu le sauras bientôt, je suppose.

– Je saurai quoi ? s'exclama Ginnie, exaspérée.

– Allez, intervint George. Arrête de tout garder pour toi.

– Oui. Dis-nous, ajouta Willie.

Zach prit une profonde inspiration.

– Elle demande si elle peut passer l'examen pour être admise au collège.

– C'est pas possible ! souffla Ginnie, horrifiée. Elle oserait pas !

– Si, justement.

– Mais ils présentent même pas les garçons, ils en ont admis aucun depuis deux ans.

– Et alors ? rétorqua Zach.

– Mais c'est une fille ! s'exclama George.

– Tu crois vraiment ?

– Moi je trouve que c'est très bien, déclara Willie.

– Évidemment, dit George. Tu trouves bien tout ce qu'il dit.

– Non, pas du tout. De toute façon, l'idée vient pas de lui. Elle vient de Carrie.

– Ne nous disputons pas, dit Ginnie, un peu offensée de ce que Carrie se soit confiée à Zach plutôt qu'à elle.

A la fin de la récréation, Carrie ne les avait toujours pas rejoints. Rose Butcher sonna la cloche et tous les élèves se mirent en rang dans la cour avant d'entrer. Carrie était assise à son pupitre, les joues toutes rouges. Avant qu'ils aient pu lui poser une question, Mme Hartridge avait accroché une carte sur le tableau et leur demandait maintenant de sortir leur livre de géographie.

– Tournez vos pupitres de façon à être en face les uns des autres, dit-elle. Ginnie, va prendre des feuilles de papier dans le placard et distribue-en une à chacun. Lorsque vous aurez les feuilles, divisez-les en deux.

Ginnie essayait de croiser le regard de Carrie, mais celle-ci fixait obstinément son pupitre. Elle lui prit la main et la serra doucement.

– Voyons, dans quels ports arrivent les poissons que nous consommons ?

Willie regarda plusieurs mains se lever. Il soupira. « Chaque chose en son temps », comme disait toujours M. Tom. S'il se contentait d'écouter attentivement, peut-être rattraperait-il son retard. Le reste du cours se passa à dessiner des cartes de l'Angleterre, à colorier la mer en bleu, à apposer des points rouges pour marquer l'emplacement des ports et à les entourer de petits poissons.

Après la géographie venait le cours d'histoire naturelle, matière où brillaient George et Ginnie qui adoraient les animaux et les plantes. Carrie connaissait parfois le nom d'une fleur, mais Ginnie et George en savaient beaucoup plus long qu'elle et prenaient plaisir à identifier les végétaux. Willie était très surpris. Il avait toujours cru que les garçons qui aimaient les fleurs étaient des poules mouillées, mais George était sûrement le plus robuste de leur groupe. Il avait déjà un peu familiarisé Willie avec les mœurs des écureuils, des taupes, des lapins et, bien entendu, des blaireaux. Comme le garçon qui s'asseyait généralement à côté de Ginnie était absent, Mme Hartridge autorisa George à se joindre à Ginnie, Patsy et Willie.

Rose sonna la cloche du déjeuner et ils sortirent tous les cinq de la classe en courant, enfilèrent en vitesse leur manteau, mirent leur chapeau et leurs bottes en caoutchouc et se précipitèrent dans la neige.

Zach empoigna Carrie par le bras.

– Qu'est-ce qu'elle a dit ?

– Elle a dit qu'elle allait y réfléchir et se renseigner. Il faudrait que M. Peters me donne des leçons particulières et ça lui ferait du travail en plus. Aucune fille n'a encore fait ça, tu comprends. Alors c'est ni oui, ni non.

Elle se tourna vers Ginnie.

– Excuse-moi de pas t'avoir mise dans le coup, mais je pensais que tu essaierais de m'en empêcher. Je sais qu'on fait toujours tout ensemble, mais pour ça, je voulais être seule et, de toute façon, je te l'aurais dit plus tard.

– Et comment j'aurais pu t'en empêcher ?

– Oh, tu es tellement raisonnable. Vous autres à la maison, vous trouvez tous que j'ai des idées bizarres. Et je sais que si je veux vraiment aller au collège, il faut que j'arrête de rouspéter et que je fasse quelque chose. Si ça ne marche pas, il faudra que je trouve autre chose, mais au moins je sais que j'aurai essayé.

– Ils te trouveront encore plus bizarre si tu y vas, dit George.

– Eh bien, je préfère être heureuse et avoir l'air bizarre plutôt que d'être malheureuse et sembler tout à fait normale, répliqua-t-elle en relevant le menton.

– Vous l'entendez ? Elle prend déjà des grands airs.

– Pas du tout !

– Allons manger dans mon abri, suggéra Zach. Il fait un froid de canard ici, dit-il en soufflant dans ses gants pour les chauffer.

Ils coururent vers le petit abri où tante Nance leur apporta des tasses de jus de mûres bien chaud.

Lorsqu'ils regagnèrent l'école, Zach prit Willie à part.

– Alors, tu es content ? chuchota-t-il.

– Je me sens complètement idiot, répondit Willie.

– Eh bien, je peux te dire que tu ne l'es pas, alors arrête de penser ça de toi.

Durant la première leçon, cet après-midi-là, Mme

Hartridge lut un passage de *L'Île au trésor* et écrivit sur le tableau dix questions auxquelles ils devaient répondre.

– Souvenez-vous, dit-elle, que vous utilisez pour répondre la forme affirmative. Alors, si je demande : « Comment vous appelez-vous ? », vous écrivez « Je m'appelle John Smith » ou tout autre nom.

Elle s'approcha de Willie pour lui donner un livre d'exercices d'anglais et lui montrer comment indiquer la date et le sujet. C'était une tâche difficile pour Willie que d'écrire les réponses, mais il réussit à en venir à bout. Ils échangèrent ensuite leur livre avec leur voisin et mirent des croix et des traits à mesure que Mme Hartridge leur donnait la réponse correcte. Lorsque Patsy rendit son livre à Willie, elle le regarda avec admiration.

– Tu as huit sur dix, dit-elle, stupéfaite. Et c'est seulement ton premier jour.

– Qui a la note maximum ? demanda Mme Hartridge.

Carrie leva la main et rougit. Mme Hartridge sourit.

– Neuf sur dix ?

Ruth leva la main.

– Huit sur dix ?

Zach et Willie levèrent la main.

Zach poussa des exclamations de joie quand il vit à quel point Willie s'en était bien tiré. Le reste de la classe ne soufflait mot.

– Ça suffit, Zacharias, dit Mme Hartridge, retenant à grand-peine son envie de sourire.

– Bravo, William, dit-elle à Willie qui se rengorgea de plaisir. Et maintenant, rangez vos livres. Qui sont les délégués à la peinture cette semaine ?

Zach et une fille nommée Alison au quatrième rang quittèrent leur pupitre. Fred nettoya le tableau noir.

– Voici les sujets pour cet après-midi : « Un jour de pluie », ou « Une nuit pluvieuse », et un seul à la fois au taille-crayon.

Elle se tourna vers Willie.

– D'après ce qu'on m'a laissé entendre, tu devrais très bien te débrouiller tout seul.

Elle le gratifia une fois de plus de son magnifique sourire. « Un jour, pensa Willie, je ferai un beau portrait de vous. » Il baissa les yeux sur la grande feuille blanche posée devant lui et prit son crayon dans la rainure.

Quarante minutes plus tard, il leva un instant son pinceau pour regarder les fenêtres où l'on accrochait les rideaux noirs. La nuit tombait déjà et tout le monde plissait les yeux dans la lumière déclinante. Mais une fois les lampes allumées, Willie se remit à peindre, sourd à tout ce qui l'entourait. De temps à autre, Patsy jetait un coup d'œil par-dessus son épaule. Le dessin de Willie lui faisait un peu peur.

Mme Hartridge avançait dans l'allée, regardant au passage le travail de chacun.

– C'est très bien, Ruth, dit-elle. Tu fais des progrès, Frederick. Encore un sauvetage héroïque, Zach, mais sous la pluie.

Elle jeta un coup d'œil à la peinture de Willie et retint une exclamation. Elle avait entendu dire qu'il était doué, mais ne s'attendait pas à une œuvre aussi achevée que celle qu'elle avait maintenant sous les yeux.

La scène se passait de nuit dans une ruelle sinistre d'une grande ville. Un vieux lampadaire allumé se dressait dans un coin. Un mendiant aveugle en imperméable élimé, sa canne blanche par terre à côté de lui, était accroupi contre un mur. Sa casquette était posée à ses pieds et il regardait fixement devant lui, avec des yeux empreints de tristesse. La pluie fouettait le visage du vieil homme, ruisselait sur ses joues, et ses cheveux blancs étaient plaqués sur son crâne. Deux jeunes garçons hilares à l'entrée de la ruelle guignaient l'argent dans la casquette.

– C'est remarquable, Willie. Tu crois que tu pourrais le terminer d'ici un quart d'heure ? Je pourrais alors le laisser sécher. J'aimerais l'accrocher au mur.

Ginnie et George jetèrent un coup d'œil par-dessus l'épaule de Willie. D'abord gêné, il s'absorba très vite dans son travail et continua à peindre, sans entendre le claquement des pupitres qu'on fermait, le tintement des pots qu'on lavait, sans s'apercevoir qu'on étalait les peintures encore humides sur des journaux à côté du poêle et qu'on nettoyait les pinceaux.

Mme Hartridge prit Les *Contes* d'Andersen et s'apprêtait à commencer « La Bergère et le ramoneur » lorsque Willie leva la main.

– S'il vous plaît, madame Hartridge. J'ai fini.

– Très bien. Mets ta peinture à côté des autres. Tu pourras ranger tes affaires après.

Willie obéit et se rassit pour écouter l'histoire.

Lorsqu'elle fut terminée, Rose sonna la cloche annonçant la fin de la classe et tout le monde se groupa autour des peintures. George, Zach, Willie et les jumelles allèrent ensuite jouer dans le champ derrière l'école.

George, qui avait mal à la tête, partit assez vite, et les jumelles le suivirent. Zach et Willie rentrèrent sans se presser et bavardèrent interminablement devant le portail délabré des Little. La première journée de Willie dans la classe de Mme Hartridge était terminée.

Un vendredi matin, durant la première semaine de mars, Willie, regardant par la fenêtre, constata que la neige avait entièrement fondu et que les champs de terre brune piquetés de touffes d'herbe avaient réapparu tout autour du village. La rivière gonflée débordait presque et, à travers les arbres encore dénudés, Willie apercevait les cheminées de la maison des Fantômes. Deux merles passèrent en pépiant au-dessus du cimetière et continuèrent leur vol en direction des bois. Willie entrouvrit la fenêtre. C'était une belle journée, claire et ensoleillée. Il respira à pleins poumons l'air pur et glacé et une telle énergie l'animait qu'il se sentait un peu comme une rivière en crue.

Après s'être habillé et avoir fait son lit, il descendit l'échelle, son pot de chambre à la main.

– Sammy ! cria-t-il. Sam, viens ici, mon garçon.

Un aboiement bruyant retentit dans le jardin. Il n'eut pas plus tôt ouvert la porte que Sammy entra en trombe. Tom sortit la tête de l'abri antiaérien où il était en train de pomper l'eau.

– Tu as l'air en pleine forme ce matin, dit-il. Va donc courir un peu. Je vais préparer ton petit déjeuner pendant ce temps-là.

Willie regagna la maison au pas de course, chargea de charbon la cuisinière, et mit ses bottes en caoutchouc, son manteau et son passe-montagne tandis que Sammy tournait autour de ses jambes. Ils se précipitèrent dans le jardin de derrière et se mirent à courir en direction du champ de Dobbs et même au-delà…

– Ohé ! Ohé ! Ohé ! cria Willie en fonçant dans l'allée.

Et soudain, il se mit à rire.

Sam cabriolait devant lui, faisait le clown, courait après sa queue, gagné par l'excitation de Willie qui décida ensuite de rebrousser chemin et de rentrer à la maison, Sammy sur les talons. Son passe-montagne rejeté en arrière laissait voir deux joues cramoisies et des oreilles écarlates.

Ce vendredi-là devait être un jour spécial. Zach, George et les jumelles étaient convenus de se retrouver chez Zach après l'école pour discuter enfin d'une visite éventuelle à la maison des Fantômes. Ils devaient apporter leur dîner afin de pouvoir partir de chez Zach aussitôt après, pour se rendre à une réunion dans la salle des fêtes où miss Thorne leur ferait savoir quel nouveau spectacle elle avait choisi de monter.

Après le petit déjeuner, Willie aida Tom à préparer des sandwiches et ils passèrent dix minutes à réviser les mesures de longueur avant que Willie ne parte pour l'école. Il retrouva Zach dans l'allée sous la voûte des arbres et ils parlèrent de « l'expédition maison des Fantômes » et de la prochaine pièce.

– Je crois que ça sera encore tiré de Dickens, dit Zach, comme ils arrivaient à l'école. Elle a vraiment un faible pour lui.

Alison Blake sonna la cloche et ils entrèrent dans leur salle de classe.

George était maintenant placé au deuxième rang à côté de Ginnie, et Carrie avait été installée au dernier rang avec les plus grands. Bien qu'elle n'eût que dix ans, elle était déjà au niveau d'un enfant de treize ans. Comme la plupart des élèves quittaient l'école à quatorze ans, Mme Hartridge espérait que Carrie obtiendrait une bourse, sinon il lui faudrait pour les trois ou quatre années à venir étudier toute seule. Elle avait parlé à ses parents durant le week-end qui avait suivi leur conversation et expliqué que Carrie était assez intelligente pour passer l'examen. Sa mère s'était tout d'abord montrée réticente.

– Et l'uniforme ? avait-elle demandé.

Mme Hartridge lui avait affirmé qu'il y avait toujours des parents prêts à revendre les uniformes devenus trop petits pour leurs enfants.

– En plus, elle n'a même pas encore passé cet examen, Madge, avait ajouté M. Thatcher. Chaque chose en son temps.

Secrètement, il était plutôt fier à l'idée qu'une de ses filles veuille passer cet examen. La guerre encourageait les filles à se montrer plus indépendantes. Ils finirent tous les deux par accepter. Carrie passait la plupart de ses soirées à faire ses devoirs et à préparer l'examen, et sa mère la dispensa de certaines corvées de ménage à condition qu'elle se rattrape après.

Willie, maintenant habitué à sa nouvelle classe s'y sentait heureux. Il adorait se trouver près de Mme Hartridge et il la regardait s'arrondir doucement de semaine en semaine. Il aimait sa façon de se mouvoir, son sourire, sa voix douce et chantante.

En ce vendredi, néanmoins, il avait hâte, comme les autres, de voir arriver la fin des cours. L'école se termina enfin et ils filèrent tous jusqu'au cottage des Little et montèrent dans la chambre de Zach. Ils discutèrent de leur expédition à la maison des Fantômes, prévue pour le samedi suivant et, une fois leur plans établis, se rendirent à la réunion où miss Thorne annonça qu'ils allaient monter Crapaud du manoir Crapaud.

Après avoir quitté la salle des fêtes, Willie et Zach bavardèrent un moment devant le portail des Little et prirent rendez-vous pour le lendemain après-midi.

Willie poursuivit son chemin dans l'allée en chantant. Il continuait à déborder d'énergie. Il ouvrit à toute volée la barrière du champ de Dobbs. Celui-ci était vide pour le moment, car l'hiver Dobbs était toujours en pension chez les Padfield. Le sol était boueux et un vent glacé lui soufflait dans le cou. Il noua plus étroitement son écharpe dont il glissa les pans dans l'encolure de son manteau.

– Même s'il y a un exercice de Défense passive cette nuit, ça m'est égal, dit-il en pirouettant, un grand sourire aux lèvres.

Il poussa la porte du cottage, entra en courant, les joues empourprées à la fois par le vent froid et par la joie qu'il éprouvait. Il se débarrassa en vitesse de son manteau, du passe-montagne et de l'écharpe et se rua dans le salon.

Tom se tenait près de la cuisinière. Il leva les yeux vers Willie et écouta sans mot dire son bavardage. Willie lui parla du pique-nique prévu pour samedi, lui annonça que Zach jouerait le rôle du crapaud et lui celui de la taupe, précisa qu'il devait retrouver Zach le lendemain dans l'après-midi et, tout en déversant un flot de paroles, il enleva ses bottines, les posa sur un journal et entreprit de se réchauffer les mains au-dessus de la cuisinière.

Tom ne faisait aucun commentaire. Il gardait les yeux fixés sur Sammy, affalé, l'air misérable, à ses pieds. Willie, levant la tête, remarqua que Tom tenait une lettre à la main.

– Qu'est-ce qu'il y a ?

– C'est de ta mère, répondit Tom en montrant le feuillet. Elle est malade. Elle veut que tu reviennes quelque temps à la maison.

À LA MAISON

Dobbs, attelée à la carriole dans laquelle étaient assis Tom et Willie, trottait en direction de Weirwold. Ils avaient tous deux l'air consterné et n'avaient pratiquement échangé aucune parole durant tout le trajet. Willie serrait étroitement Sammy contre lui et, les yeux embués de larmes, regardait fixement tour à tour le harnais en cuir et en laiton, le flanc mouvant de Dobbs et la route caillouteuse défilant sous les roues. De temps à autre, il levait la tête pour jeter un regard furtif sur les champs environnants et la baissait aussitôt.

Tom gardait les yeux fixés droit devant lui. On apercevait vaguement au loin, à l'entrée du village, la boutique du forgeron.

Il avait essayé, mais en vain, de persuader la mère de Willie de venir faire un séjour à Little Weirwold. Elle avait écrit qu'elle voulait simplement avoir Willie auprès d'elle quelque temps jusqu'à ce qu'elle se sente mieux. Il avait parlé à l'assistante à l'hébergement, mais celle-ci n'avait pu lui être d'aucun secours. Les mères reprenaient toujours leurs enfants et elles étaient légalement en droit de le faire.

Ils laissèrent Dobbs et la carriole chez le forgeron. Tom aida Willie à passer les bretelles de son vieux sac à dos. Celui-ci était rempli de livres, de vêtements et de tous les cadeaux qu'il avait reçus durant son séjour. Dans le sac avec lequel il était arrivé le premier jour se trouvaient les rares objets qu'il avait apportés avec lui.

Willie était agité de tremblements. Une rafale de vent lui fouetta le visage et il frissonna. Tom lui serra l'épaule d'une main ferme et se dirigea avec lui vers la gare, tenant Sammy au bout d'une laisse de fortune.

Ils s'assirent sur un banc le long du quai et contemplèrent les haies de l'autre côté de la voie ferrée.

– Oublie pas d'écrire, William, dit Tom d'une voix étranglée et, les mains tremblantes, il sortit sa pipe de sa poche et commença à la bourrer.

– Non, monsieur Tom.

– Et si tu changes d'avis pour les peintures, dis-le-moi et je te les enverrai par la poste.

Willie secoua la tête.

– Leur place, c'est à la maison, je veux dire, chez vous. Comme ça, elles seront là quand je reviendrai. Je reviendrai, ajouta-t-il d'un ton pressant en touchant la main de Tom, je reviendrai, n'est-ce pas ?

– Tu changeras peut-être d'avis quand tu seras chez toi. Tu as dû lui manquer, à ta mère. C'est sans doute pour ça qu'elle a pas beaucoup écrit… et, William ?

– Oui ?

– Te fais pas trop d'illusions. Vous vous êtes pas vus depuis près de six mois, alors ça sera peut-être un peu difficile au début…

Willie acquiesça d'un signe de tête.

Un panache de fumée apparut au-dessus d'un bouquet d'arbres. Ils le regardèrent s'approcher et entendirent s'enfler le grondement du train. Ils se levèrent et Tom prit Sammy dans ses bras.

– Allez, fais bien attention à toi, petit. Et continue à dessiner. Tu as vraiment du talent. Si jamais t'es à court de crayons, préviens-moi.

Willie acquiesça et ses yeux s'embuèrent de nouveau. Il cligna des paupières. Des larmes roulèrent sur ses joues. Il renifla et détourna vivement la tête.

– Merci, dit-il.

Tom sentit sa gorge se serrer. Il toussota.

– Vous allez me manquer, dit Willie.

– Toi aussi, répliqua Tom.

Ils regardèrent le train entrer en gare. Des groupes de marins et de soldats étaient penchés aux fenêtres. Tom ouvrit une portière. Un des soldats, un jeune garçon de dix-huit ans, remarqua l'air angoissé de Tom et aida Willie à monter.

– Vous inquiétez pas, monsieur, dit-il. On va bien lui trouver une place.

Tom le remercia d'un signe de tête et referma la main sur l'épaule de Willie, qui se penchait, le visage bouleversé, à la fenêtre.

Un coup de sifflet retentit. La gorge serrée, ils se firent leurs adieux, échangeant de grands signes jusqu'à ce qu'ils cessent de se voir.

– Et voilà, dit le jeune soldat.

Il avait persuadé un de ses camarades de laisser Willie s'asseoir près de la fenêtre.

– Ça ira comme ça, petit ?

Willie acquiesça, soulagé de pouvoir regarder au-dehors. Il ne voulait pas que les autres voient son visage. Il posa son sac à dos sur ses genoux et s'y cramponna avec désespoir.

Au début, le soldat le laissa tranquille puis, au bout de quelque temps, essaya de le dérider.

– Alors, dis donc, comment tu t'appelles ?

– William Beech.

– Et tu vas où ?

– A Londres.

– Je croyais qu'on évacuait les gosses, justement. Tu t'ennuies de chez toi, alors ?

Willie haussa les épaules.

– Le vieux monsieur, c'est ton grand-père ?

– Non, répondit Willie en levant la tête. C'est M. Tom.

– Ah bon ?

Les lèvres de Willie se mirent à trembler.

Le soldat n'insista pas, sentant qu'il valait mieux changer de sujet.

– Alors chez qui tu vas habiter à Londres ?

– Chez ma mère.

– Eh ben, tu vas être content de la voir, je parie. Ton papa a été mobilisé ?

– J'ai pas de papa.

– Oh, excuse-moi… Parle-moi de ta maman, reprit-il après un certain temps. Comment elle est ?

En cet instant, celle-ci ne représentait plus pour Willie qu'un vague souvenir. Elle avait des cheveux noirs. Il se rappelait au moins ça.

– Ses yeux ? demanda le soldat.

– Pardon ?

– Ses yeux. De quelle couleur sont ses yeux ?

Willie ne se rappelait pas l'avoir jamais vraiment regardée dans les yeux, mais il ne pouvait pas répondre cela. Il fallait qu'il trouve autre chose.

– Marron, je parie.

Il acquiesça.

– Elle chante souvent ?

Willie secoua la tête. L'idée que sa mère puisse chanter ailleurs qu'à l'église lui semblait inconcevable.

Ils se dévisagèrent un moment sans mot dire.

– Qu'est-ce que tu as, dans tes sacs ?

– Des vêtements et des cadeaux, des livres.

– Tu aimes lire, alors ?

Willie hocha de nouveau la tête.

– Moi, j'ai pas la patience.

– Et dessiner, fit Willie.

– Quoi ?

– Je dessine, aussi.

– Oh, fit le soldat et il comprit, en voyant ses yeux soudain briller et son visage s'éclairer d'un sourire, que c'était là un bon sujet de conversation.

– Tu en as là, de tes dessins ?

– Oui.

– J'aimerais bien les voir… enfin, si ça t'ennuie pas.

Willie hocha timidement la tête et ouvrit son sac à dos. Il en sortit un de ses trois carnets de croquis et le tendit au soldat qui l'ouvrit.

– Eh ben vrai ! s'exclama-t-il, surpris. Tu dessines drôlement bien. C'est chouette, tu sais, c'est vraiment chouette. Ta mère doit être très fière de toi, ajouta-t-il en lui rendant le carnet de croquis.

– Elle les a pas encore vus.

– Eh ben, quand elle les verra, elle sera très fière.

– Vous croyez ?

– Sûr et certain.

Willie remit avec précaution le carnet dans le sac à dos.

Il aperçut le manuel de théâtre que lui avait donné Zach, et les berlingots qu'avait soudain sortis George de sa poche quand il leur avait dit au revoir. Il n'avait pas envie de les voir en ce moment. Il ferma le rabat de son sac et boucla les courroies.

Sa mère serait-elle fière de lui ? se demandait-il. Il avait beau songer à elle, il ne parvenait pas à se rappeler clairement son visage. Elle devenait un mélange de Mme Fletcher et de Mme Hartridge. Il l'imagina en train de l'attendre sur le quai. Il agiterait la main par la fenêtre et elle ferait de même en riant, et lorsqu'il descendrait du train, il s'élancerait vers elle, elle courrait vers lui, et ils se jetteraient dans les bras l'un de l'autre. Il se ressaisit, se rappelant qu'elle était malade, en principe. Peut-être serait-elle trop malade pour venir le chercher. Peut-être même était-elle en train de mourir et, à sa place, un gardien de la paix ou un prêtre viendrait l'accueillir pour le conduire à son chevet et elle lui toucherait le bras avec douceur et lui dirait à quel point elle l'aimait et était fière de lui. Il se pencha en arrière et ferma les yeux.

Il se sentait fatigué. La tension qu'avaient fait naître en lui ses adieux l'avait épuisé. Il se demanda ce que faisait Zach. Il avait écrit spécialement pour lui les deux premières stances d'un nouveau poème épique et Willie les avait dans sa poche. Zach lui avait dit qu'il finirait son poème et le lui enverrait par la poste ou par pigeon voyageur. Le convoi se traînait vers Londres en brinquebalant et Willie sombra bientôt dans un sommeil peuplé de rêves étranges.

Il sentit qu'on le secouait.

– Hé, marmotte ! Réveille-toi ! Réveille-toi, petit. On est à Londres. On est arrivé, réveille-toi !

Il ouvrit les yeux, s'attendant à voir la lumière par la fenêtre de sa chambre et M. Tom le regardant par la trappe, mais il ne vit que le jeune soldat écossais penché sur lui, qui se détachait sur un fond vague d'uniformes kaki, dans un concert de vociférations.

Il accrocha le sac à dos à son épaule et souleva son autre sac. Il avait les jambes en coton et ses vêtements sentaient le tabac. Lorsqu'il descendit du train, l'air glacé de la nuit le saisit. Il boutonna son manteau, mit son passe-montagne et ses gants. Il jeta un coup d'œil alentour sur le quai qui grouillait de soldats, mais n'aperçut pas sa mère.

Un sergent corpulent s'arrêta à sa hauteur et baissa les yeux vers lui.

– Un fugueur, hein ? tonna-t-il d'une voix à faire trembler les vitres. Tu ferais bien d'aller voir le contrôleur, petit.

– Je suis pas un fugueur, bafouilla Willie.

– Va dire ça au contrôleur.

Le contrôleur était un homme entre deux âges à la moustache tombante. Il regarda Willie et poussa un soupir de lassitude.

– Encore un, hein ? Vous savez donc pas, vous les gosses, que vous êtes plus en sécurité à la campagne ? dit-il en pinçant l'oreille de Willie à travers son passe-montagne. Je parie que t'as pas de billet. Voyons, donne-moi donc ton adresse.

Willie sortit un billet de sa poche et le lui montra.

– Oh, fit le contrôleur. Oh.

– Je viens voir ma maman. Elle est malade.

– Ah, ah, je vois. Alors, où est-elle ? Elle vient te chercher ou bien c'est un agent ou quoi ?

– Je ne sais pas.

Le contrôleur se racla la gorge et prit un air entendu pour regarder le sergent.

– Je crois que je vais pouvoir régler ce problème, monsieur. Merci de votre aide.

Le sergent effleura le bord de son béret et disparut parmi la foule des soldats.

– Je crois qu'il vaudrait mieux trouver un agent, mon garçon.

Willie jeta un regard affolé autour de lui.

– Attendez ! La voilà ! dit-il en indiquant une femme maigre au visage renfrogné qui se tenait près d'une pile de sacs de sable.

Il agita la main et se mit à l'appeler, mais elle regardait dans le vide sans le voir ni l'entendre.

– Elle a pas l'air de te connaître, hein ? Tu ferais mieux d'attendre un peu ici.

– Je vais lui parler.

– Ah, mais non ! s'écria le contrôleur en l'empoignant par le bras, puis il se ravisa. Oh, après tout, vas-y.

Willie courut vers elle.

– Maman ! cria-t-il. Maman !

– Va-t'en, répliqua-t-elle d'un ton rogue. Ne compte pas me soutirer de l'argent.

– Maman, répéta-t-il, c'est moi.

Elle baissa alors les yeux et s'apprêtait à lui dire de filer lorsqu'elle le reconnut. Oui. C'était bien Willie, mais il avait tellement changé. C'était un petit garçon qui se tenait bien droit devant elle, le visage éclatant de santé. Il était chaussé de solides bottines et portait d'épaisses chaussettes de laine, un pull-over à col roulé vert, un manteau bleu marine et un passe-montagne. Ses cheveux lustrés couvraient son front, et ses joues étaient rondes et rosées. Elle était abasourdie.

– Je suis vraiment content de te voir, maman. J'ai tellement de choses à te raconter, et puis il y a mes dessins…

Cette nouvelle façon de s'exprimer la surprit. Elle s'était attendue à le trouver plus soumis, mais sa voix elle-même était plus sonore.

– Excuse-moi, dit-elle. Je ne vais pas très bien, tu comprends, et je suis un peu fatiguée. Je ne m'attendais pas à te voir changé à ce point.

Willie parut déconcerté.

Il pensait, lui, que c'était sa mère qui avait changé. Il avait acquis de nouvelles connaissances, certes, mais il était bien toujours le même.

Il observa le visage de sa mère. Celui-ci était très pâle, son teint jaunâtre, et ses lèvres étaient violacées. Deux rides amères encadraient sa bouche fine. Il baissa les yeux vers son corps. Elle portait un long manteau noir, des bas beiges et d'élégantes chaussures lacées à talons. Un petit sac à provisions était calé contre sa jambe.

Il lui toucha le bras avec douceur.

– Je vais te le porter, maman, dit-il en ramassant le sac.

Elle se retourna vivement et lui donna une claque brutale sur la main.

– Je te dirai ce que je veux et quand je le veux, et tu sais que je n'aime pas qu'on me touche.

– Pardon, marmonna-t-il.

Ils se tenaient l'un devant l'autre, silencieux, mal à l'aise, dans le tohu-bohu de la vaste gare.

Willie sentit son cœur se serrer ; le vague espoir qu'il avait caressé s'évanouissait rapidement mais il se rappela alors que M. Tom lui avait dit que ce serait un peu difficile au début et qu'il leur faudrait un certain temps pour s'habituer de nouveau l'un à l'autre.

Mme Beech, pendant ce temps, observait son petit garçon, et réfléchissait intensément. Elle se disait qu'il lui fallait se montrer indulgente avec lui pour le moment. Après tout, c'était son premier jour et il avait beaucoup à apprendre avant de devenir adulte.

– Allons boire une tasse de thé, dit-elle enfin. Tu peux prendre mon sac.

– Merci, maman, dit-il et il sourit.

Elle recula vivement, horrifiée. Elle ne se souvenait pas l'avoir jamais vu sourire auparavant. Elle avait espéré qu'il serait resté un enfant sérieux. Ce sourire la terrifiait. Il menaçait son autorité. Elle se ressaisit et fit un pas en avant, lui tendant son sac.

« Tout ira bien », songea Willie. Il la suivit dans une ruelle obscure jusqu'à un petit café. Ils s'assirent près de la porte.

– Tu as l'air d'avoir repris des forces, dit sa mère. Il te nourrissait bien, ce M. Oakley ?

Willie but une gorgée de thé. Il ne valait pas celui de M. Tom, mais il était bouillant et c'était l'essentiel.

– Oui, très bien.

Elle montra le sac à dos par terre.

– D'où tu tiens ça ?

– De M. Tom.

– Oh, et qui est-ce ?

– M. Oakley. Il me l'a donné pour emporter mes cadeaux.

Une des mains de sa mère était posée sur la table. Il amorça un geste pour la toucher, mais se ravisa aussitôt.

– Il y a aussi un cadeau pour toi.

– Je n'ai pas besoin qu'on me fasse la charité, merci, dit-elle, les lèvres pincées. Tu le sais très bien.

– C'est pas de la charité. C'est pour que tu guérisses. Mme Thatcher t'a tricoté des chaussons. Ils sont roses. Et bien doux. Et la maman et le papa de Lucy, ils ont mis des œufs et du beurre.

– Du beurre ?

– Oui. Et Mme Fletcher, elle t'a fait un cake. Elle dit que t'auras peut-être pas envie de le manger tout de suite, mais que ça se garde.

« Il parle beaucoup », pensa-t-elle. Elle ne l'avait jamais vu ainsi. Bien trop sûr de lui. Une stricte discipline aurait tôt fait de rabattre son insolence.

– Et tante Nance, Mme Little, t'envoie une bouteille de vin tonique.

Le visage de Mme Beech s'empourpra.

– Du vin ! s'écria-t-elle avec fureur, puis elle se maîtrisa et baissa le ton. Du vin ! répéta-t-elle. Est-ce que je ne t'ai pas parlé des méfaits de la boisson ? Tu buvais, alors, toi aussi ? Qui est cette femme débauchée ?

– C'est pas comme ce qu'on achète dans un pub, maman. J'ai demandé. Elle dit qu'il y a du fer dedans. Ça va t'aider à retrouver tes forces. M. Little est un vrai docteur, maman, et c'est sa femme.

– Quel genre de docteur ? demanda-t-elle, soupçonneuse.

Il eut un haussement d'épaules.

– Un qui aide les gens à aller mieux. J'avais peur de lui au début, mais plus maintenant.

– Alors il ne peut pas être un vrai docteur.

– Mais si, maman.

Mme Beech fut frappée de stupeur. Son fils avait osé lui répondre. Et même, il la contredisait !

– Tu discutes avec moi ?

– Non, maman. Je voulais simplement…

– Cesse de prendre ce ton !

– Quel ton, maman ?

– Ne joue pas l'innocent !

– Je ne comprends pas… commença-t-il.

– Tu n'as pas changé, n'est-ce pas ? Je pensais que cet homme se ferait craindre de toi et t'inculquerait la notion du bien, mais je vois que ça n'est pas le cas.

Elle se sentit tout à coup gagnée par un vent de panique qui lui glaçait les membres.

– Il était croyant, n'est-ce pas ?

– Oui, maman. Il s'occupe de l'église et du cimetière. Je te l'ai dit dans mes lettres.

– Ah oui ! Tes lettres. Voyons, Willie, je croyais que tu avais perdu l'habitude de mentir.

– Mais je mens pas…

– Arrête de parler comme ça ! Ce n'était pas ton écriture. Je le sais. C'est pourquoi je ne me suis pas donné la peine de répondre.

– Mais j'ai appris à l'école et M. Tom et miss Thorne m'ont aidé.

– Eh bien, vrai. Tu leur en as donné du mal, à tous ces gens. Ils ont dû être contents de te voir partir.

– Non, maman, pas du tout. Ils… il hésita. Ils m'aiment bien.

– Quoi ?

– Ils m'aiment bien, répéta-t-il et cette phrase le réconforta.

– Ils faisaient semblant, Willie. Tu es un réfugié et ils se montraient polis, voilà tout.

– Non, maman !

– Tu commets le péché d'orgueil, Willie, et tu sais ce qui arrive à ceux qui commettent le péché d'orgueil.

Willie nageait en pleine confusion. Il avait l'impression de s'enfoncer petit à petit dans un mauvais rêve.

Mme Beech pianotait doucement sur la table.

– Ça suffit comme ça, Willie. Nous n'allons pas nous disputer dès le premier soir, n'est-ce pas ?

Il secoua la tête.

Willie ? Encore une chose qui lui paraissait étrange. Personne ne l'avait appelé ainsi depuis six mois. Will, en revanche, sonnait agréablement à ses oreilles, ou encore son véritable prénom, William.

Et maintenant, lorsqu'il entendait sa mère l'appeler Willie, il avait l'impression qu'elle s'adressait à quelqu'un d'autre.

Elle se pencha vers lui.

– Je voulais te dire une chose, Willie.

Elle se força à sourire et ce sourire, étrangement, alarma Willie, car il ne transparaissait pas dans ses yeux sans vie.

– C'est une petite surprise, ajouta-t-elle, mais il va falloir nous faufiler dans la maison. Personne ne doit te voir. C'est… hésita-t-elle, c'est comme un jeu, et elle se sentit soulagée d'avoir eu cette idée.

– Personne ne doit me voir ?

– Non.

– Pourquoi ?

Elle fronça les sourcils, puis se força à sourire de nouveau.

– Tu verras. C'est une surprise. Cela gâcherait tout si je te le disais.

Il acquiesça. Il ne ressentait pas vraiment une douleur au creux de l'estomac. Il l'imaginait seulement, n'est-ce pas ? C'était elle qui était malade, pas lui.

– Et alors tu pourras sortir ton gâteau et les cadeaux.

– Oui, dit-il, et son visage s'éclaira. Je peux déjà te montrer mes dessins.

Elle lui fit signe de se taire. Elle ne voulait pas qu'il recommence à parler

– Oui, bien sûr, mais pour le moment, j'ai mal à la tête. Ça peut attendre, n'est-ce pas ?

Ils sortirent du café et prirent un autobus dont les fenêtres étaient protégées par ce qui semblait être du grillage de poulailler.

– Ça sert à quoi ? demanda-t-il.

– C'est mal élevé de poser des questions et c'est mal élevé de montrer du doigt. Conduis-toi correctement, chuchota-t-elle.

– Tu t'embêtais de Londres, pas vrai, mon mignon ? demanda la conductrice en leur donnant leurs tickets.

C'était la première fois que Willie voyait une femme conduire un autobus.

– C'est ennuyeux, la campagne, y paraît. Toutes ces vaches. Quand même, on y est plus en sécurité, dit-elle en adressant un clin d'œil à la mère de Willie. Mais il vous manquait, pas vrai, ma belle ?

Elle inclina la tête, posa un bras raide sur l'épaule de Willie et esquissa un sourire crispé.

– Oui, et je n'ai que lui au monde.

– C'est pas possible. Et moi qui en ai cinq ! J'ai renoncé à les évacuer. Ça vaut vraiment pas le coup. Il se passe rien, finalement. On dirait même pas qu'il y a la guerre, pas vrai ?

– Non, répondit la mère de Willie poliment.

Willie frissonnait contre le corps raidi de sa mère. Le poids de son bras sur ses épaules lui donnait la nausée. Sa propre mère le rendait malade. Peut-être était-il vraiment mauvais après tout. Le bus roulait lentement sous le couvre-feu, mais ils finirent par atteindre sans encombre le quartier de Deptford où Willie et sa mère descendirent.

– Bonne nuit ! leur cria la conductrice.

Mme Beech conduisit Willie en haut de leur rue. Puis elle lui demanda de se cacher au coin d'une ruelle et de surveiller leur porte d'entrée. Dès qu'elle l'aurait ouverte et qu'elle aurait toussé, il devait la rejoindre en courant et entrer dans la maison.

« Quel jeu étrange », songea Willie. Il glissa la main dans la poche de sa culotte et y sentit le poème de Zach. Ce contact l'aida à échapper au sentiment d'irréalité qui l'habitait.

Il n'attendait pas depuis bien longtemps lorsqu'il entendit sa mère tousser. Prenant ses deux sacs, il traversa la rue en les traînant. Sa mère lui chuchota d'une voix irritée de se dépêcher. Elle semblait terrifiée. Elle ne voulait pas que l'on sache qu'il était de retour. Il entra en trébuchant dans le salon qui se trouvait plongé dans l'obscurité. Une odeur âcre le prit à la gorge. On aurait cru qu'un chien avait fait ses besoins dans un coin de la pièce.

– C'est un chien ? demanda-t-il.

– Quoi, un chien ?

– La surprise.

– La surprise ? Oh, ça. Non, ça n'est pas un chien.

Elle alluma. La pièce était plus sombre que Willie ne se le rappelait. Il laissa errer son regard sur les murs gris. Deux livres de prières étaient posés sur le manteau de la cheminée et un autre sur le petit buffet, à leur place habituelle. En plus des journaux collés aux fenêtres, il y avait également des croisillons de papier collant marron.

– Ça sert à quoi ? demanda Willie.

– Qu'est-ce que j'ai dit, pour les questions ? hurla-t-elle en frappant violemment du poing sur la table.

– Ne me… commença Willie, saisi.

– Tu me donnes des ordres ?

– Non, protesta-t-il, je voulais seulement dire, ne me

pose pas de questions. C'est ce que tu dis. Tu dis que je dois pas poser de questions.

– Et ne m'interromps pas quand je parle.

Ils se tenaient l'un en face de l'autre, avec de nouveau ce silence gêné entre eux.

Willie se détourna et ce fut alors qu'il aperçut une caisse en bois posée sur une chaise dans un coin. Il s'apprêtait à demander ce que c'était, mais se ravisa et se dirigea vers la caisse pour regarder à l'intérieur.

– C'est ça, la surprise, fit-elle.

Il tendit la main.

– Un bébé, murmura-t-il. Mais pourquoi ?

Il s'interrompit et se retourna.

– Il a du sparadrap sur la bouche.

– Je sais. Je ne voulais pas qu'elle fasse de bruit pendant que j'étais sortie. C'est un secret, tu comprends ?

– Ah bon ?

Il hésita.

– C'est le tien ?

– Le nôtre.

– Un cadeau ?

– Oui.

– De qui ?

– De Jésus.

Il baissa les yeux vers le bébé. La petite fille sentait très mauvais. Elle ouvrit les yeux et se mit à pleurer.

– Je vais la prendre, dit-il en se penchant sur elle.

– Je te l'interdis !

– Mais elle pleure.

– Elle essaye simplement d'attirer l'attention. Elle doit apprendre un peu ce qu'est la discipline.

– Mais, mais, bégaya-t-il, ce n'est qu'un bébé !

– Assieds-toi ! hurla-t-elle. Immédiatement !

Willie s'assit derrière la table.

– Elle a un nom ?

Elle assena un violent coup de poing sur la table.

– Non ! et ça suffit comme ça, tes questions, sinon tu vas tâter de la ceinture !

Willie devint cramoisi. La ceinture ! Elle était restée chez M. Tom. Mieux valait ne rien dire. Sa mère allait peut-être oublier.

– Maintenant, voyons un peu ce qu'il y a dans ces sacs. Et enlève ton manteau.

Il l'accrocha au dossier de la chaise, fourrant ses gants et son passe-montagne dans les poches. Il vida d'abord le sac à provisions et en sortit ses vieilles baskets dont le bout avait été coupé.

– Elles étaient devenues trop petites, expliqua-t-il en posant sur la table son mince tricot gris, sa culotte, son ciré et sa Bible.

– Je vois que tu as toujours ta bible, dit-elle. Tu as continué à l'étudier, j'espère, et à l'apprendre.

– Oui, maman.

Elle se pencha en arrière sur sa chaise.

– Récite-moi le chapitre un de l'Exode, du premier au sixième verset.

Willie la regardait sans comprendre.

– Je les sais pas par cœur, maman. J'apprends les histoires, quoi. Je peux te raconter un tas d'histoires, l'Ancien et le Nouveau Testament.

– Les histoires ne m'intéressent pas. Tu apprenais par cœur avant de partir d'ici.

– Parce que j'entendais les autres réciter à l'école du dimanche, expliqua-t-il. On n'avait pas…

– Déballe cet autre sac, coupa-t-elle.

Il défit les courroies du sac à dos et commença à sortir lentement tout ce qui s'y trouvait. Il avait l'impression de se mettre à nu devant elle. Tout ce qui était pour lui précieux et important se trouvait maintenant soumis à son examen.

Le visage blême, elle le regardait sortir ses affaires. Lorsqu'il eut terminé, elle prit la parole d'une voix contenue, pesant soigneusement chacun de ses mots.

– Maintenant, je vais te poser des questions et tu vas me répondre et je ne veux pas d'insolence ! D'où viennent les vêtements et les bottines que tu portes ?

– De M. Oakley et de Mme Fletcher.

– Tu les as volés ?

– Non. C'étaient des cadeaux.

– Tu as mendié, pour les avoir.

– Non, pas du tout.

– Ne discute pas. Tu as mendié.

Il prit les œufs, le beurre, le cake, le vin, les chaussons et les glissa sur la table dans sa direction.

– Et voilà tes cadeaux, dit-il.

– Ceux-là aussi, tu les as mendiés, je suppose.

– Non. Et moi aussi, j'ai un cadeau pour toi, ajouta-t-il.

Mais tout était gâché, maintenant. Sa surprise. C'était M. Tom qui en avait eu l'idée. Il prit deux morceaux de carton soigneusement attachés et dénoua les ficelles. Un dessin était glissé à l'intérieur, qui représentait le cimetière et l'église avec les champs et les arbres au fond. Il le tendit à sa mère.

– C'est là que je vivais.

Elle examina le dessin.

– Tu l'as volé ?

– Non.

« Cette fois, elle va être contente de moi », pensa-t-il.

– Non. Je l'ai dessiné moi-même.

– Ne mens pas.

– Je ne mens pas. C'est moi qui l'ai dessiné. Regarde !

Et il saisit un de ses carnets de croquis.

– Ceux-là aussi, c'est moi qui les ai faits, dit-il en ouvrant la première page.

– Je n'ai pas le temps de regarder des dessins, Willie.

– Mais c'est moi qui les ai faits ! s'écria-t-il. Je t'en prie, regarde-les !

– Willie. Tu as beaucoup à apprendre. Je vais les brûler ou les donner à des œuvres de charité. J'espère seulement que personne ne découvrira jamais ce que tu as fait.

Willie la regardait d'un air atterré.

– Je les ai pas volés, je te jure, maman. Je les ai dessinés moi-même. Je peux te montrer.

– Ça suffit ! trancha-t-elle en tapant du poing sur la table.

La situation était encore pire que tout ce qu'elle avait pu imaginer. Il lui faudrait beaucoup d'efforts pour le réduire à nouveau au silence et le contraindre à l'obéissance.

– Et ceci ? demanda-t-elle en montrant les livres et les bonbons, les crayons de couleur, les vêtements.

– Des cadeaux, murmura-t-il.

– Encore des cadeaux, Willie ? Tu espères vraiment me faire croire ça ? Tu t'imagines que je vais croire que des étrangers t'ont fait des cadeaux ?

– C'est pas des étrangers, maman. C'est des amis.

– Des amis ! J'aimerais bien savoir qui sont ces prétendus amis !

– George, et Zach, et les jumelles et…

– Ils vont à l'église ?

– Oh oui. George est enfant de chœur. Moi aussi.

Son visage s'assombrit.

– Enfin, je l'étais. Mais Ginnie et Carrie…

– Des filles ?

– Oui. Les jumelles. Carrie travaille pour…

– Tu joues avec des filles ? Après tout ce que je t'ai dit à ce sujet, tu fréquentes des filles.

– Mais elles sont très bien, et elles vont à l'église. Ils y vont tous, sauf Zach.

– Zach ? Qui est-ce ?

– Zach, dit-il. C'est le diminutif de…

Il se mordit les lèvres. Son instinct lui disait qu'il s'aventurait sur un terrain dangereux. Ses oreilles se mirent à bourdonner et la voix de sa mère parut lui parvenir de très loin.

– Pourquoi ne va-t-il pas à l'église ? demandait-elle.

Il essaya de demeurer évasif.

– Il croit en Dieu, maman, et il connaît vraiment bien la Bible.

– Pourquoi ne va-t-il pas à l'église alors ?

– Ils en ont pas de comme ça dans le village, tu comprends, et de toute façon… il hésita un moment, il pense qu'on trouve davantage Dieu dans les champs et dans le ciel et en aimant les gens que dans les églises et les synagogues.

– Dans quoi ? insista-t-elle.

– Dans les champs, et… et… dans, dans le ciel.

– Non. Tu as dit dans les églises ou dans quoi ? Qu'est-ce que tu as dit ?

– Les synagogues, répondit Willie. C'est comme ça qu'ils appellent leurs églises.

– Qui ?

– Les Juifs. Zach est juif.

Sa mère poussa un véritable cri de terreur.

– Tu as été empoisonné par le démon ! Tu ne le sais donc pas ?

Et, se levant, elle le frappa sauvagement au visage. Il leva les mains pour se défendre, ce qui ne fit qu'accroître la fureur de sa mère. Il bascula en arrière avec sa chaise et s'écroula par terre.

– Mais… bégaya-t-il, Zach dit que Jésus était juif.

– Blasphémateur ! hurla-t-elle. Blasphémateur !

Un objet lourd heurta son front et Willie sombra dans une sorte de nuit glacée. Il pouvait encore entendre sa mère vociférer, et il savait qu'elle le frappait, mais il se sentait comme engourdi. Une part de lui-même se détachait, planant au-dessus de lui pour observer les coups qui pleuvaient.

Il se réveilla en sursaut, tout frissonnant. Il essaya d'étendre ses jambes raidies, mais elles lui faisaient mal. Ouvrant les yeux, il regarda autour de lui dans l'obscurité. Il savait où il se trouvait. Il avait été bouclé sous l'escalier. Il jeta un coup d'œil par une fente de la petite porte. Tout était sombre. Sa mère avait dû aller se coucher. Il frissonna de nouveau. On lui avait retiré ses bottines, ainsi que son pull-over et sa culotte. Il porta la main à sa taille et grimaça en sentant une meurtrissure. Son gilet de corps avait été cousu à son caleçon. Il prit un mince bout de tissu coincé sous lui et s'en enveloppa tant bien que mal. Il sentait une odeur de sang. Il toucha son crâne et y découvrit plusieurs bosses sensibles. Ses jambes l'élançaient et elles étaient couvertes d'un liquide poisseux.

La nuit précédente, il avait dormi dans le seul lit qu'il avait jamais eu, dans sa propre chambre. Il se réjouit d'y avoir laissé ses peintures et ses pinceaux. M. Tom en prendrait soin. M. Tom, qui lui avait donné des enveloppes timbrées avec son adresse dessus pour qu'il puisse lui écrire. Il avait également cousu deux demi-couronnes dans son manteau. Y seraient-elles encore ? Ou bien sa mère allait-elle le vendre avec tous ses vêtements ? Il pensa au bébé, bâillonné avec du sparadrap.

Si elle vendait ses habits, cela aiderait peut-être le bébé. Il se souvint des livres et du poème de Zach. Elle allait certainement brûler tout ça, puisque le nom de Zach y figurait.

Étendu là dans le noir, il se faisait l'effet d'un être différent. Il n'était plus Willie. C'était comme s'il avait dit adieu à celui qu'il avait été jusqu'alors. Il ne se sentait plus habité de deux personnalités. Il était Will et personne d'autre.

Pendant un instant, il se prit à regretter d'être jamais allé à Little Weirwold. Il aurait alors continué à penser que sa mère était douce et aimante. Il n'aurait rien connu d'autre. Une vague de désespoir le submergea et il maudit cette lucidité qu'il avait acquise. Il n'était plus depuis longtemps habitué à toute cette souffrance. Il avait laissé tomber toutes ses défenses.

– Monsieur Tom, chuchota-t-il dans le noir. Monsieur Tom. Je veux vous voir, monsieur Tom.

Et il eut un bref sanglot.

Sa cheville le faisait souffrir. Il avait dû se la tordre en tombant. Il l'enserra de ses mains. Elle était enflée et sensible au toucher. Il la lâcha et se roula en boule, transi de froid, priant le ciel de lui envoyer vite le sommeil.

12

La quête

Le cottage semblait bien silencieux sans William. Tom regrettait le bruit de ses bottines claquant sur le carrelage de l'entrée et son bavardage, le soir. Durant les journées qui suivirent son départ, Tom se surprit à lever les yeux, à table, afin de partager avec Willie l'une de ses récentes lectures pour s'apercevoir alors que la chaise que celui-ci occupait habituellement était vide. Il ressentait alors un sentiment identique à celui qu'il avait éprouvé après la brusque disparition de Rachel. Il pouvait du moins se consoler en songeant que Willie était vivant. Il écoutait les nouvelles à la radio avec une attention accrue, surtout quand on signalait des bombardements à proximité de Londres.

Hitler avait maintenant envahi la Norvège et le Danemark, et d'importantes unités de la flotte britannique avaient été envoyées pour venir en aide aux pays occupés. Mais la guerre ne troublait guère la vie paisible des habitants de Little Weirwold si ce n'est celle des gens qui regrettaient William. C'était tellement triste qu'il ne soit pas là pour assister à l'arrivée du printemps. Des boutons d'or apparaissaient déjà dans les champs, et dans les bois, les primevères et les violettes avaient jailli de la terre humide.

Tom attendait patiemment une lettre. Au bout d'une semaine, toujours sans nouvelles de William, il pensa que celui-ci était sans doute trop occupé pour pouvoir lui répondre ; sa mère avait dû le surcharger de tâches multiples. Il se fit le même raisonnement durant la deuxième semaine mais, au bout de la troisième, l'anxiété le gagna. Il avait déjà envoyé quatre lettres. Il savait que Zach, de son côté, avait écrit plusieurs fois, mais sans jamais recevoir de réponse.

Une nuit, il se réveilla en sursaut, en proie à un cauchemar. Dans son rêve, il avait été enfermé dans un endroit exigu et sans aération où il lui semblait être enterré vivant. Mais c'était une voix qui l'avait réveillé. Il lui semblait avoir entendu William l'appeler au secours. Se redressant brusquement, il trouva Sammy assis à côté de son lit, haletant. Il se leva en titubant et se dirigea à tâtons vers la fenêtre de sa chambre. Écartant légèrement le rideau noir du couvre-feu, il jeta un coup d'œil au-dehors. Il faisait encore nuit. Il ouvrit la porte, traversa l'entrée pour gagner le salon et regarder la pendule. Il était trois heures du matin. Presque l'heure d'aller prendre son service à la Défense passive, de toute façon. Il s'y rendrait en avance pour relever Hubert Pullet. Il mit son pantalon de velours côtelé, passa un gros pull-over par-dessus son pyjama, enfila ses bottes et sortit dans la nuit fraîche. Tout en marchant, il endossa son imperméable, mit sa casquette et ajusta la bretelle de son masque à gaz à l'épaule. Sammy le suivait, tirant une vieille couverture dont il tenait un coin dans sa gueule.

La tour de guet pour l'alerte au feu était une plate-forme de fortune construite sur le toit de la salle des fêtes. « Une dépense bien inutile », avait songé Tom quand on l'avait édifiée. Il grimpa à l'échelle qui y donnait accès. M. Pullet, assis sur une chaise, somnolait, enveloppé dans une couverture. Il se réveilla, heureux de voir Tom plus tôt que prévu. Ils bavardèrent un moment, puis M. Pullet décida d'aller retrouver son lit bien chaud. Tom s'installa le plus confortablement possible et Sammy se pelotonna entre ses jambes.

Les yeux levés pour regarder le ciel, il n'arrivait pas à dissiper l'angoisse que son cauchemar avait fait naître en lui. Si William avait eu besoin d'aide, il aurait sûrement écrit. Contemplant la voûte étoilée, il réfléchissait.

Deux heures plus tard, alors que l'aube rosissait le ciel, Mme Butcher vint prendre sa place.

En rentrant chez lui, il aperçut May, la sœur de miss Thorne, sur sa bicyclette. Elle distribuait le courrier. Il courut derrière elle.

– Rien pour vous, je crains, dit-elle. Je suis désolée.

Elle hésitait à repartir.

– Monsieur Oakley, dit-elle d'une voix anxieuse, j'ai un télégramme. Pour Annie Hartridge.

Tom la regarda, alarmé. Le dernier télégramme avait apporté la nouvelle de la mort de Michael Fletcher.

– Je suis un peu inquiète, reprit-elle, avec la naissance du bébé qui approche. J'aimerais bien attendre la visite de la sage-femme pour porter le télégramme, mais le règlement l'interdit.

Tom, pensif, fronça les sourcils.

– Vous avez vu Mme Fletcher ?

Elle secoua la tête.

– Je voulais pas la déranger.

– Je vais aller la trouver et lui suggérer de passer chez Annie.

– Merci.

Il la regarda appuyer sur les pédales et se diriger vers les fermes au sud du village.

Mme Fletcher venait tout juste de quitter son mari et Edward qui étaient partis travailler. La porte de la cuisine était encore ouverte et la lumière qui en provenait projetait une clarté diffuse sur le jardin étincelant de rosée. Elle se tenait sur le pas de la porte.

– Vous êtes pas de service, hein ? demanda-t-elle en jetant un œil coupable à sa lampe allumée.

– Non, non, répondit Tom. Je voulais juste vous dire un mot.

– George et David dorment encore. Ils viendront pas nous embêter. Entrez donc prendre une tasse de thé. Vous avez l'air bien pâle.

Il pénétra dans la cuisine chaude et accueillante. Sammy le suivit et se pelotonna devant le fourneau.

Elle s'assit à table et versa deux tasses de thé.

– Tenez, dit-elle, en poussant vers lui une des tasses. Qu'est-ce que je peux faire pour vous ?

Tom eut l'air surpris.

– Vous voulez me demander quelque chose, n'est-ce pas ? C'est à propos de Will ?

Tom secoua la tête.

– Il y a un télégramme pour Annie Hartridge.

Mme Fletcher reposa lentement sa tasse.

– David ? demanda-t-elle.

– Je sais pas. Je me suis dit, vous qui avez perdu Michael, et elle qui va avoir son bébé… elle a peut-être besoin de quelqu'un pour l'entourer.

– Bien sûr, répondit-elle.

Elle se leva aussitôt et dénoua vivement les cordons de son tablier.

– Elle l'a pas encore reçu, dit-il.

Elle baissa ses manches qu'elle avait roulées aux coudes.

– Je vais y aller le plus vite possible. Dans son état, elle pourrait tomber raide ou je ne sais quoi encore. Je trouverai bien une excuse, des œufs de la part des Padfield, des bricoles pour le bébé, un prétexte de ce genre…

Tom acquiesça. C'était en effet la meilleure solution. Il la regarda enfiler son manteau.

– Les trains pour Londres, marmonna-t-il.

– Oui ? fit-elle, déconcertée. Quoi donc ?

– Ils marchent le vendredi, non ?

– C'est bien ça.

– On est vendredi aujourd'hui, non ?

Il se leva brusquement.

– Je vais le prendre, ce train, madame Fletcher, et qui plus est, je vais le prendre aujourd'hui même.

Le voyage de Tom jusqu'à Londres fut aussi cahoteux et entrecoupé d'arrêts que l'avait été celui de William. Une pâle lumière bleue éclairait les wagons bondés et l'atmosphère était suffocante. Tom trouvait irritant de ne pas pouvoir lire le nom des gares qu'ils traversaient, mais une fois la nuit tombée, il devenait trop dangereux malgré la faiblesse de l'éclairage d'écarter les rideaux noirs. Sammy s'était non seulement faufilé dans la carriole mais en avait sauté pour suivre Tom jusqu'à la gare, et il se trouvait maintenant couché sur ses genoux. Une corde, qu'il serrait entre ses crocs, lui tenait lieu de laisse.

Tom, qui au début ne voulait pas que Sammy l'accompagne, était maintenant bien content de l'avoir. Il se serait senti bien seul sans lui.

Il était neuf heures lorsque le train arriva à Londres. Tom en descendit, suivi de Sammy, et s'arrêta sur le quai, l'air tout hébété. Le bruit était assourdissant. Des centaines de soldats en uniforme passaient devant lui en s'apostrophant. Un autre train démarra et une voix annonça par un haut-parleur les numéros des quais et les destinations. Il fallut un certain temps à Tom pour s'orienter vers la sortie. Il offrait un étrange spectacle avec son épaisse chevelure blanche et son visage buriné par les intempéries, coiffé d'une vieille casquette en velours côtelé, avec son caban et ses bottes de paysan, et

Sammy, à ses pieds, qui aboyait. Essayant de se repérer parmi la foule des soldats, il aperçut enfin le contrôleur. Il accrocha alors à son épaule le sac à dos qu'il avait emprunté, rempli de vêtements et de nourriture pour William, que lui avaient donnés les habitants du village.

Il tendit son billet au contrôleur qui baissa les yeux vers Sammy.

– Devrait avoir une muselière, ce chien ! s'exclama-t-il.

Tom acquiesça, n'ayant nulle intention de s'en procurer une.

– D'où vous êtes ? enchaîna l'employé. Pas de Londres, ça, ça se voit. En vacances, p't-être bien ?

Et il s'esclaffa, frappé par l'absurdité de sa remarque. Tom, impassible, le dévisagea.

– Je plaisantais, seulement, marmonna l'employé. Vous avez pas le sens de l'humour, hein ?

– Où est Deptford ? demanda Tom.

– Deppeteforrard ? répéta l'homme en imitant l'accent de Tom. Connais pas. Comment vous dites ?

Tom répéta sa question et l'homme haussa les épaules.

– Ern ! lança-t-il à un employé de la Défense passive qui passait. Viens donc ici.

– Jamais entendu parler, déclara à son tour Ern. Pourtant, je connais bien Londres. J'étais chauffeur de taxi. Vous pouvez l'écrire ?

Tom leur tendit un bout de papier sur lequel l'adresse était inscrite.

– Oh, vous voulez dire Deptford ! s'exclamèrent-ils en chœur.

Tom répéta le nom en le prononçant comme eux.

Ils se mirent à faire de grands gestes en direction d'un passage voûté sur la gauche et lui indiquèrent comment gagner la gare des autobus. Tom les remercia et suivit leurs instructions. Les deux hommes le regardèrent s'éloigner en compagnie de Sammy tenu en laisse.

– Y en a qu'ont des drôles de dégaines, déclara le contrôleur. J'espère que c'était pas un espion allemand !

Et ils éclatèrent d'un rire bruyant.

Tom tenait la laisse de Sammy d'une main ferme, car dans la rue sombre, il ne cessait de se cogner aux passants. Il trouva enfin un autobus qui devait le rapprocher de Deptford, mais qui roulait avec une lenteur désespérante. Il observait avec étonnement la conductrice qui portait un uniforme masculin. Un peu irritée au début, celle-ci se rendit vite compte qu'il était nouveau venu à la capitale.

– Vous faites partie des réfugiés ? demanda-t-elle gentiment.

– Non, répondit-il. Je crois pas.

– D'où vous êtes, alors ?

– Little Weirwold.

L'accent de Tom était si prononcé qu'elle ne le comprit pas.

– C'est à la campagne, hein ? hurla-t-elle, pensant qu'il comprendrait peut-être mieux si elle haussait la voix.

– Ben oui, fit-il.

– Qu'est-ce qui vous amène à Londres ?

– Suis venu voir un petit garçon.

– Oh ! Votre petit-fils, pas vrai ?

Tom acquiesça de nouveau. Il savait que c'était un mensonge, mais il ne voulait pas se lancer dans des explications compliquées. Sammy était docilement installé sur ses genoux.

Après avoir changé plusieurs fois d'autobus et s'être plusieurs fois trompé en suivant de fausses indications, il arriva enfin, vers minuit, dans le quartier où habitait William. Habitué maintenant à l'obscurité, il pouvait se rendre compte de l'état de délabrement des taudis qui l'environnaient. C'étaient de petites bâtisses décrépites, tassées les unes contre les autres, nécessitant une sérieuse rénovation. « C'était donc là que vivait William », songea-t-il.

Soudain, un hurlement de sirène déchira le silence nocturne. Il se figea ne sachant que faire. Il avait appris par les journaux l'existence d'abris collectifs et il savait que les gens souvent s'entassaient dans les stations de métro, mais il ignorait où se trouvait la plus proche.

– Allez, avancez ! vociféra une voix sonore. Gagnez vos abris.

Un groupe de personnes le frôla, grommelant et poussant des jurons.

– Qui c'est qu'a les cartes ? cria une femme dans le noir. Alf, tu les as, ces fichues cartes ?

Une jeune fille le bouscula.

– Hé, m'sieur, vous pouvez pas regarder où vous allez ? fit-elle, furieuse.

– S'cusez-moi, marmonna-t-il. Où vous allez ? cria-t-il ensuite.

Mais elle avait déjà filé en courant.

Il sentit une main sur son bras. C'était un vigile, un homme affable qui n'avait guère que dix ans de moins que lui.

– Vous me semblez un peu perdu, monsieur. Venez avec moi.

Tom prit Sammy dans ses bras et le suivit, courant derrière lui, en direction d'un long bâtiment en briques avec un immense S* gris peint au-dessus de la porte.

Le vigile, ainsi que l'apprit Tom, était le concierge de l'école du quartier. Avec plusieurs autres personnes, il avait été nommé par les gens du coin. Il s'assit à côté de Tom.

– Vous savez, les chiens sont pas autorisés dans les abris, monsieur.

---

* Abréviation de Subway, le métro londonien.

Tom se leva pour partir, mais le vigile lui toucha doucement le bras.

– Mais je crois qu'on va fermer les yeux.

Il observait Tom d'un air intrigué.

– D'où êtes-vous donc ? Vous avez l'air d'un homme de la campagne.

– Dame oui, répondit Tom. Je suis venu chercher un petit garçon qui habitait chez moi. Un réfugié, quoi.

Le vigile eut l'air stupéfait.

– Vous feriez aussi bien de rentrer chez vous. On en a des centaines, de ces mouflets, qui se sont enfuis. On les renvoie, mais ça change rien. Ils s'enfuient de nouveau. Vous êtes bien la première personne que je vois qui soit venue en rechercher un.

Une adolescente jeta un coup d'œil précautionneux par-dessus un des hamacs suspendus au plafond. Le vigile croisa son regard et elle se laissa vivement retomber en arrière.

– Comme celle-là, dit le vigile en désignant un hamac qui oscillait. Quinze fois elle a filé pour revenir ici. Elle dit qu'elle préfère être chez elle sous les bombes plutôt qu'en sécurité mais malheureuse comme une pierre à la campagne.

– Il s'est pas enfui, fit Tom.

– Oh ?

– Non. J'ai reçu une lettre de sa mère disant qu'elle était malade et qu'elle voulait qu'il rentre pendant quelque temps pour l'aider. J'ai pas eu de nouvelles depuis.

– Ça fait combien de temps qu'il est parti ?

– Presque un mois.

– Il est resté longtemps chez vous ?

– Presque six mois.

– Six mois !

Tom hocha la tête.

– Et il ne s'est pas enfui ?

– Non. On était… il était heureux.

Le vigile se frotta le menton et soupira.

– Écoutez, dit-il, vous pouvez pas faire grand-chose à mon avis. Peut-être qu'une fois de retour chez lui, il vous a oublié.

– Ça se peut. Je veux juste m'assurer qu'il va bien, ce gosse. Après, je me sentirai plus tranquille.

– Bon sang ! J'ai jamais vu quelqu'un qui soit attaché comme ça à un d'entre eux. J'ai entendu tellement d'histoires sur les gens de la campagne, et pas bien plaisantes en plus. Sans vouloir vous vexer, ajouta-t-il, mais je vois que dans le tas, il y en a qui ont du cœur. Par contre il y a des gens, ajouta-t-il en haussant le ton, il y a des gens, comme cette Helen Ford et ses frères, qui sont de véritables ingrats !

Les hamacs se mirent à osciller de plus belle à cette dernière remarque.

– Je peux peut-être vous aider à trouver ce garçon. Comment vous vous appelez ? Monsieur… ?

– Oakley. Tom Oakley.

– Eh bien, monsieur Oakley, vous dites qu'il habite par ici ?

Tom inclina la tête et sortit le bout de papier de sa poche. Le vigile y jeta un bref coup d'œil et le regarda tout étonné.

– Mais… nous y sommes ! C'est dans cette rue, au numéro douze. Je connais. Willie Beech. C'est bien lui ?

Le cœur de Tom bondit dans sa poitrine.

– Vous l'avez vu alors ?

– Pas depuis le mois de septembre de l'année dernière. Avec un groupe d'enfants qui partaient pour la gare. C'est la dernière fois que je l'ai vu. Un garçon timide. Toujours tout seul. Les autres gosses le rudoyaient et le bousculaient continuellement. Un vrai souffre-douleur. Il avait pas l'air bien costaud. Sa mère se croit d'une espèce supérieure. Elle est pas à sa place ici. Elle l'a jamais été, d'ailleurs. C'est le genre confite en dévotion, qui brandit toujours sa Bible, vous voyez ce que je veux dire ?

Tom acquiesça.

– N'empêche, mon travail consiste en partie à vérifier qui est là et qui n'y est pas, en cas de bombardement, et d'identifier les gens, mais personne ne m'a prévenu qu'il était revenu.

Il parcourut du regard l'abri bondé et agita la main en direction d'une personne à l'autre bout.

– Glad saura peut-être quelque chose. Glad ! cria-t-il. Glad !

Une grosse femme, qui était en train de jouer aux cartes, leva la tête. Elle sourit, exhibant des gencives nues, découvrant les trois dents qui lui restaient.

– Ouais, mon petit chou, dit-elle avec un cheveu sur la langue. Qu'est-ce qu'y a ?

– C'est pas Mme Beech qui est de garde la nuit, cette semaine ? Elle est pas là.

– Elle y est jamais ! rétorqua Glad. Qu'est-ce que vous lui voulez ?

– Ce monsieur ici cherche le petit Willie.

– Il a fichu le camp, hein ? Je l'aurais jamais cru capable !

– Non. Le monsieur dit que Mme Beech a écrit pour qu'il revienne chez elle.

En apprenant cette nouvelle, Glad enjamba plusieurs personnes endormies et se dirigea vers eux en marchant à pas pesants.

– Qu'est-ce que vous me racontez là ? Elle m'a dit qu'y revenait pas. Elle a dit qu'il se conduisait pas bien et qu'on l'envoyait dans une maison de redressement.

– Ce gosse a toujours été sage avec moi. Je peux le garantir, déclara Tom.

– Qui vous êtes, monsieur ? demanda Glad.

– Tom Oakley.

– Willie a habité chez lui près de six mois.

Glad haussa les épaules.

– Je l'ai pas vu depuis le mois de septembre.

– Et Mme Beech ? demanda Tom.

– Elle fréquente personne, avec ses grands airs. Elle se prend pour une sainte, une sainte-nitouche, oui, si vous voulez bien excuser ma façon de parler. Elle est de garde la nuit, alors je la vois jamais et pourtant j'habite juste à côté de chez elle. Quand même, ajouta-t-elle sur un ton de confidence, j'entends des drôles de bruits. Des bruits bizarres.

– Comment ça ? s'enquit le vigile.

– Des coups, des gémissements.

– Des coups ?

– Ouais, comme si on déplaçait des meubles.

– Et en quoi c'est bizarre ?

– Des coups à trois heures du matin. C'est ça qu'est bizarre.

– Je parie qu'elle époussette sa bible !

Le vigile se tourna vers Tom, l'air découragé.

– Je vois pas ce qu'on pourrait faire d'autre, pas vrai, monsieur Oakley ?

– J'aimerais quand même voir où il habite, répliqua Tom.

– Venez avec moi, mon petit monsieur, dit Glad. Vous l'aimez bien, ce Willie, n'est-ce pas ?

Tom acquiesça.

– C'est bizarre, hein ? Vous êtes bien la première personne que je vois qui a de l'affection pour lui. Même sa mère a pas l'air de l'aimer beaucoup.

– Elle me recevra peut-être, dit Tom.

– Bon sang, j'avais oublié. Elle est partie. Sur la côte. A un congrès religieux ou je ne sais quoi. Elle m'a dit ça la semaine dernière. J'me demande bien pourquoi. D'habitude, elle daigne même pas me regarder.

– Pourquoi j'ai pas été prévenu ? demanda le vigile

– C'était à elle de le faire, non ?

Le vigile laissa échapper un soupir exaspéré.

– Vous voulez quand même aller voir, monsieur Oakley ?

Tom acquiesça d'un signe de tête.

Ils durent attendre encore deux bonnes heures avant de pouvoir partir.

Un épais nuage de fumée rendait l'atmosphère irrespirable. Une volontaire du Service auxiliaire en uniforme vert leur servit du thé et des brioches poisseuses et un dénommé Jack déploya un vieil accordéon et se mit à jouer. Le petit groupe dont faisait partie Glad chantait Nous allons pendre notre linge sur la ligne lorsque la fin de l'alerte retentit. Sans même terminer leur chanson, ils sortirent précipitamment.

Tom fut soulagé de se retrouver dehors. Ses vêtements sentaient le tabac froid et la sueur. Il inspira avec délice une grande bouffée d'air nocturne. Glad l'attendait et, avec le vigile, ils accompagnèrent Tom jusqu'à l'appartement de Willie.

– Elle se prend pour une duchesse, cette Mme Beech, zozota Glad. Elle a une pièce en haut, une en bas. Quelquefois, elle loue sa chambre et couche en bas, qu'elle dit en tout cas, conclut-elle, et elle flanqua un coup de coude à Tom tout en lui lançant un clin d'œil.

Ils s'arrêtèrent au numéro douze et jetèrent un coup d'œil par la fenêtre. Un des journaux s'était à demi décollé. La pièce était plongée dans le noir et semblait inhabitée. La fenêtre était encore calfeutrée de papier collant marron pour protéger la pièce d'éventuels débris de verre.

– Plus personne, remarqua le vigile.

L'attention de Tom, entre-temps, avait été attirée par Sammy qui faisait montre d'une grande agitation devant la fenêtre.

– Qu'est-ce qu'il y a, mon garçon ? demanda-t-il. Tu sens quelque chose ?

Il s'accroupit et caressa le chien.

– Qu'est-ce que tu as ?

Sammy se mit à gémir et à gratter frénétiquement à la porte d'entrée. Puis il courut vers Tom, l'agrippa par la jambe de son pantalon et le tira vers la porte.

– Personne là-dedans, mon vieux, dit le vigile.

– Peut-être, dit Tom. Mais c'est pas son genre de faire des histoires pour rien.

Il essaya de tourner le bouton de la porte.

– Vous pouvez pas faire, ça, monsieur. La loi l'interdit.

Un policier dont l'attention avait été attirée par leur manège s'approcha.

– Ce monsieur pense qu'il y a peut-être quelqu'un là-dedans, expliqua le vigile. J'ai regardé par la fenêtre, comme j'ai pu, mais j'ai rien vu.

Le policier abaissa son casque.

– Quelle preuve avez-vous, monsieur ?

Tom indiqua Sammy qui était complètement excité. Il aboyait bruyamment et continuait à gratter fiévreusement la porte d'entrée.

Ils se dévisagèrent en silence.

– Je voudrais bien entrer, dit le vigile, l'air anxieux. Je suis inquiet pour la mère et l'enfant qui vivent ici.

Ils frappèrent bruyamment, mais n'obtinrent aucune réponse. Sammy, bondissant en avant, se jeta contre la porte.

– Il sent quelque chose, il y a pas de doute, dit le policier.

Après force délibérations ils décidèrent de l'enfoncer. A eux trois, Tom, le policier et le vigile, ils réussirent à la seconde tentative à faire éclater le bois autour de la serrure.

La porte s'ouvrit brutalement et une telle puanteur les prit à la gorge qu'ils faillirent renoncer à aller plus avant. On aurait cru qu'un animal mort pourrissait dans un coin. Sammy courut droit à une porte minuscule sous l'escalier et se mit à aboyer comme un fou en la grattant avec ses griffes. C'était de cet endroit que provenait l'odeur. Le vigile souleva le loquet et ouvrit la porte.

L'odeur était si pestilentielle qu'il détourna vivement la tête, au bord du vomissement. Le policier sortit la torche de sa poche et la braqua sur le trou.

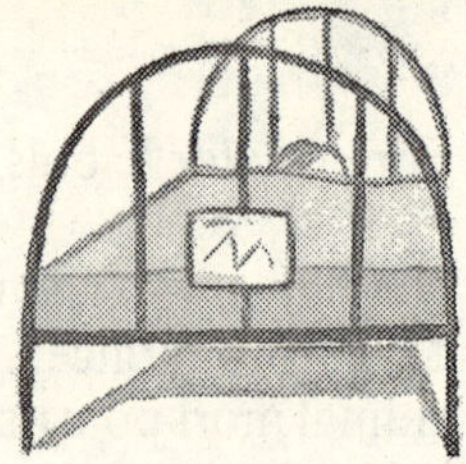

Le sauvetage

Le minuscule recoin empestait l'urine et le vomi. Un petit garçon, le visage émacié, les cheveux emmêlés, à la peau fine comme du parchemin, était attaché à un tuyau de cuivre. Il tenait un petit paquet dans les bras. Ses membres squelettiques étaient couverts de meurtrissures et de plaies et il était assis dans ses propres excréments. Il se recroquevilla sur lui-même, ébloui par la lumière de la torche et émit des sons rauques, étranglés. Le vigile tendit le bras pour le toucher et il laissa échapper un gémissement terrifié. Un biberon vide était posé contre ses jambes.

– Donne-moi ce bébé, petit, dit le vigile, mais l'enfant se crispa sur son fardeau, les yeux agrandis de terreur.

Sammy se glissa entre les jambes du vigile et s'assit, attendant patiemment un ordre de son maître.

Tom se tourna vers le policier.

– Je vais lui parler, dit-il. Il me connaît.

Le policier inclina la tête et sortit appeler une ambulance et disperser les voisins qui s'étaient maintenant attroupés devant la porte d'entrée.

Tom s'accroupit.

– C'est M. Tom, déclara-t-il avec douceur. Je m'inquiétais pour toi, alors, avec Sam, on est venu à ta recherche.

Willie tourna les yeux dans sa direction.

– Il faut qu'on l'emmène à l'hôpital, dit le vigile.

Willie poussa un cri de détresse.

– T'inquiète pas, petit, le rassura Tom. On va rester avec toi. Maintenant, tiens bien ton paquet et je vais te détacher. Cet homme, c'est le concierge de ton école. Il savait pas que tu étais là et maintenant il va t'aider à en sortir. On laisse allumé pour mieux voir les cordes, d'accord ?

Tom entreprit de le détacher avec d'infinies précautions. Le vigile, constatant que l'enfant semblait plus calme quand le vieil homme était près de lui, se contenta de l'observer.

Tom expliqua à Willie ce qu'il comptait faire ensuite. Il savait que les membres de William seraient complètement raides et que le moindre mouvement le ferait souffrir le martyre. Il le prit entre ses mains robustes et l'attira doucement à lui, ce qui n'était guère facile, car Willie se cramponnait au paquet qu'il tenait dans ses bras.

Tom avait réussi à le dégager de sous l'escalier quand il entendit l'ambulance arriver et le bruit de portières qu'on ouvrait et qu'on claquait. Le policier vint s'accroupir près de lui et lui tendit une couverture. Tom en enveloppa Willie et le porta jusqu'à l'ambulance.

– C'est mon chien, dit-il avec fermeté à un des ambulanciers qui essayait de chasser Sammy. Et je viens avec le gosse.

Le vigile grimpa à sa suite et s'assit sur la civière vide au fond. Les portes se fermèrent derrière eux et l'ambulance démarra lentement.

– Si jamais je mets la main sur cette bonne femme... gronda le vigile d'une voix furieuse. A faire la fière avec ses airs de sainte-nitouche au-dehors, et chez elle, ça ! dit-il, indiquant Willie, maintenant couché sur une civière, bien au chaud sous le manteau de Tom. Elle doit être cinglée !

Tom l'effleura du regard.

– Vous allez vous mettre à sa recherche, je suppose, dit-il.

– Essayez de m'en empêcher !

Sa fierté avait été mise à rude épreuve. Ce policier devait penser qu'il ne faisait pas bien son travail.

– Je vous remercie, déclara Tom d'une voix contenue.

– De quoi, mon vieux ?

– De m'avoir écouté et d'avoir enfoncé la porte.

– A votre service !

Il baissa les yeux vers le visage de Willie. Une minuscule tache de couleur était apparue sur ses joues blêmes et il commençait à remuer les doigts.

Le vigile fixa le paquet puis leva les yeux vers Tom qui lui répondit par un signe de tête.

– On pourrait peut-être trouver une couverture pour le bébé, non ? demanda-t-il.

Le vigile comprit aussitôt.

– Sûrement, monsieur Oakley, dit-il en dépliant une des couvertures.

– William, chuchota Tom. Will…

Willie ouvrit les yeux et regarda.

– Oui, murmura-t-il.

– Je peux jeter un coup d'œil au bébé ?

Willie acquiesça et desserra un peu les doigts. Tom écarta les plis du tissu.

Le bébé était mort depuis un certain temps, déjà. Il était minuscule et tout grisâtre.

Tom échangea un regard avec le vigile. Tout commentaire était inutile.

– Je viens de chauffer un peu cette couverture pour le petit gars, déclara le vigile.

– C'est une fille, fit Willie d'une voix faible.

– Oh, une fille, hein ? Et comment elle s'appelle ?

– Je l'appelle Trudy.

– Trudy. C'est un joli nom, dit-il, et il se pencha sur lui. Tu sens comme elle est douce, cette couverture, Willie ?

– Je suis pas… il bredouilla… Je suis pas…

– Tu es pas quoi ?

– Je suis pas Willie.

Le vigile eut l'air inquiet.

– Le choc, chuchota-t-il. Il doit délirer.

– Non, expliqua Tom. Mais on l'appelait jamais Willie.

– Oh, fit le vigile, qui ne comprenait toujours pas.

– Will, chuchota Tom.

– Oui.

– Écoute, Will… reprit le vigile. Si on donnait à la petite Trudy une couverture pour elle toute seule, comme toi ?

Willie acquiesça et relâcha son étreinte.

– Mal… fit-il en essayant de bouger ses bras.

– Prends ton temps, déclara Tom à Will qui sourit en reconnaissant cette formule familière. Et respire bien à fond. Sammy va te réchauffer les bras, pas vrai, mon garçon ?

Sammy, pelotonné contre les jambes de Willie, se redressa, attentif.

Tom déplia lentement les bras raidis de Willie aidé par le vigile, il prit le bébé et l'enveloppa avec précaution dans la couverture.

Sammy fut placé sur les jambes de Willie, qui sursauta malgré lui. Il souffrait de partout. Il ne portait que le gilet de flanelle et la culotte que May, la sœur de miss Thorne, lui avait offerts pour son anniversaire. Ils étaient maintenant noirs de saleté. Ses pieds nus et glacés étaient violacés et les ongles noirs et trop longs de ses orteils se recourbaient comme des griffes. Tom prit ses pieds dans ses mains et les massa pour essayer de les réchauffer.

Les bras engourdis de Willie étaient maintenant refermés sur Sammy. Soudain, le contact de ce corps chaud, à la place du corps gelé qu'il avait tenu jusqu'alors, lui fit comprendre que quelque chose n'allait pas avec le bébé.

Il tourna un regard angoissé vers le vigile.

– Ne t'inquiète pas, petit, dit le vigile. Je la tiens.

– Mal, chuchota Willie. Mes bras. J'ai mal.

– Ils vont te faire mal encore un certain temps, dit Tom. Tu les as gardés dans la même position pendant longtemps. Ils n'ont pas encore repris l'habitude de bouger.

L'ambulance stoppa brusquement et les portières s'ouvrirent à la volée.

Tom prit Willie dans ses bras. Sammy et le vigile le suivirent vers l'entrée de l'hôpital. Ils franchirent deux lourdes portes et arrivèrent dans un vestibule. Une femme portant des lunettes était assise derrière un guichet vitré. Elle leva la tête un instant quand ils s'installèrent sur des chaises.

– Désolée, dit-elle, les chiens ne sont pas admis.

– Y a pas un endroit où je peux le laisser ? demanda Tom.

– Je crains que non. Il faut qu'il s'en aille.

Le vigile se leva et échangea quelques mots avec la réceptionniste.

– Je vois, dit-elle en regardant Tom et Willie. Il y a des grilles le long de l'hôpital. Vous pourriez l'attacher là. Je suis sûre que personne ne lui fera du mal.

– L'attacher ! s'exclama Tom.

– J'ai bien peur que ce soit la seule solution, monsieur Oakley, déclara le vigile.

Une femme de ménage pressée, qui passait à leur hauteur, s'arrêta.

– Soyez pas si tristes, mes petits messieurs, lança-t-elle avec un sourire jovial. C'est pas la fin du monde. Vous serez très bien ici. Soignés comme des princes.

Will et Tom fixaient sur elle des regards vides d'expression. Elle poursuivit son chemin et disparut le long du couloir, en chantant « Souhaite-moi bonne chance en me disant adieu ! »

Un jeune homme en blouse blanche sortit précipitamment d'une salle le long du couloir, aussitôt suivi par une infirmière. Ils se dirigèrent vers eux. Le jeune homme jeta un bref coup d'œil au bébé.

– Mort, dit-il d'un ton brusque.

– Mort, gémit Willie.

– Il dort, oui, monsieur, dit le vigile en adressant un clin d'œil appuyé au docteur tout en indiquant Willie.

– Oh, oui, dit le jeune homme.

Il était épuisé et ne s'était pas rendu compte que le petit garçon et le bébé étaient ensemble. Il s'agenouilla à côté de Willie et écarta le manteau et les couvertures. L'infirmière, une jeune femme brune au visage plein de fraîcheur qui ne paraissait pas avoir plus de dix-neuf ans, s'agenouilla à côté de lui. Le docteur marmonna quelques mots où il était question de lacérations et de désinfection. Il leva la tête vers Tom.

– Vous êtes de la famille ?

Tom secoua la tête.

Le vigile parla à sa place. Il savait que le règlement interdisant toute visite à ceux qui n'étaient pas de la famille était strictement appliqué.

– Le gosse a vécu chez lui à la campagne pendant six mois. Il est rentré chez sa mère qui disait qu'elle était malade. Il a pas de papa, voyez-vous, et comme ce monsieur n'avait aucune nouvelle de lui, il est parti à sa recherche. Il a fait des kilomètres pour le retrouver. Sa mère l'a abandonné.

– Eh bien, il t'a trouvé juste à temps, dit l'infirmière en gratifiant Willie d'un grand sourire.

Le docteur se releva.

– Le mieux, c'est de l'emmener au pavillon des enfants et de le nettoyer. On verra un peu plus tard pour des points de suture. Mais il vaut mieux lui faire un sérum antitétanique.

– C'est une piqûre ? demanda Tom avec anxiété.

– Oui. Mais il n'y a pas lieu de s'inquiéter. C'est pour éviter l'infection.

– Le bon air le guérira de tout ça, dit Tom.

– Mademoiselle, dit le docteur à l'infirmière sans prêter attention à Tom, emmenez-le chez les enfants.

Tom se leva, Willie dans les bras.

– Les chiens sont interdits, dit l'infirmière en regardant Sammy qui se tenait, attentif, à côté de Tom.

– Vous inquiétez pas, intervint le vigile. Je vais m'occuper de lui.

– Je vous accompagne, dit Tom à l'infirmière.

– Je crains que ce ne soit interdit, dit-elle.

– Je vais pas laisser le gosse avec des étrangers.

Elle soupira.

– Vous pouvez m'accompagner jusqu'au pavillon, mais pas plus loin. Vous allez m'attirer de graves ennuis, vous savez.

Tom lui lança un bref regard. Voilà que ce petit bout de bonne femme lui disait ce qu'il devait faire !

Willie eut l'air terrifié quand il le déposa dans ses bras.

– Je m'occuperai bien de lui, dit-elle avec douceur. Je vais demander si vous pouvez venir le voir dans la matinée.

– Je reste ici, Will, dit Tom. J'attendrai dans le grand vestibule où on était assis. Je serai pas loin, petit…

Il regarda l'infirmière s'éloigner, portant Willie, et reprit la direction du vestibule.

– J'ai donné tous les détails à la réceptionniste, dit le vigile. Maintenant, il faut que je fasse un rapport pour la police.

– Où est le bébé ? demanda Tom.

– Une des infirmières l'a emmené à la morgue.

Il observa Tom qui semblait hébété.

– Ce qui vous faut, c'est une bonne tasse de thé bien fort. J'ai un copain qui a une petite guérite juste au coin de la rue. Vous venez ?

Tom secoua la tête.

– J'ai promis au petit que je restais ici.

– Dites donc, ma belle, lança le vigile à la réceptionniste à lunettes.

Elle fronça les sourcils, choquée de cette familiarité.

– On va jusque chez Alf. S'il y a du nouveau pour le gosse, dites-leur où trouver M. Oakley.

Il sourit à Tom.

– Allez, venez, dit-il. Tout ira bien. On en a pour quelques minutes.

Ils traversèrent la cour de l'hôpital et franchirent le vaste portail. Devant les grilles au coin de la rue se dressait une cahute aux murs faits de sacs de sable, et un toit de tôle ondulée. Une pancarte portant le mot « vigile » était accrochée juste au-dessus. Un homme entre deux âges, au crâne dégarni, avec une épaisse moustache poivre et sel, était assis à l'intérieur.

– Salut, Sid ! s'exclama-t-il en reconnaissant le vigile de Deptford. Quel bon vent t'amène ? Pas une victime des bombardements, ça c'est sûr.

Et tous deux se mirent à rire.

– Hitler menace toujours de nous liquider, pas vrai, Sid, enchaîna-t-il, mais il arrive pas à nous approcher. Grâce à nos petits gars là-haut qui nous protègent. Il pointa un doigt patriotique vers le toit de la petite guérite.

Tom se souvint de David Hartridge. Était-ce hier seulement que le télégramme était arrivé ? Il avait l'impression qu'un mois s'était écoulé. David était porté disparu, sans doute mort. Pauvre Annie.

– Entrez donc vous chauffer, dit Alf. Je vais remettre de l'eau sur le feu.

Dans la guérite, un brasero de fortune avait été fabriqué avec un seau percé de trous. Il faisait une chaleur suffocante. Tom s'assit sur un tonneau métallique et Sammy se casa entre ses genoux.

– Vous êtes pas d'ici, vous, commenta Alf.

– Non, dit Tom. Non, je suis pas d'ici.

Et de nouveau, ils racontèrent la découverte de Willie.

– Et maintenant, qu'est-ce que vous allez faire ? demanda Sid.

– Je vais le ramener, répondit Tom. A Little Weirwold.

– Je crois pas que ce soit possible. Faut d'abord qu'ils retrouvent sa mère. Elle ira sans doute en prison.

– Et Will ? demanda Tom.

– On va le mettre à l'orphelinat, j'imagine.

– Je le ramène avec moi, déclara fermement Tom.

Le vigile jeta un coup d'œil à Alf. Eux savaient à quoi s'en tenir. Tom but son thé et retourna à l'hôpital. Il attacha Sammy à la grille, en face d'un petit escalier.

– Je reviens te voir bientôt, mon vieux, dit-il pour le rassurer. Y en a pas pour longtemps.

Le jour se levait quand il retourna s'asseoir dans le vestibule. Trois ambulances étaient arrivées avec des blessés et il avait donné un coup de main aux ambulanciers et aux infirmières. Un abri s'était écroulé sur cinquante personnes, hommes, femmes et enfants.

Tom aida à charger et à décharger les civières.

L'après-midi arriva, et toujours aucune nouvelle de Will, aucune réponse à ses questions. Il continua à attendre patiemment dans le vestibule.

Une infirmière blonde s'approcha enfin de lui.

– Vous êtes monsieur Tom ? demanda-t-elle.

– Oui, dit-il en se levant brusquement. Comment va-t-il ? Je peux le voir ?

– Vous n'êtes pas de la famille, n'est-ce pas ?

– Non, mais presque ; le gosse vivait avec moi. Il a pas de père et sa mère l'a abandonné.

– Un psychiatre est passé le voir, monsieur Tom. Il est attaché à un orphelinat et il est d'accord pour que vous voyiez l'enfant.

– Un psychiatre ? C'est quoi ça ?

– Un homme qui soigne les gens qui ont l'esprit malade.

– Oh oui. J'ai lu quelque chose là-dessus, dit Tom en émettant un grognement. C'est pas son esprit qu'est malade, en tout cas.

– Il a subi un terrible choc psychologique, déclara l'infirmière. Il se met brusquement à hurler sans raison apparente. Nous sommes obligés de lui administrer des calmants.

– Des calmants ?

– Pour le faire dormir.

– Pourquoi ?

– Pour l'empêcher de crier.

– Il a peut-être besoin de crier.

– C'est bien possible, monsieur Tom, mais nous devons songer aux autres enfants.

Tom acquiesça. Plus vite Will pourrait se trouver à la campagne et dans les champs, et mieux cela vaudrait.

– Quand est-ce que je peux le voir ?

– Maintenant. Suivez-moi.

Ils suivirent un labyrinthe de couloirs. Depuis que Tom avait donné un coup de main aux urgences, il commençait à se repérer dans l'hôpital. Deux infirmières lui sourirent et le saluèrent au passage. Elles avaient dû le prendre pour un auxiliaire volontaire.

L'infirmière blonde écarta les portes battantes du service pédiatrique. Tom avança de quelques pas et jeta un coup d'œil autour de lui. Elle lui indiqua un lit sur la gauche, le premier près de la porte. Aisément accessible en cas d'urgence, mais pourquoi était-ce important ? Il n'en avait aucune idée.

Will était redressé sur ses oreillers. Ses cheveux avaient été complètement rasés, découvrant de multiples bosses et entailles sur son crâne chauve. On l'avait lavé des pieds à la tête et il dégageait une forte odeur de désinfectant. Il paraissait minuscule, perdu dans une volumineuse chemise de nuit blanche de l'hôpital.

– Je te reconnaissais pas avec ta boule à zéro, dit Tom.

Will eut un faible sourire, découvrant des dents tachées.

– Comment tu te sens ?

– Tout raide.

Ses lèvres étaient décolorées et craquelées et il avait visiblement du mal à parler.

– Je fais des cauchemars, chuchota-t-il. Et quand je me réveille, ils me piquent avec une aiguille et après, je peux pas bouger, pas parler.

Il retomba, épuisé, sur ses oreillers.

– Combien de temps faut que je reste ici ? demanda-t-il la voix cassée.

– Pas très longtemps, à mon avis. Tu m'as l'air bien rafistolé.

Il tâta les doigts minces de Willie. Ceux-ci étaient glacés. Il souffla dessus, les frotta entre ses mains. Prenant son sac à dos par terre, il le posa sur le lit.

– J'ai une paire de gants toute neuve pour toi, dit-il. Je pensais bien que t'en aurais besoin. Mais faudrait te remplumer un peu, hein, sinon ils vont te glisser des doigts.

– Où est Sammy ?

– Dehors. C'est le règlement. Pas le droit d'entrer. Au cas où il apporterait des microbes, je parie, dit-il, en jetant un regard alentour. Quoique, à mon avis, y a plus de microbes dans cet hôpital que partout ailleurs, conclut-il avec un petit rire amer.

Willie s'appuya péniblement sur un coude.

– Y a ce gars qui est venu me voir.

– Oh, oui. Un docteur, hein ?

– Je sais pas. Il a dit qu'il était dans un foyer où je devais aller et où je guérirais.

Il s'accrocha au bras de Tom.

– Je peux pas rentrer avec vous ?

– Si, bien sûr. Du point de vue de la loi, je sais pas trop, mais on trouvera bien un moyen.

– Monsieur Tom, intervint l'infirmière blonde derrière lui. Il faut vous en aller maintenant.

Will se cramponna à la manche de Tom.

– Partez pas encore ! dit-il d'un ton pressant. Restez un peu.

Tom, assis au bord du lit, se rapprocha de lui.

– Je suis désolée, monsieur Tom, insista l'infirmière d'un ton nerveux. Mais il faut vous en aller.

– Le petit aimerait que je reste un peu plus longtemps, répliqua Tom avec calme.

– Je regrette, le règlement l'interdit.

– Quel règlement ? demanda Tom en se retournant vers elle.

– Je vous en prie, monsieur Tom, soyez raisonnable.

– Qu'est-ce qui se passe, mademoiselle ? lança une voix sonore à l'autre bout de la salle.

– Rien, ma sœur, répondit l'infirmière d'une voix mal assurée.

La sœur, une femme entre deux âges, s'avança d'un pas ferme et pesant dans leur direction.

– La visite est terminée, déclara-t-elle d'un ton péremptoire.

Tom se leva et se pencha sur le lit de Willie.

– Il faut que je m'en aille, je crois bien, mais je serai dans le vestibule et je te verrai demain.

Willie s'accrochait des deux mains à son bras maintenant. Il pouvait à peine articuler.

– Partez pas ! fit-il d'un ton suppliant. Partez pas !

– Je vous en prie, allez-vous-en, intervint la sœur d'un ton sec. Vous ne faites que bouleverser cet enfant.

– Je crois que c'est plutôt vos règlements qui le bouleversent, madame.

Il se tourna vers Will.

– Demain sera vite là, ajouta-t-il d'un ton rassurant.

La sœur avança d'un pas et, d'un geste ferme, détacha les mains de Willie du bras de Tom.

– Partez, monsieur ! Immédiatement !

Tom commença à s'éloigner à contrecœur. Willie se redressa et essaya de sortir du lit.

– Reste là. Allons, sois sage, intervint l'infirmière blonde.

Willie commença à geindre et à émettre des sons incompréhensibles.

– Partez ! cria la sœur. Mademoiselle ! Une piqûre !

Tom, au désespoir, franchit la porte battante et écouta les cris de Willie sans pouvoir rien faire.

Il s'immobilisa un instant et se retourna pour regarder par la fenêtre. Les deux infirmières maintenaient Will à plat ventre. Une troisième arriva et lui fit une piqûre dans la fesse. Quelques secondes plus tard, Will retomba, inerte, sur le lit, et les infirmières le relâchèrent.

– Monsieur Tom, n'est-ce pas ? déclara une voix derrière lui.

Tom sursauta. Il se retourna vivement et vit un homme d'une trentaine d'années, en complet gris. « Il doit marcher sans faire de bruit », songea Tom qui ne l'avait pas entendu approcher. Le crâne de l'homme se dégarnissait et les rares cheveux qui lui restaient étaient extrêmement fins. Son teint blanc et luisant était semblable à celui d'une nonne cloîtrée. Il gratifia Tom d'un sourire suave et lui tendit la main.

– Je suis monsieur Stelton, dit-il à voix basse. Je pense que William vous a parlé de moi.

Tom acquiesça.

L'homme posa sur Tom un regard apparemment détaché puis détourna les yeux pour fixer le mur du couloir. L'un et l'autre demeuraient silencieux, et Tom avait l'impression que ce Stelton n'était pas décidé à rompre le silence en premier. Il laissait ce soin à Tom qui, bien qu'irrité par le procédé, voulait néanmoins savoir ce qui avait été décidé pour Will.

– Oui, répondit-il. Il m'a dit que vous vouliez le mettre dans un foyer…

– Ah, fit M. Stelton d'une voix très calme. Il vous a dit ça.

Et il se remit à fixer le même point sur le mur avec son sourire suave.

– Intéressant, ce mur, hein ? s'enquit Tom.

– Vous vous considérez vous-même comme un mur, n'est-ce pas ? répliqua le docteur en regardant toujours au même endroit.

– Arrêtez de tourner autour du pot et parlez-moi du petit.

Le docteur se retourna et lui jeta un bref regard.

– Bien sûr, dit-il

Ils se dirigèrent vers un groupe de chaises dans un coin. Tom étudia sa démarche silencieuse. Le Dr Stelton avançait lentement, les pieds légèrement en dedans. Il s'assit à côté de Tom, gardant les genoux serrés et, tout en parlant, il se frottait les mains sur son pantalon.

– Je suis partisan d'une méthode plus moderne, monsieur Tom, commença-t-il. Je n'utilise pas de médicaments.

– Oakley, le reprit Tom. M. Tom, c'est le nom que me donne le petit.

– Ah, fit le docteur qui hocha la tête d'un air entendu. Vous ne souhaitez pas que je vous appelle par le nom que vous donne l'enfant.

– Pour ce qui est des médicaments, interrompit Tom avant que le docteur ne se remette à regarder dans le vide, je m'en sers pas non plus.

– Non, bien sûr, acquiesça le docteur, avec un nouveau sourire suave.

Tom se demanda pourquoi le Dr Stelton parlait d'une voix aussi sourde. Craignait-il de déranger quelqu'un ?

– Je m'occupe d'enfants perturbés, poursuivit le docteur. Et je travaille en liaison avec un foyer où les enfants sont bien soignés et suivis attentivement. Nous estimons…

– Nous ? s'enquit Tom.

– Moi-même et le directeur de l'école.

– Vous avez dit que c'était un foyer.

– C'est également une école. Nous estimons qu'un traitement dans ce foyer lui serait bénéfique.

– Quel genre de traitement ?

– Un traitement psychiatrique. Une analyse. Nous voulons l'encourager à parler de ses antécédents et découvrir pourquoi il est ce qu'il est.

– Ça me paraît assez évident, non ? dit Tom. Ce garçon n'a pas été particulièrement entouré d'affection !

– Ah, fit M. Stelton à voix basse.

« Encore un silence ! » songea Tom. L'idée que Will allait devoir se confier à un homme qui semblait ne parler et ne marcher qu'à contrecœur et qui détournait les yeux dès qu'on croisait son regard ne lui plaisait pas du tout. De son point de vue, c'était un moyen infaillible pour faire perdre la raison à l'être le plus sain d'esprit.

– Je voudrais le reprendre, déclara Tom.

– Ah, soupira M. Stelton qui semblait prendre des notes mentalement.

– Et vous pouvez bien dire « Ah ! » jusqu'à la fin des temps… C'est ce que je veux et c'est ce que souhaite aussi le petit.

Cette affirmation fut ponctuée d'un autre silence tandis que M. Stelton se frottait doucement les cuisses.

– Vous n'êtes pas de la famille, commença-t-il doucement.

– Non, répondit Tom, mais…

Il s'interrompit.

– Oui ? fit M. Stelton qui, pour la première fois, eut l'air vaguement intéressé.

– Je suis attaché à ce gosse.

– Vous lui êtes attaché, répéta le docteur qui opina du bonnet et détourna les yeux pour échapper au regard pénétrant de Tom. Vous pourriez me rendre visite, suggéra M. Stelton qui s'était remis à fixer le mur. Ainsi qu'à William, pendant qu'il sera au foyer. Je suis sûr que vous êtes… (Il observa une pause.) que si vous lui êtes sincèrement attaché, vous lui souhaitez certainement le meilleur. Les membres du personnel du foyer sont plus jeunes que vous et très compétents. Nous viendrons le chercher après-demain. Lundi. Si vous voulez nous accompagner, vous êtes le bienvenu. Nous ne fonctionnons pas comme un hôpital. Nous encourageons les visites. A condition qu'elles ne perturbent pas l'enfant, ajouta-t-il en se levant.

Il adressa de nouveau à Tom un sourire dénué de toute expression, lui serra la main et s'éloigna sans bruit le long du couloir.

Tom, découragé, regagna le vestibule.

– Vous pouvez nous donner un coup de main ? demanda une infirmière comme il passait à sa hauteur.

Un homme âgé et corpulent, blessé à la jambe, devait être étendu sur une civière fixée à un brancard. Tom aida à le soulever.

– Vous autres de la Croix-Rouge, vous êtes formidables ! dit l'infirmière qui avait reconnu en lui l'homme qui les avait déjà aidés à l'arrivée des victimes de l'abri effondré. Vous êtes aussi de service cette nuit ?

Tom acquiesça. Pourquoi pas, après tout. Ça l'empêcherait de penser à Will. Il courut vers le bout du couloir où arrivaient de nouveaux blessés et quand un calme relatif régna enfin dans le vestibule, il sortit pour respirer un peu d'air frais et rendre une petite visite à Sammy toujours attaché à la grille. Il le détacha et alla s'asseoir avec lui sur les marches en pierre.

– Qu'est-ce qu'on va faire, mon garçon ? demanda-t-il à Sammy en lui ébouriffant le poitrail. On n'a pas tellement de temps.

Il contemplait la rue au-delà des grilles. La nuit commençait déjà à tomber. Il se frotta le menton, maintenant hérissé de poils gris.

« Oh, Rachel, dit-il à mi-voix. Qu'est-ce que tu ferais ? » Et, dans son imagination, il la vit se tourner vers lui, faisant tournoyer sa jupe longue et le regarder de ses yeux noirs étincelants. « Je l'enlèverais, répondit-elle en riant. »

Tom sursauta. Rachel n'aurait pas dit ça. Mais, à la réflexion, elle en était bien capable. Il se leva lentement.

– Je vais voir comment ça se présente, marmonna-t-il. Peut-être que…

Ses réflexions furent interrompues par l'arrivée de plusieurs ambulances. Il attacha de nouveau Sammy à la grille, courut d'un pas vif le long du bâtiment pour gagner l'entrée principale et entreprit aussitôt d'aider les brancardiers à porter des gens dans l'hôpital.

Trois heures plus tard, il descendait de nouveau un escalier, une couverture sous le bras, lorsqu'il se rendit compte qu'il se trouvait dans le service de pédiatrie. Il jeta un coup d'œil par la petite fenêtre. L'infirmière blonde assurait la garde de nuit. Le buste affaissé sur une table, elle s'était endormie, une petite veilleuse posée à côté d'elle.

Tom jeta un bref coup d'œil dans le couloir. Personne en vue. Avant de se donner le temps de réfléchir, il entra à pas de loup dans la salle et referma sans bruit les portes battantes. Will dormait profondément, assommé par les calmants.

Comme Tom rabattait ses draps, un des plus petits enfants de l'autre côté de la salle se réveilla et se mit à tousser. L'infirmière ouvrit les yeux et releva la tête. Tom remonta précipitamment les draps et s'accroupit. L'infirmière parla avec douceur à l'enfant, lui donna un médicament et le borda. Elle retourna ensuite à sa table. Elle essayait de réviser un cours d'anatomie en vue d'un examen, mais bien vite ses paupières s'alourdirent, et quelques minutes plus tard elle s'était rendormie.

Tom, d'un geste prompt, ouvrit le lit, souleva Will et l'enveloppa dans la couverture qu'il portait. Il glissa un des oreillers au milieu du lit et rabattit le drap tout autour. Pas très convaincant, mais il n'avait pas le temps de faire mieux. Tenant fermement Will dans ses bras, il se redressa. Si l'infirmière se réveillait maintenant, pensa-t-il, c'en était fini. Un des enfants se tourna dans son sommeil et poussa un petit gémissement, mais l'infirmière continua à dormir sans broncher. Tom jeta un coup d'œil par la fenêtre… poussa rapidement la porte et s'avança dans le couloir d'un pas ferme. Il savait qu'une allure furtive le trahirait. Il croisa l'infirmière qui avait bavardé avec lui au chevet du vieil homme. Elle lui sourit.

– Vous n'arrêtez pas, hein ? fit-elle.

Il acquiesça et se dirigea vers le vestibule où il avait laissé son sac à dos. Deux ambulances arrivèrent et, dans la confusion qui s'ensuivit, il reprit son sac et se dirigea à grands pas vers les portes battantes. Il jeta un bref coup d'œil à la réceptionniste. A son grand soulagement, une autre était de service. Dès qu'il fut dehors et que les conducteurs eurent tourné le dos, il traversa en courant la cour plongée dans l'obscurité, tourna le coin et arriva à l'endroit où il avait laissé Sammy.

Sammy, tout excité, se mit à bondir et à aboyer.

– Non ! chuchota Tom en lui posant un doigt ferme sur la truffe. Couché, mon garçon ! Chut !

Il étendit Will sur la dernière marche et ouvrit fébrilement le sac à dos. Il lui enfila rapidement des sous-vêtements chauds et des chaussettes.

– Monte la garde, Sammy, chuchota-t-il.

Il le détacha et glissa la laisse dans sa poche. Il revêtit ensuite Will d'une culotte rapiécée en velours côtelé marron, d'une chemise de flanelle grise, d'un pull-over bleu à col roulé et d'un passe-montagne vert qui couvrirait au moins son crâne nu. Malheureusement, il n'avait ni bottines ni manteau.

Il cacha la couverture dans un coin sombre et enveloppa Will dans son propre manteau. Ayant accroché son sac à dos à ses épaules, il le prit dans ses bras et se dirigea vers la cour extérieure, Sammy sur ses talons. « Surtout, garder l'air assuré », songea-t-il en traversant à grands pas. D'un instant à l'autre, on pouvait découvrir la disparition de Will. Il franchit le portail, avança dans la rue. Soudain, une voix l'apostropha.

– Hé, m'sieur !

Il se retourna. C'était Alf. Il avait oublié le poste de garde. Bon sang !

– Vous avez le petit, alors ?

Il acquiesça.

– Bravo. Vous le ramenez à la campagne ?

Tom acquiesça de nouveau, salua Alf de la main et continua son chemin, avec une envie désespérée de courir ou de regarder derrière lui, mais il n'osait faire ni l'un ni l'autre.

Après avoir changé plusieurs fois d'autobus, ils arrivèrent tous les trois à la gare et passèrent le reste de la nuit dans un abri, à proximité. Il n'y avait pas de train en partance pour Little Weirwold le lendemain matin, mais un autre train pouvait les amener à Skyron, un village situé aux deux tiers du trajet. Tom se hâta d'acheter des billets, attacha la laisse autour du cou de Sam et se dirigea vers le quai. Ses billets furent poinçonnés par le même employé qu'à son arrivée.

– Vous avez récupéré votre petit-fils, alors ? remarqua-t-il d'un ton jovial. Qu'est-ce qu'il roupille, hein ? Vous le gâtez à le porter comme ça. A votre place, je le réveillerais et je le ferais marcher, ce petit flemmard.

– Il est malade, dit Tom.

– Oh, fit le poinçonneur, saisi. C'est pas contagieux, j'espère.

– Non.

Il rendit les billets à Tom qui se mit a courir le long du quai. Le train partait dans quelques minutes.

– Le chien devrait porter une muselière, cria le poinçonneur.

Ils montèrent dans le train et s'assirent dans un compartiment vide, près de la fenêtre. D'ici très peu de temps, songea Tom, ils auraient quitté Londres. Un coup frappé à la vitre interrompit ses réflexions. Levant la tête, il aperçut un policier qui le regardait à travers la fenêtre et montrait Will du doigt. Tom lui couvrit rapidement les pieds avec son manteau.

– L'alerte l'a réveillé, hein ?

Tom inclina la tête.

– Bon voyage !

– Merci.

Le train démarra enfin. Une vieille femme vint les rejoindre dans le compartiment. Elle fit du crochet durant pratiquement tout le voyage et ne cessa de bavarder du temps, des restrictions, du beurre qui lui manquait tellement. Elle descendit à mi-parcours et ils eurent le compartiment pour eux seuls pendant tout le reste du trajet.

Skyron était un gros bourg à peu près de l'importance de Weirwold. Tom le traversa et s'engagea sur la route où il entreprit de faire du stop. Ils furent pris par trois véhicules successifs. Tout d'abord un camion de l'armée, puis la vieille Morris poussive d'un vétérinaire et enfin une caravane. Tom fit à pied les cinq derniers kilomètres qui le séparaient de Weirwold. C'était une belle journée, fraîche et ensoleillée, et le ciel était dégagé. Dès qu'il vit la rivière, il se sentit envahi d'une joie débordante. Tout était si pur, si différent de Londres. L'eau étincelait sous le soleil éclatant.

Il s'immobilisa en haut d'une colline et s'arrêta pour regarder les champs qui s'étendaient en contrebas. Il comprenait maintenant l'émerveillement de Will devant de si vastes espaces, après le décor dans lequel il avait vécu à Deptford. Il baissa les yeux vers Sammy qui commençait à boitiller. Sa petite langue pendait comme un morceau de vieux cuir.

– Il n'y en a plus pour longtemps, Sammy, dit-il pour l'encourager.

Lorsqu'ils atteignirent enfin Weirwold, il portait à la fois Will et Sam. La nuit tombait. A pas pesants, il marcha le long des vieilles rues pavées, traversa la place, passa devant les boutiques pour se diriger vers la forge.

Il frappa un coup à la porte. Une fenêtre s'ouvrit au premier étage.

– Monsieur Oakley ! s'écria le forgeron, un homme brun et robuste. Vous v'là revenu de Londres !

Mme Stoker, son épouse, apparut à son côté.

– Vous êtes vraiment allé à Londres ? demanda-t-elle médusée.

Il acquiesça.

– Vous avez l'air fourbu, ajouta-t-elle et elle disparut pour réapparaître à la porte d'entrée. Vous devez mourir de faim. Je vais vous faire du thé.

– Vous êtes bien aimable, madame Stoker, mais je veux me mettre en route pour Little Weirwold le plus vite possible.

– Mettez le petit près du feu, dit-elle.

Tom posa Will dans un fauteuil près du foyer. M. Stoker rapprocha le fauteuil du feu et écarta le manteau pour que les flammes lui réchauffent les jambes. Il laissa alors échapper une exclamation. Mme Stoker se retourna pour regarder Will.

– Oh, mon Dieu ! fit-elle. Il est dans un triste état. Heureusement que vous êtes allé le chercher, monsieur Oakley.

La nouvelle de son voyage à Londres s'était maintenant répandue.

– Gardez tout ça pour vous, hein ? leur recommanda Tom.

Les Stoker décidèrent de ne plus poser de questions.

Quand on ne sait rien, on ne peut rien raconter, après tout.

Après que Tom se fut reposé et qu'il eut bu son thé, Mme Stoker lui prêta des couvertures pour Will et lui donna un sac rempli de sandwiches.

Il faisait nuit quand Dobbs fut enfin harnachée pour le voyage. Tom installa Will et Sammy sous des couvertures à l'arrière de la carriole et monta sur la banquette pour prendre les rênes.

– Allez, ma belle ! cria-t-il joyeusement quand Dobbs se mit à trotter. Ramène-nous à la maison !

Will se réveilla pour entendre Tom chanter. Ouvrant les yeux, il découvrit au-dessus de lui le ciel constellé d'étoiles. Sammy, hébété de fatigue, était affalé à ses pieds. Il repoussa les couvertures et leva les yeux vers l'endroit où Tom était assis. Il se débattit alors pour s'agenouiller, mais il était encore trop faible et retomba sur sa pile de couvertures.

– Monsieur Tom, appela-t-il. Monsieur Tom.

Tom arrêta la carriole et se retourna.

– Ah, te voilà réveillé, hein ?

Will cligna des yeux jusqu'à ce que la silhouette de Tom se précisât.

– Tu rêves pas. Recouche-toi, petit. On est bientôt arrivé à la maison.

– Mais… bégaya Will. Comment je suis arrivé ici ?

Tom secoua les rênes et Dobbs se remit en route.

– Je t'ai kidnappé, dit-il par-dessus son épaule et, prenant conscience soudain de l'énormité de ce qu'il avait fait, il éclata de rire. Oui, voilà ce que j'ai fait, petit. Je t'ai kidnappé !

Will se recoucha et s'endormit. Quand il s'éveilla de nouveau, il franchissait, dans les bras de Tom, la porte d'entrée des Little pour arriver dans leur salon, avec ses longues étagères garnies de livres et ses fauteuils accueillants. Tom le déposa sur le divan près du feu et Mme Little appela son mari. Le docteur se pencha sur Will et, avec d'infinies précautions, lui enleva son passe-montagne avant de l'examiner.

– Tu m'as l'air pas trop mal rafistolé, Will.

Mme Little lui apporta du lait chaud et des toasts, mais il sombra de nouveau dans un profond sommeil sans même avoir eu le temps d'y toucher.

Les Little écoutèrent Tom leur raconter toute l'histoire.

– Je sais que j'ai mal fait, dit Tom, mais je ne pouvais pas le laisser partir dans un foyer.

– L'air de la campagne, commenta Mme Little. Un cadre familier. Des gens qui l'aiment. C'est ce qu'il y a de mieux pour lui.

– Ils vont retrouver sa trace tôt ou tard.

– Ridicule ! s'exclama Mme Little de sa voix rauque. Ils sont bien trop occupés pour se mettre à rechercher les réfugiés. Ils ne savaient même pas qu'il était retourné à Londres.

Le docteur Little se tourna vers Tom.

– Les plaies cicatriseront. Elles se sont déjà cicatrisées avant. Ce sont les blessures secrètes qui prendront le plus de temps à guérir.

– Je le sais, dit Tom. Je serai là pour le soutenir chaque fois qu'il aura besoin de moi.

– Moi aussi ! s'écria une voix derrière eux.

Ils se retournèrent. Zach se tenait sur le pas de la porte, en pyjama. Il courut vers le divan et regarda le corps inerte de Will.

– Je savais que vous alliez le ramener ! dit-il avec passion, les yeux pleins de larmes.

– Vous avez l'air fatigué, Tom, dit Mme Little. Asseyez-vous.

Tom la remercia et se laissa tomber avec soulagement dans un fauteuil.

Zach continuait à observer Will sans mot dire.

– Monsieur Tom, s'exclama-t-il soudain. Si vous avez besoin de quoi que ce soit…

Mais il était inutile de poursuivre, Tom s'était endormi.

La guérison

Will sentit qu'on le secouait violemment pour lui faire reprendre conscience. Il ouvrit les yeux et scruta la pièce encore plongée dans l'obscurité. Il ne voyait personne et ne distinguait pas même une fenêtre. Il se redressa sur les coudes et plissa les yeux, cherchant à reconnaître un objet familier. Comme il fixait un des murs, celui-ci bascula. Il tourna la tête à la recherche d'une porte par où il pourrait s'échapper, mais il se trouva face à un autre pan de mur, qui s'avançait dans sa direction. Il jeta un rapide coup d'œil en arrière. Un troisième mur le menaçait. Et, comme il se rapprochait, une secousse ébranla le plafond qui se mit à descendre. Will bondit du lit et se jeta contre une cloison, essayant désespérément de trouver une issue. Lorsqu'il eut tâtonné tout autour de la pièce, il comprit avec horreur qu'il n'y avait pas de porte. Il était pris au piège. Il se colla contre une des parois pour l'empêcher de se rapprocher encore, mais celle-ci avançait inéluctablement. Terrifié, il poussa un cri et se vit aussitôt entouré par quatre hautes silhouettes vêtues de blanc.

– Si tu cries, déclara l'une d'entre elles, nous t'endormirons pour toujours.

– Non ! hurla-t-il. Non ! Non ! Non !

Il commençait à étouffer dans cette tombe obscure et sans air et il hurla de nouveau.

– Nous t'avons prévenu, reprit une des quatre silhouettes. Nous t'avons prévenu.

Paralysé, il la regarda brandir une longue aiguille hypodermique.

– Tourne-toi, dirent-elles. Tourne-toi, tourne-toi, tourne-toi.

Il se plaqua contre un des murs. Deux bras jaillirent à travers la cloison et l'immobilisèrent par-derrière. Impuissant, il regarda la pointe d'acier glacée de l'aiguille se rapprocher de lui. Il se débattit pour se libérer, mais une multitude de mains le maintenaient fermement.

– Non ! Non ! cria-t-il. Je vous en supplie ! Lâchez-moi ! Lâchez-moi !

Quand l'aiguille pénétra dans sa fesse droite, il se réveilla en sursaut, terrifié. Il était dans son lit, dans la chambre du grenier. Son pyjama et ses draps collaient à son corps trempé de sueur et les couvertures étaient tombées à terre. Les rideaux noirs étaient accrochés et une veilleuse allumée était posée sur sa table de chevet. Il entendit des pas gravir l'escalier. C'était Tom, qui se hissa par la trappe et vint s'asseoir au bord de son lit.

Will se cramponna éperdument à lui. Tom referma ses bras sur son corps en sueur et le tint fermement contre sa poitrine.

– Respire à fond, petit, murmura-t-il. Retiens pas ton souffle.

– Ils ont dit qu'ils allaient m'endormir si je criais, haleta Will.

– Qui ça ?

– Les géants, dans mon rêve. J'avais tellement peur que je ne pouvais pas m'empêcher de crier. Il le fallait.

– Tu peux crier autant que tu veux. Personne t'entendra, à part moi, peut-être, et Sammy. Ça arrivera peut-être jusqu'au presbytère, mais pour ça, faudrait que tu en mettes un sacré coup. Vas-y. Crie donc tout ton saoul. Secoue-les donc un bon coup, tous ces vieux os, dans le jardin !

Will eut un faible sourire.

– Maintenant, on va te sécher et te réchauffer.

Il le descendit par l'échelle jusqu'au salon. Devant la cuisinière, plusieurs draps étaient disposés sur un séchoir à linge. Tom déshabilla Will et, après l'avoir épongé et séché, il lui enfila un pyjama sec et l'enveloppa dans une couverture. Il le laissa ensuite en compagnie de Sammy, pelotonné dans un grand fauteuil.

Pendant que Tom refaisait le lit, Will s'était endormi. Sa petite tête couverte d'un fin duvet pendait par-dessus un des accoudoirs. Tom le prit dans ses bras et le porta dans son lit. C'était la cinquième fois qu'il changeait les draps et apaisait Will après un terrifiant cauchemar. Will vit avec soulagement la lumière du jour filtrer dans sa chambre. Il redoutait ses terreurs nocturnes.

Zach passait régulièrement au cottage mais, la plupart du temps, Will dormait et Tom ne voulait pas le déranger. Jour après jour, une immense fatigue l'accablait, qui lui ôtait toute énergie. Manger lui demandait des efforts surhumains et même les gestes les plus simples, comme se brosser les dents ou tenir un livre, l'épuisaient et il finissait par sombrer dans un profond sommeil.

Une nuit, il fut pris d'une telle fièvre que Tom s'assit près de son lit pour le veiller. Il avait laissé Sammy en bas, au salon, refermant la porte derrière lui.

Will gémissait et appelait, repoussait les couvertures pour dégager ses jambes. Le dos arqué, il grinçait des dents comme un bébé en proie à une violente colère et il agitait les bras et les jambes comme s'il se débattait contre une force supérieure. Il était trempé de sueur. Tom ne pouvait rien faire d'autre pour l'aider que de rester à son chevet, attendant que la crise passe. Il le serrait dans ses bras quand il s'éveillait et l'encourageait à parler le plus possible de ses cauchemars.

A quatre heures du matin, Will avait trempé tous les draps du cottage et en était maintenant réduit à porter de nouveau une chemise de Tom. Il était de plus en plus brûlant et, à un moment, Tom fut tenté de courir chercher le docteur. Puis il renonça. Il n'osait pas laisser Will, de peur qu'il ne se réveille d'un de ces cauchemars en son absence.

Ce fut au cours d'un de ces mauvais rêves particulièrement agité que Will se renversa soudain sur le lit. Bras et jambes écartés, comme pour se plaquer contre un mur, la tête rejetée en arrière, il poussa le hurlement le plus sauvage et le plus terrifiant que Tom eût jamais entendu et qui le secoua jusqu'au plus profond de ses entrailles. Il ne se rappelait pas combien de temps ce cri s'était prolongé. On eût dit le cri d'un bébé hurlant sa détresse, un cri depuis longtemps oublié et sans doute refoulé depuis des années.

En l'écoutant, Tom se retrouva transporté au jour où Rachel avait donné naissance à leur fils. Il était alors un jeune homme de vingt ans, profondément épris de son épouse. Il se rappelait la façon dont il avait fait les cent pas dans le salon en écoutant ses gémissements, suivis d'un brusque silence. Il s'était retourné pour trouver la sage-femme sur le pas de la porte, secouant tristement la tête. Il se rappelait qu'il avait traversé le vestibule en courant pour se précipiter dans leur chambre où il avait saisi la main de Rachel. Elle lui avait souri si tendrement. Il avait essayé d'ignorer son air épuisé et avait baissé les yeux vers le minuscule bébé rougeaud couché à côté d'elle.

– Il est tellement beau, avait-elle chuchoté et il avait acquiescé, au désespoir, observant leurs deux visages empourprés par la scarlatine.

– Il faudra que tu prennes du bleu, lui avait-elle chuchoté car, durant sa grossesse, il lui avait apporté chaque mois un nouveau pot de peinture. Le neuvième devait être bleu si elle donnait naissance à un garçon, jaune si elle avait une fille.

Après leur mort, il avait acheté le pot de peinture bleue et l'avait rangé dans le coffret en bois noir qu'il avait fabriqué pour elle à Noël, lorsqu'il avait dix-huit ans. En refermant le couvercle, il avait effacé de sa mémoire tout souvenir de Rachel et renoncé à la compagnie de tous ceux qui pourraient la lui rappeler.

Il baissa les yeux vers Will qui s'était tu brusquement. L'enfant sursauta et ouvrit les yeux. Ses lèvres étaient violacées. Tom le souleva pour l'asseoir et lui tapota doucement le dos comme s'il avait été un bébé essayant de faire son rot.

– Respire bien, petit. Respire...

Will expira et, comme il inspirait une bouffée d'air frais, il fut soudain pris de vomissements.

Ce fut après cet incident qu'il commença à mieux dormir. Il avait atteint le point culminant de ses cauchemars qui cessèrent alors de le hanter.

Quelques jours plus tard, il se réveilla un matin se sentant presque d'aplomb. Une odeur d'œufs au bacon montait par les interstices du plancher et, bien que les rideaux noirs fussent encore accrochés et sa veilleuse allumée, il entendait le chant des oiseaux et le ronronnement familier d'un tracteur au loin.

– Monsieur Tom ! cria-t-il. Monsieur Tom !

En quelques secondes, Tom apparut à la trappe et Sammy traversa la chambre en courant pour sauter sur son lit.

– T'as bonne mine, remarqua Tom. Tu as même les joues roses.

Il alla décrocher les rideaux noirs et le soleil entra à

flots dans la pièce. Tom poussa la tabatière, puis éteignit la veilleuse.

Will sortit les jambes du lit et se leva mais, encore vacillant, il dut se rasseoir.

– C'est qu'elles t'ont pas tellement servi, commenta Tom en remarquant l'air anxieux de Will. Elles vont reprendre des forces. Rappelle-toi…

– Chaque chose en son temps, acheva Will, et il se mit à rire.

C'était bon de voir Will sourire de nouveau. Tom, du coup, se sentit plein d'entrain, rajeuni.

– Petit déjeuner au lit, monsieur ? demanda-t-il joyeusement. T'as faim, je parie.

Will acquiesça, un grand sourire aux lèvres.

Tom le cala contre ses oreillers et le laissa là, heureux, un livre entre les mains. Sammy se pelotonna contre lui comme avant.

En bas, Tom avait entrepris de préparer un petit déjeuner royal. Il cassa les œufs dans la poêle et se mit à chanter. Lui aussi éprouvait un sentiment de délivrance.

Il entendit soudain taper à la fenêtre. C'était Zach, dont le nez était collé à la vitre.

– Entre, lui dit-il.

– Dites donc, s'exclama Zach en entrant en courant, le souffle court. Il va mieux, alors ?

– Oui, répondit Tom. Tu pourras le voir quand il aura pris son petit déjeuner.

– Oh, non ! Je ne peux pas attendre aussi longtemps. Ça va lui prendre des heures pour manger tout ça, dit-il en indiquant les toasts, les champignons, les œufs et le bacon. Vous savez bien comment il est. Il mâche sa nourriture.

– Comme tout le monde, non ? répliqua Tom, surpris.

– Oh non. Moi, j'avale tout rond, mais lui, il mâche, il mâche. Je ne pourrais pas m'installer discrètement sur une chaise pendant qu'il dévore tout ça ?

– Discrètement, toi ? commenta Tom, ironique. Attends un peu. Tu as déjà beaucoup attendu. Quelques minutes de plus ne changeront pas grand-chose.

– C'est ce qu'on dit dans les romans, gémit Zach. Quelques minutes peuvent durer toute une éternité...

Mais Tom, déjà engagé sur l'échelle, ne l'entendit pas.

Zach enfouit les mains dans les poches de sa culotte en velours côtelé rouge et se mit à contempler le cimetière. Cette journée printanière était glorieuse. Il avait échangé ses bottes et ses chaussettes contre ses sandales tout éculées après leur hiver passé au placard. Le seul autre vêtement qu'il portait était une chemise d'homme sans col, en coton blanc dont il avait roulé les manches. Elle se gonflait en plis volumineux entre ses bretelles.

C'était la première semaine de mai. Les vacances de printemps étaient terminées et le troisième trimestre avait déjà commencé. Maintenant que Mme Hartridge avait eu son bébé et n'enseignait plus, Mme Black devait se partager entre les deux classes.

– Tu veux du thé ? demanda Tom quand il redescendit.

– Oui, s'il vous plaît... Alors, comment ça va ? ajouta-t-il d'un ton pressant.

– Il a faim.

Zach but une bonne gorgée de thé et poussa un cri en se brûlant les lèvres.

– Je sais, inutile de me le dire, déclara Zach en remarquant l'expression de Tom. « Regarde avant de sauter. »

Il souffla sur son thé avant d'en boire plusieurs gorgées rapides.

– Il sait que je suis là ?

– Non. Je voulais qu'il prenne son petit déjeuner tranquille.

– Oh, monsieur Tom ! s'écria Zach, consterné, en posant sa tasse sur la table d'un geste emphatique.

– Te vexe pas, ajouta Tom. Je sais simplement à quel point il peut se surexciter.

Après ce qui parut des heures à Zach, Will appela de l'étage. Zach suivit Tom dans le vestibule.

– Attends, chuchota Tom.

– Je vois. On va lui faire la surprise. Ça, c'est une idée de génie…

Mais Tom disparaissait déjà par la trappe. Il réapparut peu après.

– Ça va, dit-il. Tu peux monter maintenant.

Zach attendit avec impatience qu'il eût atteint le bas de l'échelle puis il s'élança à son tour vers la trappe, manquant parfois les barreaux dans sa hâte de gravir l'échelle.

Tom s'attarda dans le couloir pour écouter leurs cris de joie. Il leva les yeux vers un ciel imaginaire.

– Ah, ces deux-là… soupira-t-il.

Zach, sautant au pied du lit de Will, se cogna la tête contre une poutre. Une bosse rose apparut aussitôt sur son front.

Sammy se dégagea des couvertures pour aller le renifler et le pousser avec son museau.

– Ce que tu es maigre ! s'exclama Zach. Enfin, quand même, tu as meilleure mine.

– J'ai les jambes en coton.

– Comme c'est romantique d'être cloué au lit par la fièvre. Comme Keats, ou Elisabeth Browning ou les sœurs Brontë.

– Romantique ?

– Oui. Je me demande si tu seras comme la cousine d'Heidi, tu sais, celle qui était en fauteuil roulant et qu'on a dû pousser en bas de la montagne, et alors elle s'est mise à marcher.

– Un fauteuil roulant ! s'écria Will, inquiet. J'en suis pas à ce point.

– Dommage !

Ils se regardèrent, un large sourire aux lèvres. Les cheveux qui hérissaient la tête de Will avaient commencé à repousser en un duvet blond et soyeux.

– Je parie que tu meurs d'envie d'apprendre toutes les nouvelles, déclara Zach en croisant les jambes et en s'installant confortablement.

– De toute façon, tu vas me les dire, remarqua Will.

– Dis donc, tu as perdu ton accent londonien. Tu es devenu un vrai campagnard.

– Ah bon ?

– Miss Thorne va grimper aux murs quand elle va t'entendre. Elle donne maintenant des leçons de diction au groupe théâtral.

Will, tout excité, se redressa sur les coudes.

– Elle monte toujours des pièces, alors ?

– Tu penses ! Et elle attend avec impatience que tu sois guéri. Tu es un de ses acteurs prodiges. Je suis fou de jalousie, bien entendu, ajouta-t-il en se collant une main sur la poitrine et en levant les yeux au ciel.

– Comment c'était ? *Crapaud du manoir Crapaud* ?

– Oh, très drôle. J'ai été merveilleux, tu penses. Tu nous as terriblement manqué, et Carrie aussi. Elle continue à travailler comme une folle pour ce fichu examen. Elle apprend même le latin et un peu de grec avec M. Peters. Je suis sûr qu'elle n'en a pas besoin. Les gens par ici la trouvent déjà bizarre… Oh, à propos, ajouta-t-il après un court silence, Mme Hartridge a eu un bébé, une petite fille.

– Un bébé, répéta Will soudain tout pâle.

– Dis donc, ça va pas ?

– Si, répondit Will à mi-voix.

– On dirait pas. Tu veux que j'appelle M. Tom ?

– Non. Ça va très bien.

– Si tu le dis. Le bébé s'appelle Peggy. Oh, mon Dieu,

soupira-t-il. Je ne t'ai pas beaucoup remonté le moral. Tu as l'air de plus en plus malheureux depuis que je suis arrivé.

Will eut un sourire.

– Oh, j'oubliais ! s'exclama soudain Zach. Lucy s'est beaucoup ennuyée de toi. Mme Padfield m'a dit qu'elle ne mangeait plus rien depuis des semaines. Elle n'est plus ronde comme une pomme, enfin, d'allure... Mais ses joues sont toujours aussi rebondies.

Will fronça les sourcils.

– Tu ne l'aimes pas beaucoup, n'est-ce pas ?

– C'est pas ça, répliqua Will, gêné. C'est simplement que... que... c'est une fille.

– Les jumelles aussi.

– Elles sont différentes. Elles font pas...

– Elles font pas les yeux doux.

– C'est ça. Les yeux doux, et il ne put s'empêcher de rire de son propre embarras.

– Et, attends, reprit Zach, la mémoire lui revenant, tante Nancy et oncle Oz ont ressorti une des vieilles bicyclettes de leurs enfants ; je l'ai nettoyée et dérouillée et j'ai fait différents petits travaux pour gagner de quoi acheter deux chambres à air neuves. Les vieilles sont comme des passoires.

Il se pencha en arrière et plissa le front, faisant un effort de réflexion.

– Ah oui, ajouta-t-il. On parle de former une garde territoriale, du même genre que le corps des volontaires de la défense, mais en plus officiel, je crois et, oh oui ! il y a deux filles de l'armée de terre à Hillbrook Farm et il paraît qu'on va transformer le domaine de La Grange en hôpital.

– En hôpital ? répéta Will, alarmé.

– Enfin, en maternité, dit Zach, sentant qu'il avait commis un impair.

– C'est quoi, ça ?

– Un endroit où les femmes qui ne peuvent pas rester chez elles ont leur bébé.

– Leur bébé, répéta Will, d'une voix angoissée.

– Oui, dit Zach, déconcerté par sa réaction.

– C'est pas Jésus qui les apporte ?

– Non, bien sûr. Oh, ajouta-t-il, tu ne sais vraiment rien.

– Sur quoi ?

– Sur le sexe.

Will devint cramoisi.

– Je sais que c'est quelque chose de sale et qu'on va en enfer pour ça.

– Ridicule ! s'exclama Zach. Sans le sexe, on ne serait pas ici. C'est ce qui se passe entre un homme et une femme quand ils s'aiment.

– Quoi, s'embrasser, se toucher ? demanda Will, se sentant un peu enfiévré.

– Eh bien, c'est un bon début.

– Mais s'embrasser, c'est un péché, non ?

– Non. C'est ce qu'on fait quand on aime quelqu'un. Écoute, la femme a une petite graine en elle et l'homme en a une lui aussi et quand ils s'aiment, ils vont l'un vers l'autre, et l'homme donne sa graine à la femme. Si la graine s'unit à celle de la femme, cela forme un œuf et l'œuf grandit pour devenir un bébé dans le ventre de la femme et quand celui-ci est prêt à naître, il sort du ventre de sa mère.

– Tu es sûr ?

– Oui. Mes parents me l'ont dit et ils ne mentent pas.

– Tes parents te l'ont dit !

– Oui. Ecoute, pose-moi toutes les questions que tu veux. Je te dirai tout ce que je sais.

– Merci.

– Et ça n'a rien de sale, poursuivit Zach. A moins de le rendre sale.

– Une dame peut pas avoir un bébé toute seule ?

– Non. Il faut qu'un homme lui donne sa graine.

Il se leva brusquement

– Je vais chercher M. Tom. Tu as une mine épouvantable.

Tom, à ce moment-là, passa la tête par la trappe.

– Tu voulais m'appeler, hein ? dit-il en jetant un coup d'œil à Will. Tu ferais bien de rentrer, maintenant, Zach. Tu y es allé un peu fort.

– Oui, c'est ce que je pensais. Je peux revenir demain ?

– Oh oui, je t'en prie, reviens ! s'écria Will d'un ton pressant.

Tom s'assit au pied du lit et attendit que le bruit des pas de Zach se fût éteint.

– Alors, voyons, qu'est-ce qu'il y a ?

Will eut l'air saisi.

– Tu ferais mieux de me le dire.

– C'est au sujet de Trudy.

– Je crois que tu sais déjà, déclara Tom d'une voix contenue.

– Elle est morte, hein ?

Tom acquiesça.

– C'est de ma faute, s'exclama Will d'une voix étranglée. De ma faute. Je l'ai tuée. Je l'ai fait mourir.

– Comment ça ?

– Elle pleurait, elle arrêtait pas de pleurer, et je la berçais. Je la tenais serrée contre moi. Je lui donnais le lait du biberon et puis alors il y en avait plus.

– Pas de ta faute, s'il ne restait pas de lait.

– Mais j'aurais dû aller en chercher. J'ai attendu. J'aurais pas dû attendre. Je pensais que maman allait revenir d'une minute à l'autre, mais…

– Mais elle n'est jamais revenue, c'est ça que tu veux dire ?

Will inclina la tête.

– Un bébé a besoin de lait. Tu pouvais pas lui en donner. Tu étais attaché.

– Zach dit… commença-t-il en rougissant. Il dit qu'une femme ne peut pas avoir un bébé s'il n'y a pas un homme. C'est vrai ?

– Oui.

– Alors ma maman, elle a dû rencontrer un homme.

– Oui.

– Elle a menti. Pourquoi elle a menti ? Elle disait que les hommes et les femmes qui vont ensemble, c'est un péché.

– Je crois que ta maman est une personne très malade.

– Elle devait avoir Trudy qui grossissait dans son ventre. C'est peut-être pour ça qu'elle disait qu'elle était malade.

– Il y a des gens qui ont une autre forme de maladie, une sorte de maladie de l'esprit, ils ont l'esprit trop tourmenté. Je suppose que ta mère est un peu comme ça.

– Monsieur Tom, je veux rester ici. Je veux pas retourner avec elle, même si elle dit qu'elle est malade.

– Tu ne retourneras pas avec elle. Les autorités ne le permettraient pas.

– Mais alors, pourquoi vous m'avez kidnappé ?

– Ils voulaient te mettre dans un foyer. Moi, je tenais à ce que tu reviennes ici.

– Pourquoi ?

– Pourquoi ? Eh bien… commença-t-il un peu gêné en soufflant un nuage de fumée de sa pipe, parce que je t'aime bien, petit. Voilà pourquoi. Tu me manquais, dit-il en se levant. Maintenant, faut que j'aille sortir tous les papiers que j'ai mis de côté pour tes dessins. Après, tu pourras descendre et gribouiller tant que tu veux.

Will le regarda disparaître lentement le long de l'échelle.

– Monsieur Tom ! appela-t-il.

Tom passa de nouveau la tête par la trappe.

– Oui, petit.

– Je vous aime, dit Will.

Et, au lieu d'être pénétré d'un froid glacial comme il le redoutait, en prononçant ces mots, il sentit une vague de tendresse le submerger et il s'épanouit.

M. Tom sentit, quant à lui, le sang lui monter au visage et il se racla la gorge.

– Moi aussi, je t'aime, petit, grommela-t-il. Et maintenant, j'ai des tâches qui m'attendent en bas, et il disparut vivement vers le bas de l'échelle.

Le mois de juin arriva bien vite. Jour après jour, Will reprenait des forces. Il restait à l'intérieur, heureux simplement de dessiner et de lire. Zach, George et les jumelles et même Lucy venaient lui rendre visite, mais il avait tendance à s'endormir au milieu de la conversation et, quand il se réveillait, il trouvait à côté de lui quelques fruits et des bandes dessinées que les autres lui avaient laissés en partant.

Plusieurs semaines s'écoulèrent avant qu'il ne s'aventure jusqu'au petit sentier du jardin de devant donnant sur le cimetière. Avec Tom, il transportait dehors la grande table de bois afin qu'il puisse y installer ses pots de peinture et ses pinceaux. L'air frais lui donnait de l'appétit et, comme il mangeait bien, il reprenait des forces.

Pendant ce temps-là, à Londres, Neville Chamberlain avait démissionné de son poste de Premier ministre et un homme chauve et corpulent de soixante-cinq ans avait pris sa place. Il s'appelait Winston Churchill. Peu après, les habitants de Little Weirwold apprirent avec consternation ce qui s'était passé à Dunkerque.

Le corps expéditionnaire britannique avait été repoussé jusqu'à la côte française par les Allemands, et des milliers de soldats, dont certains étaient grièvement blessés, avaient dû être évacués par mer jusqu'à Folkestone. Des centaines de citoyens ordinaires qui possédaient des bateaux risquèrent leur vie pour aider à l'évacuation des soldats. Plusieurs d'entre eux périrent. Le maître du manoir et son fils, Julian, avaient pris la mer sur un canot automobile. La Grange ne serait pas transformée en maternité mais en maison de convalescence pour les soldats blessés ou en état de choc.

Durant un week-end, plusieurs camions chargés de soldats blessés, au regard vide, traversèrent le village. Les villageois les acclamèrent, leur jetèrent des guirlandes de fleurs et leur donnèrent au passage des gâteaux, du pain et des œufs. Quelques-uns d'entre eux réussirent à s'arracher un pâle sourire, mais la plupart étaient trop hébétés pour se rendre compte de ce qui se passait.

Le dernier samedi de juin, Will se décida à faire une chose qu'il repoussait depuis un certain temps. Ayant fini les tâches qui lui incombaient dans la maison, il était assis dehors en train de lire. Tom avait laissé une liste de commissions sur la table. Il donnait actuellement un coup de main à Hillbrook Farm, tout comme George et Ginnie. Carrie était au presbytère avec le pasteur en train de travailler son latin.

Il ferma son livre, prit la liste de commissions et se rendit à la boutique. Sur le chemin du retour, il passa chez les Little. Si Zach ne faisait rien de particulier, ils pourraient peut-être aller se balader ensemble. Il pourrait ainsi remettre à plus tard son projet.

Il trouva Zach couvert de cambouis et environné de chiffons huileux et de petits outils, à côté d'une vieille bicyclette en équilibre sur le guidon et la selle.

– J'ai presque réussi à la réparer, tu sais. C'est la première fois de ma vie que je me lance dans la mécanique. Je suis décidé à terminer quelque chose une bonne fois pour toutes.

Ils bavardèrent un moment, puis Will rentra à la maison. Il laissa un petit mot disant où il allait et partit en direction du cottage d'Annie Hartridge. Une heure plus tard, il était encore en train de fixer la porte d'entrée.

Après avoir longuement hésité, il se décida enfin, traversa l'étroite allée, frappa trois fois et, nerveux, recula d'un pas. Il faisait une chaleur écrasante et sa chemise collait à son corps. Il agita les pans pour se rafraîchir un peu. Personne ne venait ouvrir. Elle n'était peut-être pas là. Il se sentit soulagé. Il pourrait revenir un autre jour. Soulevant le heurtoir en cuivre poli, il frappa de nouveau. Toujours pas de réponse. Il s'apprêtait à partir lorsque la tête de Mme Hartridge apparut soudain à l'angle de la maison. Il sursauta.

– Je pensais bien avoir entendu quelqu'un, dit-elle. J'étais derrière, dans le jardin. Fais le tour. Je savais que tu étais revenu, ajouta-t-elle avec douceur. Quelle surprise de te voir !

Un grand plaid était étalé sur la pelouse.

Elle invita Will à s'asseoir et à se mettre à l'aise pendant qu'elle allait lui préparer un verre de limonade. Il la regarda entrer dans le cottage et resta debout, jetant un regard furtif autour de lui, sur le petit potager, le jardin d'herbes aromatiques sous la fenêtre de la cuisine, les grands arbres qui bordaient l'allée, et il étouffa alors une exclamation, car un landau était placé à l'ombre, sous les arbres.

Comme paralysé, il le fixait intensément, osant à peine respirer de peur d'éveiller l'être qui y reposait. Annie Hartridge, debout derrière l'évier, regardait par la fenêtre. Elle s'apprêtait à se pencher pour lui demander s'il voulait du miel dans sa limonade mais, quand elle vit l'expression de son visage, elle demeura silencieuse. Les nouvelles se répandaient toujours dans le village comme une traînée de poudre et elle connaissait en partie les épreuves qu'il venait de traverser.

Will, cependant, s'avançait à pas lents vers le landau. La voiture vibra légèrement et deux petites jambes potelées apparurent. Il se rapprocha encore et s'immobilisa à côté. A l'intérieur, sous l'ombre protectrice de la capote, était couché un tout petit bébé. Elle avait des cheveux noirs et légers et des yeux bruns, ronds comme des billes. Elle agitait une de ses mains machinalement et elle tourna la tête, saisie, lorsqu'une des franges autour de la capote s'agita dans le vent.

Annie Hartridge laissa Will à sa contemplation un long moment avant de rompre le silence.

– Voici de la limonade et du gâteau au gingembre, dit-elle d'un ton animé.

Will se retourna, gêné d'être surpris à contempler le bébé.

– Elle est belle, n'est-ce pas ? demanda Annie en se dirigeant vers le landau sans se presser et en prenant le bébé dans ses bras.

Elle plongea son regard dans le sien, puis l'embrassa sur les joues.

– Je vais te laisser jouer un peu dans l'herbe, ma chérie, dit-elle en la plaçant à plat ventre sur la couverture. Voilà, mon trésor.

Will s'assit à côté d'elle avec sa limonade et l'observa, fasciné par l'étrange pouvoir que cet être minuscule et sans défense exerçait sur lui.

Il resta dans le jardin jusqu'au coucher du soleil à bavarder avec Mme Hartridge de livres, de suggestions pour obtenir du papier et de l'endroit où on pouvait acheter des couleurs au meilleur prix. Il ne fit aucune allusion à M. Hartridge, et elle ne parla ni de la mère de Will ni de Trudy. Parfois, au milieu de la conversation, ils se taisaient soudain et échangeaient un regard complice.

Aux yeux de Will, elle semblait plus belle que jamais. Elle était un peu amaigrie maintenant, mais elle avait toujours ses grands yeux bleus, ses cheveux dorés et la voix peut-être encore plus mélodieuse. Il la regarda soulever le bébé à bout de bras, puis l'approcher de son visage et lui donner de gros baisers sur le ventre. Parfois elle se contentait de la regarder, l'air heureux et triste à la fois.

Alors qu'ils bavardaient, Will entendit frapper à la porte d'entrée. Annie se leva, tenant Peggy dans les bras.

– Tiens, dit-elle en la tendant à Will. Prends-la pendant que je vais ouvrir.

Elle s'éloigna d'un pas rapide, sans oser jeter un coup d'œil derrière elle. Elle ne savait pas si ce qu'elle faisait était bien ou non. Elle sentait d'instinct qu'il fallait que Will tienne entre ses bras un enfant vivant et chaud.

Will resta assis, pétrifié, serrant le bébé contre lui. Il se sentait tendu, mal à l'aise.

Peggy faisait des bulles et l'une d'elles coula le long de sa bouche en un filet de salive qui resta accroché un moment à son menton avant de tomber sur sa robe légère en coton. Le bébé était rond, sa peau toute douce et Will trouvait qu'elle sentait merveilleusement bon. Il commençait à se détendre un peu lorsque Peggy émit un petit gargouillis puis, sans aucune raison, il plissa les yeux et se mit à pleurer.

Will, affolé, chercha Mme Hartridge des yeux. Il commença à bercer le bébé en le serrant contre lui, mais il continuait à pleurer. Il se leva alors, le tenant toujours dans ses bras, à la recherche d'un biberon.

Mme Hartridge ouvrit la porte de derrière, traversa le jardin, reprit Peggy et sourit.

– Je sais ce que tu veux, mon amour, murmura-t-elle et, s'asseyant dans un fauteuil en toile, elle déboutonna son corsage en tissu fleuri et glissa le bout d'un de ses seins dans la bouche du bébé.

Will était trop choqué pour songer à détourner son regard. Il se disait qu'il devrait fermer les yeux ou prendre congé mais ses pieds semblaient avoir pris racine dans le sol et, bientôt, il oublia son embarras, hypnotisé par le spectacle du bébé qui tétait à un rythme lent et régulier. Il regardait ses petits bras largement écartés, ses doigts qui s'ouvraient et se refermaient en signe de satisfaction, ses joues qui rosissaient.

Lorsque le bébé eut tété tout son saoul, Mme Hartridge boutonna son corsage et leva les yeux sur Will.

– M. Tom t'attend devant la maison, dit-elle.

Il la remercia pour la limonade et courut le rejoindre. Assis dans l'herbe avec Sammy, il regardait au loin de longs bancs de nuages frangés de mauve.

Sur le chemin du retour Will se sentit soudain plus léger. Tom avait raison. Il n'aurait pas pu donner à Trudy ce dont elle avait besoin. Ce n'était pas de sa faute si elle était morte. Il se sentait toujours attristé par sa mort, mais l'horrible sentiment de culpabilité qui avait si lourdement pesé sur lui était maintenant dissipé. Il enfouit ses mains dans ses poches et continua à avancer d'un pas plus allègre.

Lorsqu'ils arrivèrent au cottage, Will et Tom trouvèrent Zach qui les attendait dans le jardin de devant, la vieille bicyclette à côté de lui.

– Je l'ai réparée. Je l'ai vraiment réparée, annonça-t-il fièrement. Dites donc, monsieur Tom, ajouta-t-il avec un large sourire, c'est loin, la mer ?

La mer, la mer, la mer!

Une fois de plus, Zach entonna sa chanson favorite, aux accents si entraînants.

Hardi les gars! Vive au guindeau
Good bye Farewell
Good bye Farewell
Hardi les gars! Adieu Bordeaux!
Hourra! Oh Mexico!
Ho! Ho! Ho!

Il l'avait chantée si souvent que Tom et Will la connaissaient presque par cœur. Ils se mirent à chanter :

Au cap Horn, il ne fera pas chaud
Haul away
Hé! Houla Tchalé
A faire la pêche au cachalot
Hale matelot
Ho! Ho! Hisse et Ho!

On était au mois d'août. Le soleil brillait dans un ciel bleu sans nuages ; Zach, Will et Tom avaient pris place dans la carriole, assis sur une planche qui tenait lieu de banc.

Tom tenait les rênes. Ils en étaient à leur troisième jour de voyage. La fraîcheur du petit matin s'était dissipée et une autre journée torride commençait. Zach et Will enlevèrent leur chemise et la jetèrent, avec leurs chaussettes et leurs sandales, à l'arrière de la carriole.

Assis pieds nus, leurs bretelles baissées pendant à leurs côtés, ils balançaient les maigres jambes bronzées au rythme des oscillations du véhicule.

– Ça devrait plus être bien loin, murmura Tom en secouant les rênes.

Ils laissèrent Dobbs et la carriole dans une ferme.

Le fermier s'occuperait de la jument qui, en échange, l'aiderait pour la moisson. Ils déchargèrent la carriole, libérèrent Sammy et dégagèrent les deux bicyclettes et plusieurs paniers. Tom et Zach poussèrent les bicyclettes sur la route tandis que Will se chargeait des paniers.

Zach avait peint le cadre de son vélo en rouge vif et les garde-boue en jaune. Il accrocha deux des paniers de part et d'autre d'un petit porte-bagages à l'arrière.

La bicyclette de Tom était noire, mais attirait tout autant l'attention que celle de Zach, car c'était un tandem. Will avait pris place à l'arrière, ce qui avait semblé la meilleure solution, étant donné qu'il ne savait pas monter à bicyclette.

Un panier en osier était attaché au guidon. Tom vérifia les pneus et, comme Zach, fixa soigneusement deux autres paniers sur le porte-bagages arrière. Tom enfourcha le tandem et le maintint en équilibre pendant que Will déposait Sammy dans le panier avant de se hisser à son tour sur la selle. Zach était déjà sur sa bicyclette, un pied sur une pédale.

– Allons-y ! dit Tom en appuyant fortement du pied pour prendre son élan.

– Youpi ! hurla Zach.

Ils partirent enfin. Ils avançaient à une allure régulière, longeant une route bordée de champs de blé qui ondulaient légèrement et d'arbres au feuillage verdoyant. Des papillons aux ailes transparentes voletaient autour des haies, et des senteurs inconnues, exotiques, embaumaient l'air. Ils poussèrent les bicyclettes pour gravir une pente assez raide et s'arrêtèrent essoufflés en haut de la colline. Devant eux, en contrebas, s'étendait la mer, vaste et calme.

Ils jetèrent leurs vélos dans les haies, et se mirent à danser de joie sur place, hurlant à pleins poumons. Zach et Will s'aperçurent soudain que Tom dansait lui aussi et le fou rire les gagna. Pliés en deux, ils se tenaient le ventre et des larmes coulaient sur leurs joues. Une fois calmés, ils burent goulûment de la limonade tiède et enfourchèrent de nouveau leurs bicyclettes pour se laisser glisser doucement de l'autre côté de la colline, à moitié aveuglés par le scintillement de l'immense étendue bleue au-dessous d'eux. Sammy gisait effondré, accablé de chaleur sous la vieille bâche fixée sur le panier. Dès qu'il sentait un souffle d'air, il laissait glisser sa tête pardessus le rebord, la langue pendante, rêvant d'un endroit frais et ombragé.

Bien qu'il n'y eût aucune pancarte pour les accueillir, Tom était sûr que le village de pêcheurs dans lequel ils arrivaient était bien l'endroit qu'ils cherchaient.

Il s'appelait Salmouth.

Ils n'étaient pas les seuls touristes mais, comme les rues de Salmouth étaient très étroites, la plupart des gens qui s'y aventuraient étaient des cyclistes comme eux ou des promeneurs. Tom alla, de cottage en cottage, demander si quelqu'un accepterait de les loger avec le chien et de leur fournir un petit déjeuner et le repas du soir pendant une quinzaine de jours.

Après avoir essuyé plusieurs refus, ils rencontrèrent par hasard une femme qui était veuve, Mme Clarence. Elle se déclara ravie de les accueillir. Ses quatre fils avaient été mobilisés et elle vivait seule avec son chien, Rumple. Contrairement à Sammy, Rumple était vieux et passait ses journées paresseusement étendu, disparaissant presque complètement dans ses replis de graisse.

Tom et Zach rangèrent la bicyclette et le tandem le long d'une petite allée pavée, devant le cottage de Mme Clarence, qui menait à son jardin bien entretenu. Will détacha les paniers qu'à eux trois ils portèrent dans la maison.

– Allez donc faire une petite promenade, leur conseilla gaiement Mme Clarence. Pendant ce temps, je m'occuperai de vos chambres.

Ils suivirent avec plaisir cette suggestion et s'engagèrent en flânant dans la rue principale en direction d'un petit port. Deux petites ruelles pavées descendaient en pente douce vers le quai. Au coin se trouvait un vieux pub à la façade délavée par les intempéries, le Captain Morgan. Une enseigne cabossée représentant un vieux loup de mer pendait à l'extérieur.

– Bon sang, chuchota Zach tout excité en saisissant Will par le bras, je me demande s'il y a des contrebandiers et des pirates dans le coin.

Tom et Sammy avaient pris un peu d'avance et se tenaient près d'un minuscule embarcadère.

Will et Zach les rejoignirent.

Ils passèrent devant la boutique d'un poissonnier où des crabes encore vivants, des coques inertes et d'autres fruits de mer étaient exposés en devanture. Une forte odeur de poisson frais leur parvenait par la porte ouverte.

Quelques mètres plus loin se trouvait une boutique comprenant tout ce que Zach appelait des « attirails de mer », depuis la canne à pêche et les compas jusqu'aux caleçons et aux épais pulls marins en pure laine. Zach, qui regardait avec convoitise à travers la vitre, soupira.

– Ah, être un pirate ! dit-il et il commença à susurrer : Drake était dans son hamac et Capitaine, dormez-vous ?

Will se sentait attiré comme par un aimant vers le petit embarcadère. Debout sur la vieille jetée de bois, il contemplait la mer avec émerveillement. Les vagues clapotaient doucement contre les piliers juste en dessous de lui. Il avait imaginé que la mer le terrifierait, le submergerait mais, en fait, il se sentait étrangement calme. Il avait l'impression que son esprit s'était soudain ouvert et que toutes ses angoisses, tous ses souvenirs douloureux, toutes ses peurs s'envolaient pour glisser à la surface de l'eau qui les emportait au large. Sammy aboyait après les mouettes qui piaillaient au-dessus de lui, mais Will ne l'entendait pas.

Autour de la jetée même, des pêcheurs s'affairaient à bord de leur bateau à l'amarre. C'étaient de longues embarcations avec des grands mâts et des filets humides accrochés à leurs flancs.

A droite de la jetée, à environ un mille*, s'étendait une baie protégée.

Quelques petits voiliers à l'ancre dansaient sur les flots. Will plongea les mains dans ses poches. Une joie profonde l'envahissait à l'idée de passer deux semaines à Salmouth. Quatorze jours complets. Il pourrait s'asseoir sur le quai et dessiner autant qu'il le voudrait et il y avait tellement à voir ! Tant de nouvelles formes à reproduire, de nouvelles couleurs à enregistrer dans sa mémoire. Il y avait des choses qu'il ne pourrait jamais saisir, comme les odeurs, les sentiments, les sensations. C'étaient des plaisirs fugitifs, à savourer dans l'instant même.

– Tu viens, Will ? cria Zach.

Il se retourna vivement.

– On continue plus loin, en direction de ce grand V, ajouta Zach en indiquant l'estuaire. Tu restes ici ou tu viens avec nous ?

---

* Un mille équivaut à environ 1,6km.

– Je viens, répondit Will en les rejoignant.

Ils s'engagèrent dans une autre ruelle, s'arrêtèrent au passage devant une boutique de livres d'occasion, collèrent le nez à la vitre poussiéreuse. Un endroit rempli de trésors, pour chacun d'entre eux. Sans Sammy qui tiraillait Tom par la jambe de son pantalon, ils seraient peut-être entrés et y auraient passé le reste de l'après-midi.

– C'est une boutique pour les jours de pluie, commenta Tom.

En face se trouvait un autre magasin, appelé « Le Seau et la Pelle ». Devant la vitrine étaient exposés des seaux colorés et des grandes pelles en bois, des ballons, des bouées en caoutchouc, des battes de cricket, des maillots de bain. Une petite fille potelée de trois ans se tenait sur le pas de la porte. Elle se mit à remonter d'une démarche mal assurée la ruelle pour rattraper un petit garçon en costume de marin. Will, Zach et Tom les dépassèrent et tournèrent dans la rue principale. Ils passèrent devant une rangée de cottages de guingois, blanchis à la chaux, une petite épicerie, une bibliothèque, une boulangerie, un marchand de laine et un cordonnier, également réparateur de jouets, comme l'indiquait une pancarte posée dans sa vitrine.

La plage la plus proche était un mélange de galets et de sable. Ils s'assirent dans le sable pour contempler la baie.

Trois ou quatre familles et quelques couples occupaient des transats ou nageaient dans la mer. Tom avait lu dans les journaux que la plupart des plages en Angleterre étaient très fréquentées. Salmouth, à son grand plaisir, semblait relativement calme.

Lorsqu'ils regagnèrent enfin le cottage de Mme Clarence, ils mouraient de faim.

– J'ai porté vos bagages dans vos chambres, leur dit-elle. J'ai mis les deux garçons ensemble dans la pièce du fond et, monsieur Oakley, ajouta-t-elle, vous êtes dans la chambre de devant, à côté de la mienne.

Tom la remercia et ils s'assirent pour prendre un repas composé de maquereaux grillés, de fèves fraîchement cueillies, de pommes de terre en robe des champs et de tranches de courgettes frites. Tom offrit à Mme Clarence sa ration de sucre et de beurre et tout ce dont elle avait besoin.

Zach avait souvent mangé du poisson. Il avait passé plusieurs étés au bord de la mer lorsque ses parents faisaient des tournées estivales, mais c'était la première fois qu'il avait un compagnon de son âge pour partager ses distractions. La plupart du temps, il se promenait tout seul, bavardait avec les gens, mais son allure insolite et ses manières directes semblaient les indisposer et ils avaient tendance à l'ignorer. Avec Will, il avait le sentiment qu'il pouvait bien faire tout ce qui lui chantait et que celui-ci lui témoignerait toujours la même affection.

Will, lui, n'avait jamais mangé de poisson. Mme Clarence lui montra comment inciser doucement la chair pour la rabattre de chaque côté et enlever ensuite avec précaution, sans la casser, la longue arête dorsale.

Le cottage de Mme Clarence fit une grande impression sur ses trois pensionnaires, car elle disposait non seulement d'une cuisine séparée, et d'une salle à manger-salon, mais aussi d'une salle de bains située au premier étage en haut d'un étroit escalier en colimaçon. Will était stupéfait qu'on puisse avoir une pièce spéciale pour faire sa toilette. Il y avait également de l'eau chaude et de l'eau froide qui coulaient de deux robinets distincts ainsi que des toilettes avec une chaîne qu'on tirait pour vider la cuvette. Tout cela était bien différent du minuscule appentis, dans le jardin de Tom, où les toilettes consistaient en une planche en bois percée d'un trou au milieu, au-dessus d'une fosse creusée dans la terre.

Pour terminer le repas, ils eurent droit à des pommes au four arrosées de miel. Mme Clarence avait tellement bavardé qu'elle les avait oubliées dans le four où elles avaient pris des formes bizarres. Elle se confondit en excuses mais Tom, Will et Zach lui affirmèrent qu'ils les préféraient ainsi, quand elles avaient éclaté.

Durant le repas, Tom observa les deux garçons. Le teint de Will qui s'était coloré de diverses nuances de rose pendant le voyage avait maintenant pris un hâle soutenu. Tout son visage était constellé de taches de rousseur.

– Dis donc ! s'exclama Zach, remarquant lui aussi ce nouveau phénomène, tu es couvert de taches de rousseur.

– Ah bon ? s'étonna Will, surpris.

Oui. Elles devaient se cacher à fleur de peau depuis des années et des années.

Will baissa les yeux vers ses bras. Les manches de sa chemise étaient roulées jusqu'aux coudes.

– J'en ai plein, remarqua-t-il. C'est bizarre.

Zach se lécha les lèvres.

– J'ai la bouche toute salée, dit-il. Toi aussi ?

Will se lécha les lèvres et inclina la tête.

– Moi aussi, ajouta Tom.

– Je vais rebaptiser ce village Salt-on-the-mouth*, dit Zach en se penchant en arrière, l'air très content de lui.

– Ça me plaît beaucoup, remarqua Will avec un sourire.

L'air marin avait rendu Zach et Will somnolents et, comme l'idée de partager une chambre les réjouissait, ils ne firent aucune difficulté pour aller au lit, laissant Tom et Mme Clarence écouter « L'Invité d'un soir » à la radio.

Tandis qu'elle tricotait en bavardant, Sammy essayait en vain de réveiller un peu Rumple qui occupait maintenant la meilleure place, près du foyer.

---

* Littéralement : sel sur la bouche.

En haut, Zach et Will se déshabillèrent et enfilèrent leurs pantalons de pyjama. Leurs lits étaient placés de part et d'autre d'un bow-window* qui donnait sur la mer. De minces croisillons de bois peints en blanc divisaient les vitres des deux battants. Chaque fenêtre était munie d'un système permettant de la rabattre vers l'extérieur. Elles étaient toutes deux grandes ouvertes, car Mme Clarence leur avait dit qu'il était inutile d'accrocher les rideaux noirs à moins qu'ils n'allument dans la chambre.

Zach et Will se penchèrent au-dehors, laissant l'air frais de la nuit leur caresser le visage.

La lune était pleine et brillait dans le ciel limpide. Les vagues clapotaient le long du rivage au-delà du minuscule jardin de derrière.

Tom lisait dans la pièce du bas quand il n'était pas interrompu par Mme Clarence. C'était une femme timide, et sa timidité se manifestait par de brusques accès de bavardage incessant.

Tom était persuadé qu'une fois habituée à leur présence, elle se montrerait plus détendue.

Mme Clarence ne comprenait pas les liens qui l'unissaient aux deux garçons. Il lui paraissait évident que Tom et le garçon blond étaient parents, mais le brun, qui avait l'air si précoce, ne ressemblait ni à l'un ni à l'autre.

Elle se demandait également si Will était le fils ou le petit-fils de Tom. Lorsqu'elle avait découvert qu'il était veuf, elle s'était sentie un peu troublée. Elle le trouvait séduisant et s'aperçut avec consternation qu'elle ne cessait de bavarder comme une adolescente. Cela devenait vraiment embarrassant.

Ils venaient d'écouter le bulletin de huit heures lorsqu'elle déposa son tricot.

– Zach est un ami de votre fils ? demanda-t-elle.

---

* Fenêtre en saillie.

Tom, surpris, leva les yeux de son livre.

– Mon fils ?

– Will. Il vous ressemble tellement. Il a la même allure que vous.

– C'est un réfugié, commença-t-il, sans achever.

Elle en conclut que seul Zach était un réfugié.

– Comme c'est gentil à vous, monsieur Oakley, d'emmener un réfugié en vacances, dit-elle, et elle ne tarissait plus d'éloges.

Ces louanges mettaient Tom mal à l'aise, alors plutôt que d'ajouter que Will était également un réfugié, il préféra garder le silence, dans l'espoir que Mme Clarence en resterait là.

Il monta jusqu'à la chambre de Zach et de Will et les trouva toujours penchés à la fenêtre en train de contempler la mer. Il les borda tous les deux dans leur lit, leur ébouriffa les cheveux et referma la porte derrière lui.

Zach, couché sur le dos, croisa les mains sous sa nuque.

– Dis donc, commença-t-il, c'est vraiment le truc le plus merveilleux, le plus épatant, le plus excitant qui nous soit jamais arrivé dans le vaste monde.

– Oh oui, approuva Will.

Ils restaient étendus, silencieux dans la demi-obscurité. Les rayons de la lune éclairaient les lattes du plancher.

– C'est un bruit tellement agréable, chuchota Will, heureux, les yeux fixés au plafond.

– Quoi donc ? demanda Zach à demi endormi.

– Les vagues.

Zach se retourna et poussa un grognement. Will était assis, jambes croisées, sur l'appui de la fenêtre, un carnet de croquis sur les genoux. Il jeta un coup d'œil au visage brun de Zach et à ses cheveux noirs et frisés, sur la taie d'oreiller blanche amidonnée, puis se remit à son dessin. Zach grogna de nouveau, ouvrit les yeux, regarda le lit de

Will. Le voyant vide, il descendit précipitamment du sien puis aperçut Will à la fenêtre.

– Ça fait longtemps que tu es levé ?

Will haussa les épaules.

– Une heure à peu près, je suppose.

– Pourquoi tu ne m'as pas réveillé ?

– Je pensais que t'avais peut-être envie de faire la grasse matinée.

Zach se pencha par la fenêtre, à côté de Will. Une brume légère planait sur la mer.

– Dis donc, ça va être encore une journée formidable. Il va faire une chaleur !

Il jeta un coup d'œil au dessin de Will qui représentait deux mouettes planant au-dessus d'une mer calme.

– Si seulement je pouvais rendre le reflet du soleil sur les vagues qui étincellent, fit Will en poussant un soupir.

Il s'adossa au chambranle de la fenêtre.

– Oh, Will, répliqua Zach, c'est formidable, ce que tu fais. Si je dessinais ça, il y aurait juste une longue ligne qui se tortillerait au milieu de la page, deux nuages idiots au-dessus et quelques ondulations.

Will se mit à rire.

Mme Clarence frappa à la porte.

– Le petit déjeuner dans cinq minutes, les garçons ! lança-t-elle d'une voix chantante.

– On arrive ! cria Zach.

Will descendit de la fenêtre et posa son carnet de croquis sur la petite table blanche, juste en dessous.

C'était le début d'une autre « glorieuse » journée pour Zach. Tom s'était levé tôt lui aussi et avait déjà fait une promenade sur la plage avec Sammy.

Tous trois s'assirent et engloutirent un copieux petit déjeuner puis partirent aussitôt vers la plage, nantis d'un pique-nique pour le déjeuner. Ils longèrent la côte sur quinze cents mètres en direction de falaises et grimpèrent le long d'un sentier tracé à travers les hautes herbes et les fougères. Une fois parvenus au sommet, ils continuèrent à marcher jusqu'à ce qu'ils arrivent à un étroit passage dans un champs d'ajoncs. Ils dévalèrent un autre sentier qui les mena à une crique abritée et sablonneuse. La falaise la cernait de part et d'autre comme les bras d'un vaste fauteuil. Zach et Will se déshabillèrent, ne gardant que leurs caleçons, tandis que Sammy creusait dans le sable qu'il envoyait en cascades derrière lui. Tom roula les jambes de son pantalon et les manches de sa chemise et se protégea la tête avec un mouchoir noué aux quatre coins.

Zach et Will s'avancèrent vers la mer. Will s'arrêta au bord tandis que Zach pataugeait dans l'eau en hurlant qu'elle était glacée. Il recula pour éviter d'être éclaboussé.

– Allez, viens, cria Zach qui barbotait. Il y a des coins plus chauds quand on se déplace.

Will acquiesça, l'air inquiet. Il avança jusqu'à ce que l'eau lui arrive jusqu'aux chevilles. Elle passait en tournoyant autour de ses pieds.

Assis sur le rivage, Tom l'observait. Will se retourna et l'effleura du regard. Il avait envie d'avoir M. Tom à côté de lui mais, en même temps, il ne voulait pas passer pour un froussard. Tom avait envie de l'aider, mais ne voulait pas avoir l'air de le couver. Le coup d'œil que lui jeta Will l'incita à agir.

– Allez, viens, Samuel, dit-il à la boule de poils abritée maintenant dans le trou qu'elle avait creusé. Viens, mon garçon, viens tâter de l'eau salée ajouta-t-il en prenant le chien dans ses bras pour le porter jusqu'au bord de l'eau.

Le spectacle de Sammy aboyant contre la mer, courant sur le ressac, puis reculant précipitamment de peur d'être rattrapé était si drôle que l'appréhension de Will se dissipa. A son tour, Tom entra dans l'eau en pataugeant.

– Viens, Will, dit-il d'un ton encourageant. Asperge-toi d'abord. Après tu t'habitueras. Si tu tombes, je te rattraperai.

Will s'avança lentement jusqu'à ce qu'il ait de l'eau jusqu'à la taille et, avec l'aide de Zach et de Tom, il prit bientôt plaisir à barboter à son tour. Tom n'avait pas nagé depuis au moins vingt ans, et encore, seulement dans la rivière de Little Weirwold. Quand ils s'installèrent enfin tous les trois pour pique-niquer, il avait décidé d'acheter trois maillots de bain.

Après avoir mangé et fait une petite sieste dans un coin d'ombre au pied des falaises, ils s'aventurèrent de nouveau dans la mer. Will apprit très vite à faire la planche, au grand dam de Zach qui savait nager la brasse et le crawl, mais n'avait jamais réussi à faire la planche. L'idée de flotter immobile l'angoissait. Il lui fallait toujours être en mouvement. Will, en revanche, goûtait cette immobilité qui lui semblait merveilleuse. Il s'étendait sur le dos et, les yeux plissés, il regardait à travers ses paupières mi-closes le ciel éblouissant au-dessus de lui et il se mettait à compter pour voir combien de temps il tiendrait sans couler.

Vers la fin de l'après-midi, il oublia presque qu'il était dans l'eau et faillit s'endormir.

Les deux premiers jours passèrent très rapidement, ainsi que ceux qui suivirent. La plus grande partie de la journée s'écoulait près de la mer où ils nageaient tous les trois vêtus de leurs maillots de bain en laine tout neufs. Ils jouaient également au crocket sur la plage, bâtissaient des châteaux de sable ou ramassaient des coquillages.

Un jour, ils longèrent les falaises et suivirent la courbure de la baie jusqu'au manoir ; un autre jour, Will resta près du port à dessiner des bateaux pendant que Zach se baladait à vélo et que Tom emmenait Mme Clarence faire un tour à l'arrière de son tandem.

Au bout de dix jours, Will avait appris à nager la brasse et Zach arrivait à compter jusqu'à dix en faisant la planche.

Durant leur séjour, les nouvelles transmises par la radio étaient devenues inquiétantes, à tel point qu'un soir Zach se faufila hors de sa chambre pour écouter le bulletin de huit heures. Non seulement sa mère conduisait une ambulance, mais son père travaillait aussi pour le corps auxiliaire des Sapeurs Pompiers.

Les gens du pays étaient persuadés que les récents et massifs bombardements aériens sur les grandes villes constituaient un prélude à une invasion de grande ampleur. Dix-sept parachutes avaient été découverts dans les Middlands, il y avait eu des raids sur Southampton et la R.A.F.* abattait, en moyenne, soixante avions par jour tout en exécutant des raids importants sur l'Allemagne.

Parvint alors la nouvelle consternante d'un bombardement aérien de Croydon au cours duquel trois cents ouvriers d'usine avaient été tués.

Tom avait été tenté de regagner aussitôt Little Weirwold car il estimait, pour quelque étrange raison, que Will et Zach y seraient plus en sécurité. Mme Clarence, néanmoins, insista tellement pour les garder qu'il décida de rester encore les trois derniers jours prévus.

La chaleur était presque tropicale et ils plaignaient tous ceux qui devaient travailler dans une ville sans brise marine pour les rafraîchir.

A la fin de leur dernier samedi, alors qu'ils revenaient sur leur bicyclette après une journée à la plage, ils furent atterrés en lisant les manchettes des journaux placardés devant le stand. Ils annonçaient : « Le sud-ouest de

* Royal Air Force, l'armée de l'air britannique.

Londres sous le Blitz*, Malden durement touché. » Tous les journaux de la boutique avaient été vendus. Le papier étant rationné, ils étaient très recherchés et les rares exemplaires avaient été distribués systématiquement aux gens du pays. Heureusement, Mme Clarence en avait obtenu un et Zach le parcourut avec anxiété. Le journal signalait que les sirènes n'avaient pas fonctionné et que cette défaillance avait causé la mort de plusieurs personnes.

– Tu voudrais bien savoir comment vont tes parents, je suppose, remarqua Tom.

Zach acquiesça. Il leur avait écrit presque tous les jours ; ils connaissaient donc son adresse de vacances, mais il n'avait reçu aucune nouvelle d'eux. En temps habituel, l'absence de lettre ne le préoccupait guère. Ses parents étaient souvent si occupés par les derniers préparatifs fiévreux avant la générale qu'ils avaient à peine le temps de manger et de dormir, encore moins d'écrire mais, une fois le spectacle commencé, s'il vivait loin d'eux, il recevait en général une longue lettre pour compenser leur silence.

Mais après la nouvelle de ce bombardement de Londres, il était très inquiet.

– On va trouver un téléphone et appeler les Little, suggéra Tom. Ils ont peut-être laissé un message.

– Je vous remercie beaucoup, dit Zach.

– Vous allez téléphoner avant ou après le dîner ? demanda Mme Clarence.

Zach, malgré son hâle foncé, était visiblement pâle.

– On y va maintenant, dit Tom.

Ils sortirent tous deux du cottage. Will resta pour aider à mettre la table et à faire des tartines de beurre tout en écoutant « L'Heure des enfants ».

---

* Bombardements.

Lorsqu'ils revinrent, Zach avait retrouvé le sourire. Ses parents avaient laissé un message aux Little pour dire qu'ils étaient sains et saufs et surtout désolés de n'avoir pas écrit, mais que le nombre des victimes était si considérable que les soins aux blessés occupaient tout leur temps.

Le lendemain était un dimanche, le dernier jour à Salt-on-the-mouth.

Tom et Will se rendirent à l'église du village tandis que Zach trouva un endroit isolé sur la plage. Bien que ce ne fût pas le jour du Sabbat, il fixa sur sa tignasse hirsute sa petite calotte ronde et se balança doucement d'avant en arrière en récitant les quelques prières en hébreu dont il se souvenait. Cela le réconfortait de psalmodier. Il avait l'impression de prononcer des formules magiques qui allaient tout arranger. Ses parents lui avaient enseigné que Dieu, où qu'il soit et quel qu'il soit, pouvait sans doute entendre les prières silencieuses, mais Zach trouvait réconfortant de les exprimer à haute voix.

Mme Clarence leur avait préparé un vrai repas du dimanche. Poulet rôti, pommes de terre sautées et légumes suivis d'une glace qu'elle avait faite elle-même en se servant de la glacière du poissonnier. Et bien que la glace ait été parfumée à la vanille, elle sentait également le maquereau.

L'après-midi, Tom, Zach et Will se promenèrent une dernière fois aux alentours du village, le long des chemins cahoteux en haut des falaises. Ils poussèrent le vélo et le tandem le long de la plage et, comme le crépuscule approchait, voilant l'horizon d'une brume orange et rose, ils s'assirent par terre pour regarder le soleil disparaître lentement.

Mme Clarence avait sorti pour eux une bouteille de cidre du pays et, comme il faisait un peu frais, elle avait allumé du feu dans la cheminée. Ils s'installèrent dans son halo réconfortant, et mangèrent du pain fait maison, des oignons et du fromage, tout en buvant des pintes de cidre. Celui-ci leur réchauffait l'estomac et la chaleur se diffusait jusqu'à leur peau brûlée par le soleil. Les taches de rousseur de Will disparaissaient maintenant sous un hâle soutenu. Sa chevelure blonde, décolorée par le soleil, était parsemée de mèches presque blanches. Il se sentait à la fois détendu et débordant d'énergie. Il referma les mains autour de sa pinte et sourit, les dents éclatantes de blancheur dans son visage bronzé. Quant à Zach, il était couleur pain d'épice, et ses cheveux étaient deux fois plus bouclés qu'auparavant. Depuis qu'il avait appris à se laisser flotter sur l'eau, il était plus calme, moins imprévisible et nerveux. Il continuait à faire le clown, mais ne s'évertuait plus à se montrer drôle à tout prix. Pour une fois, il se laissait distraire par les autres.

Depuis qu'il avait quitté Weirwold, Tom avait cessé de se raser et son menton s'ornait d'une barbe blanche et bouclée de deux semaines. L'air marin avait frisé ses cheveux en minuscules tirebouchons qui se dressaient dans tous les sens.

Plongés dans une douce euphorie par le cidre, ils se regardèrent comme s'ils se découvraient soudain pour la première fois. Zach déclara que Tom ressemblait au fils du Père Noël, Will affirma que Zach ressemblait à Balthazar, le Roi mage, et Tom dit que Will aurait pu être un œuf moucheté de brun avec une plume blanche sur le dessus.

Après le souper, Will et Zach allèrent faire un tour sur la jetée. La nuit était claire et la lune inondait la mer de lumière. Ils parlaient à voix basse. Ils étaient désolés de quitter Salt-on-the-Mouth mais ils se réjouissaient en même temps de revoir George et les jumelles.

Will avait rempli trois carnets de croquis durant les vacances, mais il avait l'impression qu'il avait encore tant à dessiner ! Zach avait une fois encore commencé un poème épique évoquant une bande de dangereux contrebandiers, mais il en avait tellement parlé qu'à la troisième strophe son enthousiasme était déjà retombé. Ils discutèrent des spectacles qu'ils monteraient à la rentrée. Zach parla de ses ambitions. Il voulait être comédien et jouer dans le monde entier. Celles de Will étaient un peu plus modestes. Il voulait simplement dessiner et jouer dans la prochaine pièce en automne.

Ils s'attardèrent un moment à contempler la mer sans mot dire puis rentrèrent à pas lents au cottage. Tom était en train de bavarder avec Mme Clarence près du feu. Ils burent un chocolat chaud et discutèrent un moment avec eux, puis ils montèrent se coucher.

Le lendemain matin, devant le cottage, les paniers arrimés à leurs bicyclettes, ils prirent congé de Mme Clarence. Elle avait pris plaisir à leur compagnie, aussi était-elle triste de les voir partir.

Ils s'éloignèrent en poussant la bicyclette et le tandem, et elle les regarda monter lentement la côte et disparaître en haut de la colline.

Le premier jour, après leurs retrouvailles avec Dobbs et la carriole, le temps resta au beau fixe, mais le mardi il plut et ils durent mettre leur suroît et leur cape imperméable. Ils s'abritèrent un moment sous des arbres pour pique-niquer car même s'ils étaient sur le chemin du retour, le voyage faisait encore partie des vacances.

Le mercredi, il semblait que l'automne eût commencé. Les champs, les arbres et les fleurs évoquaient toujours l'été, mais le ciel était gris et des rafales de vent froid freinaient leur progression.

Lorsqu'ils arrivèrent enfin à Little Weirwold et après que Dobbs fut nourrie et abreuvée, la nuit était presque tombée.

Sur la table du salon, dans le cottage, les jumelles et George avaient disposé toute une série de petits présents pour leur souhaiter la bienvenue. Mme Fletcher avait livré de l'épicerie et laissé une grande marmite de soupe de légumes sur la cuisinière rechargée.

Les présents se composaient de fleurs et d'un bol de mûres apportés par les jumelles, et d'une courge et d'un chou provenant du potager de George. Il y avait également plusieurs cartes de bienvenue. Zach mangea du pain et de la soupe avec eux, puis les quitta pour rentrer chez les Little.

Il poussa sa bicyclette à travers le champ de Dobbs et le long de la petite ruelle, puis l'appuya contre la haie des Little.

Il était en train de batailler avec la grille lorsqu'une voix pressante s'éleva soudain dans l'obscurité. Il fut tellement saisi qu'il sursauta.

– Excuse-moi, reprit la voix. Je voulais pas te faire peur.

Zach jeta un coup d'œil par-dessus la haie.

– Carrie ! s'exclama-t-il, stupéfait. Qu'est-ce que tu fais là ?

– Tu as l'air d'un nègre, fit-elle remarquer.

Il eut un large sourire.

– Merveilleux pour jouer Othello, non ?

– De quoi tu parles ? demanda-t-elle, exaspérée, car elle attendait son arrivée depuis trois bonnes heures.

– Le farouche Maure, expliqua Zach. Tu sais bien, Shakespeare.

– Oh, Shakespeare ! marmonna Carrie. Tu sais, je l'ai même pas encore lu.

– Même pas ? Tu veux dire que tu pourrais être tentée de le lire ?

– Oui. Oh, Zach !

L'agrippant par le bras, elle le regarda d'un air angoissé.

– Quoi ? demanda-t-il. Qu'est-ce qu'il y a ?

– J'ai réussi l'examen. J'ai obtenu une bourse. Je vais aller au lycée !

LA MAISON DES FANTÔMES

Le 31 août, dernier samedi avant la rentrée des classes, George, Will, Zach et les jumelles étaient tous assis sur un vieux tronc d'arbre sous les bouleaux, derrière le champ des Blake. Ils avaient tous décidé de se rendre à la maison des Fantômes.

Will replia la carte et la glissa dans sa poche. Ils s'étaient munis de lampes électriques, de ficelles, d'un couteau de poche et d'une vieille corde. Will et Zach regardèrent George et les jumelles ramper vers l'extrémité du champ, puis ils en firent autant mais dans l'autre direction. Au lieu de longer la route où on aurait pu les voir, ils progressaient parallèlement, de l'autre côté de la haie.

Une fois parvenus dans les bois, ils se redressèrent et se mirent à courir sans bruit, d'arbre en arbre. Mais toutes ces précautions étaient bien inutiles car il n'y avait pas âme qui vive, à part quelques écureuils qui faisaient leurs provisions de noisettes avant d'entrer en hibernation. Ils entendirent bientôt le doux bruissement de la rivière et se laissèrent glisser au bas de sa berge boueuse.

Ils s'immobilisèrent un instant, se laissant pénétrer par la paix qui s'en dégageait. Will s'apprêtait à croquer la silhouette d'un rat d'eau au dos de la carte lorsque Zach prit la parole.

– Dis donc, si on se dépêchait un peu. Les autres vont arriver un siècle avant nous. George va se mettre à ululer et ils vont s'imaginer qu'on a été massacrés !

Ils remontèrent la berge en direction des arbres. Quelques nuages éparpillés voilaient le soleil, et le vent qui s'était levé agitait les branches. Lorsqu'ils atteignirent les hautes haies qui entouraient la maison, le ciel s'était entièrement couvert.

– J'espère qu'il va pas pleuvoir, dit Will en levant le nez. Ça serait quand même dommage de faire demi-tour. Enfin, on pourra toujours s'abriter dans la maison des Fantômes.

Zach fut parcouru d'un frisson nerveux.

– Tu as froid ? demanda Will.

– Euh… un peu.

A ce moment précis, trois ululements lointains leur parvinrent de l'autre côté des bois.

– Je vais leur donner le signal « rapprochons-nous », dit Will et, avant que Zach ait pu l'en empêcher, il avait lancé trois aboiements, suivis de deux hurlements.

Le ciel s'était encore assombri et le vent secouait furieusement les arbres.

– Qu'est-ce qui se passe ? demanda Zach, alarmé.

– Des petites branches qui cassent, répondit Will.

Soudain, au-delà de la haie, retentit un son qui fit dresser les cheveux sur la tête de Zach.

– Écoute ! chuchota Will d'un ton excité.

Le son était aigu et semblait provenir de la maison. Il s'enflait et décroissait, se propageant comme une onde glacée dans les buissons qui l'entouraient.

Ils restèrent pétrifiés, osant à peine respirer, et toutes les images de fantômes que Zach s'était amusé à évoquer resurgirent. Il commençait à avoir vaguement mal au cœur.

– Il vaut mieux leur signaler que tout va bien, dit Will qui poussa deux hurlements lugubres.

Zach se sentit encore plus mal. Presque aussitôt, le signal « filons d'ici » leur parvint, plutôt tremblé, de l'autre côté de la haie.

– Quels crétins ! fit Will. Juste au moment où ça devenait palpitant !

Et sans consulter Zach, il signala « tout va bien », et « approchons-nous ».

Le long gémissement émanant de la maison s'éleva de nouveau, immédiatement suivi du signal « on file », lancé par George, et d'un grand remue-ménage de branches cassées dans les buissons. Will était fasciné par le son qu'il entendait.

– C'est comme quand M. Tom joue de l'orgue, chuchota-t-il en se tournant vers Zach. Tu es prêt ?

Zach acquiesça, sachant bien qu'il mentait. Il aurait donné n'importe quoi pour repartir vers le village en courant avec les autres, mais il ne pouvait pas laisser tomber Will.

– Parfait, fit Will avec un grand sourire en se faufilant à travers la haie touffue, suivi, à une distance respectable, par Zach.

Plus ils se rapprochaient de la maison plus l'espèce de gémissement s'enflait.

« Je suis sûr que je vais attraper des cheveux blancs », songea Zach quand ils émergèrent de la haie et se retrouvèrent enfouis jusqu'à la taille dans les hautes herbes. Will le tira par la manche.

– Regarde, chuchota-t-il. La porte est ouverte. La musique vient de l'intérieur.

Des pots de géraniums rouges ressortaient, posés bien en évidence sur l'appui des deux fenêtres. Leur présence semblait incongrue sur la façade de cette maison qui semblait à l'abandon, avec ses vitres poussiéreuses et sa porte en bois délavée par la pluie.

Will se mit à avancer lentement et s'arrêta au milieu du

jardin en friche. Il faisait sombre à l'intérieur de la maison.

Zach s'accroupit dans l'herbe.

– Mets-toi donc à l'abri, chuchota-t-il d'une voix pressante tandis que Will restait debout, tout tremblant, complètement hypnotisé.

La musique semblait toucher en lui un point sensible et douloureux et il se sentait parcouru d'étranges frémissements. Elle s'arrêta soudain, et il n'entendit plus qu'un bruissement répétitif, suivi d'un léger choc et d'un cliquetis.

– Tu peux entrer si tu veux, tonna une voix d'homme de l'intérieur de la maison obscure.

Will sursauta ; Zach quant à lui laissa échapper un cri et tomba à la renverse.

Le martèlement se rapprocha et un jeune homme d'environ vingt-cinq ans, avec des cheveux châtains ondulés, des yeux bleus et une moustache, apparut sur le pas de la porte. Il portait une chemise bleu pâle à col ouvert et un pantalon de flanelle grise. Il avait une barbe de deux jours. Il s'appuyait sur une béquille, et la jambe gauche de son pantalon était relevée et épinglée à sa cuisse. Le regard des deux garçons s'arrêta rapidement sur la jambe vide, puis ils reportèrent leur attention sur le visage de l'inconnu. Il lui manquait une oreille. Leurs regards se croisèrent.

– Pas un très joli spectacle, n'est-ce pas ? dit-il enfin.

Will et Zach étaient trop surpris pour répondre.

– Désolé de vous avoir fait peur, reprit l'homme. Je pensais que vous m'aviez vu par la fenêtre.

Il sourit.

– Toute réflexion faite, je suppose qu'on ne peut rigoureusement rien voir à travers ces vitres. Il doit bien y avoir dix ans de poussière dessus.

Zach était resté assis, immobile, son visage bronzé

émergeant au-dessus des hautes herbes. L'homme regarda Will.

– Tu aimes la musique ?

Will acquiesça.

– M. Tom joue un peu de l'orgue, dit-il. Je vis avec lui.

– Tu es d'ici, alors ?

– Non.

– Réfugié ?

– Oui.

– D'où ?

– Deptford.

– S'il en reste quelque chose. J'habitais encore Londres, il y a neuf mois. Aucune raison d'y retourner maintenant, ajouta-t-il d'un air sombre.

– Vous êtes du manoir ?

L'homme acquiesça et tendit la main.

– Je m'appelle Geoffrey Sanderton.

Will s'avança et lui serra la main.

– Et moi, Will.

– Et moi Zacharias Wrench, annonça Zach en se relevant.

– Ah, il a une voix, fit Geoffrey.

Une violente rafale de vent secoua les arbres.

– Il fait encore trop jour pour accrocher les rideaux noirs et trop sombre à l'intérieur pour peindre. C'est vraiment la barbe.

– Peindre, répéta Will, les yeux ronds.

– Oui, acquiesça Geoffrey, sautillant sur sa jambe pour monter les deux marches jusqu'à la porte. Je peux vous offrir du thé, du pain et de la confiture. Ça vous va ? Vous pouvez vous asseoir là ou entrer.

– J'aimerais bien entrer ! lâcha Will. Enfin, je veux dire si ça vous dérange pas.

– Je vais m'asseoir sur les marches, dit Zach.

Will suivit Geoffrey dans le salon. A une extrémité se

trouvait une longue cheminée surélevée où un feu était déjà préparé mais pas encore allumé.

Il jeta un bref coup d'œil autour de lui. A part quelques meubles provenant du manoir, la pièce était presque nue. L'attention de Will fut attirée par les piles de papier et les morceaux de toile éparpillés sur le sol et par un grand chevalet en bois sur lequel était appuyé un tableau à l'huile inachevé qui représentait un paysage.

– Vous êtes peintre, monsieur ? demanda Will en suivant Geoffrey dans la cuisine.

La pièce était vide à l'exception d'une étagère où s'alignaient des provisions, quelques tasses et des pots de peinture.

– Un artiste, tu veux dire ? Oui. J'ai eu ma première exposition à Londres juste avant d'être appelé.

– Vous étiez à Dunkerque ?

– Oui.

– Oh ! Heureusement que vous avez pas perdu vos bras, n'est-ce pas, m'sieur. Vous avez eu de la chance, non ?

– De la chance ? répéta-t-il avec amertume.

Il n'était pas de cet avis. La déflagration d'une bombe lui avait arraché des bras sa fiancée. Il avait perdu deux de ses amis les plus proches et ses parents avaient été retrouvés morts sous les décombres. Ce n'était pas vraiment ce qu'on pouvait appeler de la chance.

– Oui, insista Will, mais vous pouvez encore dessiner, non ?

– Tu dessines ? demanda Geoffrey.

– Oui.

– Où ? A l'école ?

– Et quand j'ai du temps libre.

– Ah bon ? fit Geoffrey, surpris.

Il s'apprêtait à changer de sujet, par habitude car, dans le passé, les artistes amateurs lui demandaient invariablement son opinion sur leurs œuvres, ce qui l'embarrassait toujours beaucoup. Il hésita un moment, puis ramassa une feuille de papier et un bout de crayon et les tendit à Will.

– Montre-moi.

– Vous montrer ? répéta Will, alarmé. Mais… mais vous dessinez si bien…

– Et pas toi ?

– Il est merveilleux, déclara Zach qui avait maintenant repris assez d'assurance pour quitter le pas de la porte et entrer.

Will rougit.

– Je vais dessiner dehors, dit-il et, sur ces mots, il écarta Zach et alla s'asseoir sur les marches.

Zach et Geoffrey échangèrent quelques propos dans la cuisine tout en préparant des tartines de confiture. Zach prit un plateau où étaient disposés le pain, la théière et les tasses et le porta près des marches. Geoffrey le suivit et s'arrêta sur le seuil. Will sentit ses oreilles devenir brûlantes quand il l'entendit s'approcher et sa main se mit à trembler. Il avait fait un croquis de Sammy près du chêne.

Geoffrey se pencha sur lui.

– Quel âge as-tu ?

– J'aurai dix ans la semaine prochaine.

Il examina le croquis de Will sans mot dire puis, après un court silence, déclara :

– Tu as un don, Will.

Le cœur de Will bondit dans sa poitrine. Il se sentait tout à la fois excité et terrifié.

– Qui t'apprend le dessin ?

– Avant, c'était Mme Hartridge, mais elle est partie. Elle a eu un bébé, vous comprenez. Il n'y a plus que Mme Black maintenant, et de temps en temps miss Thorne vient l'aider.

– Et maintenant, intervint Zach, il y a une foule de

réfugiés et s'ils amènent pas des professeurs avec eux, je ne sais pas qui nous aurons.

– Vous manquez de professeurs, alors ? demanda Geoffrey qui manœuvra lentement pour descendre les marches et s'asseoir entre eux.

Will éprouvait une étrange impression à se trouver à côté de quelqu'un à qui il manquait une jambe.

– Oui, répondit Zach.

Ils se servirent des tartines et commencèrent à manger.

– Je vais voir si je peux donner des cours à votre école, dit enfin Geoffrey, heureux comme il ne l'avait pas été depuis longtemps. Je ne sais pas trop comment il faut s'y prendre, mais une fois que j'ai pris une décision, en général, elle se concrétise.

Il posa une main sur l'épaule de Will.

– Tu aimerais que je te donne des leçons particulières ?

Will crut que son cœur, cette fois, allait exploser dans sa poitrine. Il acquiesça et son visage s'éclaira d'un grand sourire.

– Youpi ! hurla Zach. Je t'ai bien dit qu'un jour tu serais célèbre. On sera peut-être tous les deux célèbres ensemble.

– Ah, oui ? fit Geoffrey, sarcastique. Et toi, comment deviendras-tu célèbre ?

– Je serai comédien et applaudi dans le monde entier, déclara Zach d'un ton grandiloquent, et il rougit aussitôt de sa propre audace.

– Pour atteindre ce but, il faudra que tu travailles vraiment dur et que tu fasses beaucoup de sacrifices.

– Moi, je tiens pas à être célèbre, dit Will. Je veux simplement dessiner et peindre. Mais je veux dessiner vraiment bien.

– Et tu es prêt à travailler pour ça ?

– Oh oui, répondit Will avec simplicité.

Geoffrey leva les yeux vers le ciel.

– Je vais mettre les rideaux et allumer le feu.

– Je vais vous aider, proposa Will.

– Moi aussi, dit Zach.

A eux trois, ils eurent bientôt allumé un feu qui crépitait dans la cheminée, projetant sa lumière chaude dans la pièce éclairée à la bougie. Geoffrey tendit à Will un disque dans sa couverture en carton. Il y avait au milieu la photo d'un chien, avec les mots : « La Voix de son Maître ». Un phonographe était posé dans un coin près du feu. Geoffrey tourna la manivelle, fit pivoter sur le côté une tête ronde métallique, en tira une aiguille et la remplaça par une neuve qu'il fixa au bout du bras incurvé. Il sortit alors le disque de sa jaquette, en le tenant par les bords, le posa sur le plateau et poussa une petite manette métallique sur le côté. Après que le disque se fut mis à tourner, il souleva le bras et posa doucement l'aiguille au bord du disque. On entendit quelques grésillements, puis la musique s'éleva.

– C'est le concerto pour violon de Brahms que vous avez entendu depuis le jardin, dit Geoffrey.

Zach se tenait à côté de Willie.

– Quand je pense que j'ai été pétrifié de terreur en l'entendant !

Ils expliquèrent alors à Geoffrey comment ils avaient baptisé sa maison et pourquoi les trois autres s'étaient enfuis.

– Je me demandais pourquoi personne ne venait jamais me déranger ici, dit Geoffrey. J'en étais d'ailleurs très content. J'avais besoin de rester seul pendant quelque temps. Je me faisais même livrer mes provisions du manoir pour ne pas avoir à me rendre au village.

– Oh, fit Will, un peu gêné.

– Vous préférez peut-être qu'on s'en aille ? ajouta Zach.

– Non. Il est temps, je crois, que je sorte de ma retraite.

Il remit l'aiguille au bord du disque, pour qu'ils puissent écouter de nouveau sans parler. Assis en tailleur devant le feu ils regardaient de minuscules flammèches s'envoler vers le haut de la cheminée tandis que les bûches crépitaient dans le foyer. Lorsque la musique se tut, Will et Zach se levèrent pour prendre congé. Ils firent leurs adieux et, après s'être faufilés de nouveau à travers la haie, ils mirent le cap sur les bois. Ils coururent tout le long de la route et s'arrêtèrent à la grille du cimetière pour bavarder.

– Dis donc, déclara Zach en se tournant, il y a une voiture devant l'église. Je me demande qui ça peut bien être.

Will haussa les épaules.

– Quelqu'un qui cherche M. Peters, peut-être, et il poussa la grille.

Zach coupa à travers le cimetière et escalada le mur.

– A demain ! cria-t-il.

Will remonta l'allée en courant, poussa la porte d'entrée et la claqua derrière lui. Il avait hâte de parler à M. Tom de Geoffrey et des cours de dessin. Il ouvrit la porte à la volée, les joues empourprées, le cœur battant, et soudain se figea sur place.

Assis dans le salon en compagnie de M. Tom se trouvaient un policier de Weirwold, le vigile de Deptford, un autre homme entre deux âges en pull-over et pantalon de velours côtelé et une femme avec un chapeau et un manteau verts.

– C'est ce garçon ? demanda le policier.

Le vigile regarda le visage bronzé et couvert de taches de rousseur de Will, ainsi que ses épais cheveux brillants et décolorés par le soleil.

Ce jeune garçon se tenait bien droit sur des jambes musclées. Il ne ressemblait en rien au Willie chétif et anémié qu'il connaissait.

Tom, près de la cuisinière, retenait Sammy.

– Vous êtes monsieur Oakley, n'est-ce pas ?

Tom acquiesça.

– Je sais que ça vous change un peu, cette barbe, mais je vous ai reconnu.

Il se tourna de nouveau vers Will.

– Mais lui, c'est pas Willie Beech, quand même ?

– William, corrigea Will.

– Oh, voilà qu'il répond, maintenant ?

La femme effleura le bras du vigile. Âgée d'une trentaine d'années, elle avait un visage frais, des cheveux châtain clair, des yeux noisette pleins de douceur.

– Nous t'apportons de mauvaises nouvelles, je le crains, William, dit-elle. Au sujet de ta mère.

Il la regarda, saisi.

– Elle veut que je revienne ?

– Non.

Il eut un sourire de soulagement.

La femme observa une pause.

– William, reprit-elle, et elle hésita. Ta mère est morte. Elle a mis fin à ses jours.

Il la dévisagea, interloqué.

– Je comprends pas.

– Elle s'est suicidée.

Will continuait à la regarder, incrédule, stupéfait.

– Suicidée ? Mais… mais pourquoi ?

– Je ne sais pas. Je suppose qu'elle n'avait plus envie de vivre.

« Comment pouvait-on ne pas avoir envie de vivre, pensa Will, alors qu'il y avait tant de raisons de vivre. Les nuits pluvieuses et le vent et le clapotis de la mer et la lune. Les livres à lire, les tableaux à peindre, la musique. »

– Je viens d'un foyer de l'enfance dans le Sussex, expliqua-t-elle. C'est un orphelinat et il est situé en pleine campagne. Il y a beaucoup d'enfants là-bas et nous trou vons en général des parents adoptifs prêts à les accueillir, de jeunes parents ayant eux-mêmes des enfants, conclut-elle avec un sourire.

– Ce que veut dire cette dame, intervint le policier, c'est qu'elle est disposée à te prendre dans ce foyer.

Will enfouit ses mains tout au fond de ses poches et la regarda droit dans les yeux.

– Non, dit-il d'une voix mal assurée. Je ne veux pas ! Mon foyer, c'est ici et je reste ici.

– Voyons, voyons, petit, dit le vigile. C'est pas une façon de parler. Tu as pas tellement le choix. Ton M. Oakley n'a pas respecté la loi. Le kidnapping est un délit grave.

Will prit une profonde inspiration.

– Quand on kidnappe quelqu'un, on demande en général une rançon. Personne au monde paierait une rançon pour moi, dit-il en effleurant Tom du regard, sauf M. Tom peut-être et c'est lui qui est censé m'avoir kidnappé. Moi, je ne crois pas que j'aie été kidnappé, je crois que j'ai été sauvé.

– Ah c'est donc ce que tu penses ? demanda le vigile.

– Oui, affirma Will. C'est ce que je crois.

Et alors, oubliant tout à coup sa présence, le policier, le vigile et la dame commencèrent à discuter entre eux de son sort. Will et Tom se contentaient d'échanger des regards tandis que l'homme en pull-over et pantalon de velours, assis près de la cuisinière, tirait sur sa pipe et observait la scène sans mot dire.

– Will, déclara enfin le policier, on aimerait que tu montes un moment dans ta chambre pendant qu'on prend une décision.

Will consulta Tom du regard. Celui-ci inclina la tête et poussa Sammy dans sa direction.

– Tiens, petit, dit-il avec douceur. Il te tiendra compagnie.

Will, au désespoir, se dirigea lentement vers la porte, il se retourna tout à coup, saisi d'un brusque accès de colère.

– J'irai pas avec vous, déclara-t-il d'un ton ferme. Et même si vous m'attachez et me mettez en prison, je m'enfuirai et je reviendrai ici.

Là-dessus, il claqua la porte derrière lui et s'immobilisa, tremblant, dans l'entrée. Serrant Sammy dans ses bras il monta l'échelle jusqu'à sa chambre et s'assit sur son lit dans le noir, à la fois furieux et complètement désemparé.

– J'irai pas, chuchota-t-il à Sammy. J'irai pas. Je m'enfuirai. Oui ! Voilà ce que je ferai… Mais je peux pas aller chez Zach, marmonna-t-il. C'est le premier endroit où ils iront voir… ni chez George, ni chez les jumelles. Il faut que je trouve quelqu'un pour me cacher. Quelqu'un à qui ils ne penseront pas.

Il se creusa la cervelle, cherchant méthodiquement parmi tous les habitants du village.

– Mais oui bien sûr ! Voilà ! s'écria-t-il. Lucy ! Elle me cacherait. Elle me cacherait pendant des années, bon sang ! Elle me prend pour le soleil !

Il la voyait déjà, en adoration devant lui, lui portant en douce des tasses de thé, du pain et des restes dans le grenier à foin des Padfield.

– Sammy, chuchota-t-il d'un ton pressant, il faut que je te laisse ici, mon garçon.

Il souleva lentement la porte de la trappe, mais aperçut aussitôt le policier et le vigile dans l'entrée.

– Flûte ! marmonna-t-il en la refermant. Trop tard !

Il serra les poings et se raidit, il était prêt à se battre contre eux, maintenant. Mais en fait, il les entendit qui bavardaient aimablement à la porte d'entrée. Il colla l'oreille au plancher mais comprit seulement qu'ils allaient revenir avec des papiers.

La porte d'entrée claqua et il entendit Tom qui gravissait l'échelle.

– Ils sont partis, dit-il en soulevant la trappe. Tu peux revenir maintenant.

Il descendit, portant Sammy qui lui échappa aussitôt pour se ruer vers le vestibule en aboyant à la poursuite des étrangers.

Will, les sourcils froncés, alla se percher sur le tabouret près du fourneau.

– Non, non, je m'excuserai pas, marmonna-t-il.

Tom s'assit dans le fauteuil.

– Je suis désolé, pour ta mère.

Will oublia un instant sa colère et croisa le regard de Tom.

– Je sais pas pourquoi elle a fait ça, dit-il, complètement désorienté. C'était à cause de moi et de Trudy ?

– En partie, répondit Tom en prenant sa pipe et en la bourrant. Mais ce n'était pas de ta faute. Elle était malade. Elle ne pouvait pas faire face, tu comprends ?

– Qu'est-ce qui va m'arriver, alors ?

Tom leva vivement les yeux sur lui.

– Je t'adopte.

– Quoi ? s'exclama Will.

– Tu n'as pas d'autre famille, petit. Les autorités ont vérifié, alors je vais t'adopter. Ce type en pull-over et pantalon de velours, c'était un psychiatre lui aussi. Mais bien différent de l'autre. Il avait le sens de l'humour, lui. En tout cas il a dit que, de toute évidence, le meilleur endroit pour toi, c'était ici et que n'importe quel imbécile pouvait le constater et les autres sont tombés d'accord. Ils vont apporter les formulaires officiels et tout ça, et ils m'envoient un rapport. Si tout va bien, et je ne vois pas ce qui n'irait pas, tu seras mon fils.

– Votre fils ! s'exclama Will en sautant à bas du tabouret. Vous voulez dire… vous serez mon père ?

Tom acquiesça.

– Eh ben oui, je suppose.

Soudain la vie sembla s'illuminer à l'idée que Will allait grandir avec lui. Poussant un grand cri de joie, il se leva de son fauteuil. Will referma ses bras autour de sa taille et tous deux se mirent à danser et à gambader dans la pièce en riant tandis que Sammy tournoyait autour d'eux, essayant d'attraper sa queue et jappant comme un fou.

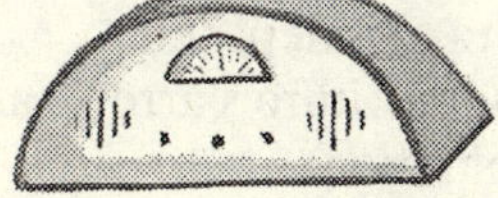

La rentrée des classes

Le jeudi matin, Will se leva plus tôt que d'habitude. Il retrouva Zach devant chez les Little et, ensemble, ils se dirigèrent vers le cottage des jumelles. Ginnie vint leur ouvrir, en chemise de nuit et robe de chambre. George était déjà dans la cuisine, l'air encore endormi.

– Dépêche-toi, Carrie, lança Mme Thatcher du bas des marches. Tu vas être en retard.

Zach se tenait au pied de l'étroit escalier.

– Dis donc, s'exclama-t-il quand elle apparut sur le minuscule perron, tu es magnifique !

Elle le regarda timidement et commença à descendre. Elle portait une robe chasuble bleu marine sur un corsage beige, avec une cravate bleu marine à larges rayures vertes et fines rayures rouges, des chaussettes en laine beiges et des chaussures lacées marron.

– Ça me fait tellement drôle, d'avoir une cravate, dit-elle en tirant dessus. C'est papa qui m'a montré comment la nouer.

Son père sortit de la cuisine et regarda sa fille avec fierté. Mme Thatcher, en revanche, n'était pas très enthousiaste à l'idée que Carrie aille au lycée, mais M. Thatcher encourageait vivement sa fille et avait même accepté de prendre du travail à l'extérieur, pour pouvoir lui offrir un uniforme neuf.

– Elle a travaillé dur pour y arriver, avait-il déclaré. Elle va pas commencer avec des laissés-pour-compte. Faut qu'elle fasse un bon départ.

Ils entendirent une voiture s'arrêter au-dehors.

Carrie rougit d'émotion.

– Ça doit être M. Fergus ! s'exclama-t-elle.

Sa mère lui tendit un chapeau en feutre à larges bords et un blazer bleu, un peu trop grand pour elle, bordé d'une étroite ganse verte. Ses cheveux roux, encore disciplinés en deux nattes, contrastaient avec le bleu. Elle prit un cartable en cuir luisant, encore vide à l'exception de son déjeuner. Les courroies, neuves et raides, grinçaient contre les boucles.

– N'attends pas de miracles dès le premier jour, lui recommanda son père.

– Bonne chance, lui souhaita Zach avec chaleur. Je te verrai à ton retour.

– Tu es vraiment bien, dit Will. Vraiment très bien.

Carrie eut un sourire nerveux, sortit et courut vers la voiture qui attendait. Elle ouvrit la portière et s'assit à côté de M. Fergus. Les autres, plantés devant le cottage, lui firent de grands gestes d'adieu jusqu'à ce que la voiture eût disparu.

Ginnie frissonna.

– Tu ferais bien d'aller t'habiller, lui dit sa mère.

Elle se tourna vers les garçons.

– Vous prendrez bien du thé et des tartines, je suis sûre ?

Le sourire aux lèvres, ils la suivirent dans la cuisine.

M. Thatcher était en train de fermer sa gamelle et de remplir une petite gourde de thé.

Après avoir mangé, Zach et Will partirent ensemble et se dirigèrent vers les bois. Ils avaient encore du temps devant eux avant la rentrée des classes. L'air matinal était clair et vivifiant, et les champs et les haies étincelaient de rosée. Le soleil filtrait à travers les arbres et Will et Zach passaient constamment de zones d'ombre à des taches de lumière éclatante.

Ils arrivèrent au bord de la petite rivière et l'écoutèrent clapoter doucement contre les berges.

Zach prenait appui sur une seule jambe, selon son habitude et, les mains enfouies dans ses poches, fixait l'eau d'un regard anxieux.

– Je crois que la guerre a vraiment commencé maintenant, marmonna-t-il.

– Mais les nazis ne viendront pas bombarder par ici, répliqua Will. Tu ne crois pas ? D'après M. Tom, ils se donneront pas ce mal.

Zach soupira.

– C'est pour mes parents que je m'inquiète, dit-il. Je sais qu'ils sont très occupés, mais je voudrais bien qu'ils écrivent ou qu'ils téléphonent plus souvent, que je sache s'ils vont bien. Hier soir, à la radio, ils ont parlé encore une fois d'importants bombardements.

– Ils pourraient pas venir habiter ici ?

Zach secoua la tête.

– Mon père dit que s'il ne peut pas se battre pour l'Angleterre, il veut du moins apporter son aide pour distraire les combattants et protéger les familles qui restent. C'est pour ça qu'il s'est enrôlé dans le S.A.S.P.

– Le S.A.S.P. ?

– Le Service auxiliaire des Sapeurs Pompiers. Ma mère est du même avis.

Du poing droit, il frappa la paume de sa main gauche.

– Je voudrais bien aller les voir pour être sûr qu'ils sont sains et saufs.

– Il y aura peut-être une lettre pour toi à la maison, dit Will pour l'encourager.

– Ça m'étonnerait.

Ils levèrent les yeux vers la voûte des arbres. Le soleil

filtrait au travers comme des rayons X et faisait ressortir les minces nervures de chaque feuille.

Will et Zach s'attardèrent à bavarder à mi-voix, pénétrés par la paix qui émanait de la rivière, puis ils regagnèrent le village.

Ils s'arrêtèrent au passage chez les Little pour voir si du courrier n'était pas arrivé, mais il n'y en avait pas. Zach accompagna Will jusqu'au cottage du cimetière et ils emmenèrent Sammy gambader dans les prés.

Lorsque l'heure arriva de se rendre à l'école, ils avaient l'impression que l'après-midi avait déjà commencé.

Ils eurent la surprise et la joie de voir Geoffrey Sanderton assis à côté de miss Thorne, à l'avant de la classe.

– M. Sanderton et moi avons décidé de choisir comme sujet la nature, commença miss Thorne. Cela signifie que nous ferons de petites expéditions que vous préparerez vous-mêmes. Nous aimerions également que certains d'entre vous rédigent et illustrent un petit journal de la nature.

Zach eut l'air un peu déçu.

– Dans le cadre de ce projet, nous lirons également des poètes ayant chanté la nature, William Wordsworth, par exemple, ou certains des sonnets de Shakespeare.

En entendant ces mots, le visage de Zach s'épanouit.

– Je pense que ce serait une bonne idée, ajouta Geoffrey, étant donné que nous devons prendre soin d'économiser la peinture, de composer des tableaux en utilisant des feuilles de couleurs différentes, des morceaux d'écorce et tout autre matériau qui pourrait vous paraître intéressant. Ça serait peut-être amusant aussi de les illustrer par de courts poèmes.

– Une aventure épique basée sur une expédition, enchaîna miss Thorne en regardant Zach. Et, George, ajouta-t-elle en se tournant vers lui, tu vas te charger d'établir les itinéraires que nous suivrons dans la nature. Est-ce que quelqu'un…

Elle fut interrompue par un coup frappé à la porte. Geoffrey alla ouvrir. Zach tourna la tête et vit avec surprise apparaître tante Nance. Miss Thorne la prit à l'écart dans le couloir et revint aussitôt. Elle regarda Zach.

– Il faut que tu rentres chez toi, déclara-t-elle avec douceur.

Zach se sentit soudain devenir brûlant et un étrange malaise l'envahit. Il se leva sans mot dire et sortit de la classe. Will écouta ses pas s'éloigner dans le couloir. Il leva la tête vers miss Thorne qui croisa son regard et se détourna vivement.

– Alors, continua-t-elle d'un ton animé, en regardant la classe, voyons un peu si vous n'avez pas oublié l'orthographe pendant vos vacances.

Le reste de la matinée se passa à faire des additions, à distribuer des livres et à préparer la première expédition. Mais le cœur de Will était ailleurs. Dès que l'heure du déjeuner arriva, il courut jusqu'au cottage des Little et frappa à la porte de derrière.

– Entre, Will, dit Mme Little, qui était venue lui ouvrir. Zach sera content de te voir. Il est en haut en train de faire ses bagages.

– Ses bagages ? s'écria Will, saisi. Pourquoi ? Qu'est-ce qui se passe ?

– Son père a été grièvement blessé. Un des grands entrepôts sur les quais a pris feu et il est resté enseveli sous les décombres durant des heures. Il est dans un hôpital, à Londres.

Will se précipita au premier et trouva Zach agenouillé à côté d'une petite valise cabossée. Il tenait à la main une photo de son père. Lorsque Will entra, il leva la tête. Ses yeux étaient rouges et gonflés.

– Je prends le train de vendredi pour Londres, dit-il,

d'une voix frémissante. Ma mère ne voulait pas, mais je l'ai suppliée de me laisser venir. Il faut que je le voie au cas… (La voix enrouée, il étouffa un sanglot) au cas où je ne le verrais jamais plus.

Will s'accroupit à côté de lui.

– Je veux que tu gardes ça, dit Zach en lui tendant son exemplaire tout écorné des œuvres de Shakespeare. Il appartenait à mon arrière-grand-père.

– Oh, Zach, protesta Will.

Mais devant l'expression peinée de Zach, il n'osa pas refuser. Il prit le livre et caressa la reliure en cuir.

– J'en prendrai grand soin.

Ils passèrent un triste après-midi ensemble. Ginnie et George vinrent après le déjeuner et Carrie arriva plus tard, mais ne put rester longtemps car elle devait se hâter de rentrer chez elle pour faire ses devoirs. Zach était au désespoir car il aurait voulu partir immédiatement. Toute cette attente ne faisait qu'aggraver son sentiment de frustration et d'impuissance.

Le lendemain matin, les Little le conduisirent à la gare de Weirwold. Sa mère avait dit que, quoi qu'il arrive, il ne devait rester à Londres que pour le week-end. Elle ne voulait pas qu'il soit blessé lui aussi et savait que son père aurait été du même avis.

Le lendemain du brusque départ de Zach coïncidait avec le dixième anniversaire de Will, le samedi 7 septembre 1940.

Will passa la matinée chez Mme Hartridge et chez les Padfield. Dans l'après-midi, il décora le cottage avec Tom. Mme Fletcher et Mme Thatcher les rejoignirent, les bras chargés de gâteaux et de biscuits faits à la maison, et tante Nance apporta de la limonade au gingembre et un paquet que Zach avait laissé à son intention.

Vers la fin de l'après-midi, le cottage était plein d'enfants ; Tom, Ginnie et George organisaient les jeux. Mais le meilleur moment de la fête fut lorsque tout le monde se mit à courir autour du cottage en poussant des cris hystériques et en se cachant pour échapper à Tom qui les pourchassait en prenant des allures de monstre. Ils jouèrent aussi aux chaises musicales et au furet, mangèrent des beignets les mains attachées dans le dos, se passèrent les uns aux autres des oranges coincées sous le menton et, bien sûr, se régalèrent.

Will attendit que tout le monde soit parti pour ouvrir le paquet de Zach. Lui et Tom s'assirent pour se détendre en buvant une tasse de thé. La table était déjà couverte de livres, de friandises et de pots de peinture. Will prit le cadeau de Zach et ouvrit le paquet.

A l'intérieur se trouvait la première partie d'un poème épique intitulé « L'Ignoble Docteur Horreur ». Au bas de la page, un post-scriptum disait : « J'écrirai la deuxième partie à mon retour. »

En plus du poème, il y avait deux pinceaux neufs, un livre d'occasion sur la peinture et un croquis maladroit représentant Will en artiste peintre, vêtu d'une blouse et coiffé d'un béret, debout devant un chevalet. La toile était vierge, mais Will était couvert de peinture.

– Je vais l'accrocher à un mur de ma chambre, dit Will à haute voix, moitié pour lui-même, moitié pour Tom.

A huit heures, ils écoutèrent avec attention les nouvelles à la radio.

On annonçait que des fusées éclairantes avaient été lâchées sur Londres et que des centaines d'avions allemands avaient été repérés. Des Spitfire et des Hurricane avaient aussitôt pris l'air pour contre-attaquer. C'était un des plus longs raids massifs qu'ait connu Londres jusqu'alors. Pendant la lecture du bulletin d'information, le bombardement intensif continuait.

– J'espère que Zach va s'en tirer, dit Will l'air inquiet

Tom tira sur sa pipe.

– Il est si maigre qu'il va sûrement passer entre les bombes.

– Espérons-le.

Le lendemain, pour la première fois depuis des semaines, il se mit à pleuvoir. Will se réveilla en entendant ruisseler sur le toit la pluie qui rebondissait sur le rebord de la fenêtre ouverte. Il se lava et s'habilla rapidement. Tom était déjà à l'église en train d'installer des chaises supplémentaires, car il y avait une journée nationale de prière.

A dix heures, un bulletin spécial à la radio provoqua la consternation des villageois.

« On estime, annonçait le speaker, que quatre cents personnes au moins ont été tuées durant les premières heures de l'attaque aérienne. Mille quatre cents personnes sont sérieusement blessées. Les docks de Londres sont en feu et de nombreuses maisons dans l'East End ont été rasées. »

Les Little n'avaient toujours aucune nouvelle de Zach et de sa mère et Will était de plus en plus angoissé. Il s'éveilla au petit jour, le lundi matin, sortant d'un cauchemar peuplé de salles d'amputation, de gens décapités par des bombes, de fourgonnettes portant l'inscription « Réservé aux Morts » et de blessés défigurés, couverts de sang, errant en hurlant parmi les décombres.

Tom et Will allumèrent la radio pour écouter les premiers flashes d'information. D'après les dernières nouvelles, les bombardements s'étaient poursuivis toute la nuit et des incendies faisaient rage partout dans Londres. L'usine à gaz de Becton avait été touchée. Moorgate n'était plus que ruines fumantes. Balham avait été gravement endommagé. Des bombes étaient tombées sur un quai de la gare de Victoria et aux environs du château de Windsor. Les nouvelles étaient terrifiantes.

Will se hâta vers l'école où il passa sa matinée dehors à

jardiner. Dans l'après-midi, il se joignit à George, Ginnie, Lucy et Grace pour aller cueillir des mûres, et rentra au crépuscule, les joues empourprées, envahi d'une saine fatigue, pour apprendre que Douvres avait été bombardé.

Le lendemain matin en se réveillant, il entendit des voix au rez-de-chaussée. Il trouvait étrange qu'il y eût des visites si tôt à moins, bien sûr, qu'il eût dormi plus longtemps que d'habitude. Il se leva en toute hâte et dévala l'échelle. En s'approchant du salon, il reconnut les voix. C'était celles des Little. Son cœur se mit à battre plus fort. Peut-être avaient-ils des nouvelles de Zach. Il entra en trombe et ils se tournèrent vers lui. Le visage du Dr Little était grave, et tante Nance avait pleuré. Ils n'eurent pas besoin de parler. Il sut que Zach était mort. Will sentit ses jambes qui se dérobaient sous lui et il plongea dans un grand trou noir.

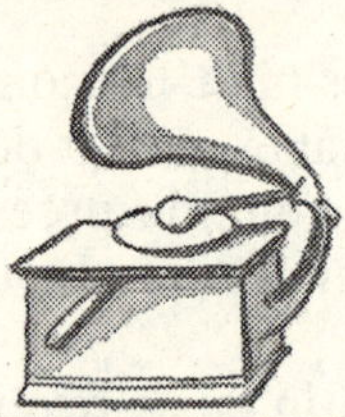

LE CHAGRIN

Durant les semaines qui suivirent la nouvelle de la mort de Zach, Will vécut jour après jour, plongé dans une sorte de torpeur. En apparence, il se conduisait de façon normale, aidait Tom, faisait ses devoirs. En lui-même, il se sentait trop hébété pour pouvoir pleurer.

Il évitait le plus possible le cottage des Little, et pour se rendre à l'école ou au magasin passait plutôt par l'église et la rue principale. En classe, trouvant trop douloureux d'être assis à côté d'une chaise vide, il éparpillait des feuilles de papier sur les deux bureaux comme pour nier l'absence de Zach.

Miss Thorne lui demanda de jouer dans la pièce montée pour Noël et bien qu'il eût accepté et participât aux répétitions, toute cette entreprise lui paraissait irréelle. Miss Thorne était contente de lui, mais il avait l'impression que son corps et sa voix étaient vides de toute expression.

Même durant les cours de dessin et de peinture, il restait assis, fixant d'un œil morne la feuille blanche posée devant lui, à court d'inspiration. Ses leçons particulières avec Geoffrey Sanderton se passaient tout aussi mal.

– Je suis complètement vidé, ne cessait-il de répéter, car il se sentait amputé de la moitié de lui-même.

La vie sans Zach n'était plus qu'une demi-vie, et cette demi-vie elle-même n'avait aucun sens.

La plupart du temps, Geoffrey lui faisait dessiner des natures mortes et, durant plusieurs heures, Will pouvait oublier la douleur sourde qui le rongeait et se concentrer sur les formes d'une coupe de fruits, la couleur d'une fleur ou les reflets de la lumière sur une bouteille et une bottine.

Mais quand il repartait de la maison des Fantômes, le même désespoir morne s'emparait de lui et toutes ses activités lui paraissaient dénuées de signification.

Quatre mois passèrent ainsi. Avec le rationnement croissant, Noël fut plus austère, mais Will n'y prêta même pas attention. Pour lui, c'était encore l'abondance. Il improvisa avec Tom des jouets dans des chutes de bois qu'ils peignirent ensuite et Ginnie et George vinrent les aider.

Depuis le mois de septembre, avec le Blitz continuel auquel était soumis Londres, le nombre de réfugiés affluant au village augmentait de semaine en semaine. Beaucoup d'entre eux n'avaient même plus de foyer à Londres où retourner. Plusieurs parents vinrent à Little Weirwold pour Noël afin de passer les fêtes avec leurs enfants. Tom et Will décidèrent de fabriquer des jouets pour ceux qui se retrouvaient orphelins et pour ceux, nombreux, qui étaient si pauvres que de toute façon ils n'auraient pas reçu de cadeaux. Will accueillait avec satisfaction toute occupation qui l'empêchait de penser à Zach. Il était resté d'un naturel silencieux et, en dehors des répétitions, il se repliait complètement sur lui-même. Tom se comportait comme à l'accoutumée, attendant le moment où Will pourrait enfin accepter et pleurer la mort de son ami.

Carrie avait terminé son premier trimestre au lycée. Elle rentrait à la maison bien après la nuit tombée et, après avoir dîné, elle se mettait aussitôt à faire ses devoirs avant d'aller se coucher. Elle se levait de bonne heure pour apprendre les déclinaisons latines ou les verbes français, avant de partir pour l'école. On ne la voyait guère sauf pendant les week-ends et durant les vacances de Noël. Zach lui manquait terriblement car il avait été l'une des rares personnes avec qui elle ne se sentait pas différente des autres. Elle n'osait pas mettre ses parents au courant des aspects déplaisants de sa vie de lycéenne, car elle savait que sa mère se montrait toujours réticente et que son père avait travaillé dur pour lui payer son uniforme et sa tenue de sport. Elle lui en serait éternellement reconnaissante et cette idée l'aidait à mieux supporter les difficultés auxquelles elle se heurtait. Ce qui l'embarrassait le plus, c'était sa façon de parler. La plupart des filles du lycée s'exprimaient dans un langage choisi et d'une voix étudiée, à la façon des speakers de la B.B.C. ou de Zach. Leurs parents payaient les études, alors qu'elle n'était qu'une pauvre boursière, affligée d'un accent que les autres tournaient en ridicule ou ne comprenaient pas. Ginnie lui avait dit qu'elle commençait à parler de façon snob et sa mère passait son temps à lui recommander de ne pas laisser « cette école » lui monter à la tête. Ce n'était pas à dessein qu'elle parlait différemment, mais durant la journée, elle se trouvait en compagnie de professeurs et de filles qui ne s'exprimaient pas comme les gens de Little Weirwold. Elle commençait à avoir l'impression qu'elle n'était à sa place ni à Little Weirwold, ni au collège. Elle se réjouissait en fait d'être surchargée de travail à l'école et sa solitude l'incitait à étudier davantage encore.

Plusieurs fois, elle était venue voir Will, mais dès qu'elle prononçait le nom de Zach, il changeait aussitôt de sujet. Et pour elle qui désirait tant parler de l'ami disparu, ce refus ne faisait qu'ajouter à sa solitude.

Par un froid après-midi de janvier, néanmoins, un événement inattendu amena Will à admettre enfin la mort de Zach.

Il gelait à pierre fendre ce jour-là, et bien que Will portât un épais manteau, une écharpe et un passe-montagne, il se sentait glacé jusqu'aux os. Il laissa le portail du cimetière se rabattre bruyamment derrière lui et se mit en route pour la maison des Fantômes, coupant comme d'habitude à travers champs du côté du manoir. Il évitait toujours de reprendre le chemin que Zach et lui avaient emprunté lors de leur dernière matinée passée ensemble.

Le sol même semblait gelé. Les sillons durcis dans les champs étaient aussi figés que de la tôle ondulée et les quelques touffes d'herbe qui avaient survécu, raidies par la gelée blanche, craquaient sous ses pas.

Il parvint enfin au trou dans la haie par où on arrivait chez Geoffrey Sanderton, traversa le jardin en friche et frappa à la porte. Il leva alors les yeux vers les arbres maintenant dénudés, souffla dans ses mains et tapa des pieds pour les réchauffer. Il était en train de penser que les arbres semblaient vraiment vulnérables lorsque Geoffrey vint lui ouvrir.

– Bonjour, dit-il gaiement. Je viens de mettre la bouilloire sur le feu. Pose ton manteau sur le fauteuil et viens te chauffer.

Will enleva avec plaisir son lourd manteau d'hiver et se pelotonna au fond d'un fauteuil près du foyer.

– Dégourdis-toi les doigts, d'abord, lui cria Geoffrey depuis la cuisine. Ne les expose pas directement au feu.

Mais cette recommandation était bien inutile. Will se rappelait l'hiver dernier, quand il avait tenu ses mains glacées au-dessus du fourneau et combien cette brusque transition du froid au chaud avait été douloureuse. Geoffrey entra en boitillant, portant le plateau de thé. Depuis qu'il avait une jambe de bois, il avait renoncé à ses béquilles et s'appuyait maintenant sur une magnifique canne d'ébène à pommeau d'argent sculpté que lui avait donnée Emilia Thorne.

La maison avait bien changé depuis la première visite de Will. Geoffrey et Emilia Thorne avaient immédiatement sympathisé et, à eux deux, ils avaient lessivé et peint les murs, installé des étagères, disposé quelques meubles et des plantes vertes.

– Alors, qu'est-ce que tu vas me montrer ? demanda Geoffrey en s'asseyant près de lui à côté du feu.

Will, l'air honteux, baissa les yeux vers le tapis. Il ouvrit un carton à dessins et en sortit un croquis représentant un os à demi rongé dans une pantoufle de Tom. Geoffrey l'étudia avec attention. Will évita de croiser son regard.

Ils burent leur thé, puis Geoffrey posa la théière sur le manteau de la cheminée, au-dessus du feu. A côté, il plaça la photo de deux jeunes gens qui se tenaient, l'air rieur, par les épaules. Il disposa sa pipe devant la photo.

– Voilà ce que tu vas dessiner cet après-midi.

Will reconnut Geoffrey dans l'un des deux jeunes gens.

– Qui c'est, l'autre ? demanda-t-il. C'est votre frère ?

– Mon meilleur ami, répondit Geoffrey. Tué au combat. Bourré de talent. Un sculpteur de génie.

– Oh, fit Will à mi-voix.

– C'est sa pipe, en fait.

– Vous vous servez de sa pipe ?

– Oui. Je sais qu'il aurait aimé qu'elle me revienne.

– Chaque fois que je la fume, j'ai l'impression qu'il est encore vivant. Tu peux comprendre cela ?

Will ne pouvait pas, et n'en avait pas envie. Il trouvait déjà assez pénible d'avoir en sa possession le vieux Shakespeare de Zach. Il avait enveloppé le volume et l'avait donné à Tom en lui demandant de le ranger dans son placard avec le dessin humoristique que Zach avait fait de lui.

Il se mit immédiatement au travail. En général, il réussissait à se laisser complètement absorber par les objets qu'il dessinait, mais chaque fois qu'il levait les yeux vers le jeune homme rieur de la photo et vers la pipe, il se sentait troublé. Ce n'étaient plus des objets inanimés. Ils paraissaient vivants. Il commença à se demander si les deux hommes s'étaient servis de cette même théière pour boire un thé ensemble.

Il s'efforçait de garder un tracé précis et régulier, mais sa main tremblait.

Brusquement, il revit Zach sur sa bicyclette bicolore, en train de chanter puis de lâcher son guidon en criant : « Regarde, sans les mains ! » pour s'écrouler aussitôt après dans une haie, et il se souvenait du visage souriant et tout égratigné de son ami levé vers lui.

Il resta assis, trois heures durant, devant sa feuille, mais la majeure partie du temps il fixait la fenêtre d'un air morne et regardait le ciel s'assombrir. Geoffrey accrocha les rideaux noirs et alluma la lampe à gaz.

– Il est temps de t'arrêter, dit-il, en regardant par-dessus l'épaule de Will.

– Je suis désolé, murmura Will. Je n'arrive pas à…

Il laissa sa phrase en suspens.

– Assieds-toi près du feu, je vais faire des toasts.

Will, un peu réconforté à cette idée, s'installa dans le fauteuil.

Tandis qu'il fixait le feu d'un regard rêveur, il entendit un petit déclic. Geoffrey avait ouvert le phonographe et le remontait.

– Qu'est-ce que vous faites ?

– Je mets un peu de musique.

Le disque grésilla pendant que l'aiguille tournait sur le bord noir, puis la musique s'éleva.

C'était celle-là même que Zach et lui avaient écoutée lors de leur première visite, lorsqu'ils s'étaient assis dans la pièce en désordre, éclairée à la bougie.

Will aurait voulu que Geoffrey arrête le disque. Mais il n'osait ni parler ni le regarder de peur de s'effondrer et il se remit à regarder fixement le feu.

Et soudain, il eut l'impression qu'il n'était plus tout seul à contempler les flammes, mais que Zach était à son côté. Zach, débordant d'excitation et mû par une irrésistible envie de danser au son de la musique, alors que lui-même se sentait tout simplement heureux de l'écouter. C'était une impression troublante. Il aperçut la photo sur le manteau de la cheminée et elle lui rappela un instantané que Mme Clarence avait pris de lui et de Zach à Salt-on-the-Mouth.

Dès que le disque fut terminé et que l'aiguille se mit à tourner paresseusement au centre, il se leva avec détermination et empoigna son passe-montagne et son manteau.

– Faut que je parte, je dois rentrer, parvint-il à dire d'une voix étranglée.

Geoffrey l'accompagna à la porte et pressa doucement son épaule.

– Mieux vaut accepter, dit-il d'une voix grave, plutôt que de prétendre qu'il n'a jamais existé.

Will ne voulait pas l'écouter. Les yeux brouillés de larmes, le corps douloureux, il sortit en titubant dans l'obscurité. Au lieu de franchir le trou dans la haie, il s'en éloigna et partit aveuglément en direction des bois et de la rivière.

Trébuchant et tombant parmi les racines des arbres, il s'écorchait le visage aux branches invisibles dans la nuit noire. Une chouette dérangée poussa un ululement aigu et s'envola au-dessus de sa tête, mais il l'entendit à peine.

Il arriva enfin au bord de la rivière et s'immobilisa pour fixer la surface luisante de l'eau, le cœur cognant dans sa poitrine, le ventre douloureux. Il sentait de nouveau la présence de Zach à son côté, Zach qui regardait le ciel étoilé et improvisait des vers étranges.

– Non, non, murmura-t-il en secouant fiévreusement la tête, tu n'es pas là ; tu ne seras plus jamais là.

Ravalant un sanglot de colère, il saisit une branche et se mit à en marteler un tronc d'arbre jusqu'à ce qu'elle se brise. Avec frénésie, il ramassa toutes celles qu'il trouva et les fracassa pour en jeter ensuite les débris dans la rivière sans se soucier de blesser, peut-être, un animal en hibernation. Il se sentait à tel point brisé de chagrin que plus rien ne comptait pour lui. Il était furieux que Zach soit mort, furieux qu'il soit parti et l'ait abandonné.

Avec une force décuplée par la rage, il déracina un minuscule arbuste pourrissant et le projeta à terre avec violence. Reprenant un instant son souffle, il se raidit et regarda le ciel à travers les branches.

– Je te hais, Dieu ! Je te hais ! Est-ce que tu m'entends ? Je te hais ! Je te hais ! Je te hais !

Il resta là à crier et à insulter le ciel puis il s'écroula, épuisé, sanglotant sur le sol.

Combien de temps avait-il dormi, assommé, couché par terre ? Un an, lui semblait-il. Avec lenteur, il se remit sur pieds, engourdi et frissonnant. Il remonta la berge et s'en alla en trébuchant à travers bois.

Tom l'attendait au portail. Il s'apprêtait à lui accorder encore cinq minutes avant de partir à sa recherche en direction de la maison des Fantômes lorsqu'il entendit des pas légers le long de la route. Plissant les yeux dans l'obscurité, il distingua une touffe de cheveux blonds s'échappant du passe-montagne de Will. Le visage couvert de terre, barbouillé de larmes, il avait les yeux gonflés et les lèvres bouffies.

– Entre, dit-il, rompant le silence et posant un bras sur les épaules de Will pour l'entraîner vers le cottage.

Au moment où il ouvrait la porte d'entrée, Will se tourna vivement vers lui.

– Excuse-moi, papa, dit-il. Je pensais pas que tu te

ferais du souci. Il fallait que je sois un peu seul, tu comprends. Il le fallait. Je n'ai pas pensé à toi. Pardonne-moi.

– Tu es rentré maintenant, dit Tom. Tu as l'air épuisé. Tu ferais bien d'aller te laver et de te coucher.

Ce fut seulement lorsque Will fut endormi et que Tom se retrouva lui-même dans son lit qu'il ressentit dans toute sa plénitude l'impact des mots prononcés par Will.

– Il m'a appelé papa, chuchota-t-il dans le noir. Il m'a appelé papa.

Et, bien qu'il se sentît envahi d'une joie profonde, des larmes silencieuses coulèrent sur ses joues.

– Will ! s'écria tante Nance en ouvrant la porte de derrière.

Elle demeura un instant sans voix.

– Entre ! Entre donc !

Will avança dans la cuisine.

– Tu veux du nectar ? demanda-t-elle.

Elle s'interrompit. C'était ainsi que Zach désignait le jus de cassis chaud.

– Oui, s'il vous plaît, répondit Will qui s'assit et la regarda le préparer.

– Tes visites nous ont manqué, dit-elle en le servant et en s'asseyant devant la table.

Elle alluma religieusement une cigarette comme si c'était la dernière qui restait dans toute l'Angleterre, aspira profondément la fumée et fut prise d'une violente quinte de toux.

– Je n'ai pas touché à la chambre de Zach, dit-elle lorsqu'elle fut remise.

Will inclina la tête et souffla sur sa tasse.

– Le Dr Little et moi, nous n'avons rien voulu changer avant que tu sois… avant de t'avoir demandé. D'accord ?

Will leva la tête et sourit.

– Oui.

– Bien, dit-elle et elle se pencha en arrière sur son siège, soulagée.

– Est-ce que je peux me servir de sa bicyclette ?

Mme Little n'était pas sûre d'avoir bien entendu.

– Quoi ? fit-elle. Qu'est-ce que tu as dit ?

– Est-ce que je peux me servir de sa bicyclette ?

– Celle de Zach ?

– Oui.

– Si tu veux.

Elle l'observa un moment.

– Il va falloir que tu baisses la selle, sans doute.

– Oui. Bien sûr.

– Je ne savais pas que tu faisais de la bicyclette.

– Je ne sais pas encore… Mais je vais apprendre.

– Elle est dans l'abri. Elle a sans doute besoin d'être graissée et regonflée.

– Vous avez une burette d'huile ?

– Oui. Et il y a une pompe fixée au cadre.

Elle se leva et alla ouvrir la porte donnant sur un débarras. Dans une grande caisse sous une étagère se trouvaient empilés quantité d'outils parmi des bouts de ficelle. Mme Little se pencha et fouilla un instant à l'intérieur.

– Voilà ! s'exclama-t-elle en brandissant une clef à molette. Je vais te baisser la selle.

– Non, dit Will en se levant. Je veux le faire moi-même.

– Tu es sûr ?

– Oui.

– Écoute-moi, tu fais le travail salissant et moi je tiens le vélo.

Il allait refuser mais se ravisa.

– Ça marche, dit-il et il rougit, car c'était là une des expressions favorites de Zach.

Ils sortirent de l'abri la bicyclette couverte de poussière et tout humide, l'essuyèrent avec un vieux chiffon sec, la graissèrent et remirent dans l'axe la roue arrière qui frottait contre le cadre. La chaîne, décrochée, pendait contre le pédalier. Will, avec des gestes calmes et précis, la remit en place. Une des chambres à air était percée. Avec l'aide de tante Nance et en se servant de la trousse de Zach, il répara la crevaison. Il essuya les garde-boue, gratta la rouille sur le guidon. Il éprouvait un étrange sentiment à travailler ainsi sur cette bicyclette ; c'était comme s'il sentait la présence de son ami.

Il contourna le cottage et traversa les hautes herbes en poussant le vélo devant lui. Il était en train de batailler avec le portail lorsque Mme Little arriva en courant, portant un petit sac en toile qui avait appartenu à Zach.

– Je t'ai fait des tartines, dit-elle, tout essoufflée. Et j'ai mis une bouteille de limonade.

Il posa sur le sac un regard incertain.

– Merci, dit-il enfin.

Prenant le sac, il le passa par-dessus sa tête pour le laisser pendre dans son dos. Mme Little lui ouvrit le portail et le regarda pousser la bicyclette dans la ruelle.

Comme il approchait des cottages, Will sentit ses oreilles devenir brûlantes. Il tourna à gauche et évita de regarder autour de lui, craignant d'être vu. Pour la première fois de sa vie, il faisait l'école buissonnière. Il ne remarqua pas Emilia Thorne debout à une fenêtre de l'école, qui l'observait sans mot dire.

Will poursuivit son chemin jusqu'à ce qu'il fût hors de vue des cottages et lorsqu'il eut trouvé un bout de route assez lisse et bien droit, il passa une jambe par-dessus la selle, s'assit et demeura un instant immobile. Il plaça ensuite le bout d'une de ses bottines sur une des pédales. Serrant les dents et prenant une profonde inspiration, il appuya sur la pédale et fit une embardée. La bicyclette vira d'un côté et fonça sur une haie toute proche. Il se releva, le genou écorché sur la route inégale. Il remontait obstinément et chacune de ses chutes ne faisait qu'augmenter sa détermination.

Malgré la gelée blanche qui recouvrait les haies et les champs alentour, il était en nage et il enleva bien vite son manteau qu'il accrocha à la branche d'un arbre à proximité.

Il parvenait maintenant à faire plusieurs mètres avant de perdre de nouveau l'équilibre et de s'écrouler dans un tas de ronces. Il entendait dans sa tête la voix de son père qui lui répétait sans cesse : « T'énerve pas. Chaque chose en son temps. » Mais il se sentait frustré, impatient, peut-être parce que c'était la bicyclette de Zach, avec ses couleurs si vives. Il voulait apprendre tout de suite. Quand il réussit enfin à rouler sur une distance raisonnable, il s'octroya en récompense les tartines à la gelée de cassis de tante Nance et la limonade. Son visage ruisselait de sueur et l'air froid de janvier glaçait son buste sous sa chemise et son pull-over trempés. Il accrocha le sac à une branche et s'élança de nouveau. Cette pause avait été bénéfique car cette fois il eut l'impression que c'était plus facile et qu'il avait moins d'efforts à faire.

Petit à petit, il prit confiance. Il remit son manteau, le laissant déboutonné et passa le sac en bandoulière. Il comprenait maintenant pourquoi Zach aimait tant rouler à bicyclette. Une fois qu'on avait maîtrisé la technique, on éprouvait un merveilleux sentiment de liberté.

Il roulait, les pans de son manteau voletant derrière lui, le visage fouetté par le vent froid, lorsqu'il eut soudain la sensation que Zach n'était plus à côté de lui, mais à l'intérieur de lui-même et bien vivant. Une sensation d'enivrement l'envahit, le sortant de la léthargie dans laquelle il était tombé.

– Hourra ! Youpi ! hurla-t-il.

La bicyclette tressautait sur la petite route cahoteuse et le secouait si fort qu'il avait envie de rire.

– Youpi ! cria-t-il de nouveau, manœuvrant avec une dextérité toute nouvelle son éclatante machine pour amorcer un virage.

Il dut s'arrêter soudain. Ses forces l'abandonnèrent dans une côte trop raide car ses jambes n'étaient pas encore assez musclées. Il poussa la bicyclette jusqu'au sommet de la côte. C'était merveilleux de se trouver sur une hauteur, la bicyclette appuyée doucement contre soi. Il laissa errer son regard sur le paysage en contrebas, sur les champs, les bois, les petits ruisseaux glacés. Le ciel était pâle et sans nuages. Le soleil filtrait entre les branches noires des arbres. Il respira à pleins poumons.

– Zach n'est pas mort, murmura-t-il. Pas vraiment. Pas son esprit… Il contempla d'un regard heureux les champs devant lui.

– Personne ne peut m'enlever mes souvenirs et je peux lui parler chaque fois que je le veux.

Il regarda le soleil descendre lentement vers la base des arbres.

– Alors, Zach, dit-il à haute voix, qu'est-ce qu'on fait maintenant ?

« Je rentrerai tranquillement, sans me presser, se répondit-il à lui-même, et je passerai voir Annie Hartridge. »

– Quelle bonne idée, dit Will.

« Et, dis-moi, poursuivit un Zach imaginaire, tu t'es drôlement bien débrouillé, pour apprendre à monter sur ma bicyclette », et Will se donna une petite tape amicale dans le dos.

Il tourna la bicyclette et redescendit la côte, contrôlant sa vitesse avec ses freins. Après son petit arrêt en haut de la colline, il prenait encore plus de plaisir à rouler. Il se sentait plus détendu et en paix avec lui-même.

Au détour d'un virage, il aperçut le cottage d'Annie Hartridge. Il poussa la bicyclette jusqu'à sa porte et l'appuya contre le mur.

« Je vais frapper », se dit Will en soulevant le marteau en cuivre et en le rabattant avec vigueur contre la porte.

Annie ouvrit, un télégramme à la main. Elle pleurait.

– Oh, bonjour, Will, dit-elle, riant à demi. Entre, entre, et elle referma la porte derrière lui. Je viens d'apprendre une nouvelle extraordinaire. M. Hartridge est vivant. Il est prisonnier dans un camp en Allemagne. Nous pouvons nous écrire et je peux lui envoyer des colis de la Croix-Rouge, des colis de nourriture. Oh Will ! je suis si heureuse. Je ne peux pas y croire. Je vais aller lui écrire tout de suite.

Elle remarqua alors le visage barbouillé de Will et l'examina de la tête aux pieds.

– Mais qu'est-ce que tu as fabriqué ? Tu es couvert d'écorchures.

– J'ai appris à monter sur la bicyclette de Zach, répondit-il, l'air absent.

Annie demeura un instant sans voix.

– Et tu as réussi à garder ton équilibre ? demanda-t-elle enfin.

– Mais oui, finalement, répondit-il en enfouissant les mains dans ses poches et en prenant appui sur une jambe.

– Mais, écoute, tu… commença-t-elle mais elle s'interrompit.

Elle s'apprêtait à dire qu'il ressemblait à Zach et qu'il parlait comme lui. Il avait un petit air dégagé, bien inhabituel chez lui.

Durant les semaines qui suivirent, tout le monde, et surtout Emilia Thorne, remarqua chez Will un changement spectaculaire. Miss Thorne avait décidé de monter sa propre version de Peter Pan. Elle choisit Will pour jouer le rôle de Peter Pan mais, à sa grande surprise, il se leva, dans la salle des fêtes, et devant tout le monde déclara :

– Je voudrais jouer le rôle du capitaine Crochet, je peux ?

Will étonna tout le monde, y compris miss Thorne, durant les répétitions. A l'insu des autres, quand il répétait son texte dans sa chambre, il mettait un coussin devant lui et disait : « Zach, comment est-ce que je devrais dire ça ? » ou encore : « A ton avis, qu'est-ce qu'il ressent, Crochet, quand le crocodile apparaît pour la troisième fois ? »

Il s'asseyait alors sur le coussin et non seulement répondait à ses propres questions comme s'il était Zach, mais encore lui récitait son texte.

La pièce eut un grand succès. Will fit rire les spectateurs aux larmes en mimant les crises de fureur de Crochet et ses fuites apeurées devant le crocodile. La salle, de toute évidence, adorait Will et quand plusieurs enfants le poussèrent en avant pour qu'il salue séparément, il eut droit à une véritable ovation.

Tom était très fier de lui ; il l'était d'ailleurs depuis longtemps déjà. Il le retrouva au-dehors à la petite porte qui donnait accès aux loges derrière la scène, et ils regagnèrent le cottage du cimetière en bavardant avec animation tout le long du chemin.

Étendu dans son lit ce soir-là, Will éprouvait une tristesse lancinante, malgré tous les applaudissements auxquels il avait eu droit. Il était triste que Zach n'ait pas été là pour partager son succès. Il se rendait compte maintenant que le Zach à qui il avait parlé depuis quelques semaines était un être issu de son imagination et de ses souvenirs. C'était simplement que son côté « Zach », son côté direct, effronté, avait été enfoui tout au fond de lui et c'était son amitié avec Zach qui avait fait remonter ces traits de caractère à la surface.

Il se pelotonna sous ses couvertures et était sur le point de s'endormir quand, soudain, il sursauta.

« Je ne suis plus la moitié d'une personne, songea-t-il. Je suis un tout. Je peux vivre sans Zach, bien qu'il me manque toujours. »

Il se retourna et écouta le vent qui gémissait dans le cimetière. Il était bien au chaud et heureux. Il soupira. C'était bon d'être vivant.

Papa, je grandis !

Accroupi, un déplantoir à la main, Will considérait le jardin maintenant transformé en potager. Depuis la campagne « Récoltez pour la Victoire », Tom et lui avaient arraché toutes les fleurs et semé des légumes dans tous les espaces disponibles. C'était bien dommage, en fait. Les fleurs avaient des couleurs si éclatantes. Il ne restait plus maintenant que des sillons bien alignés d'où pointaient des touffes de verdure.

Il remonta ses manches. Il portait le vieux pull-over rouge de Zach, rapiécé de toutes parts. Appuyant d'un pied ferme sur sa bêche, il commença à creuser une petite tranchée.

Lorsqu'il eut ameubli la terre, il mit au jour plusieurs vers et les regarda s'éloigner en se tortillant en direction du carré de choux.

Will s'assit sur ses talons, prit une poignée de graines dans un sachet et les disposa une à une avec soin dans le sillon. Il était si absorbé par sa tâche qu'il ne prêta pas attention aux pas qui approchaient et ne leva la tête que lorsqu'il entendit le portail grincer. Carrie accourait dans l'allée, le visage empourpré.

– Tu les as eus ? demanda-t-elle, tout essoufflée.

Il acquiesça.

– Ils sont dans ma chambre. Tu les veux maintenant ?

Elle jeta un coup d'œil aux mains terreuses de Will.

– Je peux aller les chercher moi-même. Tu en as pour longtemps, avec ça ?

– Encore deux rangées. Ensuite j'ai fini.

– On pourrait pas aller à la rivière ?

Will eut l'air surpris.

– Tu as fini toutes tes corvées ?

Elle secoua la tête et sourit.

– J'ai filé par la fenêtre. C'était le seul moyen. Dès que j'ai fini de rendre un service, elle me trouve autre chose à faire. Si elle me voit simplement avec un livre, elle m'attrape.

– Je croyais qu'elle avait un peu compris.

– Oui, c'est vrai, mais quand même, pour elle, lire un livre, c'est perdre son temps.

Elle s'accroupit à côté de lui et plongea dans ses yeux un regard intense.

– Si je ne lis pas un livre bientôt, je crois que je vais exploser !

Will se mit à rire.

– Eh bien, n'explose pas sur mes plantations.

– Tu n'as pas un autre déplantoir ? Je pourrais t'aider, ça nous permettrait de filer en vitesse. Si elle me trouve ici, il va falloir que je rentre à la maison.

– Non, j'en ai pas. Écoute, monte dans ma chambre. Si elle passe, elle verra bien que je suis tout seul. On pourra même prendre le tandem pour aller à la rivière. Je baisserai la deuxième selle.

Les yeux de Carrie étincelèrent.

– Youpi ! dit-elle et, se relevant d'un bond, elle fit quelques pas en direction du cottage.

– Oh ! s'écria-t-elle découragée, en se retournant tout à coup, je ne peux pas monter à bicyclette avec ça sur le dos !

Et elle tira sur la robe en lainage vert pâle qu'elle portait.

– Le cadre va la retrousser, non ?

Will fronça les sourcils un instant, puis eut une idée.

– Tu peux mettre une de mes culottes.

Carrie eut l'air sceptique. Will avait une tête de moins qu'elle.

– Ou une culotte de Zach, elle t'irait.

– Je n'oserais pas, dit-elle, néanmoins tout excitée à cette perspective.

Elle demandait à sa mère depuis des siècles la permission de porter des shorts mais s'était entendu répondre qu'elle aurait l'air d'un garçon dans ce genre de tenue et qu'aucun homme ne voudrait l'épouser plus tard. Son père avait dit qu'il n'y voyait pas d'objection, mais il l'avait déjà soutenue quand elle avait voulu aller au lycée et ne tenait pas à provoquer d'autres conflits.

– Pourquoi pas ? dit Will.

– Tu penses pas que j'aurai l'air d'un garçon avec une culotte courte ?

Will leva la tête vers elle. Les cheveux de Carrie bouclaient autour de son front et de ses oreilles. Au-dessus de ses joues constellées de taches de rousseur, ses yeux d'opale le regardaient avec anxiété.

– Carrie, tu ne ressembles absolument pas à un garçon et d'ailleurs, quelle importance ?

– Oui, et de toute façon, dit-elle soudain horrifiée à cette perspective, je ne veux pas me marier. Tu te rends compte, être obligée de faire le ménage, tous les jours ? Beuh…

Là-dessus, elle fit volte-face et courut vers le cottage.

Will la trouva étalée sur son lit, plongée dans un livre. Elle sursauta, leva sur lui un regard coupable et, d'instinct, elle rabattit brusquement la couverture du livre, puis elle éclata de rire.

– J'ai cru que c'était maman !

Will se dirigea dans un coin vers une caisse où étaient soigneusement pliés et rangés plusieurs des vieux vêtements de Zach. Il en sortit une culotte en velours côtelé rouge avec un fond rapiécé et en dénicha une autre vert bouteille qui semblait un peu moins élimée.

– Attrape, dit-il en la lançant à Carrie avec une paire de bretelles.

– Il me faut une chemise, dit-elle en allant le rejoindre près de la caisse.

Elle sortit du tas une chemise blanche en coton qui semblait assez large.

– Tu ferais bien de mettre ça aussi, dit Will en prenant le pull-over bariolé de Zach.

– Oh, je ne pourrai pas !

– Pourquoi ?

– Eh bien, il est un peu voyant, tu ne penses pas ?

– Zach serait drôlement content si tu le portais. Tu le sais bien.

Elle acquiesça et sentit les larmes lui monter aux yeux. Will, anxieux, l'observait.

– Ne t'inquiète pas, je ne vais pas me mettre à pleurnicher… dit-elle en prenant la culotte et en l'enfilant. Elle me va très bien, un peu grande à la taille, ajouta-t-elle en tirant sur la ceinture, mais avec les bretelles ça ira.

Elle déboutonna alors sa robe, dégagea ses chevilles, puis enleva son jupon en le passant par-dessus la tête. Will boutonna les bretelles sur la culotte. Il fut surpris de voir deux légers renflements qui pointaient doucement sous son corsage. Il avait envie de toucher ses bras, mais recula vivement.

– Voilà, dit-il, et il se surprit à rire aux éclats sans aucune raison.

Carrie enfila la chemise, en glissa les pans dans sa culotte et passa les bretelles sur ses épaules. Puis, levant les bras et les jambes, elle se mit à gambader dans la pièce.

– C'est tellement confortable, dit-elle en bondissant au pied du lit.

Will sortit quatre livres de son sac à dos.

– Ah, voilà où ils étaient ! s'écria-t-elle.

– Je n'ai pas pu avoir *Nous ne voulions pas prendre la mer*, mais je l'ai fait mettre de côté pour toi. Alors je t'ai choisi celui-là à la place.

Elle le lui prit des mains.

– *Derrière le vent du Nord*, de George MacDonald. Connais pas.

Elle en feuilleta quelques pages, puis commença à lire le premier chapitre.

– Ça n'a pas l'air mal. Tu as les autres, non ?

– Oui. Les voilà, répondit-il en les lui tendant. *La Petite Princesse, David Copperfield* et *Black Beauty*.

– Youpi !

– Ne commence pas à lire maintenant, sinon on n'ira jamais à la rivière.

Carrie eut l'air déçue.

– Bon, prends-en un et moi j'emporterai mon carnet de croquis.

Il vida le sac à dos et y glissa le carnet et un morceau de bâche.

Carrie hésitait, ne sachant quel livre emporter. Elle opta finalement pour *Derrière le vent du Nord*. Ensuite, elle enfila le pull-over bariolé de Zach et Will accrocha le sac à dos à ses épaules.

– Je passe devant... voir si la voie est libre, chuchota-t-il.

Carrie se plaqua une main sur la bouche pour réprimer une brusque envie de rire. Puis elle s'accroupit à côté de la trappe ouverte pendant que Will descendait rapidement et sortait par la porte du fond. Il réapparut aussitôt.

– Flûte ! murmura-t-il. Il va falloir que tu tiennes le vélo pendant que je baisse la selle.

Carrie le suivit à pas de loup dans le jardin de derrière. Elle maintint le tandem d'une main ferme pendant que Will s'escrimait avec la clef à molette. Elle commençait à s'inquiéter et sentait son cœur battre. Quel drame si sa mère l'avait surprise en cet instant !

– Voilà, dit-il enfin en examinant la selle et en remettant la clef dans la sacoche arrière. Allons-y.

Ils poussèrent le tandem jusqu'à la grille et tournèrent deux fois à droite de façon à se retrouver le long du mur du cimetière. Will, souriant, se retourna vers Carrie qui se tenait à hauteur de la seconde selle. Il lui fit signe de se baisser. Restant accroupis, à l'abri de regards éventuels, ils gagnèrent la route. Il lui fit signe de se mettre en selle.

– Allez, monte, vite !

– Si quelqu'un me voit maintenant, gloussa-t-elle, tout le village sera vite au courant.

Carrie passa sa jambe par-dessus la barre et s'assit, les pieds confortablement posés sur les pédales. Will en fit autant et ils s'élancèrent.

Ils roulèrent sans croiser personne jusqu'au cottage d'Annie Hartridge, qui se trouvait dans le jardin avec le bébé.

Elle regarda Carrie avec stupeur et, la laissant bouche bée, ils pédalèrent de plus belle, éclatant de rire, pour s'éloigner le long de la route.

Ils s'arrêtèrent près d'une haie en lisière des bois, se faufilèrent avec le tandem à travers une brèche jusqu'au bas d'un talus.

– On peut la laisser là, dit Will en l'appuyant contre un grand chêne. Personne ne la verra.

Rapides et silencieux, ils coururent dans les bois, se cachant de loin en loin derrière un tronc, de crainte d'être surpris par un promeneur.

Lorsqu'ils arrivèrent enfin au bord de la rivière, ils éclatèrent d'un rire joyeux.

– Si tu avais vu sa tête ! bredouilla Carrie.

Will prit aussitôt son sac à dos dans ses bras comme s'il avait tenu un bébé et imita l'expression d'Annie Hartridge les regardant passer. Carrie, une main appuyée sur le ventre, riait à gorge déployée.

– Arrête ! dit-elle. Je vais faire pipi dans ma culotte !

– Tu veux dire celle de Zach !

– Je t'en prie, arrête... le supplia-t-elle en croisant les jambes, essayant, pour se contrôler, d'imaginer un désastre imminent.

Will se laissa choir à terre et s'adossa à un arbre.

Un peu essoufflé, il contemplait la rivière. Carrie se calma enfin et vint le rejoindre.

– Tiens, dit-il en tirant le morceau de bâche de son sac, assieds-toi là-dessus.

Il étala la toile au pied d'un arbre.

– Où vas-tu ? demanda-t-elle en le voyant s'éloigner.

– Un peu plus loin. Je vais faire ton portrait.

Elle prit son livre et le posa sur ses genoux repliés. Levant un instant les yeux, elle regarda la rivière tourbillonnante avant de revenir à Will. Il était assis sur son sac, à quelques mètres, les jambes croisées, son carnet de croquis déjà ouvert. Il leva la tête et sourit.

– Ça ne te fait pas un drôle d'effet que je porte les vêtements de Zach ? demanda-t-elle.

Il secoua la tête.

– Je porte bien un de ses pull-overs.

– Oui, je sais, mais... commença-t-elle. Je n'ai encore jamais mis les vêtements d'un mort. Je devrais être horriblement gênée, n'est-ce pas ? Mais non. Je me sens bien.

Elle soupira d'aise et se laissa aller contre l'arbre.

– Si seulement les vacances pouvaient être tout le

temps comme ça, murmura-t-elle. Maman a été tellement épouvantable.

– Avec Ginnie aussi ?

– Ginnie aime bien les tâches ménagères. Elle ne se plaint jamais. Elle dit que plus elle apprend, plus elle fera une bonne épouse plus tard quand elle sera grande. De toute façon, maman me fait faire du supplément pour compenser le trimestre. Pour elle, étudier et faire ses devoirs, ce n'est pas du travail. Et elle dit que je suis devenue une vraie pimbêche. Tu trouves que c'est vrai ?

– Non.

De nouveau, elle contempla la rivière. Will posa son carnet de croquis.

– Tu es toujours malheureuse au lycée ?

– Ça va mieux maintenant. J'ai été cinquième au classement en fin de trimestre.

– Je sais. Tu me l'as déjà dit.

– Ah bon ?

Il acquiesça.

– C'est que c'est important, tu sais. Ils étaient vraiment sidérés. Ils s'imaginaient que parce que je parle comme une fille de la campagne, je dois être idiote. Je t'ai dit qu'une des filles était venue me parler très gentiment, le dernier jour ?

– Non.

– Oui. Elle m'a dit de ne pas faire attention aux autres. Que j'étais beaucoup plus intelligente que la plupart d'entre elles.

Will la dévisageait.

– Qu'est-ce qu'il y a ?

– Tu n'as plus le même ton maintenant.

Carrie eut l'air effondrée.

– On croirait entendre Zach.

A ces mots le visage de Carrie s'illumina.

– Alors, c'est bien, non ?

– Tu vas le lire, ce livre ? Je voudrais dessiner.

Elle se plongea avec bonheur dans le premier chapitre.

Will commença à croquer son visage. Puis il dessina son corps, son pied, ses mains tenant le livre, son genou. Une joie intense l'habitait. Carrie, perdue dans le monde du Vent du Nord, dévorait page après page.

Ils n'eurent tous deux conscience du temps passé que lorsque leur vision se brouilla avec le jour qui baissait.

– Zut ! s'écria Carrie, surprise. Il faut que je rentre !

Will refit son sac à dos et ils s'élancèrent de nouveau à travers les bois pour aller retrouver le tandem. Ils le firent passer par la brèche dans la haie et se mirent en selle. Les rideaux noirs étaient déjà accrochés aux fenêtres d'Annie Hartridge. Ils dépassèrent le cottage et mirent enfin pied à terre devant le mur du cimetière. Accroupis de nouveau, ils le longèrent rapidement, tournèrent le coin, poussèrent le vélo en courant le long de la route et franchirent le portail. Will ouvrit la porte de derrière et jeta un coup d'œil à l'intérieur.

– Vite, chuchota-t-il d'un ton pressant à Carrie en lui faisant signe d'entrer.

Il referma avec précaution la porte derrière elle. Il entendit Sammy aboyer dans le salon.

– Flûte ! murmura-t-il.

Carrie escalada l'échelle et s'engouffra par la trappe ouverte, suivie de près par Will.

Il la trouva en train de tâtonner dans la pénombre à la recherche de sa robe. Elle ôta précipitamment les vêtements de Zach et dansa sur place en culotte et petite chemise, trop occupée à remettre son jupon et sa robe pour se sentir gênée. Will éprouva une certaine surprise à ne pas l'être non plus. Ils redescendirent l'échelle et sortirent sur la pointe des pieds dans le jardin.

– Ouf, ça y est, fit-elle.

– Tu as oublié les autres livres, dit Will en remarquant qu'elle avait seulement pris celui qu'elle avait commencé.

– Je les ramènerai en douce un par un. Celui-là, je vais le glisser sous ma robe au cas où je me ferais pincer. Je ne sais pas quand je te reverrai, je vais sans doute être bouclée pendant une semaine maintenant, ajouta-t-elle l'air sombre. Mais enfin, conclut-elle avec un sourire, ça en valait la peine.

Will l'accompagna jusqu'au champ de Dobbs. Ils s'attardèrent un moment sans parler, savourant la paix du soir.

– Je crois qu'on va avoir un beau printemps, dit enfin Carrie, rompant le silence, et indiquant une grappe de petits bourgeons gonflés de sève aux branches d'un arbre qui se détachait contre le ciel.

Will contemplait le chêne par-dessus le mur.

– Est-ce que tu crois... qu'on peut mourir de bonheur ? demanda-t-il.

Carrie, déconcertée, le regarda.

– C'est que j'ai l'impression, tu comprends, que je vais éclater et, si ça m'arrive, on me retrouvera éparpillé dans tout ce champ !

Carrie se mit à rire et l'accompagna jusqu'au portail près de la ruelle où ils se quittèrent, puis Will regagna le cottage. Il pompa de l'eau dans un grand broc en zinc et le porta le long de l'abri désert jusque dans l'entrée. Lorsqu'il accrocha sa casquette, il eut l'impression que sa patère était plus bas que d'habitude.

– Avant, il fallait que je m'étire pour l'atteindre, murmura-t-il.

Il reprit le broc et gagna le salon. Sammy se mit à sauter autour de lui ; Will posa le broc à terre et s'agenouilla pour le caresser.

« Quand je pense, songea-t-il, qu'au début tu me faisais peur. »

Tom, assis dans le fauteuil, consultait les programmes radiophoniques dans le journal.

La bouilloire fumait sur le feu. Will en saisit l'anse avec un torchon et versa un peu d'eau dans la théière. Après l'avoir fait tournoyer pour chauffer le récipient, il y mit une pincée de thé, et la remplit de nouveau. Il laissa infuser le thé un moment avant de le servir dans deux tasses.

Sammy s'affala près du pouf et Will se laissa choir près de lui.

– Il y a quelque chose de bien ?

Tom replia le journal.

– Pas vraiment. Il n'y a que de la musique pour les soldats.

Et il prit sa pipe sur la petite table et commença à la bourrer.

Tout comme il avait soudain découvert que le niveau de sa patère semblait avoir baissé, Will remarqua à quel point Tom paraissait vieux et vulnérable. Il en fut tout d'abord troublé, car c'était la force de Tom qui l'avait toujours frappé. Il le regarda tirer sur sa pipe et tasser le tabac avec l'extrémité d'une allumette.

Will avala quelques gorgées de thé, puis alla remettre du charbon dans la cuisinière. Tandis qu'il regardait les boulets cascader entre les bûches et le charbon déjà incandescent, l'idée lui vint que la force n'avait rien à voir avec la dureté et qu'on pouvait être vulnérable sans être faible pour autant.

Il leva la tête et se pencha vers Tom.

– Papa… commença-t-il.

– Oui, répondit Tom en posant le livre emprunté à la bibliothèque. Qu'est-ce qu'il y a ?

– Papa, dit Will, d'une voix étonnée, je grandis !

TABLE DES MATIÈRES

MICHELLE MAGORIAN

L'AUTEUR

OÙ ÊTES-VOUS NÉE ?
M. M. Je suis née à Portsmouth, en Angleterre, deux ans après la fin de la guerre.

ÊTES-VOUS UN ÉCRIVAIN À TEMPS COMPLET ?
M. M. Aujourd'hui, oui. Mais j'étais comédienne à temps complet lorsque j'ai commencé à écrire. Je jouais dans différents théâtres de la ville, répétant six jours par semaine et montant le soir sur scène. J'écrivais le dimanche et les jours de relâche !

QU'EST-CE QUI VOUS A INSPIRÉ CE LIVRE ?
M. M. Des couleurs, vert et marron… Je suis une grande rêveuse ! La couleur verte me faisait penser à la jeunesse et à la fragilité, tandis que la couleur marron évoquait la terre et la stabilité. J'imaginais alors un jeune hêtre et son tronc étroit, puis un chêne aux racines noueuses qui s'enfonçaient profondément sous terre. A quel genre de personne pouvait bien faire penser un jeune hêtre ? Soudain, je me figurai un petit garçon à l'apparence fluette qui portait une étiquette autour du cou et se tenait dans un cimetière. Je sus immédiatement qu'il était réfugié. Il devint William Beech*. L'homme qui allait le recueillir serait petit et trapu et s'exprimerait avec un accent de la campagne. Cet homme devint Tom Oakley*. Il me faisait penser à mon grand-père irlandais. Et j'eus envie de raconter leur rencontre. Peu après me revinrent des récits de l'époque du Blitz à Londres, que ma mère, infirmière à l'époque, m'avait faits. Elle m'avait parlé

d'un enfant qu'elle avait découvert un soir, pelotonné par terre, parce qu'il n'avait jamais dormi dans un lit.

Comment avez-vous écrit ce livre ?

M. M. Ce ne fut qu'après avoir rédigé treize chapitres qu'il me sembla savoir comment en écrire un. Je travaillais entre deux représentations. Une fois le livre terminé, j'étais très excité. J'avais enfin écrit un vrai livre ! Mais il ne me serait jamais venu à l'idée qu'il soit publié. Je m'inscrivis à des cours d'écriture à Londres. Un jour, j'eus le courage de lire à la classe un chapitre entier de mon livre ; le professeur se montra très enthousiaste et me conseilla de l'envoyer à un agent littéraire qui le fit parvenir à un éditeur. Et mon manuscrit fut retenu pour publication ! Pour une rêveuse comme moi, écrire un livre, c'est voir se réaliser le plus beau de ses rêves ! C'est à la fois beaucoup de bonheur et beaucoup de travail. Et il reste encore un rêve à réaliser : qu'un lecteur s'empare du livre, l'ouvre au premier chapitre et se laisse emporter à son tour.

* *Beech* signifie hêtre et *oak*, chêne.

JOHANNA KANG

L'ILLUSTRATRICE

Johanna Kang est de nationalité franco-américaine. Elle réside en France depuis quatre ans. Elle est diplômée d'une école d'art et a illustré *La grande peur sous les étoiles* (Syros), qui a obtenu le prix graphique de la Foire de Bologne 1994.

« J'ai préféré illustrer les petits détails de cette histoire, raconte l'illustratrice, car ce sont souvent les petites choses de la vie qui plaisent, déplaisent ou apaisent et dont on se souvient. Habituellement, je travaille plutôt mes dessins en couleur. J'aime illuminer et construire l'espace avec l'aide de mes crayons et de l'aquarelle. »